温州市社会科学学术著作出版资金资助出版

温州学研究丛书

宋元明温州诗话

陈增杰　著

厦门大学出版社
XIAMEN UNIVERSITY PRESS
国家一级出版社
全国百佳图书出版单位

图书在版编目(CIP)数据

宋元明温州诗话/陈增杰著.—厦门:厦门大学出版社,2020.7
(温州学研究丛书)
ISBN 978-7-5615-4686-4

Ⅰ.①宋…　Ⅱ.①陈…　Ⅲ.①古典诗歌—诗歌创作—诗歌研究—温州—宋代—明代　Ⅳ.①I207.22

中国版本图书馆 CIP 数据核字(2020)第 071066 号

出 版 人　郑文礼
封面题签　张如元
责任编辑　章木良
封面设计　李嘉彬
技术编辑　朱　楷

出版发行　厦门大学出版社
社　　址　厦门市软件园二期望海路 39 号
邮政编码　361008
总　　机　0592-2181111　0592-2181406(传真)
营销中心　0592-2184458　0592-2181365
网　　址　http://www.xmupress.com
邮　　箱　xmup@xmupress.com
印　　刷　厦门集大印刷厂

开本　720 mm×1 000 mm　1/16
印张　22
插页　2
字数　338 千字
版次　2020 年 7 月第 1 版
印次　2020 年 7 月第 1 次印刷
定价　78.00 元

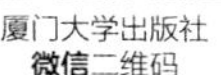
厦门大学出版社
微信二维码

厦门大学出版社
微博二维码

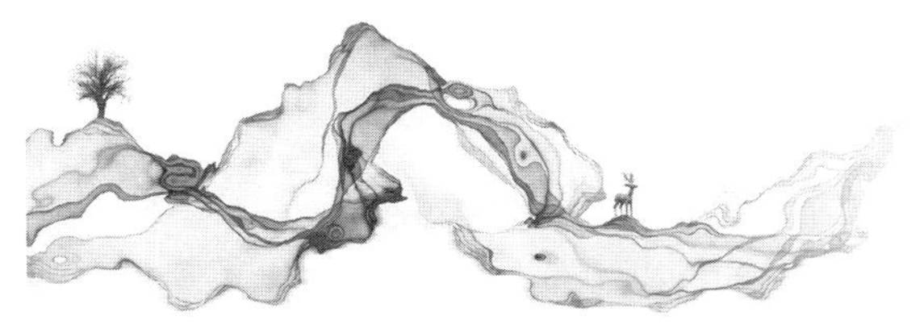

序 言

陈增杰先生惠寄新著之《宋元明温州诗话》书稿，细细拜读，启益良多。陈先生在唐宋诗研究上有很深的造诣，曾著《唐人律诗笺注集评》（2003）、《唐诗志疑录》（2007），不仅文献丰富，而且深于诗学。至于宋元明的温州诗歌，更是他长期研究的课题。他所撰著《林景熙集补注》（2012）、《李孝光集校注》（2016）两书，都是别集整理的精心之作。在这样丰厚的学术积淀之下，他借鉴了史话、诗话的形式，撰写了六十三篇介绍、评述温州古代重要诗人、重要诗作的文章。形式新颖活泼，内容丰富充实，评论精彩独到；论人以明诗，赏诗以知人。这不仅在温州地域文学的研究方面有所突破，而且在诗歌史研究方面也有别开生面之功。

陈先生的这部书，实际上是一部宋元明时期的温州诗歌史。温州古称东瓯（还包括了今丽水、台州的大部分），其诗歌发展也是源远流长的。我们知道，《诗经》时代各邦国的诗歌叫“风”，大多采自民间。民间诗歌是循着人类自然发生诗歌艺术的规律，很普遍地生长着的。所以，我们可以猜想，古代的东瓯地区，也应该是有风诗的。但《诗经》连“楚风”“越风”都没有，更不可能有“瓯风”了。一直到谢灵运来温州，不仅他自己成为温州文人诗风的开创者，而且在他的诗中，还记载了那时候东瓯一带民间歌曲的某些情形。他的《行田登海口盘屿山》诗中有“依稀采菱歌，仿佛含嚬容”之句，是说自己听到当地歌曲，因为语音的关系，听不太懂。他就说，好像是《采菱歌》一类的吧！这说明我们温州地区歌谣是很丰富的。后来温州地区的各种民间曲艺甚至南戏，可能都能从更古代的温州歌谣中找到源头。可惜没有留下更多的文献。

我们现在所说的温州诗歌史，主要是指有名氏文人的诗歌创作，亦即温州古代的文人诗。从创作群体的性质来说，大体可以分为两大类。一类是外地的文人在温州创作的诗歌。这从谢灵运开始，一直到南朝、唐朝，有众多的外地的文人来到温州，创作大量的诗歌。这是与中国古代诗歌发展大体上能相应的。当然，温州毕竟地处偏僻，与绍兴、苏州等地相比，发生在温州地域内的诗事还是比较少。但谢灵运的温州山水诗影响是很大的，可以说奠定后来温州地区甚至浙江一带的诗歌史的基础。另一类是温州本土的创作群体。这与其他地区相比，发展得更晚一些。由于文献缺失的缘故，我们现在无法知道唐代甚至南朝时代温州本土作者的诗歌活动。大体上说，这个本土的创作群体可以追溯到唐末五代时期。所以，我们也可以说温州本土的文人诗创作历史是在晚唐诗风中形成的。但在元丰九先生等人之前，一直没有很有影响的创作群体出现。可以说，是元丰九先生中的周行己、许景衡、刘安上等人，打开温州诗史的大门。他们学苏、学黄，使温州诗歌走上了预流域中主流诗风的道路。后来王十朋、薛季宣、陈傅良、叶适等名公巨卿也都擅长诗歌，凭其文章事功方面的影响，使温州的诗群在域内发生了更大的影响，正是他们奠定了四灵的基础。四灵在当时诗风趋于汗漫无拘、失去方范的情况下，重新提倡唐律，回到晚唐宋初的苦吟作风中，以偏师制胜，为当时失去了目标的诗坛找到了一条出路，并因此而风行海内。这里面当然也有叶适这个大人物极力宣传的作用。南宋中后期的温州地区，诗风可称极盛，可与永嘉学术、永嘉杂剧并称宋代温州文化的三大创造。这正如陈先生的书中所述："宋季江湖诗派巨擘刘克庄说'永嘉多诗人'，被称为'风雅之国'。"元明时代的温州诗风仍然兴盛，其中李孝光可称元诗大家，陈高也是很有个性的作者。其他还有像朱希晦、朱谏等，也都是很有成就的诗人。朱谏还撰著了《李诗选注》《李诗辨疑》两书，是李白研究方面的重要著作。

陈先生这部《宋元明温州诗话》，所写的正是上述温州诗史中最精彩的一段。全书六十余篇，对自宋至明的周行己、许景衡、王十朋、薛季宣、陈傅良、林升、潘柽、许及之、叶适、徐玑、徐照、翁卷、赵师秀、曹豳、卢祖皋、薛师石、戴栩、赵希迈、赵汝回、薛嵎、宋庆之、刘黻、林景熙、陈则翁、黄公望、薛汉、李孝光、郑僖、张天英、郑东、郑采、高明、陈高、刘基、卓敬等三十多位诗家的诗歌创作情形与代表性作品以及他们的一些诗论，进行深入的探讨。这其中有薛季宣、陈傅良、叶适等永嘉学术大家，四灵、卢祖皋、林景熙、李孝光、黄公望、高明、刘基等具有文学艺术史地位的名家，也有不少鲜为人知的地域内的著名诗人，充分地显示了古代温州诗人的创作实绩，证明了温州历史上作为“风雅之国”的事实。

这部《宋元明温州诗话》，在功能上可谓雅俗共赏，有学术普及与提高两方面的收效。这当然是凭借作者诗学的厚实功力和对本土文献的细入探索，是二者相结合的深湛研究之结晶。其中对诗人风格的评述，多精到剀切之论，如言：“薛季宣的诗风朴质健朗，不尚藻缋，深蕴理念，往往意在笔先。出句力避凡俗，‘生涩’中自成韵调。”（陈衍语薛诗格“生涩”）黄公望的诗作“体现了诗画艺术通融这一特点，用画家极秀笔来写诗家极俊语，故其‘清思妙语，层见叠出，易于发露本领’”；他的“题画绝句，结撰尤精，兼有秀润浑朴之美，韵度清越，意致悠远，多见题外之旨、画外之情”。这些论断都能切合作品，自出心裁。对重要诗人艺术渊源的揭示相当深透，如认为王十朋“宗崇杜少陵，瓣香韩欧苏”；陈傅良“不用诗家常律，能得少陵一体”；“潘柽的七律，脱却熟滑浮泛，下笔沉稳，深含意慨。格律上‘不宫不商，自成音调’，‘不失唐人矩矱’”；永嘉四灵的七绝是“效荆公而法诚斋”，新颖灵巧，闲婉流利，从而梳理出王安石——杨万里——四灵宋人绝句这一流派的传承脉络；林景熙“独提诗律继黄陈”，他的七律“完全是宋派宋调”，“豪健跌宕，郁勃沉挚，表现出‘清而腴’‘婉而壮’又蕴藉又酣畅的特点”；“刘基的诗，从杜甫、韩愈、陆游入手，上承汉魏风骨，一扫元末萎靡之习，‘力厚思深’，古朴雄放，意境高阔，‘声容不凡’”。所论深入不泛，皆具真知灼见。

至于具体作品的艺术分析，更是当行本色，极其能事。如言许及之《北征纪行诗》“自出机杼，能在纪实中运以论议，用笔深婉，耐人寻味，可与范成大使金诸绝相媲美”。李孝光的雁山诗词刻画逼真，独造境界，与他的《雁山十记》相表里，“塑造了雁荡山的文学形象”。评论叶适《白纻词》：“当是作者未登第时所作。孝宗淳熙元年（1174）在京，上书朝廷不报，郁郁返家。借乐府古题以抒意，曲终奏雅，托出本旨。慨叹世俗沉湎，古贤不见，悠悠此心谁同。”林景熙《梦中作四首》：“以藻思绮合之笔，写激楚苍凉之情”，“‘屈子《离骚》，杜陵诗史’，兼而有之，堪称风雅正声”。分析潘柽《送

友人游金陵》中佳联“遥知白下登楼处，正欠黄初着句人”的用意：“不惟流水对工（白下、黄初），且从对面着笔，设想此刻友人登临之际定当忆念于我，将思念之情加倍写出。与王维《九月九日忆山东兄弟》‘遥知兄弟登高处，遍插茱萸少一人’，同一手法。”潘氏的这一首，我一直很喜欢，曾多次抄写，今读陈先生精彩分析，颇有相契之感。

本书在文献方面也提供了大量的新材料，并且有不少精细考辨。其中有些内容，显示作者长期研究温州文史、熟谙地方文献的特点。如钩沉史料，广征博引，从有关记述和师承关系、交酬情况及诗见、诗尚、诗风等多个方面进行考察，筛选、界定永嘉四灵诗派的成员，本郡和外籍诗人计46家，详事论述。揭示薛季宣《木兰将军祠并序》的学术意义，考据“山外青山楼外楼”诗作者里贯、林景熙交游传记、李孝光行历佚诗等，都有新的精到见解。其评叶适《橘枝词三首记永嘉风土》，引述叶适庆元罢职后举家迁回温州，买宅水心村的事实，不仅使诗句所咏本事得以落实，还使温州本土的读者读后产生一种亲切感。尤其值得注意的是，书中还常常引述温州前辈学者夏承焘、梅冷生、苏渊雷等先生与诗学相关轶事名言。如论到卢祖皋《水龙吟·淮西重午》词时说：“梅丈冷生先生晚岁偃卧劲风楼，尝命予抄录，击节吟赏之，赞曰：‘简朴有致，虽放翁（陆游）、石湖（范成大）、诚斋（杨万里）亦无以过。’”又如在评论林景熙名作《梦中作四首》时说：“苏渊雷先生谓年少就读会文书院，灯下聆张汉杰师吟诵，‘声泪俱下，余亦凄其兴感，不能自已。’”这些地方，笔者读来，也有亲承謦咳的感觉。昔日孙衣言游平阳会文书院，发出了“伊洛微言持敬始，永嘉前辈读书多”的感叹。看到陈先生引述的诸位温州前辈学者的胜事，读了他本人的这部精深而活泼的新著述，笔者深有同感。

笔者当年在温州师院任教时，曾有幸与增杰先生共同承担古代文学中唐宋部分的课程内容，当时就钦佩他学术的精深，尤其是能贯通文学、语言、文献三个领域，谈艺考事兼擅。离温三十多年，虽然很少见面，然先生每有新著，必寄赐读，令我感荷不已！今承命撰此小序，略当绍介，更在这里祝愿陈先生年更高，德愈劭，学术的生命之树长青，不断有新著问世！

钱志熙

2019年10月5日笔于京西寓

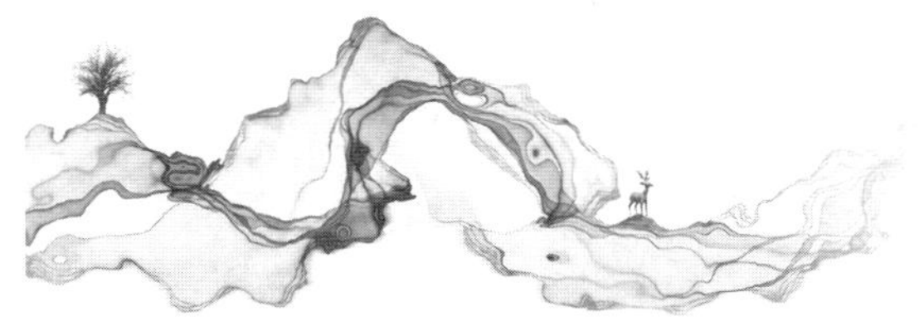

前　言

宋元和明初，是温州诗歌发展历史上最为发达繁盛时期，名家辈出，名作众多，异彩纷呈，蔚为大观，在当时以及后来都产生了广泛的影响。这本小书，就是绍介论述这一时期的重要诗家和他们的优秀诗作，因为多属鉴赏性论说文字，故而定名《宋元明温州诗话》。这些文章，除少数篇章见刊《文学遗产》《浙江社会科学》《杭州大学学报》《浙江师范学院学报》《温州大学学报》外，大部分篇目在《温州日报》风土版《温州诗历》专栏连载。现兹稍事整理修订，汇为一编，合计63篇，以便读者赏览，可以增进对这一历史时段温州诗歌创作和发展情况的了解，并为深入探究地域历史文化和宋元明诗研究提供线索和参考。

撰写本书，有几点缘由。一是受夏承焘先生、苏渊雷先生的熏陶影响，对古典诗词怀有浓厚的兴趣，也比较熟悉，谙于此道，先后做过《宋代绝句六百首》(1986)、《唐人律诗笺注集评》(2003)、《唐诗志疑录》(2007)的编撰工作。二是赏爱乡邦文化，特别是诗学这一方面，长时探究，亦颇专注。始为整理编校《永嘉四灵诗集》(1985)，继而纂著《林景熙集校注》(1995)，尔后承担《李孝光集校注》(2005)的任务。林、李二集出版后，未尝懈怠，仍复沈潜求索，十数年后再出修订本《林景熙集补注》(2012)和增订本《李孝光集校注》(2016)。

除了温籍名家别集的校笺，2002年参编《温州文献丛书》时，尝着手《东瓯诗存》的董理，奈因染疴中辍(后转交张如元兄完成)，不过心头仍惦念着这桩事。故当2011年温州市社科联专职副主席洪振宁先生商谈，为更好推广宣传和弘扬地方优秀文化，让我做温籍名家选集的工作时，我便考虑编注一个古代诗歌选本，取名《宋元温州诗略》。振宁君予以认同，列入市社科发展规划。几历寒暑，2013年9月《宋元温州诗略》初稿纂成，全编厘为六卷，选录宋元时期温籍诗人151家计诗500余首，通过笺评方式，将这一时期的优秀作品（或较有特色、在当时产生过影响的诗篇）介绍给读者，以供欣赏探究。

与修纂《宋元温州诗略》相辅相成的，即是构成本书基础的“温州诗历”的写作。2010年秋间，为纪念乡大儒叶适诞生860周年，写成《不唱杨枝唱橘枝——谈叶水心的诗》文，寄给《温州日报》副刊主编金丹霞女士，并附上短函：“金丹霞主编：建议开辟《温州诗历》栏目，组织较有质量文章，配以图片书影。倘同意设置此专栏，可提供相适合的文章。陈增杰上。2010年9月15日。”

2011年2月底，《温州日报》风土版主编南航先生来电话告：“经研究，拟开辟《诗历》专栏，望请供稿，并撰开头语，用作编者按。”予即欣然应诺，决定从“永嘉四灵”写起，于3月11日寄交第一组三篇稿，定名“温州诗历”，又写了简短引言：

> 宋季江湖诗派巨擘刘克庄说“永嘉多诗人”，被称为“风雅之国”[1]。近代名家陈衍《石遗室诗话》卷二六亦云：“自谢康乐山水名作，半出永嘉，永嘉遂为古今诗人渊薮。”[2]自宋代以来，随着“永嘉四灵”诗派的崛起，在这个中国山水诗鼻祖谢灵运曾经坐啸的山水文化名城，出现了一大群卓有创作成绩的诗家，名章佳咏迭出，饮誉诗坛。清初吴之振、吕留良、吴自牧编选的《宋诗钞》，选录两宋诗人100家，其中温籍诗人8家（薛季宣、陈傅良、叶适、徐照、徐玑、翁卷、赵师秀、林景熙），占了相当的份额，就一个地区（州郡）来说是罕见的。宋以后遂蔚为风气，历元明清至近现代，代出诗才，风雅传承，薪火不衰。这是一份值得我们珍惜，引以为豪和继承借鉴的诗学遗产。本报为此开辟《温州诗历》专栏，追踪前贤，共咀英华，期以继往开来，重扬雅风。

《温州日报》遂于3月26日第6版“瓯越风土”创辟《温州诗历》栏目，始为刊登《赵师秀论诗名言》文，配以笔者编校出版的《永嘉四灵诗集》二种书影。自此以后，直至2018年3月，笔者写的宋元明温籍诗人作品的鉴赏文章在该专栏陆续登载，六七年间共刊出50多篇。发表以后，不断得到读者的奖誉和鼓励，深受鼓舞。

借助《宋元温州诗略》的修纂，笔者曾做广泛阅读，蒐录大量有关资料，对这一时期的诗家和诗作有较为系统的了解，可以说成竹在胸。这样，写作《温州诗历》文章就不感到生疏，具备水到渠成之便利。

编入本书的文章，我都重阅一过。有的文章发表时限于篇幅有所删减，现在都给予复原；也有的文章做了内容上的充实和论证补充。本书援证较多，引文一一校核原书，务求翔实，注明详细出处，这样也便于读者查考复检。

本书出版中得到温州市社会科学界联合会和潘忠强主席的重视和支持，北京大学中文系钱志熙教授为撰序，谨在这里一并致以谢忱。

陈增杰

2019年5月1日于东嘉豁蒙楼

[1]刘克庄《后村集》卷二三《贾仲颖诗序》："永嘉多诗人，四灵之中，余仅识翁、赵；四灵之外，余所不及识者多矣，贾君仲颖余所未及识者之一也。君生风雅之国，为社友所推，不问可知其诗矣。"（四库全书本）温州市古称永嘉郡。

[2]陈衍：《石遗室诗话》卷二六，第4册，上海：商务印书馆，1935年，第7页。

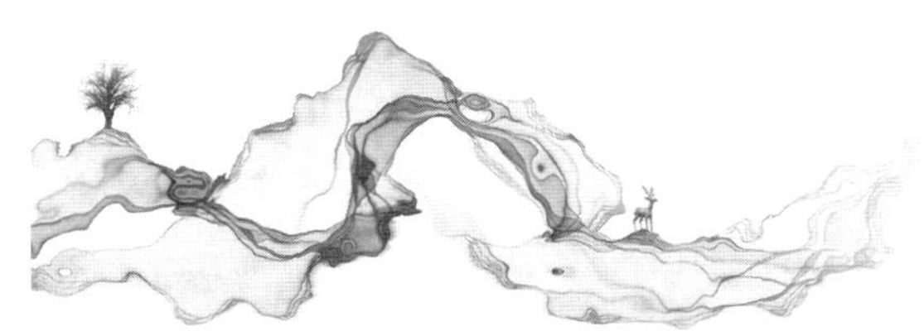

目　录

1

永嘉学派先驱者周行己的诗

周行己（1067—1125），字恭叔，瑞安人。晚年僦室温州城内净光山（松台山）麓雁池（今鹿城区蝉街乘凉桥）畔，名曰“浮沚”，言如浮云居沚（水中小洲）上，去留无止。学者因称浮沚先生。17岁入读太学，与郡人蒋元中、沈躬行（彬老）、刘安节（元承）、刘安上（元礼）、许景衡（少伊）、戴述（明仲）、赵霄（彦昭）、张辉（子充）同学，“皆经行修明为四方学者敬服”[1]，时称“元丰太学九先生”。登哲宗元祐六年（1091）进士，历任州学教授、秘书省正字、县令等职。《温州文献丛书》第一辑周梦江笺校《周行己集》编录《浮沚集》10卷（含补遗1卷）。

行己师从程颐，又随从潘大临（程门大弟子，为其太学老师）学。明归有光说是他首先将程学传入浙江，“周行己能发明中庸之道，浙中始知有伊洛之学”[2]。吴鹭山谓：“盖当时永嘉之从游程门者，惟浮沚与横塘得其玄珠而自成机杼耳。”[3]叶适论永嘉之学的渊源，谓“周（行己）作于前而郑（伯熊）承于后”[4]；陈振孙《直斋书录解题》卷十七言为“永嘉学问所从出也”；《四库全书总目》（下文简称《四库》）卷一五五《浮沚集》亦言“实开永嘉学派之先”[5]。这些论述，阐明永嘉之学与洛学的关系，同时表明行己是永嘉学派的先驱者。

不过行己为学并不拘守门户，他虽出程氏洛学，而对苏轼（蜀学，与洛学相对立）极为倾倒，《寄鲁直学士》诗称“当今文伯眉阳苏，新词的皪垂明珠”；与苏门人士广有往还，晁补之（无咎）是其座师，投诗黄庭坚（鲁直）极表倾慕，与李之仪（端叔）、李廌（方叔）、晁说之（以道）、秦觏

（少章）诸人相唱和。故《四库》提要称其“绝不立洛、蜀门户之见，故耳濡目染，诗文亦皆娴雅有法，尤讲学家所难能矣”。《宋元学案》卷三二言“其文盖学东坡者”[6]；孙诒让亦谓“浮沚讲学本伊川（程颐），文章则轨步眉山（苏轼）”[7]。可以说，在苏氏一派的熏陶影响下，他的作品包含更多一些文学的意味，有别于理学家的“以语录为文”。孙衣言《浮沚集手记》云：“恭叔铭墓之文，平实雅正，极似永叔；诗则有意于杜老，盖不独开永嘉学派之先，其文章亦卓然陈、叶先声矣。”[8]吴鹭山《光风楼随笔》卷下云：“盖浮沚于义理、辞章之学，固雅不欲偏废，惟不以文胜质耳。叶水心尝有意合道学、文章之裂，其实浮沚即先已有此气象矣。”[9]

周行己论诗主平淡劲健，绝弃绘饰。其《述忆二十韵奉赠段公度欧阳元老》云：“论诗到平淡，文师韩子纯。”韩子指韩愈。《复用前韵奉酬梦符学录》云：“子卿五言法，气格厉劲秋。”子卿即汉苏武[10]。宋韩淲《涧泉日记》卷下评论他的诗文：“文字温淡，但时有《庄》《老》，与程氏之说相背。诗亦好。”[11]

周行己现存诗154首[12]，长于五古，诗风纯正淡易，颇有理致。如《和郭守叔光绝境亭》：“云横绝尘境，峻堞若绳削。群山列培塿，众水分脉络。下瞰万瓦居，缥缈见楼阁。松风发天籁，泠然众音作。晶晶天宇清，尘襟一澄廓。”雍正《浙江通志》卷五十《古迹·温州府下》：“绝境亭，《名胜志》：宋邑人周行己建于郡城积谷山上（引本篇略）。”写登览胜景，境界阔大，有俯视一切之概。《杨花》云：

> 杨花初生时，出在杨树枝。春风一飘荡，忽与枝柯离。去去辞本根，日月逝无期。欲南而反北，焉得定东西。忽然惊飙起，吹我云间飞。春风无定度，却送下污泥。寄谢枝与叶，邂逅复何时。我愿为树叶，复恐秋风吹我令黄萎；我愿为树枝，复恐斧斤斫我为榱椽。只愿为树根，生死长相依。

言杨花飘忽不定，或翔云间，或堕污泥；而杨叶易萎，杨枝易斫，唯有树根能够“生死长相依”。赋物咏怀，寓含坚守根本，不为外物所移之义。通篇辞意畅达，不加修饰，体现了周诗“明白淳实”[13]的特色。其他如《题永宁传舍》《次韵张才叔蔡天复詹持国二月一日同步城南》《敬赠李方叔廌》等，亦皆为可诵之作。

行己的七言小诗较为轻巧，不似古体质直。《春日五首》之一：“送春小雨作轻凉，碧瓦鳞鳞动霁光。紫燕衔泥归旧屋，黄蜂采蜜度斜阳。”前二句所咏，与秦观《辇下春晴》“楼阙过朝雨，参差动霁光”和《春日五首》之二“一夕轻雷落万丝，霁光浮瓦碧参差”，情景宛似。之二：“小窗午枕梦初醒，特特来寻春径行。晴日暖风无俗客，岸巾柳底听新莺。”亦能见闲适自得之趣，结语尤佳。

以“闺怨”为题的诗作历来甚多，行己的《春闺怨三首》却能旧瓶新酒，自具思裁。

春尽辽阳无信来，花奁鸾镜满尘埃。

黄莺恰恰惊人梦，欲到郎边却么回。（之一）

恰恰，频频之意，不作“恰值”解。杜甫《江畔寻花七绝句》：“流连戏蝶时时舞，自在娇莺恰恰啼。”即此义。[14]么，这么。诗言辽阳（指边塞）无信，征人久戍不归；唯盼望梦中能得邂逅，不意又被啼莺惊断，好梦难圆，极写戍妇恨相会无期的无聊情思。怨黄莺之惊梦，深于怨者也，用笔婉曲。化用唐人金昌绪《春怨》“打起黄莺儿，莫教枝上啼。啼时惊妾梦，不得到辽西”诗意，却有作熟还生之妙。

深院无人帘幕垂，漫裁白纻作春衣。

停针忽忆当年事，羞见梁间燕子飞。（之二）

全篇点睛处在“漫裁”“羞见”两语。漫裁者无心制裁也。缘何“漫裁”？乃因看见双飞梁燕，逗引“当年”伉俪相得的情思。以梁燕双飞，反衬春闺独守，回应“深院无人帘幕垂”之孤寂。“羞见梁间燕子飞”，刻画了闺妇缱绻思恋而又含羞怯怕人察觉的情态，形象如见。

燕子引雏来去飞，杨花漠漠草萋萋。

窗前睡起浑无绪，倚遍栏干日又西。（之三）

上二句写景，后二句写情。“倚遍栏干日又西”，正是“睡起”“无绪”的写照。这三首诗，可以说是《浮沚集》中并不多见的富于情韵之篇。

【注】

[1] 叶适：《水心文集》卷二九《题二刘文集后》，《叶适集》中册，北京：中华书局，2010年，第598页。

［2］归有光：《震川别集》卷二下《浙省策问对二道》，文渊阁四库全书本。

［3］卢礼阳、方韶毅编校：《吴鹭山集》下册，北京：线装书局，2013 年，第 760 页。

［4］叶适：《水心文集》卷十《温州新修学记》，《叶适集》上册，北京：中华书局，2010 年，第 178 页。

［5］永瑢等：《四库全书总目》卷一五五《浮沚集》提要，影本下册，北京：中华书局，1983 年，第 1341 页上。

［6］黄宗羲等：《宋元学案》卷三二《周许诸儒学案》，据清嘉庆衡河草堂藏板影印，上海：上海古籍出版社，2002 年。

［7］孙诒让：《温州经籍志》卷十九《周博士文集》案，中册，上海：上海社会科学院出版社，2005 年，第 803 页。

［8］孙延钊：《孙衣言孙诒让父子年谱》引，上海：上海社会科学院出版社，2003 年，第 78 页。

［9］卢礼阳、方韶毅编校：《吴鹭山集》下册，北京：线装书局，2013 年，第 760 页。

［10］南朝梁萧统编《文选》收录李陵、苏武五言诗 7 首。杜甫《解闷十二首》之五："李陵苏武是吾师。"宋郭知达集注引赵次公曰："五言诗起于李陵、苏武。"后人多认为李、苏诗出六朝人伪托。

［11］韩淲：《涧泉日记》卷下，影印《说库》本上册，杭州：浙江古籍出版社，1986 年，第 4 页。

［12］周梦江笺校《周行己集》收诗 153 首，兹补佚作 1 首，见《弘治温州府志》卷二二过录周行己《香炉峰》诗："护国门前似匡阜，云峰路上认香炉。重重妄想虽堪笑，也胜尘埃看画图。"为本集及补遗所未收。

［13］永瑢等：《四库全书总目》卷一五五《浮沚集》提要，影本下册，北京：中华书局，1983 年，第 1341 页上。

［14］参阅陈增杰：《唐诗志疑录》之《"自在娇莺恰恰啼"之"恰恰"》篇，上海：上海人民出版社，2007 年，第 192 ～ 195 页。

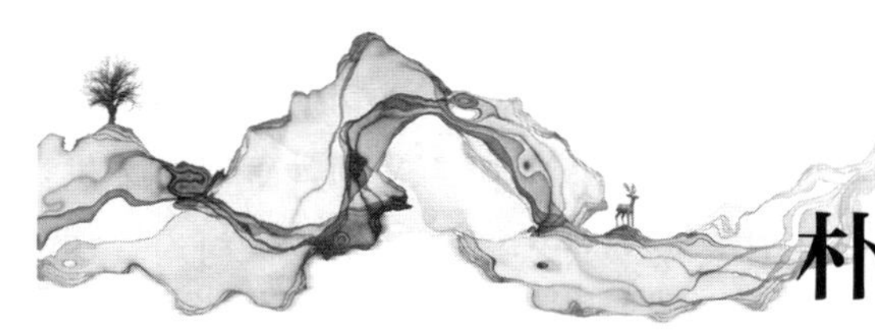

朴淡中别具风调

——尚书右丞许景衡的诗

许景衡（1072—1128），字少伊，自号横塘居士[1]，瑞安府白门横塘（今温州市瓯海区丽岙街道姜宅村）人。青年时进京（开封）入读太学，从游程门，为“元丰太学九先生”之一，《宋元学案》谓浙东之士从伊川（程颐）者自横塘始。哲宗元祐九年（1094）中进士，历仕徽宗、钦宗、高宗三朝，官至尚书右丞、资政殿学士，卒谥忠简。《宋史》卷三六三本传云：“景衡得程颐之学，志虑忠纯，议论不与时俯仰。”高宗称之“执政忠直，遇事敢言”。其扬历中外，立身刚正，忠言谠论，勋德名世。孙诒让《横塘集跋》赞曰：“勋节显著，为世名臣。盖元丰九先生惟忠简独后卒，名德亦最显。”[2]《温州文献丛书》第四辑编录《许景衡集》。

许景衡留存的作品在九先生中是最多的。今传《横塘集》20卷，其中诗6卷。他论诗主朴淡，不尚藻绮，《寄左十四》云：“吾观古人文，何曾事章句。至音本淡泊……了不在红素。”同时代人郑刚中这样评论他的为人和诗：“近世家者钦慕右丞（指许景衡）如古人，某愚坐山林而不及识。近见所为越倅潘公哀诗，气质中和，字画端重，粹然不减亲见也。”[3]言淳朴端重，诗如其人。《四库全书总目》卷一五六《横塘集》提要：“其文章亦坦白光明，粹然一出于正。”[4]吴鹭山《光风楼随笔》卷下：“其所为诗，属辞清拔，寓说理于抒情之中，深饶旨趣。”[5]

景衡为官清正，关心民瘼。《横塘集》中一些反映民间疾苦之什，值得我们注意。《东郊》写道：

东郊过新雨，野色何氛氲。嘉苗起萎病，万顷堆寒云。田父揖行客，苦诉村墟贫。年年夏旱时，赤地流黄尘。小儿困锄耘，烈日背欲皴。大儿斡水车，手足无完筋。官租且不供，矧欲养吾身？东邻久无烟，几口能生存；西邻逐熟去，今作何乡人？

当是徽宗继位后作。诗中说的“逐熟”，指灾民往丰熟地区流亡乞食。篇中借田父之口苦诉，年年旱情，民生益复艰危。虽耕锄辛勤，而官租不供，哪得养身，被迫乞食他乡，流离失所。真实反映民不聊生的困窘，句句真切，堪称纪实之言。《江边行》云：“江边煮盐女，日垦沙中土。闻道潮干土有花，肩负争先汗如雨。经年鬻盐赴官市，屋里藜羹淡如水。谁家滋味尽八珍，猫狗食余随帚尘。”写盐场劳作之苦，官府赋敛苛重，盐民藜羹糊口，而富家八珍委尘，多少不平之意，溢见笔端。

五古《题海山亭怀左经臣诗》云：“去年登斯亭，江山照尊俎。眼中十年旧，一笑便尔汝。今年登斯亭，春风糁花絮。故人渺天末，云海滞鳞羽。……丈夫贵适意，穷达付出处。洛阳真小儿，顾慕涕如雨。江流无日夜，而此独不去。何须数岁月，俯仰亦今古。”左经臣即左纬，台州黄岩人，是他的契友。宋陈耆卿《赤城志》卷三四《遗逸·左纬》云：“经臣以诗鸣，号委羽居士，与许少伊为忘年交。”左有《许少伊被召，追送至白沙不及》诗。通首叙写友情和观感，随意挥洒，可见平易质直的作风。

景衡长于五七言律和七绝，现存诗486首（含补遗），其中五律122首、七律161首、七绝129首，可见偏重。其近体宽婉畅达，朴淡中亦能别具风调。《四库》提要言其诗“吐言清拔，不露伉厉之气”，多指这类作品。如七律《题百咏堂》：

城郭寻常眼不关，谁能一一访林峦。
已将好景吟都过，留与后人取次看。
寂寂郊原秋色远，悠悠江水暮天寒。
可怜三十六坊月，还照先生旧倚栏。

此为歌咏郡守杨蟠（公济）百咏堂而作，本集及补遗未收，《弘治温州府志》卷二二选录。百咏堂，在温州府治东。哲宗绍圣二年（1095）杨蟠知温州，宽和恺悌，善待百姓。“在任二年，民爱之如父母。遇风日妍丽，老稚必问郡守曾出游行否，其得民心若是。”[6]撰有《永嘉百咏》诗，后人为立百咏堂。宋祝穆《方舆胜览》卷九《瑞安府·名宦》：“皇朝杨蟠尝为守，有百韵诗。”三十六坊，温州城内坊巷，为杨蟠所定。南宋戴栩《永嘉重建三十六坊记》：“《祥符图经》：坊五十有七，绍圣间杨侯蟠定为三十六坊，排置均齐，架缔坚密，名立义从，各有攸趣。故摭其胜地，则容城、雁池、甘泉、百里是已；溯其善政，则竹马、棠阴、问政、德政是已；挹其流风，则康乐、五马、谢池、墨池是已……杨侯既名其坊，又什以咏之曰：‘三十六坊月，一般今夜圆。’至今稚髫弱娈交口诵道，岂非以其人蕴藉而平易近民之效哉！”[7]收结二句，抒发了仰怀贤守的深情。又如《横山阁》：

一笑楼头属晚晴，我曹此乐最难名。
玉樽浮蚁一样白，青眼与山相对横。
个里风流终古在，世间荣利过云轻。
未应暮色催归思，天外娟娟新月生。

横山阁，为福州城内乌石山（闽山）景观，建于五代后晋。本篇当是徽宗政和（1111—1117）间任福州通判时作。诗写登临逸兴，追踪古贤，寄情山水，不慕荣利，表达了一种豁达洒脱的襟怀。“玉樽”一联，最称警拔。《四库》提要云：“如‘玉樽浮蚁一样白，青眼与山相对横’诸句，殊饶风调。胡仔《渔隐丛话》谓寇准诗含思凄婉，富于音情，殊不类其为人，今景衡亦然。盖诗本性情，义存比兴，固不必定为濂洛风雅之派而后谓之正人也。”此评得之。浮蚁，酒面浮沫。古人云酒之美者泛泛有浮花。一样白，喻清廉品节。青眼，明周祈《名义考·青白眼》：“人平视睛圆则青，上视睛则白。上视，怒目而视也。”青，黑。晋阮籍能作青白眼，于契重者使以青眼，鄙薄者使以白眼。见《世说新语·简傲》注引《晋百官名》。杜甫《秦州见敕目三十韵》有“别来头并白，相见眼终青”句。“青眼与山相对横”，言自己所钟情（青眼）者乃面对之青山，表示与山水相娱、物我无间的怀抱。后来辛弃疾《贺新郎》词有云“我见青山多妩媚，料青山见我应如是”，寄意略同。落句以景结情，贪看新月，不禁乐而忘返矣。

其律体他作，如五言“水声长带雨，山色最宜秋”（《题圣寿院》）、七言“明月清风孤馆夜，寒砧短笛异乡秋”（《秋冬思家》）诸句，皆为清秀可诵。

景衡绝句亦颇有佳作。五绝《江》：“江边问舟子，潮落几时回。野店无灯火，还须明月来。”隽永耐味，见选宋刘克庄《唐宋时贤千家诗选》卷十五。七绝《过强氏园诗》：“门外游人拨不开，城阴小径点莓苔。疏枝淡蕊深深处，只有春风自往来。”结句借自由往来之“春风”托出幽怀，顿令全诗生色。《横塘》：“春入横塘绿渺漫，扁舟欲去重盘桓。谁教向晚廉纤雨，又作残春料峭寒。”[8]入，本集作“日”，此从《东瓯诗存》卷一。留恋家乡瑞安横塘美丽风物和家居钓隐生活，情意缠绵。作者有同题五律：“好在横塘水，人今去几年。秋光空到地，霁色自连天。伐石围高岸，诛茅驾短椽。归欤此心在，何苦利名牵。”又有《道乐安寄杨县丞时可》：“我亦钓横塘，相望渺云海。”表现了同样的情怀。

《寄卢中甫四首》为唱咏西北边事作，诗风别具一格。之一：

霜风猎猎动旌旄，月落天低锦帐高。

旋放洮河三尺水，洗磨十万血腥刀。

卢中甫，当是从军边塞者。本题之四云：“制胜关头雪未融，崆峒山下又春风。此身不及泾川水，漾絮飘花日向东。”可见当时战事在秦凤路渭州（制胜关、崆峒山）、泾州（泾川）一带（属今甘肃东部）。之二云“九月都门风薄衣，夜砧声里雁南飞”，作者时居汴京（开封）。洮河，在今甘肃南部。唐王昌龄《从军行》：“前军夜战洮河北，已报生擒吐谷浑。”全篇声情激越，意气昂扬，高唱入云，充满杀敌制胜的豪怀壮概。

【注】

[1] 作者《寄邱觉》诗：“烦君且觅天台纸，待取横塘居士来。”（《横塘集》卷六）又有《横塘》等作。

[2] 见瑞安孙氏《永嘉丛书》刻本《横塘集》。

[3] 郑刚中：《北山集》卷十六《跋许右丞诗》，文渊阁四库全书本。

[4] 永瑢等：《四库全书总目》卷一五六《横塘集》，影本下册，北京：中华书局，1983 年，第 1345 页下。

[5] 卢礼阳、方韶毅编校：《吴鹭山集》下册，北京：线装书局，2013 年，第 760 页。

[6] 王瓒、蔡芳编纂，胡珠生校注：《弘治温州府志》卷八《名宦》，上海：上海社会科学院出版社，2006 年，第 167 页。

[7] 戴栩：《浣川集》卷五，文渊阁四库全书本。

[8] 横塘，作者家乡名横塘村，沿村有数里长的塘河。

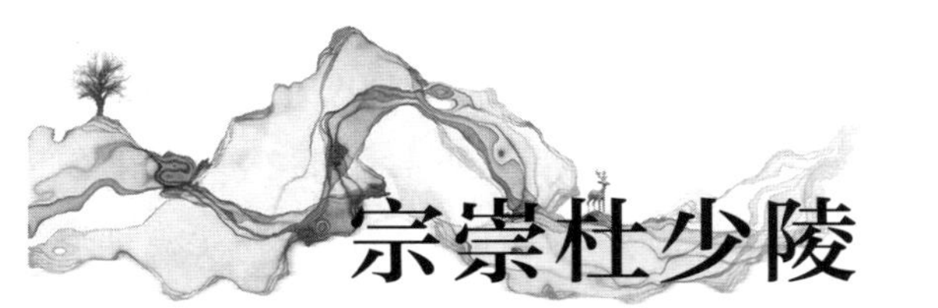

宗崇杜少陵 瓣香韩欧苏
——王十朋的诗学渊源

王十朋（1112—1171），字龟龄，号梅溪，乐清虹桥四都后垟（今乐清市淡溪镇梅溪村）人。绍兴二十七年（1157）登进士第一（状元），时年四十六。历知饶州、夔州、湖州、泉州，终官太子詹事、龙图阁学士。谥忠文。十朋立朝鲠亮切直，居牧廉正摩抚，风节倾动朝野，擅誉天下，被称为“一代名臣”。宋徐似道（竹隐）赞曰：“梅溪古之遗直，渡江以来一人而已。”[1]叶适赞曰：“绍兴末乾道初，士类常推公第一。”[2]备极推崇。

王十朋被称为南渡“第一流人物”，以人品、经济、学问著闻天下，而诗文为其“名臣”盛誉所掩，故或云“诗歌特其余事耳”[3]。其实，他一生爱好是诗歌，朱熹代刘珙（共父）作《王梅溪文集序》云：“平居无所嗜好，顾喜为诗。”[4]而且写作勤恳，从少至老，未尝中辍。现存《梅溪集》54卷，其中诗29卷（前集10卷、后集19卷），占了大半，篇数相当多。

宋汪应辰谓：“公于文专尚理致，不为浮虚靡丽之词。”[5]朱熹称其诗“浑厚质直，恳恻条畅，如其为人”[6]。真德秀言“绝去雕琢，浑然天质，一登临，一燕赏，以至赋一卉木，题一岩石，惓惓忠笃之意，亦随寓焉”[7]。这些都能道出他的诗歌在思想内容和品格上的特点。明李东阳《麓堂诗话》云：“（陆）静逸之见，前无古人，而叹羡王梅溪诗，以为句句似杜。”[8]《道光乐清县志》卷十六《杂志・丛谈・诗文学韩退之》言梅溪诗：“瓣香韩欧苏三家，而以韩为宗。初得《昌黎集》，辄欲尽和韩诗三百余篇。”[9]则指出其诗学渊源。十朋论诗，宗崇杜甫，又尊韩愈、欧阳修、苏轼三家，其《喻叔奇采坡诗一联云“今谁主文字，公合把旌旄”为韵，作十诗见寄。某惧不敢和，酬以四十韵》云："斯文韩欧苏，千载三大老。"（后集卷十九）集中有《和韩诗》37首，可见慕好。清选家陈讦谓："集中推尊昌黎不置，可知本领所自来矣。"[10]而于东坡尤倾倒，《苏东坡赞》云："东坡文章，百世之师……我读公文，慕其所为，愿为执鞭，恨不同时。"《读东坡诗》云："东坡文章冠天下，日月争光薄风雅……地辟天开含万汇，少陵相逢亦应避。"（后集卷十四）受上述诸家的熏陶，所以他的诗学力正大，笔意肆广，殊有雄杰俊迈之气；又皆自肺腑中流出，自然亲切，无一毫做作。其五七言古体，善能铺陈叙论，豁达明畅，深含理蕴；而又气象浑朴，独饶劲节，从总体说是接受了杜、韩、欧、苏的影响。当然，王诗的风格也往往呈现出多样化的特点，如近体律绝就与古体有些不同。这一点笔者拟专文论述，此不赘。

王十朋的诗在宋为一大家，历来颇得选家重视。宋陈思编、元陈世隆补《两宋名贤小集》编录梅溪诗8卷，清陈讦编《宋十五家诗选》（选148首）、坐春私塾选辑《宋代五十六家诗集》各编录1卷。明李蓘《宋艺圃集》卷十八选10首，曹学佺《石仓历代诗选》卷二〇四选39首，清陈焯《宋元诗会》卷三九选18首，康熙《御选宋诗》选130首（含联句2首），雍正《浙江通志》选17首，曾唯《东瓯诗存》卷二选80首。诸本选录都比较多，可见他的诗历来广为人们传诵欣赏。

十朋的古体诗更能显示浑淳质朴的特点。五古《畎亩十首》，是他青少年时代田居述志之作，胸怀辅君报国远大志向，而躬耕畎亩，修身养性，决不奔竞趋时。之七云：

> 竹有君子节，青青贯四时。桃李媚春光，千株弄妖姿。世眼悦繁艳，畴能赏幽奇。君看桃李蹊，蹄毂纷争驰。君看竹林下，形影谁相随。七贤久沦没，高躅犹可追。吾家植千竿，风月足自怡。岂不竞时好，聊为岁寒期。

咏竹写志，表达了追踪竹林七贤高躅，节操自励的襟怀。

《游灵岩辉老索诗，至灵峰寄数语》为绍兴二十七年（1157）殿试中魁后重游雁荡山所作，很见笔力，多为论者称引。[11]此诗前幅即景抒情，表露了报国辅政的抱负和殷切心情；后幅转笔写道："何人梦石室（自注：石室属灵峰），妄诞夸一时。那能了世缘，未免贪嗔痴。名山误见污，公议安可欺。愿借灵湫水，一洗了堂碑！”借题痛斥权奸，大义凛然，见出疾恶如仇的刚正品格。据宋释宗晓《乐邦遗稿》卷下及《东瓯遗事》诸书记载，秦桧尝梦至一洞，见群僧环坐。后知温州，经雁山罗汉洞，诡曰：“我前梦抵此石室，群僧环坐，曰尚忆此否？吾瞿然悟身为诺讵罗，僧谓吾世缘未了姑去。今睹此始知所梦。”因筑了堂，作绝句题于壁：“梦中石室尚依然，游宦于今二十年。欲了世缘何日了，服膺至教但拳拳。”[12]十朋于奸桧专政祸国，切齿痛恨，在上孝宗《自劾札子》中说：“及闻秦桧用事，辱国议和，常思食其肉以快天地神人之愤。”（奏议集卷三）故见所立“了堂碑”和欺世盗名之谎言呓语，怒加斥责，愿借千丈灵湫水，一洗名山污秽。此时秦桧死不久，其亲党余孽尚踞要位，说话还有顾忌，故尤难能可贵。

《家食遇歉，有饭不足之忧，妻孥相勉以固穷，因录其语》，虽然长一些，但确实是一首好诗，值得一读。诗云：

渊明事高尚，瓶中缺储粟；鲁公凛名节，乞米给饘粥；广文富才名，官冷饭不足；少陵老风骚，橡栗拾山谷。嗟予何为者，处世真碌碌。谋生一何拙，甔石无储蓄。三年两去国，囊橐罄水陆。还家索租苗，不了腊与伏。前秋遭飓风，摧折数间屋。今年丁大侵，破甑尘可掬。绝粮瘦百指，告籴走群仆。乡邻苟不救，定恐填沟渎。家藏千卷书，父子忍饥读。一字不堪煮，何以充吾腹。细君笑谓我：“子命难食肉。去岁官台省，侥幸食君禄。有口不三缄，月奏知几牍。圣主倘不容，宁免远窜逐？归来固已幸，富贵非尔福。东皋二顷田，得雨尚可谷。子耕我当耘，固穷待秋熟。”

隆兴元年（1163）符离战败，孝宗转主和议，朝廷党争激烈，十朋深感忧虑和失望，上孝宗《自劾札子》，并于六月辞职还乡。本篇为次年春归居乐清左原作。固穷，谓安贫守道。语出《论语·卫灵公》：“子曰：君子固穷，小人穷斯滥矣。”全篇分三段。起八句引前贤陶渊明、颜真卿（鲁公）、郑虔（广文）、杜甫穷厄故事，以自宽慰。中二十句是歉岁家居困窘生活的实录，写得真切恳至。作者有《自秋七月不雨至于春二月十九日仅得雨》诗，可见自去秋不雨，大旱七个多月。他在《祈雨不应》中说：“歉岁还乡益困穷，瓶无储粟酒尊空。”为官经年，居职台省（先后授任中书省起居舍人、御史台侍御史），位显权重，而清贫如洗，家无蓄粮，足见两袖清风的高节。后十四句回翔往历，借细君（妻子）调侃语，托出固穷不悔所为、不易所守的志操。“三年两去国”，指绍兴三十一年（1161）、隆兴元年（1163）因言事受排斥两度罢职归里。“月奏知几牍”，指孝宗即位，锐意进取，起用主战派人士，十朋直言敢谏，一月内连上《除侍御史札子》《论史浩札子》等十六道札子（见奏议集卷二、卷三），激切论事。上述所言，可见十朋的高风亮节，贪鄙之徒及明哲保身者读此诗亦当惭惶自警矣！这段记叙，妙在借细君之口说出，寓正于谐，又见夫妻“相励以固穷”的高谊和深情。十朋夫人贾尤凤，乐清贾忝人，出身书香门第，贤惠勤俭，可爱可敬，堪称历史上“贤内助”的典范。通篇叙事陈情，娓娓道来，质而不枯，淡有腴味，深得杜陵神理。明陆钺（静逸）言梅溪诗“句句似杜”，盖即谓此等之作。

七古《游西岑遇雨》，当是绍兴五年（1135）入读乐清县学时作。西岑，乐清城西之西塔山，为县“虎山”，风景绝佳。诗云：

> 西岑风物秋更嘉，杖藜出郭欢无涯。深村有酒隔烟渚，共乘小艇穿芦花。罗裾绰约越溪女，茅舍迫窄吴侬家。床头新酿喜正熟，千金倒瓮倾流霞。天公妬我一日乐，俄然雨脚来如麻。醉归扶路泥没肱，冠巾不整头鬖髿。人生贵在适意耳，安能局缩身如蜗。杖头有钱即相觅，明日更泛仙源槎。

前八句写西岑风物和出郭寻游、扁舟买醉的逸兴。接写遇雨，“天公”句笔锋陡转，“势如落石”[13]。结叙余兴，言人生贵在适意。通篇随意挥写，触处有情，笔调轻畅快舒。

再看《腊日与守约同舍赏梅西湖》：

> 西湖处士安在哉，湖山如旧梅花开。见花如见处士面，神清骨冷无纤埃。不将时节较早晚，风味自是花中魁。暗香和月入佳句，压尽今古无诗才。武林深处景益胜，十里眼界多琼瑰。北枝贪睡南枝醒，杖屦得得挽出来。旅中兹游殊不恶，况有佳友衔清杯。手折林间一枝雪，头上带得新春回。

绍兴二十六年（1156）冬杭州作，时为太学上舍生。是岁腊日（农历十二月初八日），十朋邀约临安知府并太学同舍生共游西湖赏梅。起四句引西湖处士林逋入题，清选家范大士所谓“叫处士正为梅花添精采”[14]。接四句写梅，亦以林处士佳句（“疏影横斜水清浅，暗香浮动月黄昏”）做衬比。“武林”四句，写眼前“十里琼瑰”中的梅枝即雪中之梅。“北枝贪睡南枝醒，杖屦得得搀出来”，拟梅花为林中贪睡初醒之高士，极新警，是创造性的比喻语。明初诗人高启咏梅名联“雪满山中高士卧，月明林下美人来”（《梅花六首》之一），称誉于时，上句或脱化于此。末云“手折林间一枝雪，头上带得新春回”，从梅枝探得盎然春意，带回一片生机，既富于诗情，又拓开境界，启人美好的想象，是绝佳的收结。范大士评：“较‘菊插满头’更韵。”[53]谓相比唐人杜牧“菊花应插满头归”（《九日齐山登高》）句，更饶韵致，说的正是这个意思。

【注】

[1]戴复古:《石屏诗集》卷六《题泉州王梅溪先生祠堂,徐竹隐直院谓梅溪古之遗直,渡江以来一人而已》，《戴复古诗集》，杭州：浙江古籍出版社，1992年，第153页。

[2]叶适：《水心集》卷十六《提刑检详王公墓志铭》，《叶适集》中册，北京：中华书局，2010年，第314页。

[3]陶元藻《全浙诗话》卷十四《王十朋》:“朱子尝称其经济文章为我宋第一流人物，洵非虚语，其诗歌特其余事耳。”见《续修四库全书》第1703册，据清嘉庆衡河草堂藏板影印，上海：上海古籍出版社，2002年，第234页下。

[4]朱熹：《晦庵集》卷七五《王梅溪文集序》，文渊阁四库全书本。

[5]汪应辰：《文定集》卷二三《龙图阁学士王公墓志铭》，文渊阁四库全书本。

[6]朱熹：《晦庵集》卷七五《王梅溪文集序》，文渊阁四库全书本。

[7]真德秀：《西山文集》卷三四《题跋・梅溪续集》，文渊阁四库全书本。

[8]李东阳：《麓堂诗话》，《历代诗话续编》下册，北京：中华书局，1983年，第1397页。按：明陆铖，字静逸。

[9]《道光乐清县志》卷十六，下册，北京：线装书局，2009年，第1100页。

[10]陈讦：《宋十五家诗选・王十朋》，《续修四库全书》第1621册，据清嘉庆衡河草堂藏板影印，上海：上海古籍出版社，2002年，第572页上。

[11]梁章钜《雁荡诗话》卷上《秦桧了堂碑》：“后梅溪以诗讥之。”清咸丰二年文华堂藏板，第17页。

[12]陈瑞赞编：《东瓯逸事汇录》卷二九《秦桧留题》引《乐邦遗稿》，上海：上海社会科学院出版社，2006年，第687页；梁章钜：《雁荡诗话》卷上《秦桧了堂碑》引

《东瓯遗事》，清咸丰二年文华堂藏板，第 17 页。

[13] 范大士：《历代诗发》卷三十评，康熙三十八年虚白山房刻本，第 9 册，第 11 页。

[14] 范大士：《历代诗发》卷三十评，康熙三十八年虚白山房刻本，第 9 册，第 11 页。

[15] 范大士：《历代诗发》卷三十评，康熙三十八年虚白山房刻本，第 9 册，第 11 页。

4 诗笔秀拔　吐属俊爽
——王十朋律体诗的特色

王十朋的近体律绝，风格上与古体有所不同，表现了秀婉舒健的特色，而且也有更多抒情的成分。清陶元藻《全浙诗话》卷十四称其："诗笔秀拔，吐属俊爽，正如天半朱霞，使人矫首，非靡靡之响可同日而语也。"[1]此评可以用来形容他的近体诗风。五七言律是王十朋擅长的诗体，《梅溪集》中多有佳构。这里仅就他的七律写作略事论述。

十朋的七律，题材颇广，感时怀人，状景赋物，无不运用自如。兹各举一例说明。感时如《伤时感怀》二首之二：

帝乡五载乱离中，亿万苍生陷犬戎。
二圣远征沙漠北，六龙遥渡浙江东。
斩奸盍请朱云剑，射敌宜贯李广弓。
借问秦庭谁恸哭，草茅无路献孤忠。

作于高宗建炎三年（1129），时年十八。自宣和七年（1125）金兵南侵攻打东京开封，迄兹五岁，故说"帝乡五载乱离中"。二圣远征，指靖康二年（1127）金兵陷汴京，徽宗、钦宗被掳北行，北宋灭亡。六龙遥渡，指建炎三年（1129）金兵渡江侵占建康（南京）、杭州，高宗乘船逃向明州（宁波）、定海（浙江镇海），后至温州。徽宗任用蔡京、童贯，高宗任用黄潜善、汪伯彦，奸佞误国，令人义愤填膺，故期请以朱云之剑斩奸，李广之弓射敌。十朋一生力主抗金御侮，他在上孝宗《自劾札子》中说："自从总角，身在草茅，闻丑虏乱华，中原陷没，未尝不痛心疾首，与虏有不共戴天之仇。"（奏议集卷三）此篇抒写对时政国策的忧虑和无路请缨的悲愤，慷慨激昂，

向我无言眉自展，与人非故眼犹青。

萦牵别恨丝千尺，断送春光絮一庭。

叶底黄鹂音更好，隔溪烟雨醉时听。

当是绍兴十一年（1141）家居左原时作。全首扣紧春柳而[illegible]赋，笔情摇曳多姿。颔联尤佳。眉，柳叶；眼，柳眼。眉展眼青[illegible]形容舒展的柳枝殷勤地向人频送秋波。眼犹青，暗用“青[illegible]言为所钟情。二句曲尽春柳婀娜风情。

此外，十朋五七言律警联可摘赏者亦颇多，略举如[illegible]

人家烟色里，古寺水声中。（《游箫峰》）

倚天双宝剑，点石万星金。（《题双瀑》）

峰高捧日久，波阔浸天多。（《春日游西湖》）

江淮两岸雨，吴楚一天云。（《遇雨两宿县驿》。范大士《历代诗发》卷三十评此联：“气势极雄。”[4]）

白发又新岁，黄柑非故乡。（《元日》）

迭嶂云披絮，遥天月吐钩。（《泊桐庐分水港》）

种稻到山顶，栽松侵日边。（《入长溪境》）

遥岑更作有无色，西子为谁浓淡妆。（《题谋野堂》。按：序云“兴国江山似杭之西湖”，故援西子为比。范大士《历代诗发》卷三十评曰“峭蒨”[5]。）

城邑旧为夔子国，民人多是楚王孙。（《至归州宿报恩寺》。王士禛《蜀道驿程记》举引此例，谓：“荒山寒日，江声怒号，独坐吟此数诗，不必‘猿鸣三声泪沾裳’也。”[6]）

路从飞鸟头上过，人在白云高处行。（《又书岩上》）

岩石有时开镜面（自注：石镜），溪流入夜作鸾声（自注：鸾溪）。（《宿归宗寺》。按：点染石镜溪、鸾溪两地名入句。）

皆称工炼隽拔之句。

【注】

[1] 陶元藻：《全浙诗话》卷十四《王十朋》，《续修四库全书》第1703册，据清

嘉庆青江草堂藏板影印，上海：上海古籍出版社，2002 年，第 234 页下。

[2] 许印芳：《诗法萃编》卷八《附录宋人杂说·附识》，光绪十九年朴学斋刻本，第 5 册，第 35 页。

[3] 参阅本书第 7 页《朴淡中别具风调——尚书右丞许景衡的诗》“青眼与山相对横”评释

[4] 范大士：《历代诗发》卷三十，康熙三十八年虚白山房刻本，第 9 册，第 11 页。

[5] 范大士：《历代诗发》卷三十，康熙三十八年虚白山房刻本，第 9 册，第 11 页。

[6] 王士禛：《带经堂诗话》卷十三，上册，北京：人民文学出版社，1982 年，第 333 页。

5 行役诗不作悲苦音

——王十朋笔下的山程水驿

王十朋一生履历，可分家居、就学、仕职三个时期。他年少在家乡贾岙鹿岩乡塾读书，20 岁至乐清金溪邑馆从学，24 岁起进读乐清县学。自绍兴十六年（1146）35 岁至二十六年（1156）45 岁，11 年间六赴临安（杭州）太学就读。绍兴二十七年（1157）46 岁，殿试中魁（状元），始入仕途，签判绍兴府。其后，除去职家居外，他立朝任职时间并不长，前后相加不足两年，大多时间被委以外任。自隆兴二年（1164）六月（53 岁）至乾道六年（1170）闰五月（59 岁），7 年间历任饶州（今江西波阳）、夔州（今重庆奉节）、湖州（今属浙江）、泉州（今属福建）知府，履迹遍及今浙江、江西、安徽、湖北、重庆、福建等地。《梅溪集》中的行旅游历诗，多是他赴读临安太学和移知饶、夔、湖、泉四州期间写的。其道途赋咏之什，模写山川胜概，抒发逸兴壮思，诗笔隽拔，饶有情趣。

绍兴十六年（1146）春，十朋自家乡首赴临安入读太学，顺道游览乐清县境内的雁荡山，作《题灵峰三绝》。其一云：

家在梅溪水竹间，穿云蜡屐可曾闲？
雁山新入春游眼，却笑平生未见山。

写下了青年诗人初游雁山的深切感受。他说家乡（梅溪）风景不错，自己又好登临寻胜，可是目睹雁山，始大开眼界，深深为其雄伟气势和天造地设般灵奇境界所震惊所折服。“却笑平生未见山”，是说以前所历所见之山山水水，都算不得什么了。此即唐人元稹“曾经沧海难为水”的另一种表述，也就是后来明代旅行家徐霞客说的“五岳归来不看山”的意思，皆为形容前

此未曾有过的感受之极致语。吴鹭山《雁荡诗话》云："写出对雁宕无限赞叹，意在言外。"[1]予著《宋元温州诗略》卷一评："前二句垫铺，三句入题，四句精彩登场，神来之笔。"这可以说是历来题咏雁山的诗中写得最早的一首名作。

五律《剡溪舟中有感》：

又作游吴客，重登入越船。
西风桑叶岸，细雨菊花天。
旅思秋偏恶，乡心夜不眠。
钱塘江上月，行见十分圆。

此为绍兴十九年（1149）秋重赴钱塘（杭州）入越（绍兴）舟行过剡溪作，其时仍在太学就读。剡溪，曹娥江上游，在浙江嵊县南，涧谷深幽，为唐诗人所盛誉。颔联不著闲字，字字有景又句法浑成。结二句，盖时近中秋，因想象钱塘江上的圆月景象，隐含"月圆人不圆"之思情。

乾道元年（1165）秋，十朋自饶州移知夔州，历经庐山、江州瑞昌县（今属江西）、兴国军永兴县、大冶县（今属湖北）、寿昌军武昌县（今湖北鄂城），过樊口[2]，然后自鄂州（今武汉武昌）南浦[3]解缆，溯长江而上。这一次入蜀赴任历程最远，沿途赋作亦最丰，多见佳什。如《宿大冶县》：

隔岸呼舟子，湖山日欲曛。
人家数点火，风物一川云。
小渡渔人占，中流县界分。
秋深山驿冷，萧瑟夜深闻。

写舟行夜宿山驿的景况。颔联一川风云（大景），缀以数点炊火（小景），构成细大之对，这即是王夫之所说"有大景中小景"，"以小景传大景之神"[4]。颈联将中流分县界的自然景象与渔人占小渡的生产活动组合在一起，两者似不相干，却是举目所见天然画图，随手拈来，对出不测，最有妙谛。前六言眼前景象迷人，不知身在行旅之中；后二说，至夜宿山驿听到中宵秋声萧瑟，方才感到客怀寥落。

又如《解缆南浦，初溯长江。江流出鄂渚、汉阳两山之间，云霭横之，如一山然》：

解缆长江口，回头思黯然。

封疆一川隔，烟霭两州连。

水鸟飞沿渚，江豚跃傍船。

好风知几苇，送我上青天。

境界开阔，笔力矫健。一川，指长江。两州，指江南岸鄂州和江北岸汉阳军（今武汉汉阳），宋时均属荆湖北路。两句气势极雄。结联更是天然好语。“好风知几苇”，言好风仿佛觉察到小舟只有几束苇叶那么轻似的，故而不费力地不断吹送，状轻舟凭借风力飞快地行驶。《诗·卫风·河广》有“谁谓河广，一苇杭（航）之”句，因以“几苇”为喻。“初溯长江”，行向上游，故说“上青天”；又写出船借风力上行，有一种“春水船如天上坐”（杜诗）的感觉，韵味悠长。不过十朋的这两句好诗却是被埋没了，不见有论诗家举赏；人们都传诵《红楼梦》第七十回写的，“众人拍案叫绝”的薛宝钗《临江仙》咏柳絮词：“好风凭借力，送我上青云。”其句意实仿用自十朋此联（改易四字），而评注《红楼梦》诗赋者未见指出。

接着循江继行，经江陵（今属湖北）有作《芦花》二首，其二曰：“芦花两岸风萧瑟，渺渺烟波浸秋日。鸥鹭家深不见人，小舟忽自花中出。”咏写“老境残秋路入荆”（《夜宿思湖口系缆芦苇间》）门的感况，给我们带来了一幅满地芦花、船从花中出的生动画面，意境并不萧瑟。

《游东坡十一绝》则是乾道三年（1167）七月自夔州移知湖州，赴任途中顺江而下经留黄州（今湖北黄冈）时作。之六：“再闰黄州正坐诗，诗因迁谪更瑰奇。读公赤壁词并赋，如见周郎破贼时。”十朋称叹苏轼“文到黄州更绝尘”，此首言坎坷遭遇更能激发他的创作热情，写出《念奴娇·赤壁怀古》和前后《赤壁赋》那样不朽的作品，表示了对苏轼的同情和倾慕。

舟行经铜陵（今属安徽），有《铜陵阻风》：“两年官绝塞，万里下瞿唐。秋浦浪方息，铜陵风又狂。五松人忆白，双竹句思黄。今夜舟中月，中秋何处光。”（二首之一）自注：“五松山李太白读书处。有鲁直《双墨竹》诗，今亡矣。”秋浦，在安徽贵池县。以秋浦水得名，李白有《秋浦歌十七首》。黄庭坚《阻风铜陵》云：“顿舟古铜官，昼夜风雨黑。洪波崩奔去，天地无限隔。”五松山，在铜陵市南。李白有《宿五松山下荀媪家》诗。嘉靖《铜陵县志·地理志》：“唐李白筑室于上，为五松书院。”黄庭坚（鲁直）《山谷集》外集卷五有《铜官县望五松山集句》。吊古咏怀，笔墨简净有致。

乾道四年（1168）八月十朋授知泉州，九月自乐清起程，转道温州经瑞安、平阳入闽，过长溪县（今福建霞浦）作《宿饭溪驿》二首。诗人感到驿名新鲜，说“乐清有甑屿山”，可与配对，吟云“甑屿饱曾见，饭溪名始闻”（之一）。其二云：

门拥千峰翠，溪无一点尘。

松风清入耳，山月白随人。

极尽写物之工。四句四景，两相偶对，为绝句诗别一体式，祖自杜陵《绝句》“两个黄鹂鸣翠柳”笔法。

从上述简略的举引可见，王十朋的行役游历诗，吐属不凡，局境开朗，不作悲凉凄苦之音，他笔下的山程水驿，意兴高远，读来赏心悦目，表现了豁达轩敞的襟怀。《梅溪集》中这类题材作品，数量颇多，品质甚高，独具特色，是能够体现王十朋诗歌成就的一个重要方面，值得我们重视和深入研究。

【注】

[1] 卢礼阳、方韶毅编校：《吴鹭山集》下册，北京：线装书局，2013 年，第 648 页。

[2]樊口，在樊溪东。樊溪，即樊川，一名樊港，又名袁溪，在鄂州武昌县（今湖北鄂城）西樊山下。东为樊口，入长江。参见《明一统志》卷五九《武昌府·山川》“樊山、樊溪”诸条。

[3]南浦，水名，在鄂州（今武汉武昌）南。前首《十日解舟，晓泊江口，望鄂渚汉阳》：“文通送别处，春恨可如秋。”自注：“江文通《别赋》‘送君南浦，伤如之何？’南浦在鄂渚之南。文通以春送客，而予以秋为客，悲又可知。”鄂渚，原为武昌西南长江中小洲（见《楚辞·九章·涉江》），鄂州以此渚得名，后即以称鄂州。

[4] 王夫之：《薑斋诗话》卷下，《清诗话》上册，上海：上海古籍出版社，1978 年，第 14 页。

6 结宇孤屿上　波涛四面生

——薛季宣诗初探

薛季宣（1134—1173），字士龙（亦作士隆），号艮斋，永嘉（今温州市鹿城区）人。出身温州名门望族，世居郡城梯云坊（今鹿城区大高桥下）。祖薛强立、父薛徽言皆登第居职。季宣以二伯父薛昌言恩荫入仕，曾任鄂州武昌县令、婺州司理参军，迁大理寺正、湖州知州。改知常州，未上任病卒。谥文宪。世称薛常州。

季宣少从三伯父薛弼宦游南北各方，师事程门袁溉，晚复与张栻、吕祖谦等往还。熟谙掌故，善治事，深于兵略，具辅国之材，郑伯英拟之“诸葛（亮）子房（张良）”[1]，叶适称“有管（仲）葛（亮）事业”[2]。其学博通古今，务求实用，尤注重经制治道，六经外于史、地、兵、刑、农、末（商业），靡不研采，并践行验迹。他与郑伯熊同为永嘉之学承前启后由性理转为事功的关键人物。著名学者陈傅良、王楠、楼钥，皆出其门下。惜年甫四十而亡，未能将他的学问和词翰发挥尽致；然正如《四库全书总目·浪语集》提要所言，“即所存者观之，其精深闳肆，已足陵跨余子矣”[3]。夏承焘先生《天风阁学词日记》1940年10月27日：“阅《四库》宋集提要，甚佩吾乡薛季宣。”[4]《宋史》卷四三四入《儒林传四》。

薛季宣以经学名世，诗歌余事，不像他的议论文章那样声闻广被。所著《浪语集》35卷[5]，其中诗10卷。后人选本，《宋诗钞》钞录84首篇数最富，余如陈焯《宋元诗会》录8首、《佩文斋咏物诗选》录9首、《御选宋诗》录8首，并不是很多。清储大文论宋诗源流，谓宋之中期“诗学日绌”，“元祐八年迄绍兴二十有五年凡六十年，胥无诗也”[6]。绍兴二十五年（1155）

后，朱熹、吕祖谦、王十朋、范成大、周必大、陆游、洪迈、杨万里、萧德藻、辛弃疾、薛季宣、郑伯熊、陈傅良、陈亮、刘过（依原列序次）诸“才彦，始郁奋而出，号为文章中兴，诗律尤振”[7]。陈衍《石遗室诗话》卷三论诗学源流，举“韩愈、孟郊、樊宗师、卢仝、李贺、黄庭坚、薛季宣、谢翱、杨维桢、倪元璐、黄道周之伦”为“语必惊人，字忌习见”的“奥衍生涩”一派。[8]概而言之，薛季宣作为南渡后宋诗中兴之名家，自具风格，在宋诗的发展中占有一席之地，故而不当忽略，值得我们进行深入探索和研究。

薛季宣的诗风朴质健朗，不尚藻缋，深蕴理念，往往意在笔先。出句力避凡俗，“生涩”中自成韵调。[9]清吴之振等《宋诗钞·浪语集钞叙》谓：“其诗质直，少风人潇洒之致，然纵横七言，则卢仝、马异不足多也。”[10]《四库》提要亦曰：“于诗则颇工七言，极踔厉纵横之致。”[11]

论者都看重他的七言歌行，《春愁诗效玉川子》是代表名作，其云：“春阴苦亡赖，巧解穷雕锼，入我方寸间，酿成一百万斛伤春愁。”又云：“我有龙丈三尺之长剑，真刚不作绕指柔，匣以明月通天虹玉烛银之宝室，可以陆剸犀象水断潜伏之蛟虬。”又云：“却欲强挽愁作伴，愁忽去我无处踪迹寻行辀。惟有春华斗春媚，一一蒨绚开明眸；又有平芜绿野十百千万头钝闷耕田牛，踏破南山特石头。”（卷十一）笔意奥衍恣肆，盖效法中唐诗人卢仝（号玉川子）奇险怪特的诗风，其诞放侈张之辞、突兀排宕之体，的确表现了“踔厉纵横”的气格，在宋诗中不为多见。清翁方纲《石洲诗话》卷四云：“薛士龙七言，以南渡俚弱之质，而效卢玉川纵横排突之体，岂复更有风雅？而吴《钞》乃称之。”[12]离开了具体作品的客观分析，概以时代为准绳而泛作评判，自不免偏颇。

不过，从总的方面看，薛季宣的近体律绝创作成绩更为突出，胜咏也夥，而论者鲜有举述。其五律佳者，如《仵落回路得家书，是夕有归梦》：“梦入江南路，依然识旧庐。家人话生计，儿子督程书。缭绕俗缘在，缠绵习气除。金鸡惊误我，安问未为疏。”（卷五）当是绍兴三十二年（1162）秋任鄂州武昌（今湖北鄂城）县令时，自仵落（宋德安府云梦县市镇名）察访回途中怀家之咏。《江行即事》：“春信潮声急，滔滔掩岸沙。客船离浦溆，渔笛起蒹葭。荡桨水光碎，转山帆影斜。篙工指烟树，依约有人家。”（卷五）都写得真切有意致。摘句如《诚台雪望怀子都五首》之五“良马日千里，美人天一方”；《乡思》“达仕租千石，虚名酒五经。岂能千日醉，未胜九年耕”；《春阴》“柔肠牵柳眼，困泪点花头”，皆为可诵。

咏史之什以《读〈三国志〉》最称精辟：

左角蛮攻触，南柯檀伐槐。

俳谐记名字，人物委尘埃。

锦里昔曾到，樊川今此来。

遗风不可见，观古意悠哉。（卷五）

此篇亦为任武昌县令时作。鄂州武昌为长江上游重镇，三国时孙权曾迁都于此。隔江相对是黄州（今湖北黄冈），有赤鼻山，即苏轼词赋所咏赤壁之战的地方。首联用《庄子·则阳》触氏、蛮氏争战蜗角和唐李公佐《南柯太守传》所载蚁穴中檀萝国、槐安国相与大战故事。蛮攻触、檀伐槐，喻指为小利争斗而实皆虚幻之事。二句对仗工整，引典妥帖。二联谓三国之英雄人物都已埋没尘埃，只有俳优演出的杂戏中还留存他们的故事。后四句说，昔时曾到锦里（成都）探寻蜀汉故迹，现今又临樊川（鄂城）孙吴重镇实地访古，往事悠悠，风流不再，令人俯仰兴怀。宋王应麟《困学纪闻·评诗》举曰：“薛士龙诗‘左角蛮攻触，南柯檀伐槐’，的对也。”[13]全诗将读史与实地凭吊结合起来写，有充实的内涵，脱却泛泛怀古俗调。通篇笔墨洗练，意味隽永，不仅首联对工而已。

季宣七绝佳者，如《春草曲》：“二月二日未旦，梦游遇潦旋返，见群女鱼贯舞入大第，行歌春草之曲。其声宛转清畅，不类今之乐府。寤而追记其诗。散雪枝头寒已老，平芜一夜铺春草。江梅着子怯东风，花落满庭浑不扫。”（卷八）《[illegible]乡入夏野花方拆》：“墙匝丛丛绣舞茵，一般颜面各精神。[illegible]乡不为东君去，野草闲花满路春。”（卷九）言东君（司春之神）虽去，而野草闲花满路，胜似春光。不作伤春常语，别出新意。见选《咏物诗选》卷二三二的《雨后忆龙翔寺》二首之一，更是一首好诗：

二峰高峙夹禅扃，长落潮音逐磬声。

老僧睡起绝无事，不管波涛四面生。（卷八）

据作者同题七律云：“何事瓜期外留滞，短窗斜雨不堪愁。”是为宦游滞外忆怀故乡名胜而作。龙翔寺，即温州江心寺，位于瓯江中孤屿，宋高宗

建炎四年（1130）赐名题额。宋赵鼎《建炎笔录·建炎四年庚戌岁》："二月，车驾在温州港。初一日，御舟移泊温州江心寺下，因赐名龙翔寺。有小轩东向，赐名浴日，皆御书题额。"[14]二峰，指东西二屿。作者五律《龙翔寺》："二江涵古寺，双屿耸平沙。"二江，指瓯江及其支流楠溪江。《弘治温州府志》卷十六《寺观·永嘉县》："江心寺，在城北永清门外。二峰对峙，前代皆称孤屿……绍兴，僧清了联属，建巨刹于两峰之间。"[15]

范大士《历代诗发》卷二八评："楚楚不俗，亦自成家。"[16]诗写龙翔寺耸立中川，二峰夹峙，四面涛生，势欲浮动；复以磬声潮音相和鸣与老僧的淡定，化解汹涛拍岸的惊险，从而渲染了结宇孤屿、安禅巨浪的宏壮境界。寥寥数句，即能发露江心寺之胜，且又别涵意蕴，表现了一种处险境而从容淡定的心态和襟怀。陈渊默《运筹未来，服务地方》文云："面对借贷风波你要有薛季宣那种'老僧睡起绝无事，不管波涛四面生'的淡定与从容，也要有叶适'判霜剪露装船去，不唱杨枝唱橘枝'的创新精神，方能成就王十朋的功业梦'好风知几苇，送我上青天'。"[17]亦可谓善能体悟乡贤名隽而加以应用者。

不过，需要指出的是，薛诗后面这两句佳咏却有所出，系袭用唐季诗人罗隐咏金山寺的诗句。北宋刘斧《清琐高议》前集卷九《诗渊清格》云："罗隐有《题金山》之句，诗云：'老僧参罢关门后，不管波涛四面生。'"[18]此诗虽罗隐本集不载，然南北宋际阮阅《诗话总龟前集》卷十六已据《清琐集》（按即《清琐高议》）引录，前句作"老僧斋罢关门睡"[19]，则其为罗诗无可怀疑[20]。因为温州江心寺，与润州（镇江）居长江中之金山、焦山形势相似，旧有"小金焦"之称[21]，所以薛诗的移用十分恰当，同称写景浑切；而"睡起绝无事"，也比"参罢关门后"或"斋罢关门睡"要好一些。再说，罗诗的关键语"波涛四面生"亦有所本，显然受到他的前辈诗人许棠《题金山寺》诗"四面波涛匝（一作至），中楼（一作峰）日月邻"[22]的启示。故而，薛诗袭罗，罗诗又源自许。从宽容的角度说，此类点化仿效甚至搬用前人成句，如果不是生吞活剥的拆洗，倒也不失为一种作诗的手法技巧，唐宋诗词中可以举说的这类成例甚多，一些名句就是在这样不断的运裁和磨莹中"点铁成金"，修成正果，传诵千古。这正如明代诗论家杨慎《丹铅总录·太白杨叛儿曲》中说的"披朝华而启夕秀，有双美而无两伤"[23]。

【注】

[1] 郑伯英：《艮斋先生祭文》，见《薛季宣集》附录一，上海：上海社会科学院出版社，2003 年，第 596 页。

[2] 叶适：《夫人薛氏墓志铭》，《叶适集》上册，北京：中华书局，2010 年，第 291 页。

[3] 永瑢等：《四库全书总目》卷一六〇《浪语集》，影本下册，北京：中华书局，1983 年，第 1379 页。

[4] 夏承焘：《天风阁学词日记》（二），杭州：浙江古籍出版社，1992 年，第 243 页。

[5] 《温州文献丛书》第一辑编录张良权点校《薛季宣集》三十五卷，增补一卷（地理丛考、周礼释疑），计三十六卷，上海社会科学院出版社 2003 年出版。本文所引薛诗依据此本，并参校文渊阁四库全书本。

[6] 储大文：《碧鲜斋诗集序》，见《存研楼文集》卷十一，影缩本文渊阁《四库全书》第 1327 册，上海：上海古籍出版社，1987 年，第 226 页。

[7] 储大文：《碧鲜斋诗集序》，见《存研楼文集》卷十一，影缩本文渊阁《四库全书》第 1327 册，上海：上海古籍出版社，1987 年，第 226 页。

[8] 陈衍：《石遗室诗话》卷三，第 1 册，上海：商务印书馆，1935 年，第 2 页。

[9] 陈衍以“生涩”论薛诗。《石遗室诗话》卷十四云：“余旧论伯严诗避俗避熟，力求生涩……伯严生涩处，与薛士龙季宣乃绝相似，无人知者，尝持浪语诗示人以证此说，无不谓然。”（第 2 册，上海：商务印书馆，1935 年，第 8 页）按：陈三立，字伯严，号散原，近代“同光体”诗派领袖，著有《散原精舍诗集》。

[10] 吴之振、吕留良、吴自牧：《宋诗钞》第 3 册，北京：中华书局，1986 年，第 2315 页。

[11] 永瑢等：《四库全书总目》卷一六〇《浪语集》，影本下册，北京：中华书局，1983 年，第 1379 页。

[12] 翁方纲：《石洲诗话》卷四，见郭绍虞编：《清诗话续编》第 4 册，上海：上海古籍出版社，1983 年，第 1440 页。

[13] 王应麟：《困学纪闻》卷十八，第 3 册，北京：商务印书馆，1959 年，第 1402 页。

[14] 赵鼎：《忠正德文集》卷七，影缩本文渊阁《四库全书》第 1128 册，上海：上海古籍出版社，1987 年，第 737 页。

[15] 王瓒、蔡芳编纂，胡珠生校注：《弘治温州府志》卷十六，上海：上海社会科学院出版社，2006 年，第 427 页。

［16］陈渊默：《运筹未来，服务地方》，《温州都市报》2017 年 7 月 28 日第 8 版。

［17］范大士：《历代诗发》卷二八，康熙三十八年虚白山房刻本。

［18］刘斧：《清琐高议》卷九，上海：上海古籍出版社，1983 年，第 88 页。

［19］阮阅：《诗话总龟前集》卷十六，北京：人民文学出版社，1987 年，第 187 页。

［20］《全唐诗》卷六六五据《诗话总龟》辑为罗隐佚句，题《金山僧院》。影缩本下册，上海：上海古籍出版社，1988 年，第 1675 页中。

［21］《弘治温州府志》卷十六《江心寺》："为东瓯绝胜之地，虽金、焦不多让也。"（上海：上海社会科学院出版社，2006 年，第 427 页）

［22］曹寅纂：《全唐诗》卷六〇三，影缩本下册，上海：上海古籍出版社，1988 年，第 1531 页上。

［23］杨慎：《丹铅总录》卷十二，《丛书集成初编》第 855 册，上海：商务印书馆，1936 年，第 460 页。

7

古妇人有猛士风烈

——薛季宣的《木兰将军祠》诗

薛季宣诗题材颇广，其选题赋事别具眼光，往往有独到之处，非凡手可比。例如，梁山伯、祝英台故事，传说已久，而士大夫流罕见涉笔。《浪语集》卷四有《游竹陵善权洞二首》，为游历常州宜兴（今属江苏）祝英台故宅所赋[1]，引人注目，被称咏“梁祝第一诗”[2]。戏曲家钱南扬《梁祝戏剧辑存》云：“据目今的材料而论，化蝶事最早提到的，要算宋薛季宣的《游祝陵善卷洞》诗了。那首诗中有两句道：‘蝶舞疑山魄，花开想玉颜。’”[3]可以见出它的意义。

《木兰将军祠》并序，其文献意义和学术价值更高。诗云：

人怯西山种，谁知掌上身。
猪羊刀霍霍，车马道辚辚。
幕府开娘子，旗常纪乱臣。
梦回清镜对，千古茜裙新。（卷十二）

这是任鄂州武昌（今湖北鄂城）县令时作。木兰将军祠，在黄州黄冈县（今湖北黄冈）。宋乐史《太平寰宇记·淮南道九·黄州黄冈县》：“木兰山，在县西一百二十里，旧废，县取此山为名。今有庙，在木兰乡。”[4]《明一统志·黄州府·祠庙》：“木兰庙，在木兰山下，有忠烈庙。庙后有塚。相传为木兰将军，盖朱氏女，代父西征者。”[5]

起联说，谁会想到令人畏怯的威武将军却原来是娉婷女儿之身。西山种，谓将门之后。西山即山西。古谓山西（华山以西地区）多出名将。《汉书·赵充国等传赞》：“秦汉已来，山东出相，山西出将。”掌上身，称美女子体态轻盈。《白孔六帖·舞》："赵飞燕（汉成帝赵皇后）体轻，能为掌上舞。"[6]二联概括木兰万里征战和凯旋的情景。猪羊刀霍霍，《木兰诗》"小弟闻姊来，磨刀霍霍向猪羊"。三联称美木兰以将军开府（成立府署，自选僚属）理事，为国良臣。乱臣，治臣。结联是瞻望神龛内供奉的木兰塑像而引起的联想，充满景仰之情。清镜对，《木兰诗》有"当窗理云鬓，对镜帖花黄"句。此言木兰常想还归自己的女儿之身，对镜梳妆，但只能托之梦里，故说"梦回"。这同唐杜牧《题木兰庙》诗写的"弯弓征战作男儿，梦里曾经与画眉"[7]，是一个意思。千古茜裙新，言其女英雄的风采千古如新。全篇深含赞美，歌咏木兰将军以女子从戎御侮建立功勋的英雄业绩，她的义烈风范至今犹为人们传诵。

诗写得好，而题下小序更有意义，照录如下：

> 闻周黄冈葺木兰将军祠，不详其意。读杜牧之集，乃知唐世齐安已祠木兰。用乐府诗考之，其"关山度若飞"之句，与今黄之关山偶合，不必真在黄也。按诗，木兰边郡女，代父征役，定在何许，"黄河、黑山"，政是北伐。观其叙事，似燕魏北齐间人，名号官称又颇差异。但燕魏北齐，实未尝有可汗之名；魏齐勋官未备，唐始十二级，而天子有天可汗之号；如"兵帖、将军、尚书郎"之类，皆南北以还官书通语。拟乐府诗，唐人拟作；然其词意质朴，不加藻缋，自有迈往不群之气，真北朝人语也。要之，古者妇人往往有猛士风烈，顾今丈夫曾不如一女子，可为扼腕！木兰以一女子，勋业不大显，数百年后犹血食江上，祠敝而复葺，似不偶然。感此而作。[8]

序文卓有见解，极具学术价值。关于《木兰诗》的产生时代及作者，自北宋以还，异说纷纭。宋郭茂倩编《乐府诗集》卷二三《汉横吹曲三·关山月》引《乐府解题》称"古《木兰诗》"[9]；卷二五《梁鼓角横吹曲·叙》："按歌辞有《木兰》一曲，不知起于何代也。"[10]同卷录《木兰诗二首》，题下引南朝陈僧智匠《古今乐录》曰："木兰不知名，浙江西道观察使兼御史中丞韦元甫续附入。"[11]宋彭叔夏《文苑英华辨证》卷五《名氏三》考云："按刘氏次庄、郭氏《乐府》并云'古词'，无姓名。郭氏又曰'《古今乐录》云木兰不知名，浙江西道观察使兼御史中丞韦元甫续附入'，则非元甫作也。"[12]皆甚简略，语焉不详。本序不仅赞颂木兰的"猛士风烈"，而且就其本事及作者进行了探索，提出以下五点切实看法：

（1）言木兰边郡女，代父征役，而不必真为黄冈人。（2）《木兰诗》为北朝人的作品。观其叙事，似燕魏（燕指十六国中的前燕、后燕、南燕、北燕，魏指北魏）北齐间人作。（3）诗中所言“兵帖、将军、尚书郎”之类，皆南北朝以来官书通语，可以佐证。（4）全篇词意质朴，气格矫健（迈往不群之气），信是北朝人的语言风格。（5）勋官十二转（级），为唐时官制，魏齐未备。北朝亦未有“可汗”之名，唐天子始有“天可汗”之号[13]。

这些意见都精确有据，极有启示。唯定格为“拟乐府诗，唐人拟作”[14]，即谓唐人仿乐府诗而作，虽其语气亦在疑似之间，尚把握欠准。

今按：木兰必有其人，约当是北魏、北齐间人。唐人除杜牧有诗咏之外，白居易《戏题木兰花》亦云：“怪得独饶脂粉态，木兰曾作女郎来。”[15]然其姓名、里贯、事迹均未详，后世各种记述，都出于民间传说和文学故事，如云姓花、姓朱、姓魏、姓木等，均无确证。现今研究认为：《木兰诗》为北朝乐府民歌，一些辞句经过唐人修饰。总的来说，薛序的精要论述，比稍后程大昌《演繁露》卷十六[16]、赵与时《宾退录》卷一[17]的记述都要精辟详确。故而可以说，薛季宣的《木兰将军祠·序》，是自《乐府诗集》后有关《木兰诗》研究的一篇极具价值的重要文献，值得我们重视。但可惜的是，它却长久地被尘封被埋没了，近今出版的有关《木兰诗》的论著和各种中国文学史、专题史（如萧涤非《汉魏六朝乐府文学史》等）著作，都未见援及薛氏之说，这确实令人感到遗憾。余深恐薛说之湮没无闻，兹文特为拈出，期以引起研究者的注意。

【注】

［1］薛季宣《游竹陵善权洞二首》之一诗后自注：“寺，故祝英台宅。”见《薛季宣集》卷四，上海：上海社会科学院出版社，2006 年，第 36 页。

［2］徐宏图：《南宋温州学人作“梁祝第一诗”——薛季宣与南戏〈祝英台〉》，《温州日报》2013 年 3 月 7 日第 10 版。

［3］钱南扬：《钱南扬文集》，北京：中华书局，2009 年，第 257 页。

［4］乐史：《太平寰宇记》卷一三一，影缩本文渊阁《四库全书》第 470 册，上海：上海古籍出版社，1987 年，第 280 页。

［5］李贤：《明一统志》卷六一，影缩本文渊阁《四库全书》第 473 册，上海：上海古籍出版社，1987 年，第 279 页。

［6］白居易、孔传：《白孔六帖》卷六一，影缩本文渊阁《四库全书》第 892 册，上海：上海古籍出版社，1987 年，第 47 页。

［7］杜牧：《樊川文集》卷四，上海：上海古籍出版社，1978 年，第 80 页。

［8］薛季宣：《浪语集》卷十二，文渊阁四库全书本。按：《薛季宣集》卷十二所录四处文字有异，不取。

［9］郭茂倩：《乐府诗集》卷二三，第 2 册，北京：中华书局，1979 年，第 334 页。

［10］郭茂倩：《乐府诗集》卷二五，第 2 册，北京：中华书局，1979 年，第 362 页。

［11］郭茂倩：《乐府诗集》卷二五，第 2 册，北京：中华书局，1979 年，第 373 页。

［12］彭叔夏：《文苑英华辨证》卷五，影缩本文渊阁《四库全书》第 1342 册，上海：上海古籍出版社，1987 年，第 763 页。

［13］按：此说甚确，宋王溥《唐会要・杂录》：“贞观四年，诸蕃君长诣阙，请太宗为天可汗。”可以为证。

［14］朱熹持相似的看法：“《木兰诗》只似唐人作。其间‘可汗’‘可汗’，前此未有。”见黎靖德编：《朱子语类》卷一四〇《论文下》，第 8 册，北京：中华书局，1986 年，第 3328 页。

［15］《白居易集》卷二十，第 2 册，北京：中华书局，1979 年，第 442 页。

［16］程大昌《演繁露》卷十六《木兰》仅云：“然不著何代人，独诗中有‘可汗大点兵’语，知其生世，非隋即唐也。”文渊阁四库全书本。

［17］赵与时《宾退录》卷一仅言：“古乐府《木兰词》，文字奇古。”上海：上海古籍出版社，1983 年，第 10 页。

8 沉碑千古蛟川恨

——薛季宣为岳飞鸣冤的诗作

薛季宣七言律佳者，如《和元直》：“畴昔相要学屡空，蹉跎行即叹龙钟。三千牍欠东方奏，十万兵无小范胸。大愧入关歌一箭，终期出塞传三烽。（自注：太宗征辽故事。）蓬莱有愿占云气，又美江山笔墨供。”（本集卷七）《新晴》：“起人舒惨作阴晴，九十春光只雨零。宿草未萌波漠漠，落花归尽叶青青。风生远峤衔明月，雾敛长江吐涨汀。天意乍回心自广，片时云路觉无形。”（卷九）并可一读。范大士《历代诗发》卷二八评“风生”联：“秀润。”[1] 而为岳飞鸣冤的《周将军庙观岳侯石像二首》，最值得表举。之一云：

> 万死何知狱吏尊，威名盖代古难存。
> 二桃岂为功高赐，一舸不容身退论。
> 几见饮江思道济，缪因图像削王敦。
> 沉碑千古蛟川恨，留与无穷客断魂。（卷七）

周将军庙，晋平西将军周处的祀庙，在江苏宜兴县。《明一统志·常州府·祠庙》：“周将军庙，在宜兴县治南，祀晋平西将军周处，庙号英烈。”[2] 绍兴五年（1135）岳飞进封武昌郡开国侯，故敬称岳侯。据宋宜兴邑令钱湛《宜兴县生祠叙》，建炎四年（1130）仲春，岳飞率军次于阳羡。时外侮内乱，交寇四境。飞斩枭首，降群盗，保民安宁。邑人德之，图像摹刻于石，于周将军庙辟堂祠之，晨夕瞻仰。[3] 及岳飞遇害，“侯祠初毁，道士不忍坏侯像，沈荆溪中，因得不坏”（诗题下原注）。

首联说，岳飞盖代名将，却被诬陷下狱惨遭杀害，冤案古来罕有。狱吏尊，既是使典，又是纪实，用意深刻。先说使典，《史记·绛侯周勃世家》载，汉文帝时右丞相周勃被诬告下狱，受侵辱，不得不贿金求计于狱吏。后得昭雪，及出狱，曰："吾尝将百万军，然安知狱吏之贵乎！"[4]再说纪实，宋徐梦莘《三朝北盟会编》卷二〇六（绍兴十一年十月十三日）："岳飞送大理寺……飞初对吏，立身不正，而撒其手。旁有卒执杖子，击杖子作声，叱曰：'叉手正立！'飞竦然，声'喏'，而叉手矣。既而曰：'吾尝统十万兵，今日乃知狱吏之贵也！'"[5]本句下原注："侯初下大理（大理寺），狱吏执笔请辞。大书纸尾而唾之，曰：'汝观今世，乌有大臣系狱而生者，趣具成案，吾为汝书。'"诗言岳侯跟汉代名将周勃遭遇相同因发同样的感叹（"狱吏尊"），而结局不同竟遭惨害，这更让人痛心扼腕！

次联，上句"二桃岂为功高赐"，春秋时齐相晏婴欲除三勇士，请齐景公馈二桃让他们"计功而食"，三人弃桃皆自刎死。见《晏子春秋·内篇谏下》。后喻施阴谋杀人。诸葛亮《梁甫吟》："一朝被谗言，二桃杀三士。"下句"一舸不容身退论"，谓岳飞遭受构陷，朝廷必欲置之死地，连投闲置散退身江湖都不能见容。

三联，上句"几见饮江"（饮马长江），指建炎三年（1129）金兵南侵，攻陷建康、临安等地。次年岳飞驻军宜兴，追击金兵收复建康。宋岳珂《金佗稡编》卷五《行实编年二·建炎四年》："破群贼，战常州，擒少主贝勒、李渭，复建康府，献俘行在。"[6]南朝宋大将檀道济，功高为文帝所忌被杀。《宋书·檀道济传》："初，道济见收，脱帻投地曰：乃复坏汝万里之长城！"[7]作者《与汪参政明远论岳侯恩数》云："昔魏佛狸饮马瓜步，宋文帝临江而叹，以为檀道济不死，虏不至是……金兵南侵，金人自为'岳飞不死，大金灭矣'之语。"（卷二二）可参证句意。下句"图像"，指周将军庙岳侯石像。东晋大臣王敦，握有重兵，与堂弟王导等拥护司马睿建立东晋，后起兵谋篡夺政。见《晋书·王敦传》。这二句说，岳飞抗击金兵，平定江淮，人民为之立祠图像钦仰，朝廷却错误地将他看作王敦一流人物，终致像檀道济那样冤屈被害。

结联说，今观石像沉碑，此诚千古恨事，留给后人无穷的悲痛。蛟川，即荆溪（在宜兴市南）。晋周处于此斩蛟除害，故名。

为岳飞冤屈伸张正义之作，这恐怕是最早的一首，因此值得我们注意。

作者家族与岳侯亦密有关系，他在绍兴三十二年（1162）孝宗禅位后写的《与汪参政明远论岳侯恩数》中说："先子荐飞为将，伯父参其军府。"季宣父薛徽言绍兴二年（1132）宣谕湖南时，奏"请岳飞绥定湖南及邻境"[8]；季宣伯父薛弼曾任岳飞军幕参谋官[9]，位居要职，"相公（岳飞）腹心，惟参谋知之"[10]。其《与汪参政明远论岳侯恩数》云："恭惟皇上即位之始，首雪岳飞之冤，天下知与不知，无不称庆。"并进言应予彻底平反，反其田宅，以礼归葬，畀恩子孙。所以，无论是依从公论还是出诸家谊，季宣的这首假题鸣冤之咏都是他要加意去做的。

本篇两条注文，亦是宝贵史料。后一条注文披露岳飞在狱中情况，邓广铭先生撰著引证极博的《岳飞传》（增订本）亦未见援及。《宋史·儒林传四·薛季宣》云："徽言卒时，季宣始六岁，伯父敷文阁待制弼（薛弼）收鞠之。从弼宦游，及见渡江诸老，闻中兴经理大略。喜从老校、退卒语，得岳（飞）韩（世忠）诸将兵间事甚悉。"[11]可见作者的记述是从实访所得，翔实可靠。

【注】

[1] 范大士：《历代诗发》卷二八，康熙三十八年虚白山房刻本。

[2] 李贤等：《明一统志》卷，影缩本文渊阁《四库全书》第473册，上海：上海古籍出版社，1987年，第252页。

[3] 岳珂：《金佗续编》卷三十，影缩本文渊阁《四库全书》第446册，上海：上海古籍出版社，1987年，第 764页。

[4] 司马迁：《史记》卷五七，第6册，北京：中华书局，1975年，第2073页。

[5] 徐梦莘：《三朝北盟会编》卷二〇六，影缩本文渊阁《四库全书》第352册，上海：上海古籍出版社，1987年，第160页。

[6] 岳珂：《金佗稡编》卷五，影缩本文渊阁《四库全书》第446册，上海：上海古籍出版社，1987年，第339页。

[7] 沈约：《宋书》第5册，北京：中华书局，1983年，第1344页。

[8] 薛季宣《浪语集》卷三三《笺先大夫行状》："君奏飞（岳飞）御军严肃，请以两路（指湖南、江西二路）盗贼并委之。"（《薛季宣集》，上海：上海社会科学院出

版社，2003 年，第 492 页）

［9］《宋史》卷三八〇《薛弼传》："除岳飞参谋官。"（第 33 册，北京：中华书局，1977 年，第 11722 页）按：《宋史·职官志七·宣抚使》："其属有参谋官，系知州资序人，与提刑叙官。"其职位在参议官上，相当于今参谋长。

［10］脱脱等：《宋史》卷三八〇《薛弼传》，第 33 册，北京：中华书局，1977 年，第 11722 页。

［11］脱脱等：《宋史》卷四三四《儒林传四·薛季宣》，第 37 册，北京：中华书局，1977 年，第 12883 页。

9 不用诗家常律　能得少陵一体

——陈傅良诗初探

陈傅良（1137—1203），字君举，晚号止斋，瑞安帆游乡湗村（今瑞安市塘下镇）人。家世务农，苦志勉学，年未三十讲学温州城南茶院书院，从学者常数百人，远近著闻。与张栻、吕祖谦友善，朱熹“视为畏友”[1]。34岁入读太学。乾道八年（1172）登进士，历任太学录、福州通判、知桂阳军、浙西提点刑狱、权中书舍人，终集英殿修撰、宝谟阁待制。卒谥文节。《宋史》《两浙名贤录》有传。

《宋史·儒林传四·陈傅良》云：“傅良为学，自三代秦汉以下，靡不研究。一事一物，必稽于极而后已。而于太祖开创本原，尤为潜心。”[2]宋真德秀谓能“明旧章，达世变”[3]。元陆仁《研北杂记》卷下：“赵和仲云：知古者莫如洪景庐，知今者莫如陈君举。”[4]明归有光言其“于古人经制治法，讨论精博”[5]。傅良之学以通知世务，稽求事实为本旨，上继郑伯熊、薛季宣，下传叶适、蔡幼学诸人，为永嘉学派之巨擘，在永嘉学派从性理转化事功的演进过程中发挥了承前启后的重要作用。宋赵蕃赞云：“东南固多贤，莫与永嘉匹。王郑已骑鲸，辈流公第一。”[6]现存《止斋文集》51卷，其中诗9卷，今有《陈傅良先生文集》行世。[7]

傅良专心经学，其文章“密栗坚峭，自然高雅”[8]，“自成一家，人争传诵”[9]，擅名当世。诗虽非本行，不如他的文章那样誉被遐迩，然亦能别出一格，纪昀所谓“才高人以余力为诗，亦自胜人”[10]。他的诗长于论议纵横，属思吐言往往出人意表，笔力沉着苍健，深涵理致，得到时贤和后人的很高评价。叶适称云：“不用诗家常律，及其意深义精，自成宫徵，而工诗者反皆退舍。”[11]清孙衣言谓水心“论止斋诗可谓入微”[12]。宋韩淲《陈君举舍人集新刊三山因读其诗有感》誉云：“陈止斋诗不草草，约貌前头诸旧老。大章短句可思议，妙意余情愁绝倒。”[13]宋吴之良《林下偶谈·陈止斋》：“止斋之文，初则工巧绮丽，后则平淡优游，委蛇宛转，无一毫少作之态。其诗意深义精，而语尤高。后学但知其时文，罕有识此者。”[14]元方回言：“止斋虽专以文名，而诗亦健浪如此。”[15]清吴之振等《宋诗钞·止斋诗钞叙》曰：“研精经史，贯穿百氏，以斯文为己任，故其诗格亦苍劲，得少陵一体云。”[16]陈衍《石遗室诗话》卷三论诗学源流，举“宋之陈师道、陈与义、陈傅良、赵师秀、徐照、徐玑、翁卷、严羽”列为“清苍幽峭”一派。[17]夏承焘先生《天风阁学词日记》1943年6月21日：“止斋诗在宋诗中借上乘精骑。”[18]从历代诸家的这些评论，足以窥见陈傅良诗歌创作上的不凡成就，在宋诗的发展中占有一席之地。

陈傅良的诗作，广为后世选本采录。元方回《瀛奎律髓》选录五七言律7首，明曹学佺《石仓历代诗选》录74首，清陈焯《宋元诗会》录45首，范大士《历代诗发》录12首，吴之振等《宋诗钞》录91首，管庭芬等《宋诗钞补》续录58首，康熙《御选宋诗》录17首，曾唯《东瓯诗存》录21首，说明他的诗受到历代选家的重视。

傅良的五七言古体，古淡苍朴，很得清初选家范大士的称赏，《历代诗发》卷二七点评多首。五古《读范文正公神道碑有感佚事》，叙写范仲淹“衰绖中”上书言政和“推毂天下士”的功绩，语意剀切，体会渊微。范评：“公与朱夫子志同道合，本是文正一流，故凭吊前徽，语能中窾乃尔。”[19]又《哭吕伯恭郎中舟行寄诸友》：

去年上溪船，落日建安旐；今年上溪船，濡露金华草。当代能几人，胡不白发早？念昔会合时，心事得倾倒。倚庐鱼鼓夜，联辔鸡人晓。遐搜接混茫，细剖入幽眇。挹注隘溟渤，扶携薄穹昊。斯文何契阔，之子复凋槁。百年在无穷，寥廓一过鸟。家人征旧闻，学者拾余稿。区区存万一，散逸谁可保。君看《鲁论》上，彭寿颜回夭。于今悬日月，岂必言语好。傥无后来者，泯没秋毫小。南浮吴蜀会，北顾关河杳。怀哉各努力，人物古来少。（卷一）

吕祖谦（1137—1181），字伯恭，号东莱，婺州（今浙江金华）人。与朱熹、张栻合称“东南三贤”。祖谦与永嘉学者广有交往，于薛季宣、陈傅良、叶适尤推至。傅良与祖谦同龄，乾道六年（1170）他们在都城杭州结识，交流“为学大指，互相发明”[20]，恨相见之晚。祖谦卒于淳熙八年（1181），傅良曾亲往吊祭，有《哭吕大著至明招寺简潘叔度》诗。本篇为吕卒之明年（1182）舟行过金华时追怀之作。素朴的言句十分真挚地表述了痛失良友的伤感，情深意笃，读来哀凄感人。范大士评：“切有关系之言，不止山阳闻笛，徒作悲悽。论者谓诗骨苍劲，得老杜之一体，当于其见解大处观之。”[21]本集同卷有《张冠卿以前诗“怀哉各努力，人物古来少”之句为十诗见寄，次韵奉酬》，可见此篇当时广为同侪传诵。

《送谢希孟归黄岩四首》“圭璧袭缫藉”“累觞以为欢”两篇，清初诗论家贺裳《载酒园诗话·陈傅良》予以举引，言其“不惟立意高，安章顿句亦是鸡群之鹤”[22]。《送叶正则赴浙西宪幕》有句：“秋水能隔人，白蘋况连空。”借景达情，意致高远。宋吴子良极为称赏，谓“意尤远而语加活”，能“模想无穷之趣，如在目前。”[23]

从陈傅良的整个创作而言，近体之成绩又超出古体。傅良是学问大家，其“诗本于学”，理蕴深厚，然而并不都沾“道学气”，他的一部分作品尤其是近体律绝，优游雅淡，发于“山川神秀”，论者谓能沾永嘉前贤之余绪，得“王谢韵度”（王谢，指王羲之、谢灵运，曾先后出任永嘉郡守）、康乐“流风”。宋楼钥《宝谟阁待制赠通议大夫陈公神道碑》云：“公风度高远，动辄过人，诗律之精深，字画之遒媚，登览高致，吟讽低昂，亲之则使人意消，王谢韵度，尚可想也。”[24]元牟巘《陈一斋诗序》云：“永嘉自谢康乐后，山川神秀，皆发于诗，流风浸远，近代作者乃推陈止斋氏。大抵诗本于学，无论魏晋。”[25]这些评论皆称有见。

今人金性尧编《宋诗三百首》颇流行，选陈傅良诗一首《游赵园》：“主人避客竟何之，雨过停桡落日迟。赖有畦丁曾识客，来禽花送两三枝。”评云：“他是经学家，传永嘉之学，诗不是本行，有些诗露出理学气，这一首却还有味道。”[26]此评尚未尽妥帖，且不免一叶障目之嫌。所选《游赵园》绝句，还不是陈傅良顶出色的作品。其七绝佳什，如《海棠绝句》：

淡月看花似雾中，遽呼灯烛倚花丛。

夜来月色明如昼，却向庭芜数落红。（卷五）

初月朦胧，烧烛赏花；夜深月明，细数落红。笔致婉曲细腻，写出一片爱花恋花惜花的情结，可推为《止斋集》中最饶情韵之咏。《晚春二首》之一："万枝寂寞待春风，风雨凄凄春已空。未晓啼莺相唤语，海棠飞尽一庭红。"（卷五）凄凄，本集作"过多"，兹从《石仓历代诗选》卷一九三、《御选宋诗》卷七一改。咏写晚春景物，巧借"啼莺"衬托，读来别具情趣。

再看五绝《黄氏老山楼》：

世路倦追攀，抱书藏故山。

与山成二老，相对两苍颜。

此篇本集不载，据自雍正《浙江通志》卷四四《古迹六·绍兴府上·黄氏山堂》："《名胜志》：'新昌县南百步许，宋黄庭所居。中有饱山阁、得心亭、老山楼。'陈傅良《黄氏老山楼》诗（本篇略）。"[27]乾隆《绍兴府志》卷七一《古迹志一·黄氏山堂》载同。老山楼，在新昌县（今属浙江）。黄氏，当指黄度（1138—1213），字文叔，新昌人。登隆兴元年（1163）进士，除监察御史，在朝曾与傅良同僚。叶适《黄文叔周礼序》云："君举素善文叔。"[28]宋张淏《会稽续志》卷五《人物·黄度》："度平生淡泊，一室萧然，无耳目之娱。独嗜书，至老不倦。"[29]楼钥《石时亨饱山阁》序："况昔止斋陈君举泊薛象先诸公，往来必游焉，此阁名因以传，黄文叔则又里人也。"[30]楼诗作于嘉定五年（1212）。黄庭为黄度弟，曾任池州教授，年辈较止斋晚。傅良此诗当是客游绍兴时写的。此真名作也。廖廖二十字，笔墨简峭，命意绝高，耐人吟味。"与山成二老，相对两苍颜。"与山灵相对，俨若宾主，融洽无间，表现了遗世而独立的情怀，又有一种兀傲睥睨的意概。同太白《独坐敬亭山》之咏："众鸟高飞尽，孤云独去闲。相看两不厌，只有敬亭山。"可谓神理相通，得嗣响矣。

陈傅良的五律多见力作，最为后人称诵。《月夜书怀二首》之一：

送客门初掩，收书室更虚。

新篁高过瓦，凉月下临除。

妇病才扶杖，儿馋或馈鱼。

今朝吾已过，莫问夜何如。（卷五）

《弘治温州府志》卷二二《词翰四·诗》收录，题作《止斋月夜书怀》。雍正《浙江通志》卷五十《古迹十二·温州府下·止斋》："《仙岩寺志》：

‘陈傅良读书处。’陈傅良《止斋月夜书怀》诗（本篇略）。”[31]又《读书台》：“《仙岩寺志》：在仙岩上，宋陈止斋读书于此，凿盥手盂于崖畔，今尚存。”[32]今按：此诗为作者里居仙岩时作，但其时并未命书室曰止斋。傅良庆元二年（1196）罢职居里，始“榜所居室曰‘止斋’”（详后文）。所以，篇题或作《止斋月夜书怀》者，“止斋”二字殆后人妄加。明王叔果《仙岩寺记》：“永嘉之山，惟大罗山最钜，磅礴数十里。其西麓为仙岩，乃天下二十六福地，界永、瑞二邑境……宋儒陈止斋先生读书其中。朱晦翁亦尝来游，大书‘溪山第一’四字。”[33]此首叙写平居生活，家常琐细，弥见真情。通篇笔墨质朴简峻，意味隽永。方回评：“尾句高不可言。”纪昀评：“高老，可逼后山。”[34]陈师道（后山）擅长五律，作风凝练沉挚。纪评精确，其格高句老，堪与后山相颉颃。

《止斋即事二首》更是名品，之二云：

教子时开卷，逢人强整襟。
再贫看晚节，多病得初心。
地僻芰莲好，山低竹树深。
寄声同燕社，明月又秋砧。（卷八）

止斋，在今温州市南20公里仙岩山麓。宁宗即位，傅良授任中书舍人，刚正敢言，为权奸所不容，被参劾免职归里。宋蔡幼学《陈公行状》：“庆元二年（1196）夏，言者复交章诋公，诏降三官，罢宫观。公屏居杜门，一意韬晦，榜所居室曰‘止斋’，日徜徉其间。宾至则相与讲论经史，亹亹不厌。故旧之在朝者，或因人问公起居，公皇恐逊谢而已。”[35]诗作于此时，反映了他罢职闲居百感交集的“岑寂”心境，归田自娱，又忧谗畏讥，“隐忧”国事。作者《止斋曲廊初成》写道：“止斋十数间，卒以便衰老。……于中榜退思，谁其谅深抱。吾思亦已晚，吾退盍更早。怀哉彭泽令，仰止商山皓。”（卷四）可以窥见他此际的心境。颔联“再贫看晚节，多病得初心”，是传颂的名句。再，《瀛奎律髓》卷二三、《宋诗纪事》卷五四、《东瓯诗存》卷三均作“最”。钱钟书《宋诗纪事补正》云：“‘最’字明弘治本作‘再’，于义较长。”[36]今按：本集卷八及《宋诗钞》均作“再”，钱说是。“再、最”温州方言同音，或致讹。上句言处贫贱而不移，保持贞节；下句说历经病难（也可理解为挫折），始能返归素朴的本心。这是作者历练体会

之言，也是带有哲理的话。七句“寄声同燕社”，纪昀《瀛奎律髓刊误》卷二三校：“疑作‘寄身同社燕’。”[37]钱钟书《宋诗纪事补正》依从纪说，谓：“第七句不可通，当据《瀛奎律髓》卷二十三纪晓岚批语改正为‘寄身同社燕’。”[38]今按：燕社，即社燕，古人习用，并无不妥，不烦乙改。宋王之道《相山集》卷十八《贺新郎·送郑宗丞》词：“燕社鸿秋人不问，尽管吴笙越鼓。”宋周必大《文忠集》卷二八《静晖堂记》：“于是山川城郭，杂然在目，如新丰之复见，燕社之复至也。”皆其例。此当指秋社之燕。

此作后人赞不绝口，方回评：“君举以时文鸣。此二诗高古，缘才高也。”冯班评：“止斋诗不多见，观此二首，真作家也！”纪昀评：“三四沉着深至语。不袭古人，而直逼古人，非寻常议论为诗之比。”许印芳评：“唐人于良史诗云：‘僻居人事少，多病道心生。’止斋此诗下句，正是袭用于语，而意较切实。上句独造，意尤深警。于诗远不能及，此皆炼意胜古人处。”[39]

陈傅良的七律多有出色篇章，可援以赏览，如《桂阳劝农》：

雨耨风耕病汝多，谁将一一手摩娑？
幸因奉令来循垄，恨不分劳去荷蓑。
凉德未知年熟不，微官其奈月桩何。
殷勤父老曾无补，待放腰镰与醉歌。（卷八）

淳熙十四年（1187）知桂阳军（今湖南桂阳）时作。凉德，薄德，自谦之词。月桩，即月桩钱，宋廷为支应军饷而每月向州县加征的税目。傅良出身农家，曾谓：“我亦窭人子，风雨蔽蓬户。”（卷一《送赵叔静教授闽中四首》之二）故于民间疾苦深能体悉。诗中说：农家耕耨辛苦，却不曾得到关怀。自己奉命巡田，又未能荷蓑分劳。只恨德薄职微，无能减免捐税。愧对殷勤待我之父老，虔诚敬上一杯。写出了他对民瘼的体谅和同情，辞意恳挚。其实，傅良治郡有善政，减税赈灾，振兴当地农业生产，不严而化，惠及一方，是一位廉政爱民的官员，受到百姓称戴。蔡幼学《陈公行状》：“治桂阳，首为教条，戒其吏以徙善远罪，谕其民以孝弟婣睦。人感公德意，不严而化。蠲民宿负及县月输（即月桩钱）之未入者，凡廪藏受输以例取赢者，悉裁之。明条目，简文移，县得达情于郡，而吏无所容奸，郡计自裕。”[40]楼钥《陈公神道碑》云：“公在桂阳，蠲除宿负，罢弛斜科……进登极银三千两，属方救荒，力不能办，申请减额，损三之二，实惠遂及一方。”[41]雍正《湖广通志》卷七六《风俗志・衡州府桂阳州》有类似的记述。

《和张端士初夏兼简潘养大》也写得很好：

绿阴四合水迷津，春去虽愁却可人。
无数飞萤窥案帙，有时乳燕落梁尘。
满塘荷荫将还旧，试火茶香又斩新。
短夜得眠常不足，僧钟遮莫报昏晨。（卷八）

此咏初夏景物可人，充满新鲜气息和生活情趣，清俊爽朗，韵调流畅。结语见萧散闲适之意。“无数、有时”联，偶对自然而有意致。六句“试火”，谓煮茶调试火候。清陆廷灿《续茶经》卷下之一《五茶之煮》：“人但知汤候，而不知火候。火然则水干，是试火当先于试水也。”[42]这句说，又到了换用新茶的时候，调火烹饮，茗香远闻。按：茶香之“茶”，本集及《宋诗钞》等均作“包”，不可索解，且与上句“荷荫”不能对应，疑为讹字；及见《石仓历代诗选》卷一九三选录作“茶”，乃恍然悟，遂据校正（新版《陈傅良先生文集》亦失校）。斩，《石仓历代诗选》作“已”、《宋诗钞》作“换”。按：作“已”为好。

此外，止斋五言佳句，如《村居二首》之二：“习成杯酌少，脱落语言工。危坐看流景，新萌又落红。”结言蓄有余味。《和朱宰游丁园韵》：“日静竹光合，风暄花气浮。”（以上卷八）工致绮丽，遥有六朝余韵。七言佳句，如《庚子除夜有怀》：“已觉二毛嗔妇问，可堪一饭患儿多。”嗔，责怪。止斋有二子七女，如实叙写生活的辛酸。贺裳《载酒园诗话・陈傅良》评“酸感之甚，殆不能再读”[43]；吴乔《围炉诗话》卷五评“真境真语”[44]。《题仙岩梅雨潭》：“晋宋至今堪屈指，东南如此岂无人。”借抒怀抱和感慨。《用前韵招蕃叟弟》之一：“逆水鱼儿冲断岸，贪泥燕子堕泥沙。”（以上卷五）《重阳日寄瑞安留宰》：“酒无肴核依然好，家有溪山岂是贫。”（卷七）后句乃见高人襟抱，可引作格言看。

【注】

[1] 叶绍翁：《四朝闻见录》甲集《止斋陈氏》，北京：中华书局，1989年，第15页。

[2] 脱脱等：《宋史》卷四三四，第37册，北京：中华书局，1977年，第12886页。

[3] 真德秀：《西山先生真文忠公集》卷四七《显谟阁学士致仕赠龙图阁学士开府袁公行状》，影缩本《四部丛刊初编》第271册，上海：商务印书馆，1936年，第733页下。

[4] 陆仁：《研北杂记》卷下，影本《笔记小说大观》第10册，扬州：广陵古籍刻印社，1983年，第336页下。

[5] 归有光：《震川别集》卷二下《浙省策问对二道》，影缩本《四部丛刊初编》第338册，上海：商务印书馆，1936年，第420页上。

[6] 赵蕃：《淳熙稿》卷十六《用一代不数人百年能几见为韵诗赋十章呈陈君举》，影缩本文渊阁《四库全书》第1155册，上海：上海古籍出版社，1987年，第257页。

[7] 周梦江点校：《陈傅良先生文集》，杭州：浙江大学出版社，1999年。本文所引陈傅良诗文均出自此本。

[8] 永瑢等：《四库全书总目》卷一五九《止斋文集》，影本下册，北京：中华书局，1983年，第1371页上。

[9] 脱脱等：《宋史》卷四三四，第37册，北京：中华书局，1977年，第12886页。

[10] 李庆甲集评校点：《瀛奎律髓汇评》卷二三陈傅良《止斋即事》评，中册，上海：上海古籍出版社，1986年，第984页。

[11] 叶适：《叶适集》卷二九《题陈止斋帖》，中册，北京：中华书局，2010年，第600页。

[12] 孙衣言：《瓯海轶闻》卷七《陈文节傅良・止斋不用诗家常律》，上册，上海：上海社会科学院出版社，2005年，第203页。

[13] 韩淲：《涧泉集》卷六，影缩本文渊阁《四库全书》第1180册，上海：上海古籍出版社，1987年，第653页上。

[14] 吴之良：《林下偶谈》卷四《陈止斋》，《丛书集成初编》第324册，上海：商务印书馆，1936年，第42页。

[15] 李庆甲集评校点：《瀛奎律髓汇评》卷十三陈傅良《用韵咏雪简湘中诸友》评，中册，上海：上海古籍出版社，1986年，第984页。

[16] 吴之振、吕留良、吴自牧：《宋诗钞》卷七〇《止斋诗钞》，第3册，北京：中华书局，1986年，第2015页。

[17] 陈衍：《石遗室诗话》卷三，第1册，上海：商务印书馆，1935年，第2页。

[18] 夏承焘：《天风阁学词日记》（二），杭州：浙江古籍出版社，1992年，第499页。

[19] 范大士：《历代诗发》卷二七，康熙三十八年虚白山房刻本，第35页。

［20］蔡幼学：《宋故宝谟阁待制赠通议大夫陈公行状》，《陈傅良先生文集》附录二，杭州：浙江大学出版社，1999年，第690页。

［21］范大士：《历代诗发》卷二七，康熙三十八年虚白山房刻本，第35页。

［22］贺裳：《载酒园诗话·陈傅良》，《清诗话续编》第1册，上海：上海古籍出版社，1983年，第446页。

［23］吴之良：《林下偶谈》卷二《文字有江湖之思》，《丛书集成初编》第324册，上海：商务印书馆，1936年，第20页。

［24］楼钥：《攻媿集》卷九五，影缩本《四部丛刊初编》第245册，上海：商务印书馆，1936年，第915页下。

［25］牟巘：《陵阳集》卷十三，《丛书集成续编》第107册，上海：上海书店出版社，1994年，第336页。

［26］金性尧：《宋诗三百首》，上海：上海古籍出版社，1986年，第320页。

［27］雍正《浙江通志》卷四四，景印光绪二十五年重刊本，第1册，上海：商务印书馆，1934年，第990页下。

［28］叶适：《叶适集》卷十二，上册，北京：中华书局，2010年，第220页。

［29］张淏：《会稽续志》卷五，影缩本文渊阁《四库全书》第486册，上海：上海古籍出版社，1987年，第513页上。

［30］楼钥：《攻媿集》卷六，影缩本《四部丛刊初编》第241册，上海：商务印书馆，1936年，第75页下。

［31］雍正《浙江通志》卷五十，景印光绪二十五年重刊本，第1册，上海：商务印书馆，1934年，第1071页下。

［32］雍正《浙江通志》卷五十，景印光绪二十五年重刊本，第1册，上海：商务印书馆，1934年，第1077页下。

［33］王叔果：《王叔果集》卷二一，合肥：黄山书社，2009年，第440页。

［34］均见李庆甲集评校点：《瀛奎律髓汇评》卷十五引，上册，上海：上海古籍出版社，1986年，第556页。

［35］蔡幼学：《宋故宝谟阁待制赠通议大夫陈公行状》，《陈傅良先生文集》附录二，杭州：浙江大学出版社，1999年，第696页。

［36］钱钟书：《宋诗纪事补正》卷二三，第8册，沈阳：辽宁人民出版社，2003年，第3828页。

［37］李庆甲集评校点：《瀛奎律髓汇评》卷二三引，中册，上海：上海古籍出版社，1986 年，第 984 页。

［38］钱钟书：《宋诗纪事补正》卷二三，第 8 册，沈阳：辽宁人民出版社，2003 年，第 3828 页。

［39］均见李庆甲集评校点：《瀛奎律髓汇评》卷二三引，中册，上海：上海古籍出版社，1986 年，第 984 页。

［40］蔡幼学：《宋故宝谟阁待制赠通议大夫陈公行状》，《陈傅良先生文集》附录二，杭州：浙江大学出版社，1999 年，第 691 页。

［41］楼钥：《攻媿集》卷九五，影缩本《四部丛刊初编》第 245 册，上海：商务印书馆，1936 年，第 915 页下。

［42］陆廷灿：《续茶经》卷下一，影缩本文渊阁《四库全书》第 844 册，上海：上海古籍出版社，1987 年，第 713 页下。

［43］贺裳：《载酒园诗话·陈傅良》，《清诗话续编》第 1 册，上海：上海古籍出版社，1983 年，第 446 页。

［44］吴乔：《围炉诗话》卷五，《清诗话续编》第 1 册，上海：上海古籍出版社，1983 年，第 640 页。

10 材大难用 微言解纷

——陈傅良寄诗劝慰陈亮

陈亮（1143—1194），字同甫（甫亦作父），号龙川，婺州永康（今属浙江）人。豪迈有奇气，修治王霸之略，喜谈兵，图恢复。绍熙四年（1193）举进士第一（状元），授建康军节度判官，未到任病卒。陈亮与永嘉学者郑伯熊、薛季宣、陈傅良、叶适等往还密切，交谊极深。淳熙三年（1176）至淳熙八年（1181）先后三次到访温州，寻讨学术思想。他的哲学观、政治观亦与永嘉学派相合，能够相互发明和影响。其《南乡子·谢永嘉诸友相饯》词有云："人物满东瓯，别我江心识俊游。北尽平芜南似画，中流，谁系龙骧万斛舟。"[1]

陈傅良有一首劝慰陈亮的律作《寄陈同甫》，无论从内容还是写作技巧讲，都很有特色，值得做一介绍。诗云：

古来材大难为用，纳纳乾坤着几人？
但把鸡豚燕同社，莫将鹅鸭恼比邻。
世非文字将安托，身与儿孙竟孰亲？
一语解纷吾岂敢，祗应行道亦酸辛。（文集卷七）

这首七律写于绍熙元年（1190）陈亮第二次出狱之后，可以看作一封带有规箴意味的书函。

首二句说，高才难获世用，古今之所同叹；浩浩乾坤，为什么包容不下那些超常不群的人才？杜甫《野望》有"纳纳乾坤大"句，清杨伦注："纳纳，包容貌。"[2]为陈亮的坎壈不遇鸣屈，深表不平。陈亮才气超迈，议论纵横，力主抗金，以恢复为己任，被推为当世豪杰之士。他以布衣之身，曾四次赴阙上书孝宗，直陈经略中原大业。慷慨激切，直言不讳，又藐视权贵，“在廷交怒，以为狂怪”[3]而合沮之，竟遭诋讪。

三四句，劝解他居乡里宜宽和相处，不必因琐小生衅。燕，同“宴”。明宋濂《跋东莱止斋书龙川尺牍后》云：“龙川（陈亮）以使气过锐，结怨群小，遂洊中奇祸。”[4]由于他刚正又率直任性，得罪官僚，吃了不少亏，七年间两度下狱。先是淳熙十一年（1184），因酒后戏言“涉犯上”，被朝臣何澹罗织“不轨”罪名就逮刑部；继于绍熙元年（1190），因家僮杀人为仇家诬告买通台官“下大理”治以重罪，幸得辛弃疾等援救方免不死。所以叶适在《陈同甫抱膝吟二首》中，也规劝他息怒消脾。贺裳《载酒园诗话·陈傅良》评云：“合两句并观，见俗情虑浅，恩怨本无大故，而毁誉由之。同甫屡经祸患，故以为戒。”[5]

五六句说，吾等托身学问著述，舍此焉归？多自珍重，即或自家儿孙也哪能比得上自我的珍摄。孰亲，哪一个更亲近。《老子》有“名与身孰亲”语。作者《寄陈同甫生日》有云“身将世谁亲”（卷二），可参悟其意。

末二句说，不能为你分劳排难解纷，只是想到世道艰难，聊此微言献芹。贺裳感叹道：“读至此真欲泪下。尝叹如李伯禽者毋论，即‘骥子好男儿’，少陵讵得其力？此困穷之士，齿豁头童，旁搜远绍而不悔也。”[6]

傅良大同甫6岁，他们自乾道六年（1170）在都城临安（杭州）共读太学时缔交，薛季宣谓当时“二陈（指陈傅良、陈亮）之名籍甚京师”[7]。两人意气相投，情谊密笃，陈亮尝言“君举（陈傅良）吾兄，正则（叶适）吾弟”[8]。在陈亮与朱熹进行关于“王霸义利”问题的辩论时，傅良支持了陈亮之说。黄宗羲等《宋元学案·龙川学案》云：“止斋之意，毕竟主张龙川一边过多。”[9]但傅良深虑陈亮负才而意气从事（叶适言他“气豪而心未平”），出言失慎，屡因琐事而罹遭祸患，故以朋友悃赤之心，寄诗坦诚劝慰，婉语相诫。陈衍《宋诗精华录》卷三云：“经过忧患，乃有此忠告。”[10]通篇写得恳切周挚，真情实意，溢见行间。所以贺裳说读之深被感动。作者《答陈同父·第三书》作于同时，也劝告说：“闾巷虮虱之徒，时欲置之罪罟”，故吾辈当“居乡如处女”，“不堕小人穽中”[11]。可以参览。

此诗在写作上有两个特点：一是善于融化古句，运用自如。如“古来材大难为用”，用杜甫《古柏行》成句。纳纳乾坤，如上述取杜甫《野望》“纳纳乾坤大”。鸡豚燕同社，出韩愈《南溪始泛》“愿为同社人，鸡豚燕春秋”。鹅鸭恼比邻，取杜甫《将赴成都草堂途中有作先寄严郑公五首》之二“不教鹅鸭恼比邻”。二是突破常格，叶适所言“不用诗家常律”[12]。杜甫有一首表现了高度熟练技巧的白话体七律《又呈吴郎》：“堂前扑枣任西邻，无食无儿一妇人。不为困穷宁有此，只缘恐惧转须亲。即防远客虽多事，便插疏篱却甚真。已诉征求贫到骨，正思戎马泪沾巾。”傅良此诗在格律上就是仿效杜体笔法，以书代简，以文为句，纯用议论，又全说白话，随意抒写，不丽不工，而自成韵调，技法上别是一格。《宋诗钞·止斋诗钞叙》谓陈诗“得少陵一体”[13]，此可举为一例。

【注】

[1]《陈亮集》卷十七，上册，北京：中华书局，1974年，第214页。

[2]杨伦：《杜诗镜铨》卷十九，下册，上海：上海古籍出版社，1980年，第965页。

[3]脱脱等：《宋史》卷四六三《儒林传六·陈亮》，第37册，北京：中华书局，1977年，第12942页。

[4]宋濂：《文宪集》卷十四，影缩本文渊阁《四库全书》第1223册，上海：上海古籍出版社，1987年，第662页。

[5]贺裳：《载酒园诗话·宋陈傅良》，《清诗话续编》第1册，上海：上海古籍出版社，1983年，第446页。

[6]贺裳：《载酒园诗话·宋陈傅良》，《清诗话续编》第1册，上海：上海古籍出版社，1983年，第446页。按：李伯禽，李白之子。“骥子好男儿”，见杜甫《遣兴》诗。骥子，即宗武，杜甫仲子。此承上句“身与儿孙竟孰亲”意，谓杜甫纵有宗武那样的好儿子，而垂老流落，无获有助。

[7]薛季宣：《答陈同父书》，《薛季宣集》卷二三，上海：上海社会科学院出版社，2003年，第298页。

[8]叶绍翁：《四朝闻见录》甲集《止斋陈氏》，北京：中华书局，1989年，第15页。

[9]黄宗羲等：《宋元学案》卷五六，《续修四库全书》第519册，据清嘉庆衡河草堂藏板影印，上海：上海古籍出版社，2002年。

［10］陈衍：《宋诗精华录》卷三，南昌：江西人民出版社，1984 年，第 175 页。

［11］周梦江点校：《陈傅良先生文集》卷三六，杭州：浙江大学出版社，1999 年，第 462 页。

［12］叶适：《叶适集》卷二九《题陈止斋帖》，中册，北京：中华书局，2010 年，第 600 页。

［13］吴之振、吕留良、吴自牧：《宋诗钞》卷七〇《止斋诗钞叙》，第 3 册，北京：中华书局，1986 年，第 2015 页。

11 “山外青山楼外楼”作者考辨

山外青山楼外楼，西湖歌舞几时休。

暖风熏得游人醉，直把杭州作汴州。（《题临安邸》）

这是一首家喻户晓的名作，宋诗选本无不见录。但是关于它的作者：是林升，还是林外？林升是临安人，还是平阳人？诸选本注解不一，令读者致疑。兹就所见，做一探本求源之考证。

此诗首见宋末谢枋得编选的《千家诗》卷上，署名林升。明田汝成《西湖游览志余》卷二《帝王都会》下载：“绍兴、淳熙之间，颇称康裕，君相纵逸，耽乐湖山，无复新亭之泪。士人林升者，题一绝于旅邸云（下录本诗从略）。”清厉鹗《宋诗纪事》卷五六据《西湖志余》（按即《西湖游览志余》）收录此诗，小传云：“升，淳熙时士人。”清曾唯《东瓯诗存》卷四“宋”下收载此诗，小传云：“林升，字梦屏，平阳人。存诗一首。”[1]

据以上四书所载，可以肯定以下三点：（1）《题临安邸》一诗作者为林升，而非林外；（2）林升为宋高宗绍兴（1132—1162）、孝宗淳熙（1174—1189）间士人（读书人）；（3）林升字梦屏，平阳（温州属县）人。

这最后一条少为人知，却十分重要，系据《东瓯诗存》。《东瓯诗存》是一部温州地区历代诗歌的总集，全书凡46卷，收诗5377首，成书于乾隆五十五年（1790），温州人曾唯（号近堂）编纂。曾唯于此书用力甚勤，自序称“旁征博访”反复协讨，“历四寒暑而成”。他在《凡例》中写得明白：“是编止存瓯人之诗，他无与焉。”先是明人蔡璞所编《东瓯诗集》和赵谏继编《东瓯诗续集》，都杂入若干客寓温州别籍诗家的作品（如宋真山民、元卢挚等）；曾唯认为倘非“瓯产”，“岂宜晋材楚用，是编一一核删”，可见审订严谨。限于全书体例，曾唯没有注明林升表字和里贯的出处资料，但我们从他谨实的编著作风来看，当非无据。近代温州著名学者刘绍宽（次饶）等于民国十四年（1925）主纂的《平阳县志》，卷七十《文征内编八•宋》下据《东瓯诗存》收录此诗，注云“林升，字梦屏”，附加按语：“按《西湖志余》仅言绍兴、淳熙间士人林升，不言平阳人，未知《诗存》何据，姑照录之。”[2]次饶先生博雅君子，其修志之审慎态度，亦复可法。

现在再来澄清几种缺乏根据的异说。

（一）朱东润主编《中国历代文学作品选》中编第二册注：“林升，生平不详。《宋诗纪事》说是宋孝宗淳熙（1174—1189）时临安士人。”[3]

谓林升“临安（今杭州市）士人”，显然缺乏根据。如上引，《西湖游览志余》仅言“绍兴、淳熙间”“士人林升”；《宋诗纪事》省为“淳熙时士人”，已是断章取义有欠完整；朱注本添作“淳熙时临安士人”，更有失《宋诗纪事》之实，盖为想当然语耳。再就诗题《题临安邸》言，表明是写在客店墙壁上的，当为旅居临安者，见都城豪奢而不满苟安时局之所作。倘临安本地人，早已司空见惯，且西湖旗亭楼阁到处可书，缘何偏偏跑到客邸题诗，这在情理上恐亦难说通。但朱注系假《宋诗纪事》张目，而该书又自20世纪60年代以来作为高校文科教材大量印行，故影响甚大，后来许多选本如《宋代文学作品选》（吉林人民出版社）、中央电大教材《中国古代文学作品选》第三册（北京大学出版社）、《新选千家诗》（人民文学出版社）、《千家诗新注》（山东文艺出版社）等，都予以承袭，陈陈相因，莫辨真伪。

（二）《文学遗产》1985年第3期载有《林升何许人也》文。该文虽言林为平阳人，却大段引录宋叶适《水心文集》卷十二《与平阳林升卿谋葬父序》，认为叶文“林升卿”即《题临安邸》诗作者林升，谓“叶适称林升为‘卿’，估计是林升的长辈”云云。这话全属附会。林升卿，是姓林字升卿，怎么能读成“林升”之“卿”，将“卿”解释为爱称，从而往林升头上套？其说十分荒谬（《文学遗产》刊发这样的“考证”文章，殊有失颜面）。古人行文，是没有这样的称法。不必旁征，《水心文集》同卷有《周会卿诗序》，言“会卿常闭门，里巷不相识”；又卷十五有《宋邹卿墓志铭》，言“君姓宋氏，讳希孟，字邹卿”，都足以证明“升卿”同“会卿”“邹卿”

一样，不可以拆字而读，分解人名。

（三）《千家诗新译》该诗下注：“一作林外作。林外，字岂尘，绍兴进士，官兴化令。”（陕西人民出版社）《千家诗注析》注：“一说此诗作者是林外。林外，字岂尘，晋江人。”（甘肃人民出版社）这“一作”云云，也是事出有因，查无实据。它依据的是《千家诗》清人王相（晋升）的注。王相《七言千家诗注解》卷上注云：“林升，宋淳熙时士人。按《西湖游览志》又载为林外作。林外，字岂尘，晋江人。绍兴进士，官兴化令。”[4]

《西湖游览志》《西湖游览志余》皆为田汝成撰，两书是姐妹篇。田氏著述严谨，同样一首诗，他不可能在《西湖游览志》里说是林外作，在《西湖游览志余》里又引为林升诗，前后抵牾。检阅《西湖游览志》一过，果然无有，王相的注岂非捕风捉影！为究其实，再加查考，寻根刨底，原来问题出在《西湖志》上。

《西湖志》与《西湖游览志》是成书时代、作者和内容都不相同的两部书。《西湖志》为清雍正十二年(1734)程元章等纂编，该书卷四三《诗话一》载:“《西湖游览志》：绍兴、淳熙之间，颇称康裕，君相纵逸，耽乐湖山，无复新亭之泪。士人林外题一绝于旅邸云（本诗略）。”[5]这里有两个错误：一是这段话出自《西湖游览志余》卷二，却误作《西湖游览志》；二是将原文“林升”误作“林外”。王相的注便是沿袭了《西湖志》的错误，但他并不注明据自《西湖志》，而直接说“《西湖游览志》又载为林外诗”，俨然别有所据，遂更造成混乱。古人注书往往草率疏陋如此，令人骇叹，最宜引以为戒！

至于林外其人，宋周密《齐东野语》卷十三有专条记述：“林外字岂尘，泉南人。词翰潇爽，诙谲不羁，饮酒无算。在上庠，暇日独游西湖，幽寂处得小旗亭，饮焉。……索笔题壁间云：‘药炉丹灶旧生涯，白云深处是吾家。江城恋酒不归去，老却碧桃无限花。’”《西湖游览志余》卷十《才情致雅》据以引录。这位闽人林外，为上庠（太学上舍）生，自称“泉南林上舍”，诗酒风流，在京城临安还颇有点名气，甚至“高庙”（宋高宗）都知道他的词作。[6]但他与“山外青山”一诗绝无干涉。至此，王相注之错谬其来龙去脉已昭然大白，今人注《千家诗》者不宜再拉扯“林外”以讹传讹，徒然淆乱视听了。

（四）清陆心源《宋诗纪事小传补正》卷三：“林升，福建古田人。绍定五年特奏名。”陆氏此云殆采自雍正《福建通志》卷三五《选举三》绍定五年（1232）特奏名："林升，古田人。"（四库全书本）但并无依据。绍定为宋理宗年号，如依陆说林升于绍定五年（1232）受荐奏名于朝，这同《西湖游览志余》所载林为绍兴淳熙（1131—1189）间人，年代相距已远。且其得到"特奏名"，说明热衷功名仕途，与"山外青山"诗的"谤讪"口吻亦为格格不入。又没有其他材料佐证，故是否同一林升，令人难以置信。

关于"林升，字梦屏，温州平阳人"的传略，拙编《宋代绝句六百首》（福建人民出版社1986年版）和傅璇琮选，倪其心、许逸民注《宋人绝句选》（齐鲁书社1987年版），两书均已载明，只是尚未为更多的注家所注意和援用，故略考证如上，亦兼示同志切磋之意。

【后记】

一、此文在《温州师范学院学报·社会科学版》1992年第4期发表，2005年1月，苍南龙港林勇先生惠书见告平阳林氏族谱有关林升的记述。据清乾隆辛亥（五十六年，1791）纂修的《平阳八丈林氏宗谱》登载，第一百零九世林升："字云友、梦屏。葬西程山。娶渡龙杨氏，生雄、熙。"八丈，今浙江苍南县灵溪镇百丈村（苍南县于1981年从平阳县析置）。渡龙，今苍南县灵溪镇。谱中载明：林升长子林雄，孙林方正；往上溯，父仲美，祖清，曾祖时鸣，高祖岐，曾高祖萼九。林升这一支系由曾高祖林萼九自长溪（今福建霞浦县）赤岸迁至横阳（浙江平阳县）亲仁乡荪湖里（今属苍南县）。故可得出结论：林升系宋平阳县荪湖里（今属苍南县）人。

林君提供的《平阳八丈林氏宗谱》资料十分重要，特记于此。清曾唯《东瓯诗存》小传谓"林升字梦屏，平阳人"，在这里找到了原始根据和证明，确凿无疑。

二、宋元之际于济、蔡正孙编集《唐宋千家联珠诗格》卷七亦见选录此诗，题《西湖》，署名林梦井。卞东波校证："按：林升，字梦屏。井，似当作'屏'。"（《唐宋千家联珠诗格校证》，上册，南京：凤凰出版社，2007年，第307页）今谓："梦井"应是"梦屏"之讹，这可佐证《东瓯诗存》"字梦屏"之说是有依据的。

三、《全宋诗》编录此诗，小传云："林升，字梦屏，平阳（今属浙江）

人（《水心集》卷一二有《与平阳林升卿谋葬父序》）。孝宗淳熙时人。事见《东瓯诗存》卷四。”（卷二六七八，第50册，第31452页）

今谓：林升的表字、里贯据从《东瓯诗存》，那是对的；但括注引叶适《与平阳林升卿谋葬父序》为证，以叶文“林升卿”为林升，则又画蛇添足，谬信《文学遗产》的那篇“考证”文了，可发一粲。

【注】

［1］曾唯辑：《东瓯诗存》，乾隆五十五年（1790）刊本。

［2］王理孚修，符璋、刘绍宽纂：《平阳县志》，民国十四年（1925）刻本。

［3］朱东润主编：《中国历代文学作品选》，中编第二册，上海：上海古籍出版社，1980年，第198页。

［4］谢枋得选，王相注：《千家诗》，杭州：浙江文艺出版社，1985年，第22页。

［5］程元章等纂编：《西湖志》，光绪四年（1878）刻本。

［6］见宋叶绍翁《四朝闻见录》丙集《洞仙歌》、周密《齐东野语》卷十三《林外》。

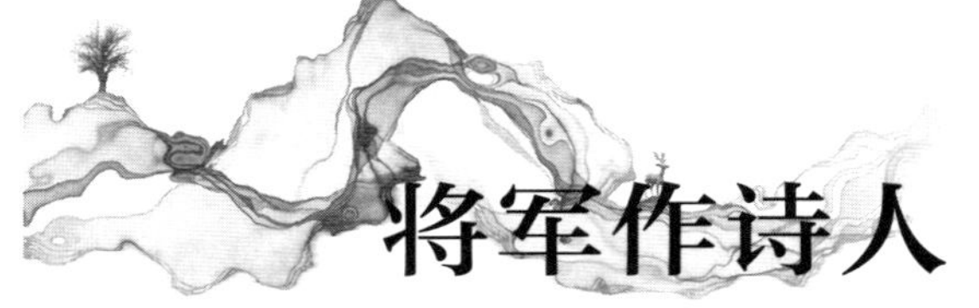

将军作诗人　首倡晚唐体

——拓展永嘉诗风的前驱潘柽

潘柽（约1137—1206），字德久，号转庵[1]，永嘉潘桥（今温州市瓯海区潘桥镇）人。父文虎，靖康元年（1126）武科状元。举进士不第，以父荫补武职，召试为閤门舍人。淳熙十六年（1189）随贺生辰使出行金国，晚年参佐建康府戎幕[2]，终任福建路兵马钤辖（军区统兵官）。《弘治温州府志》卷十、《两浙名贤录》卷四六有传。

潘柽是南宋武臣能诗的出色代表，叶适言其文武双全，《送潘德久》云："闻道将军如郤縠，不妨幕府有陶潜。"[3]刘克庄谓："先朝武人能诗者有曹翰、贺铸、刘季孙，南渡以来有刘翰、潘柽，其警句皆脍炙人口。"[4]又谓刘、潘"尤为项平庵（安世）、叶水心赏重"[5]。陈思、陈世隆《两宋名贤小集·转庵集叙》云："平生喜为诗，下笔立成，声名藉甚，人莫能俦。"[6]他在诗坛颇为活跃，交游广泛，同当时名家如姜特立、陆游、陈造、辛弃疾、叶适、姜夔、敖陶孙、徐照、徐玑、韩淲等并有唱酬。与同里许及之等结为诗社，并"董诗盟"[7]，许酬赠诗多至60余首，极为推服，称其"诗眼既高"，用"心独苦"[8]；"硬语崚嶒"，"窠臼已脱"[9]。

潘柽居永嘉四灵之先，倡扬晚唐体，可以说是开拓推进永嘉诗风的前驱。叶适很是推重他，《周会卿诗序》云："德久漫浪江湖，吟号不择地，故所至有声。"[10]为其诗集作序，在他去世后作诗哀悼，比之唐诗人韦应物："诗人冥漠去何许，花鸟相宽不作愁。耆旧只今新语少，九原唤起韦苏州。"[11]诗人韩淲也这样称誉："闲常喜哦诗，逢君了无句。岂不有所思，盖噤莫敢吐。"[12]元方回《瀛奎律髓》卷三评："叶水心快称其诗，竟谓永嘉四灵之徒凡言诗者皆本德久。”[13]元韦居安《梅礀诗话》卷中云：“水心先生序其诗集，言德久十五六，诗律已就，永嘉言诗皆本德久。”[14]惜所著《转庵集》已佚，宋陈思辑、元陈世隆补《两宋名贤小集》卷二八六录存14首，清曾唯《东瓯诗存》卷三编录20首，两书互补，可得诗23首。所存篇数虽少，然多佳构，孙锵鸣《东嘉诗话》举引潘诗14首，予纂《宋元温州诗略》选取9首。

潘柽与姜夔（1155—1206）交谊深厚，其《书姜白石〈昔游诗〉后》称道：“我行半天下，未能到潇湘。君诗如画图，历历记所尝。起我远游兴，其如鬓毛霜。何以舒此怀，转轸弹清商。”姜集中赠酬诗6首，有云“囊中只有转庵诗”[15]，说行囊中只携带了潘的《转庵集》，足见推崇。姜居苕溪（浙江吴兴），与白石洞天为邻，潘为之取号“白石道人”，有《姜尧章自号白石道人，赠之以诗》：

人间官爵似摴蒱，采到枯松亦大夫。

白石道人新拜号，断无缴驳任称呼。

摴（chū）蒱，古博戏名。大意说：世间官爵泛滥，好比赌桌上抛掷的骰子（投子），连拾到的枯松也能封列大夫（秦始皇封泰山松为五大夫）。可是这回姜诗人拜封“白石道人”，却无须恩准任凭称呼，亦断不会被驳还奏章（缴驳）。《元典章·朝纲·纪纲》：“昔唐以中书（省）奏事，门下（省）缴驳，尚书（省）奉行。”前句云“新拜号”，故戏以“缴驳”调侃之。诗写得很风趣，姜夔读后十分开心，作长篇答赠，言“佳名锡我何敢辞”，又打趣说自己“夜夜山中煮白石”，“但愁自此长苦饥”[16]。这赠答二诗，笔墨诙谐，诗苑传为佳话，宋赵与虤《娱书堂诗话》、罗大经《鹤林玉露》卷二、叶寘《爱日斋丛钞》卷二都见记述。

潘柽的七律，脱却熟滑浮泛，下笔沉稳，深含意慨。格律上“不宫不商，自成音调”[17]，“不失唐人矩矱”[18]。如《题钓台》：

蝉冠未必似羊裘，出处当时已熟筹。

但得诸公依日月，不妨老子卧林丘。

英雄陈迹千年在，香火空山万木秋。

自笑黄尘吹鬓客，爱来祠下系孤舟。

这是他的名作，宋以来为诗话家所称引和选家青睐，如宋佚名《诗家鼎脔》、元方回《瀛奎律髓》等。钓台，在浙江桐庐县城西15公里富春山，下临桐江，为东汉高士严光（子陵）钓隐处。蝉冠，指高官。羊裘，指隐者。严光与光武帝刘秀尝同学，刘秀登位，征聘任官，光坚辞不就，“披羊裘钓泽中”。见《后汉书·逸民传·严光》。诗借咏严光高隐事，抒发自己的襟抱。“但得诸公依日月，不妨老子卧林丘”，坦露心迹，尤见高情远志。这是从自我视角对严光辞官高隐做出的与以前诗家不一样的解读和评判，有独到的体会，故称新警。四灵之二徐玑在潘柽去世后还怀念道：“悠悠想精魄，如赋钓台初。”[19]宋蔡正孙《诗林广记》后集卷十举为“佳句”[20]，元韦居安《梅磵诗话》称“为人传诵”[21]，元鲜于枢《困学斋杂录》引录全诗。纪昀《瀛奎律髓刊误》卷三评：“前四句尤有野气。”[22]梁章钜《浪迹续谈·潘柽》：“前四句虽常语，而却旋转自如。”[23]清人冯班批评说：“全不似严光。俗肺肝不堪咏高士。”[24]出于惯性思维，拘守一成不变的题咏模式，不足为训。

淳熙十六年（1189）潘柽以都干（都统制僚属）随宋廷贺生辰使出行金国[25]，陆游作《送潘德久使蓟门》“因君试求出师路……北风正可乘冰渡”[26]，期以恢复；许及之作《送潘德久都干为贺生辰使属》“父老相逢勤劳苦，为言咫尺中兴年”[27]，慰告遗民。他途经泗州盱眙（今属江苏），有《上龟山寺》作：

菜花开处认遗基，荒屋残僧未忍离。
寺付丙丁应有数，岸分南北最堪悲。
金铃塔上如相语，铁佛风前亦敛眉。
野匠不知行客意，竞磨浓墨打顽碑。

上龟山寺建于北宋天禧二年（1018）。昔日规制壮丽的名刹，经历兵火（丙丁）劫难，已残破不堪。寺临淮水，处南宋与金的边界，瞻望南北情势，最令人伤慨。“寺付丙丁应有数，岸分南北最堪悲”，写得十分悲壮[28]，跟杨万里《初入淮河四绝句》所咏“船离洪泽岸头沙，人到淮河意不佳。何必桑干方是远，中流以北即天涯”，是临边爱国志士共同的伤痛。

另如《送友人游金陵》：

酒尽谭余意转新，北风一舸下寒津。
遥知白下登楼处，正欠黄初着句人。
往事省来多岁月[29]，旧游疏似晓星辰。
半山斜日荒凉寺，更有残碑待拂尘。

白下，南京别称。黄初，三国魏文帝年号。这时期诗歌与建安风格相近，严羽《沧浪诗话·诗体》称“黄初体”。半山寺，即报宁禅院。王安石晚年居金陵城外半山园，后奏请舍宅为寺，赐名报宁。通首浑成，笔调疏畅，情景相生。“遥知白下登楼处，正欠黄初着句人。”不唯流水对工（白下、黄初），且从对面着笔，设想此刻友人登临之际定当忆念于我，将思念之情加倍写出。与王维《九月九日忆山东兄弟》“遥知兄弟登高处，遍插茱萸少一人”，同一手法。颈联亦饶有意味，王普《诗衡》云：“余最爱其‘往事生来多岁月，旧游疏似晓星辰’之句。”[30]

潘柽的七绝颇为别致，予编《宋代绝句六百首》选入他的《还自钱塘道中》：

江上青山落照边，江头归客木兰船。
春鸥自共潮回去，一点飞来是柳绵。

抒写还乡途中钱塘江上舟行的感受。后二句说，春鸥追逐着江潮浪花渐翔渐远，伴随我归去的只有那飞扬的柳絮。江间风景宜人，诗人的心境是愉悦的，画面也充满了诗情和韵趣。还有一首《自滁阳回至乌衣镇》：“行人原不恨长途，下马旗亭酒可沽。回首瑯琊山不见，西风吹起豆田乌。”滁阳，即滁州（今属安徽）。乌衣镇在州城东南 30 里。旁人视长途可畏，自己却觉得几乎是一种享受，不唯旗亭有酒可沽，沿途还可以赏览瑯琊山和田野的风景，驱驰间便走完全程。以轻快的笔调，抒写旅途情趣，见出诗人豁达爽朗的襟怀。

【注】

[1] 夏承焘《天风阁学词日记》一九三二年附：“初不晓其‘转庵’之号，何所取义。近乃悟其用佛家‘转识成智’‘转依’之说。”（第 1 册，杭州：浙江古籍出版社，1984 年，第 309 页）

[2] 陈傅良《止斋集》卷七《送潘德久之官建康》有“老为宾客从戎幕”句。

[3] 叶适：《叶适集》卷十八，上册，北京：中华书局，2010 年，第 113 页。

[4] 刘克庄：《后村大全集》卷一〇七《何统制诗》，影缩本《四部丛刊初编》，上海：商务印书馆，1936 年。

[5] 刘克庄：《后村大全集》卷一一〇《徐总管诗卷汝乙》，影缩本《四部丛刊初编》，上海：商务印书馆，1936年。

[6] 陈思编，陈世隆补：《两宋名贤小集》卷二八六，文渊阁四库全书本。

[7] 许及之《涉斋集》卷五《再次韵》："转庵夙昔董诗盟，同社歌呼剧欢伯。"（敬乡楼丛书本）

[8] 许及之《涉斋集》卷三《再次转庵韵》："誓不惊人死不休，言是良工心独苦……转庵更是可怜人，诗眼既高窥字髓。"（敬乡楼丛书本）

[9] 许及之《涉斋集》卷三《次转庵用坡公韵并简洪槹野》："细哦纤巧天许觑，硬语峻嶒神所借。窠臼已脱卑晋宋，真淳更拟出陶谢。"（敬乡楼丛书本）

[10] 叶适：《叶适集》卷十二，上册，北京：中华书局，2010年，第212页。

[11] 叶适：《叶适集》卷八《诗悼路钤舍人德久潘公三首》之一，上册，北京：中华书局，2010年，第125页。

[12] 韩淲：《涧泉集》卷三《赠潘德久舍人》，文渊阁四库全书本。

[13] 李庆甲集评校点：《瀛奎律髓汇评》卷三《题钓台》，上册，上海：上海古籍出版社，1986年，第146页。

[14] 韦居安：《梅磵诗话》，《历代诗话续编》中册，北京：中华书局，1983年，第552页。

[15] 姜夔《白石道人诗集》卷上《予居苕溪上，与白石洞天为邻。潘德久字余曰白石道人，且以诗见畀。其词曰（引本篇略）。予以长句报貺》。

[16] 姜夔《白石道人诗集》卷上《予居苕溪上，与白石洞天为邻。潘德久字余曰白石道人，且以诗见畀。其词曰（引本篇略）。予以长句报貺》。

[17] 方岳：《秋崖集》卷三八《潘君诗卷》，文渊阁四库全书本。

[18] 胡珠生编：《孙锵鸣集》下册《东嘉诗话》，上海：上海社会科学院出版社，2003年，第616页。

[19] 徐玑：《二薇亭诗集》卷上《潘德久挽词》，《永嘉四灵诗集》，杭州：浙江古籍出版社，1985年，第116页。

[20] 蔡正孙：《诗林广记》，北京：中华书局，1982年，第421页。明王昌会《诗话类编》卷三〇《吊古》引录。

[21] 韦居安：《梅磵诗话》，《历代诗话续编》中册，北京：中华书局，1983年，第552页。

［22］李庆甲集评校点：《瀛奎律髓汇评》卷三《题钓台》引，上册，上海：上海古籍出版社，1986 年，第 146 页。

［23］梁章钜：《浪迹续谈》卷二，北京：中华书局，1981 年，第 281 页。

［24］李庆甲集评校点：《瀛奎律髓汇评》卷三《题钓台》引，上册，上海：上海古籍出版社，1986 年，第 146 页。

［25］潘自牧《记纂渊海》卷三四《职官部・都幹》："本朝都统制僚属，有计议官一员，主管机宜文字二员。"

［26］陆游：《剑南诗稿》卷二〇，《陆游集》第 2 册，北京：中华书局，1977 年，第 598 页。

［27］许及之：《涉斋集》卷九，敬乡楼丛书本。

［28］方回《瀛奎律髓》卷四七评："'丙丁、南北'之对，巧中有味。"纪昀《瀛奎律髓刊误》卷四七："此二句好在悲壮，以二字巧对取之，浅矣。"

［29］"往事省来多岁月"，省，《宋诗纪事》卷五九据《前贤小集拾遗》作"生"，此从《两宋名贤小集》卷二八六《转庵集》。按：从意义讲，作"省"为是。

［30］陶元藻：《全浙诗话》卷十三引，《续修四库全书》第 1703 册，据清嘉庆衡河草堂藏板影印，上海：上海古籍出版社，2002 年，第 195 页上。

13

气体高亮　清音盈耳

——许及之七言律的特色

许及之（1141—1209），字深甫（甫亦作父），号涉斋，永嘉（今温州市鹿城区）人。隆兴元年（1163）进士，历官淮南东路转运判官兼提点刑狱、礼部尚书兼给事中、知枢密院事兼参知政事（副宰相）。其卒，叶适为作挽诗两章，深致推挹。需要指出的是，宋李心传《建炎以来朝野杂记·甲集》言许及之“屈膝”谄事韩侂胄，“无所不至”；宋周密《齐东野语》卷三《诛韩本末》已详作驳正，指为“撰造丑诋”，“悉无其实”[1]；而《宋史》卷三九四本传犹袭用其说，史学家邓广铭先生《宋史许及之王自中传辨正》考云：“《宋史》修者，漫不加察，诬之甚矣。”[2]其谬种流传，玷污许公一生名节，不可不做澄清。

及之久历清要，词章精敏，同游唱咏如杨万里、张孝祥、张栻、薛季宣、陈傅良、楼钥、辛弃疾、陈亮、叶适、张镃等皆一时名流；又与乡里潘柽、翁常之、潘才叔等结为诗社（有《重阳前两日集转庵同社》等诗），酬和频密，足见文采之盛。其《读王文公诗》曰：“文章与世为师范，经术于时起世仇。少读公诗头已白，只应无奈句风流。”（卷十五）他的诗宗效王安石，风格似之。《四库全书总目》卷一五九《涉斋集》言“瓣香在王安石”，“虽下笔稍易，未能青出于蓝，而气体高亮，要自琅琅盈耳，较宋末江湖诗派刻画琐屑者，过之远矣”[3]。孙衣言《涉斋集跋》亦誉云：“其所作七言古诗，用意妙远，几非后人所能骤然领略；其他古诗亦皆排奡峭厉，在南宋诗人中当为健者，不但超越江湖一派。”[4]

今存《涉斋集》十八卷，为四库馆臣自《永乐大典》辑者，全是诗作，虽较原集已佚其半，而篇数仍夥，《四库》提要和孙氏父子评价均高，而检阅历来宋诗选本都未见采录，或且本集佚亡故耶？是为憾事。明赵谏《东瓯诗续集》卷二录赝作 2 首、清厉鹗《宋诗纪事》卷五三录赝作 1 首，荒陋殊甚。予友张如元《东瓯诗存校补》卷三补录 34 首，可窥一斑。

及之五古如《陈西老咏桧古风次韵》，写古桧“不愿为阿房，千门贮秦娥。愿作寒士庇，渠渠共婆娑”，托咏赋志，乃见高节。七古如《田家秋日词》：“晚禾未割云样黄，荞麦花开雪能白。田家秋日胜春时，原隰高低分景色。寒栗挂篱实累累，角田已收枯豆萁。芋魁切玉和作糜，香过邻墙滑流匙。牧童牧童罢吹笛，领牛下山急归吃。菜本未移麦未种，尔与耕牛闲未得。”（卷四）淳朴亲切，如叙家常，说得琐悉入情。“雪能白”，用的是温州方言，“能”义犹“样”。

孙衣言论许诗，称扬其古体，“五七言古皆沉着劲厉”，而谓“七言律绝则平直少变化”[5]，“篇幅浅狭，殊乏深意”[6]。此论似尚欠斟酌，其实未尽然。现存许集，其中五古二卷、七古二卷半，而五律一卷半、七律六卷、五排五绝二卷、七绝四卷，是七言律绝占了大半，可见为所擅长。予纂《宋元温州诗略》，于许诗通览一过，觉古体稍嫌冗芜，难作斟选；而七言近体疏畅劲拔，饶有意蕴，多见名隽。读者细事比较，当审予言不诬。

及之七律《元日登天长县城》云：

元日登临一腐儒，感今怀昔愧微躯。
此城曾是千秋县，有水呼为万岁湖。
南渡向来纡翠驾，北征何日会京都？
祖功宗德无边际，可恨长淮限一隅！（卷七）

天长县，宋淮南东路招信军（天长军）属县，与金接境。本古之千秋县，万岁湖在城西。纡翠驾，谓御驾北还受阻。京都，指北宋国都开封。这是一首感怀时事的咏作，及之在政治上是力图恢复的主战派。元日登城北望，千里疆域被淮水分隔，慨叹南渡后局束东南一隅，北征何期？作者《入淮》云：“淮水限南北，舟行洛水滨。底须分尔界，何处不吾民？”（卷六）寓意相同。诗友潘柽（德久）随宋贺生辰使出行金国，他在《送潘德久都干为贺生辰使属》中说：“孽子孤臣应有泪，祖功宗德本无边。”又嘱其慰告中原遗民，复兴在即：“父老相逢勤劳苦，为言咫尺中兴年。”（卷九）及其使回，

又作《喜德久从人使北来归》："见说北庭犹假息，可无尊酒沃崔嵬。"尊酒沃崔嵬，以杯酒浇除胸中垒块。希望宋廷能借北庭（金国）"假息"（苟延残喘）的良机，有所作为，以消除臣民心中郁结的不平之气。《中川席上送陈同甫》为温州江心寺宴送陈亮作："中原赤子头今白，天下苍生力未纾。北阙有书流涕上，西山无地带经锄。"（卷九）称颂陈亮伏阙上书，力陈恢复中原大计的壮举，表达了爱国志士壮图不遂的共同感愤。

写景抒情之作可举《骤雨忽至》：

未茨山宇趣储材，屐齿怜穿称意苔。
础石润时云气动，茶烟凝处雨声来。
蚕家次第三眠柳，江国凄凉五月梅。
电脚未收雷殷殷，老农争不笑颜开。（卷七）

础石（柱下石）润，苏洵《辨奸论》"月晕而风，础润而雨"。三眠，上下承连，意义双关，既就"蚕"言（第三次蜕皮），又是指一年三秀的柽柳。《本草纲目》卷三五下《柽柳》引《三辅故事》："汉武帝苑中有柳，状如人，号曰人柳。一日三起三眠。"三起三眠，状柳枝柔弱在风中时时拂动。五月梅，李白《与史郎中钦听黄鹤楼上吹笛》："黄鹤楼中吹玉笛，江城五月落梅花。"落梅花，指笛曲《梅花落》。"础石润时云气动，茶烟凝处雨声来"，体物细腻，又含见微知著意；"三眠柳、五月梅"，对工有情趣。通篇挥洒自如，可称"气体高亮"之咏。

许及之于淳熙七年（1180）出知袁州分宜县（今属江西），为官三年，惠民减负，良有政绩。雍正《江西通志·名宦四·袁州府》称其"奏免县积负十七万缗。后陟官去，犹请减县月桩钱"[7]。他任职时写的《入南乡检旱纪所见》云：

分宜南北两乡分，路入南乡过所闻。
荞麦满山明积雪，晚禾匝野涨黄云。
寸田必垦怜农父，五斗空餐愧令君。
惜许早田成旱损，不成乐岁答民勤。（卷十一）

作为县令巡行下乡，察询旱情，看到荞麦满山，晚禾匝野，深感欣慰。关爱农父的勤劳，"寸田必垦"；而自惭素餐忝位，无补分毫，居官自愧。很真诚地写出一个体恤忧民、居职敬谨的正直官员的仁爱心怀，与唐诗人韦应物“邑有流亡愧俸钱”的名句，同属蔼然有道之言。作者《劝农毕事呈同官》四首之三亦言：“扶犁感尔陇头人，自古民生合在勤。五斗空餐惭令尹，可怜无补及毫分。”（卷十五）表达了同样的情怀，可与本篇合读。

及之在分宜的居官生活是愉悦适意的，即兴感赋，写景述情，多有逸致。如《夜渡分宜水南》：

一水弯环抱县流，水南物色总清幽。
案头故纸看成叶，眼底青山见即愁。
夜唤扁舟乘月渡，静听鱼网沥波收。
忽思孤屿中川畔，满意秋风落钓钩。（卷十一）

月色深幽，扁舟夜渡，眼前山水美景，引起他对故乡名胜“孤屿中川”（温州江心屿）的怀恋。通首白描，笔调舒畅，读之清音琅琅盈耳。又有《睡起》：“饭了晴窗睡足时，杖藜徐步出荆扉。若无俗事关人意，只有杨花点客衣。黄鸟怨春浑不住，杜鹃知我亦思归。邻家酒熟容赊买，竹笋初生韭菜肥。”（卷十一）闲步村野，畦蔬颀欣，花鸟娱人，俗虑都尽，写来意味亲切，平朴中自见情趣。

及之七言律除上选诸作外，他如《九日小饮用后山居士韵简转庵》：“时丰都市人多醉，节近重阳菊有花。”（卷七）《清卿求作混碧楼额因赋唐律》二首之二：“际天野色青环坐，照水岚光翠拥楼。”（卷八）《范湘潭岸花楼诗》：“飞花几度春来去，行客自如人古今。”《春园》：“花随浅绿流春去，山拥新青入坐来。”（卷九）《再酬同社》：“映水残阳开句眼，满园新绿芘花身。”（卷十）《简转庵》：“不对桃花倾社酒，谁怜燕子怯春寒。”《次王宣甫题媚川图韵》：“两塔屹波流不去，千帆破浪远如无。”（卷十一）皆称坦易新警之句。

【注】

[1] 周密：《齐东野语》卷三《诛韩本末》，北京：中华书局，1983年，第51页。

[2] 邓广铭：《宋史许及之王自中传辨正》，《真理杂志》第1卷第4期，1944年。参阅周梦江：《宋史许及之传辨正》，《宋元明温州论稿》，北京：作家出版社，2001年。

[3] 永瑢等：《四库全书总目》卷一五九《涉斋集》，影本下册，北京：中华书局，

1983年，第1375页上。

［4］孙诒让：《温州经籍志》卷二十《许右府涉斋诗集》引，中册，上海：上海社会科学院出版社，2005年，第869页。

［5］孙衣言：《瓯海轶闻》卷二八《文苑·许及之》，下册，上海：上海社会科学院出版社，2005年，第909页。

［6］孙诒让：《温州经籍志》卷二十《许右府涉斋诗集》引，中册，上海：上海社会科学院出版社，2005年，第869页。

14 中天王气终当复，千古封疆只宋城

——许及之出使金国纪行诗

《宋史·光宗纪》：“（绍熙四年六月）己亥，遣许及之等贺金主生辰。”[1]《弘治温州府志·人物四科第·许及之》：“为右拾遗，使金，上疏授《春秋》，严天王之分，明锡赐之名。金使馆伴强及之射，连发中的，赋诗云：‘我弓岂是能多中，汉箭从来自有神。’《北征纪行诗》一百首。”[2]明凌迪知《万姓统谱·上语·许及之》：“使金不屈，迁太常少卿。”[3]

许及之于宋光宗绍熙四年（1193）六月奉命贺金主生辰出使北征，沿途纪行赋咏七言绝句百首，编为《北征纪行诗集》。明赵谏《东瓯诗续集》卷二小传云：“有《北征纪行诗集》行世。”[4]其书今佚。孙诒让《温州经籍志·别集类宋·北征纪行诗集》案云：“《永乐大典》本《涉斋集》十六、十七、十八三卷，所载七言绝句纪北方驿程者凡数十篇，盖即此集内诗。”[5]及之北行绝句存见于今集者54首，感事抒怀，蕴含兴亡之慨、故国之情，也反映了他力图恢复的政治主张。写作上自出机杼，能在纪实中运以论议，用笔深婉，耐人寻味，可与范成大使金诸绝相媲美。但历来论诗者从未注意到他的这些很有意义并具特色的作品，“养在深闺”，引人遗憾，兹文特为表出。

《入泗州》：

越境张旃入泗州，隔帘翁媪拜含愁。

可怜万折朝宗意，误尔尸臣死亦羞！（卷十六）

泗州，治盱眙（今属江苏）。绍兴十二年（1142）入金，见《宋史·地理志四·泗州》。州城当汴河入淮之口，为南北交通冲要，南宋与金通使取

道于此。张旃，张挂赤色曲柄之旗，为使者入境表识。可怜，可惜。尸臣，尸位之臣，指居位而无所作为的臣子。诗说：使者的车子越境进入泗州，隔帘看见道旁老翁老妇们含着愁泪跪拜（失地人民是多么怀念宋朝），那场景真令人动容。江河千回百转，终归大海（喻诸侯朝宗天子）；可现在却被颠倒过来（又多么令人伤心），这都是你们这些主政者的过错！徒居其位，不能恢复故疆，故斥曰“尸臣”。

“隔帘翁媪拜含愁”，写的是实情实景。一方面如韩元吉《书朔行日记后》所言，“使者率畏风埃，避嫌疑，紧闭车内，一语不敢接”[6]；另一方面中原遗民思念故朝，望见宋使，如楼钥《北行日录上》所记：“都人列观，间有耆婆服饰甚异，戴白之老多叹息掩泣，或指副使曰：‘此必宣和中官员也。’”[7]曹勋《出入塞》序：“闻南使过，骈肩引颈，气哽不得语，但泣数行下。”[8]范成大《揽辔录》：“遗黎往往垂涕嗟愤，指使人云：‘此中华佛国人也。’老妪跪拜者尤多。”[9]这句纪实之笔，极寻常语，却蕴含如许内涵，表现了作者作为使臣此际悲愤难抑，十分沉重的心情。

《宿南京》：

虚说营屯五万兵，凄凉无复旧南京。

中天王气终当复，千古封疆只宋城。（卷十六）

题下注：“询访实有戍兵三千人。宋城，城下县。”（杰按：“宋城城下县”五字本集不载，据《永乐大典》卷七七〇一补）

南京，指宋州（今河南商丘）。北宋景德三年（1006）升宋州为应天府，大中祥符七年（1014）建为南京。或谓指金国所称南京（开封），非也，从诗意（旧南京、宋城）可知。宋城，宋州属县。营，《永乐大典》卷七七〇一作“胡”。中天，言天运正中。王气，象征帝王的祥瑞之气。《东观汉记·光武帝纪》：“望气者言，舂陵城中有喜气，曰：‘美哉王气，郁郁葱葱！’”宋太祖赵匡胤后周末领宋州节度使，得国后名宋朝。建炎元年(1127)高宗亦于此即帝位。全诗大意说：当年的应天府（南京）极见军营之盛（营屯五万兵），而今冷落无复旧观。不过要记住，这宋城是宋王朝的发祥地，王气郁郁葱葱，宋室终当复兴。

《赵故城》：

丛台意气俄消歇，故垒歌钟几劫尘。

只有蔺卿生气在，坟前衰草镇如新。（卷十七）

赵故城，指战国赵国都城，今河北邯郸。城内有赵武灵王所筑的丛台。蔺卿，蔺相如，赵国上卿。《元和郡县志·河东道四·磁州邯郸县》："蔺相如墓，在县西南二十三里。"[10]范成大《揽辔录》："甲戌，过台城镇。故城延袤数十里，城中有灵台坡陁。邯郸人春时倾城出祭赵王歌舞台上。城傍有廉颇、蔺相如墓。"[11]镇，常。[12]这首诗凭吊中原古迹，歌颂蔺相如护国御侮、不为强秦所屈的气概和精神。及之"使金不屈"，在北廷据理力争，正是引蔺相如以为楷模。诗用对比手法，写出赵王丛台繁华消歇，而蔺墓枯草又新，赞其凛然生气千古犹在。这即是李白《江上吟》所咏"屈平词赋悬日月，楚王台榭空山丘"的意蕴。

《过陈桥见太行》：

驱车夜半出都城，策马陈桥已半程。

回首白云南阙下，太行何事马前迎。（卷十七）

陈桥，陈桥驿，在今开封东北陈桥镇，是汴京去往河北大名府的第一个驿站。赵匡胤在此发动兵变，建立宋朝。太行，太行山。诗写：访寻宋祖故地，回首故朝宫阙，瞻望故国山河，惓惓之情，无限低回。笔墨简练而又含蓄，意在言外。较之《望商山》"社稷未能还汉旧，岂容四老老其间"、《灵壁坝诗》"汴流可遏从渠遏，思汉人心遏得无"、《渡江》"江神似恨频将币，不许和戎出汉宫"诸作的直接表露，要蕴藉得多，更具感染力。

《归途感河南父老语》：

河南民力已无堪，泣诉王人语再三。

勤苦遗黎姑少忍，北人何止弃河南！（卷十七）

河南，指沦陷的黄河以南地区。民力已无堪，指金人的压迫已无法承受。楼钥《北行日录上》记述："金人浚民膏血，以实巢穴。府库多在上京诸处，故河南之民贫甚。"[13]证见所写是实况。王人，春秋时天子使臣，指南宋使节。诗中倾诉沦陷区人民的苦难，反映他们盼念恢复的强烈愿望，表达极为深挚。后二句表面上看，似为一种无可奈何的宽劝之辞，说父老们姑且少忍，金国（北人）既然占领了河南，不至于丢下你们不管；实则是出于愤激的反语，指责南宋朝廷丧权割土，不图收复，真的是丢弃故地人民不管了！是极沉痛语。

二十三年前，即乾道六年（1170）秋，范成大出使金国，过故都，《州桥》云："州桥南北是天街，父老年年等驾回。忍泪失声询使者，几时真有六军来？"四年前，即淳熙十六年（1189）春，杨万里奉命赴边接金国来使，《初入淮河四绝句》之四云："中原父老莫空谈，逢着王人诉不堪。却是归鸿不能语，一年一度到江南。"本篇与之相表里，表达了同样沉重的悲愤感情，千载之下犹令人感叹！

【注】

[1] 脱脱等：《宋史》卷三六，第3册，北京：中华书局，1977年，第705页。

[2] 王瓒、蔡芳编纂，胡珠生校注：《弘治温州府志》卷十三，上海：上海社会科学院出版社，2006年，第346页。

[3] 凌迪知：《万姓统谱》卷七六，文渊阁四库全书本。

[4] 赵谏：《东瓯诗续集》卷二，影本《续修四库全书》本，据清嘉庆衡河草堂藏板影印，上海：上海古籍出版社，2002年。

[5] 孙诒让：《温州经籍志》卷二〇，中册，上海：上海社会科学院出版社，2005年，第872页

[6] 韩元吉：《南涧甲乙稿》卷十六，文渊阁四库全书本。

[7] 楼钥：《攻媿集》卷一一一，文渊阁四库全书本。

[8] 曹勋：《松隐集》卷七，文渊阁四库全书本。

[9] 《说郛》卷六五引范成大《揽辔录》，影本《说郛三种》第6册，上海：上海古籍出版社，1988年，第3008页上。

[10] 李吉甫等：《元和郡县志》卷十五，上册，北京：中华书局，1983年，第435页。

[11] 《说郛》卷六五引范成大《揽辔录》，影本《说郛三种》第6册，上海：上海古籍出版社，1988年，第3008页上。

[12] 胡震亨《唐音癸签》卷二四："六朝人诗用'镇'字，唐诗尤多，如褚亮'莫言春稍晚，自有镇开花'之类。韵书：镇，压也，亦安之也。盖有'常'之义。"

[13] 楼钥：《攻媿集》卷一一一，文渊阁四库全书本。

15 语必己出　意在独造

——叶适诗的风格和评价

叶适（1150—1223），字正则，号水心。出生于瑞安县城，13岁随父母徙居永嘉（今温州市鹿城区）。南宋大儒，为注重事功的永嘉学派集大成代表人物。

叶适是一位重视艺文、工于辞章的学者，他的散文雄赡博辩，“才气奔逸，在南渡卓然为一大宗”[1]。名重当世，一时名家如真德秀、叶绍翁、韩淲、李耆卿、刘壎、黄震、刘宰、陈振孙等“皆交口推许无异词”[2]。如真德秀云：“永嘉叶公之文于近世为最。”[3]叶绍翁云：“水心先生之文，精诣处有韩柳所不及，可谓集本朝文之大成。”[4]他的诗却毁誉不一。宋吴子良《林下偶谈·水心诗》称：“水心诗早已精严，晚尤高远。古调好为七言八句，语不多而味甚长，其间与少陵争衡者非一，而义理尤过之。”[5]刘克庄《后村诗话》后集卷二言其古体《中塘梅林》二篇：“兼阮陶之高雅，沈谢之丽密，韦柳之精深，一洗今古诗人寒俭之态。”[6]都推崇备至。而元人方回则持异议，《瀛奎律髓》卷二十《道上人房老梅》批云：“叶水心适，以文为一时宗，自不工诗。”[7]又卷二三《西山》复云：“水心以文知名，拔四灵为再兴唐诗者。而其所自为诗，恐未尝深加意。”[8]明徐伯龄《蟫精隽》卷十五袭用方氏之论。今人钱钟书先生亦作贬抑，说“他的诗竭力炼字琢句，而语气不贯，意思不达，不及四灵还有那么一点点灵秀的意致”；譬之为“庞然昂然”而“绝不会腾空离地”的“鸵鸟”[9]，在《宋诗选注》里不选他的诗。钱先生后来出版的《宋诗纪事补正》卷五四《叶适》重复了这一评论。

客观而论，叶适诗不及文。从文学角度言，叶适的主要成就在散文创作。

现存《水心文集》28卷、《水心别集》16卷，其中仅有诗3卷，所占比例也不多。其次，诗、文之功用手法不同，体制有别。清吴乔《围炉诗话》卷一谓，文以道政事，宜词达，多直陈；诗以抒性情，宜词婉，重比兴。故“李杜之文，终是诗人之文，非文人之文；欧苏之诗，终是文人之诗，非诗人之诗”[10]。水心以学者、古文家名，余力旁溢为诗，是文人之诗、学人之诗，亦宜作如是观。

清初吴之振等编《宋诗钞·水心诗钞》，于叶诗选录特多，计121首，评价亦高，誉曰：“用工苦而造境生，皆熔液经籍，自见天真，无排迮刻[illegible]之迹。艳出于冷故不腻，淡生于炼故不枯。‘曾点之瑟方希，化人之酒欲清’，其意味足当之。”[11]所言“熔液经籍”，既为优点，有时亦成缺点。优点在根柢学问，含蕴深刻；缺点不免理长韵短，情韵兴象抑或不足。要而言之，水心以行文之法铺陈为诗，典雅整炼，直造生冷素淡之境，意在独创，“语必己出”[12]，“务为新奇”[13]，卓然自成风格，论者强以情韵委婉流丽为准绳而衡量之，不免失之偏颇。诗家崇尚不同，要在自具面目，固不必强求一律也。明叶廷秀《诗谭》卷六称“叶水心为诗多有义理”，其胸次、境界“前此惟子美能之”[14]。清范大士《历代诗发》卷二八举叶诗《赠胜上人》“语生兼老笔，体重带幽姿”联，谓此“即可以评水心先生之诗”[15]。陈延杰《宋诗之派别》云：“叶适诗造境颇生，脱去町畦，有冷艳之趣。”[16]钱基博《中国文学史》云：“诗亦疏不害妍，则李杜之遗，不如黄陈之生犷拗蹇，披倡失谐，似欲力复古调，不逐时贤后。”[17]皆称有见。

再来分析具体作品，《水心集》中确有许多值得称赏的佳作，彰名于世，为评论者所重。他的乐府《白纻词》，就深得清代诗话家的推崇。诗云：

有美一人兮表独处，陟彼南山兮伐寒纻。
挑灯细缉抽苦心，冰花织成雪为缕。
不忧绝技无人学，只愁不堪嫁时着。
郑侨吴札今悠悠，争看买笑锦缠头。

当是作者未登第时所作。孝宗淳熙元年（1174）在京，上书朝廷不报，郁郁返家。郑侨，指春秋郑国贤大夫公孙侨（子产）。吴札，指春秋吴国贤公子季札。借乐府古题以抒意，曲终奏雅，托出本旨。慨叹世俗沉湎，古贤不见，悠悠此心谁同。贺裳《载酒园诗话·叶适》云：“宋人于乐府一途，尤为河汉，水心《白纻辞》一篇，深得古意。”又评：“深叹知音难遇，又不忍遽自决绝，徊翔宛转，无限风流。”[18]黄公论诗，独具只眼，此评允矣。吴乔《围炉诗话》卷五言其有张（藉）王（建）乐府余绪，“在宋已成绝作”[19]。

五古《前日入寺观牡丹，不觉已谢，惜其秾艳，故以诗怀之》：

牡丹乘春芳，风雨苦相妒。

朝来小庭中，零落已无数。

魂销梓泽园，肠断马嵬路。

尽日向栏干，踌蹰不能去。

这首诗本集未收，据明郁逢庆《书画题跋记》卷一录。[20]当是宁宗庆元五年（1199）罢职后家居时作[21]，心情郁闷，借咏牡丹，叹名花零落而深自伤慨，表达了政治上受排挤受迫害的郁愤，蓄意蕴藉。明曹函光《宋贤十七札跋》称之“高古”，“淡宕可爱”[22]。

七古《题孙季蕃诗》：

子美太白常住世，佳人栩栩梦魂通。

泻落天河浇汝舌，移来不周荡尔胸。

千家锦机一手织，万古战场两峰直。

孰《南》孰《雅》唤莫前，虚箫浪管吹寒烟。

刻画了江湖派诗人孙惟信（字季蕃，号花翁）狂放不羁的形象，写得十分生动。刘克庄记季蕃“一身之外无它人，一榻之外无长物……所谈非山水风月，一不挂口。长身缊袍，意度疏旷，见者疑为侠客异人。”[23]陈振孙记季蕃“多闻旧事，善雅谈。长短句尤工”[24]，与本篇所咏适相印证。末联言其不拘守传统诗教，虚箫浪管，倚声度曲，放浪自恣。刘克庄《孙花翁墓志铭》：“季蕃长于诗，水心叶公所谓‘千家锦机一手织，万古战场两峰直’者也。”[25]周密《浩然斋雅谈》卷中引录全诗。此篇写法上很是独特，突然而起，忽然而止，杳若神龙，不见首尾。初睹若无章法，实则深含理蕴。吴子良所言水心“古调好为七言八句，语不多而味甚长”，盖即谓此等之作。

另如《朱娘曲》，叙水心村邻居朱娘家三代经营酒铺（三世充拍户），因承受不了苛重的税赋最终“破家”败落，反映了东南地区经济在繁荣的表象下潜藏的危机。《陈同甫抱膝斋二首》，对挚友陈亮的负才而不偶于时婉言解慰，朱熹称“摹写尤工”[26]，吴子良谓“镌诮规责，切中其病”[27]。

元初著作家刘壎说自己年轻时曾选取水心诗文之“绝出者，手抄成帙，以备观览”；晚岁记忆犹新，与契友文会当剧谈快意时，辄“同声背诵《晋元帝庙记》……《抱膝斋诗》《朱娘曲》诸篇以为乐。”[28]可见这些篇章在当时就已经广为学人传诵。

水心近体律绝亦多有出色之什，七绝《橘枝词三首记永嘉风土》为其创体名篇，拟专文另论。又如《水心即事六首兼谢吴民表宣义》：

生薑门外山如染，山水娱人岁月长。
净社倾城同禊饮，法明阖郭共烧香。（之一）

虽有莲荷浸屋东，暑烦睡过一陂红。
秋来人意稍苏醒，似惜霜前零乱风。（之三）

听唱三更罗里论，白旁单桨水心村。
潮回再入家家浦，月上还当处处门。（之五）

叶适于宁宗庆元二年（1196）罢职，四年（1198）举家迁回温州，买宅定居郡城西南郊水心村（今温州市鹿城区松台街道水心住宅区），自号水心。《水心集》卷十六《庄夫人墓志铭》：“庆元戊午（四年），余始居生薑门外西湖上。”水心村在城外会昌湖西湖沿岸，西山东麓，倚山临水，风景清幽。作者《送惠县丞归阳羡》之二：“我在水心南岸村，寻常风景不堪论。等于天壤中间住，草醉花迷共记存。”（卷八）雍正《浙江通志・古迹十二温州府》：“叶适宅，《名胜志》：永嘉县有西湖南湖，总谓之会昌湖。宋叶适居西湖之水心，号水心先生。”[29]本组诗作于其时。吴民表[30]，后归宗复姓陈，即陈烨（1127—1214），高隐之士，水心村西邻，门人陈埴（潜室）之父。宣义，宋时向官府捐献钱米得到封赠的低品官衔。

第一首写的生薑门，俗称山脚门[31]，即今信河街来福门，在郡城西南隅松台山麓。山如染，指城外西山。净社寺、法明寺（今之妙果寺），在其附近，宋时为士民游赏胜处。《弘治温州府志・山永嘉县》：“宋时郡守领客，饭于净社寺，即携鼓吹登山，岁以为常。”[32]第二首写乡居暑尽秋来的舒快感受，通过物景的变换（莲荷“一陂红”到“霜前凌乱”）暗示节序推移。第三首“罗里”，民歌唱曲中的和声，本地方言。宋九山书会《张协状元》戏文第十二出《朱奴儿》曲："口里唱个离嗹啰啰嗹。"[33]后二句写月上潮落，家家船儿进浦停泊的情景。三诗即兴而赋，叙写水心村一带湖山光景和风俗人情，真切如见，平朴中蕴有义味。梅丈冷生先生晚岁偃卧劲风楼，尝命予抄录，击节吟赏之，赞曰："简朴有致，虽放翁（陆游）、石湖（范成大）、诚斋（杨万里）亦无以过。"（1973 年 4 月 21 日劲风楼谈诗对笔者语）。

五律《西山》也是这个时候写的：

对面吴桥港，西山第一家。
有林皆橘树，无水不荷花。
竹下晴垂钓，松间雨试茶。
更瞻东挂彩，空翠杂朝霞。

西山，在温州市区西郊，今名景山，林壑幽茂。挂彩，指郡城东北的挂彩山。明姜准《岐海琐谈》卷十一："永嘉之土最宜树橘，宋韩守彦直之《谱》足征。宋世产于西山，叶正则诗云：'对面吴桥港，西山第一家。有林皆橘树，无水不荷花。'此其证也。"[34]这是一首歌咏家乡山川风物，抒写自己闲居悠适生活的好诗，轻畅明秀，读来十分亲切。

纪昀《瀛奎律髓刊误》卷二三评："平浅之作，'橘、荷、竹、松'，亦太犯。"[35]今按：纪晓岚谓此诗中联"橘、荷、竹、松"四字犯复，即是接连用了相同类的词。这类被指为"诗病"的句例，在唐人律体诗中时见。如骆宾王《送郑少府入辽共赋侠客远从戎》前四："边烽警榆塞，侠客度桑干。柳叶开银镝，桃花照玉鞍。"清周亮工《书影》卷二谓："'榆、桑、柳、桃'连用。"[36]李白《访戴天山道士不遇》："犬吠水声中，桃花带雨浓。树深时见鹿，溪午不闻钟。野竹分青霭，飞泉挂碧峰。无人知所去，愁倚两三松。"明唐汝询《唐诗解》卷三三云："此诗'水声、飞泉、树、松、桃、竹'，语皆犯重。"[37]另如王维《汉江临泛》："楚塞三湘接，荆门九派通。江流天地外，山色有无中。郡邑浮前浦，波澜动远空。襄阳好风日，留醉与山翁。"一首中连用"三湘、九派、江流、前浦、波澜"五个带水的词语，清查慎行《初白庵诗评》卷下云："篇中说水处太多，终是诗病。"[38]上述所举骆、李、王诸篇，都是脍炙人口的名作，而明清人的批评也是事出有因，具一定道理。这种情况，说明唐宋时代的律体诗在用字及格律对仗诸

方面还是比较宽松的，并无许多顾忌，不区区于字句琐屑。至明清时期，声律细密，法式严整，技巧层面的讲究也最多，故亦善能挑剔摘瑕。唐汝询、周亮工其实并不同意这些指摘，唐说："古人于言外求佳，今人于句中求隙，去之所以更远。"周说："古人皆不以为嫌，今人用之，不知如何揶揄矣！"这正说明不同时代的认识差别，反映了诗律发展的趋势和审美情趣的转移。由是而言，明清人的评议不可不谓眼明心细，明察秋毫，而"忌重叠、避语复"，其于后来诗家亦具一定警戒意义。当然，论诗也不当太拘泥于字面，主要应从意境、格调、理蕴、情韵诸方面来考察。即如叶适此作，中四句虽叠用"橘、荷、竹、松"字，但由于处理得好，无勉强堆砌之嫌，读而不觉，故亦不足为疵。

又有《锄荒》：

锄荒培薄寺东隈，一种风光百样栽。
谁妒眼中无俗物，前花开遍后花开。

寺，指郡城外松台山南麓水心寺。宋陈昉《颍川语小》卷下："瑞安叶文定公……后居永嘉水心寺侧。水心，寺名也。"[39]观诗意，当是宁宗嘉定元年（1208）遭劾落职回居乡里水心村时作。"谁妒"二字，颇含微意，是全诗点睛处。言锄荒培薄，繁花竞放，风光百样，眼无俗物，坐享此景，"谁"又能"妒"我？意即谁也奈何我不得！隐喻在宦途和政治上遭受打击、排陷、倾轧以至投闲置散的感慨，也表现了刚坚的禀性。

他如《王简卿侍郎以诗赠王孟司》："林黄橘柚重，渚白蒹葭轻。"明丽如画，又融情入景。吴子良《林下偶谈》谓："意含蓄而语不费。"[40]孙衣言《水心文集批注》："十字细炼，吴子良赏之，不缪。"[41]《余顷为中塘梅林诗他日来游复作》："常于寒角晓，爱彼明冰悬。疏枝涩冷艳，小窗露孤妍。"刻画蜡梅神态，别具韵格。《赠胜上人》："遣腊冰千箸，勾春柳一丝。"《次韵喻叔奇九日》："因上岧峣览吴越，遂从开辟数羲皇。"《丁少明挽词》："万卉有情风暖后，一筇无伴月明边。"佚句："花传春色枝枝到，雨递秋声点点分。"[42]皆清隽警练之句，为诸家诗话笔记所称举。

【注】

［1］永瑢等：《四库全书总目》卷一六〇《水心集》，影本下册，北京：中华书局，1983 年，第 1382 页。

［2］孙诒让：《温州经籍志》卷二一《水心先生文集》案语，中册，上海：上海社会科学院出版社，2005 年，第 915 页。

［3］真德秀：《西山题跋》卷二《著作正字二刘公志铭》，《丛书集成初编》第 1568 册，上海：商务印书馆，1936 年，第 24 页上。

［4］叶绍翁：《四朝闻见录》甲集《宏词》，北京：中华书局，1989 年，第 35 页。

［5］吴子良：《林下偶谈》卷四《水心诗》，《丛书集成初编》第 324 册，上海：商务印书馆，1936 年，第 37 页。

［6］刘克庄：《后村大全集》卷一七六，影缩本《四部丛刊初编》，上海：商务印书馆，1936 年，第 1576 页。

［7］李庆甲集评校点：《瀛奎律髓汇评》中册，上海：上海古籍出版社，1986 年，第 771 页。

［8］李庆甲集评校点：《瀛奎律髓汇评》中册，上海：上海古籍出版社，1986 年，第 985 页 。

［9］钱钟书：《宋诗选注·徐玑》评语，北京：人民文学出版社，1979 年，第 248 页。按：对此一评论周梦江先生曾就商于予，写文辩议，后成《叶适文学思想续谈——兼论〈宋诗选注〉对叶适批评之误》，收入《宋元明温州论稿》，北京：作家出版社，2001 年。

［10］《清诗话续编》第 1 册，上海：上海古籍出版社，1983 年，第 479 页。按：其言“欧苏”，宜改“韩欧”较贴切。

［11］吴之振、吕留良、吴自牧：《宋诗钞·水心诗钞叙》，第 3 册，北京：中华书局，1986 年，第 2341 页。按：“曾点之瑟”二句，为叶适称誉李焘（巽岩）文语。《水心文集》卷十二《巽岩集序》：“观公大篇详而正，短语简而法，初未尝藻黼琢镂，以媚俗为意；曾点之瑟方希，化人之酒欲清，又非以声色臭味自怡悦也。”

［12］《四库全书简明目录》卷十六，上海：上海古籍出版社，1985 年，第 678 页。

［13］陈振孙：《直斋书录解题》卷十《习学记言》，上海：上海古籍出版社，1987 年，第 313 页。

［14］叶廷秀：《诗谭》卷六，《续修四库全书》第 696 册，据清嘉庆衡河草堂藏板影印，上海：上海古籍出版社，2002 年，第 563 页下。

［15］范大士：《历代诗发》卷二八，影印《故宫珍本丛刊》第645册，海口：海南出版社，2000年，第11页。

［16］郑振铎编：《中国文学研究》上册，据商务印书馆1927年版复印，上海：上海书店出版社，1981年，第21页。

［17］钱基博：《中国文学史》下册，北京：东方出版社，2008年，第523页。

［18］《清诗话续编》第1册，上海：上海古籍出版社，1983年，第447页。

［19］《清诗话续编》第1册，上海：上海古籍出版社，1983年，第640页。

［20］郁逢庆《书画题跋记》卷一《宋人手简十七条》载录叶适手札："观使开府相公尊兄均席：前日入寺观牡丹，不觉已谢，惜其秾艳，故以诗怀之。敢冀见和。适上。（本篇略）"文渊阁四库全书本。原录无诗题，今姑以引言为题。

［21］周梦江：《叶适传》，叶适纪念馆内部印行，2003年，第106页。

［22］郁逢庆：《书画题跋记》卷一《宋人手简十七条》，文渊阁四库全书本。

［23］刘克庄：《后村集》卷三九《孙花翁墓志铭》，文渊阁四库全书本。

［24］陈振孙：《直斋书录解题》卷二〇《花翁集》，上海：上海古籍出版社，1987年，第610页。

［25］刘克庄：《后村集》卷三九《孙花翁墓志铭》，文渊阁四库全书本。

［26］朱熹：《朱文公文集》卷二八《答陈同甫》，影缩本《四部丛刊初编》，上海：商务印书馆，1936年。

［27］吴子良：《林下偶谈》卷二《水心合铭陈同甫王道甫》，《丛书集成初编》第324册，上海：商务印书馆，1936年，第15页。

［28］刘壎：《隐居通议》卷十七《水心遗文》，文渊阁四库全书本。

［29］雍正《浙江通志》卷五〇，文渊阁四库全书本。

［30］按：叶诗题"吴民表"，中华书局1986年排印本《宋诗钞·水心诗钞》作"吴氏表"，形近误。

［31］孙衣言《水心文集批注》："生薑门，不见《府志》，盖即今之三角门也。……温人读'角'如'脚'，盖即'生薑'音近之误……'生薑门'三字甚新，吾温人无有知之者矣。"见潘猛补：《水心文集孙衣言批注辑录》，《温州历史文献集刊》第一辑，南京：南京大学出版社，2010年，第47页。

［32］王瓒、蔡芳编纂，胡珠生校注：《弘治温州府志》卷三，上海：上海社会科学院出版社，2006年，第35页。

［33］按：清翟灏《通俗编》卷三三《语辞》："啰唻，《古今乐录》有来罗四曲，注云'倚歌也'。《广韵》作'啰唻'，注云'歌声'。"叶蘅《新编音画字考》："唱曲尾声曰哩啰。"

［34］姜准：《岐海琐谈》卷十一，上海：上海社会科学院出版社，2002年，第183页。

［35］纪昀：《瀛奎律髓刊误》卷二三，嘉庆五年李光垣校刻本，第26页。

［36］周亮工：《书影》卷二，上海：上海古籍出版社，1981年，第57页。

［37］唐汝询：《唐诗解》卷三三，清顺治十六年刻本。

［38］查慎行：《初白庵诗评》卷下，上海六艺书局石印本。

［39］陈昉：《颍川语小》卷下，文渊阁四库全书本。

［40］吴子良：《林下偶谈》卷二《文字有江湖之思》，《丛书集成初编》第324册，上海：商务印书馆，1936年，第20页。

［41］潘猛补：《水心文集孙衣言批注辑录》，《温州历史文献集刊》第一辑，南京：南京大学出版社，2010年，第44页。

［42］吴子良：《林下偶谈》卷四《水心诗》，《丛书集成初编》第324册，上海：商务印书馆，1936年，第37页。

16 表现本地风光的创新之作

——叶适《橘枝词三首记永嘉风土》

叶适诗中传颂最广的胜咏，是表现本地风光的创体《橘枝词三首记永嘉风土》。先看泛咏永嘉风土的第二、三两首：

琥珀银红未是醇，私酤官卖各生春。

只消一盏能和气，切莫多杯自害身。（之二）

此首写乡间酿酒沽饮的习俗，具有箴言规劝的意味，颇耐咀含。琥珀银红：琥珀红，酒名；银指银杯。雍正《浙江通志·物产七温州府·酒》："琥珀红，叶适《记永嘉风土》诗：琥珀银红未是醇，私酤官卖各生春。"又云："《谈荟》：'温州酒有蒙泉、丰和春。'《瓯江逸志》：'……昔人有云：永嘉及绍兴酒绝佳，胜于苏州。'"[1] 各生春之"春"，隐含酒名在内。明姜准《岐海琐谈》卷十一："唐人酒多以春得名，如'抛青春''松醪春'之类。吾乡佳酿有曰'丰和春'者，亦曾著名酒史，盖仿于唐也。"[2]

鹤袖貂鞋巾闪鸦，吹箫打鼓趁年华。

行春以东峥水北，不妨欢乐早还家。（之三）

此首写乡村逢年过节举行歌舞的风俗。鹤袖，鹤羽装饰的长袖，指舞衣。貂鞋，用貂皮装饰的鞋。行春、峥水，均桥名，在水心村附近。作者《永嘉端午行》："行春桥东峙岩北……古来峥水斗胜负。"《弘治温州府志·桥梁·永嘉县》："行春桥，在龚将军庙前。……峥水桥，在十五都。"[3] 不妨句，言歌乐宜节制，毋过度。

最引人注目的是开篇第一首。清翁方纲《石洲诗话》卷四云："水心《永嘉橘枝词》三首记永嘉土风，而以永橘起义，其第一首则专咏橘也。"[4]

蜜满房中金作皮，人家短日挂疏篱。

判霜剪露装船去，不唱杨枝唱橘枝。

这组诗是叶适寓居温州城南郊水心村时写的。明姜准《岐海琐谈》卷十一云：“永嘉之土最宜树橘。”[5]橘是永嘉（今温州市鹿城区）特产，故称“永橘”，唐代已列为贡品。宋韩彦直（韩世忠子）任温州知州时，于孝宗淳熙五年（1178）撰作的《橘录》（又称《永嘉橘录》）三卷，是世界上第一部柑橘专著。《橘录》卷中《荔枝橘》云：“黄橘擅美于温。”[6]《广群芳谱》卷六四《橘》亦云：“出苏州、台州，西出荆州，南出闽广、抚州，皆不如温州者为上也。”[7]温州郡城西南的西山、南塘一带，宋时是产橘之区。那里依山傍水，阡陌河汊纵横，遍满橘林。叶适《西山》诗写道：“对面吴桥港，西山第一家。有林皆橘树，无水不荷花。”《永乐大典》卷二二六五“湖”下引《温州府志》：“温州南湖……西岸则流水江村，渔家田舍，菱洲荷荡，橘圃柑园，在在有之，不减苕霅之胜。”[8]可见繁盛之况。叶适所居水心村，在西山、南塘之间，与橘林朝夕相对。他有诗道：“好花移买自嫌贫，浪蕊空多未许春。放出江边无数橘，半黄半绿恼骚人。”（《送吕子阳二绝》之二）他爱橘树，嗜好橘子，在“习啖成真性”之余，“悲歌起土风”（《看柑》），写下了这首著名的《橘枝词》。

诗的首句说，橘子既有金玉一般的表相，又有甜蜜饱满的瓤实。言其表里俱佳，招人喜爱。次句说，冬至前后，橘子成熟了，黄澄澄的挂满了家家户户的篱头。短日，短至日（一年中最短的一天），即冬至。三句写，人们分开霜叶带着露珠将累累果实剪下，装船运去。采橘多在霜晴天气，不用手摘，用剪刀连蒂剪取，这样利于贮藏。《橘录》卷下《采摘》云：“及经霜之二三夕，才尽剪。遇天气晴霁，数十辈为群，以小剪就枝间平蒂断之，轻置筐吕中。”[9]与诗中所写相符合。“判霜剪露”四字，从劳动生活中来，加以诗化，语新而思巧，意境优美。最后一句写，在收获的喜悦中大家唱起了新编的《橘枝》民歌。后二句再现了在陂荡纵横的橘圃柑园之间，舟艇各出棹歌相应的场景。全诗以朴素生动的语言，展现了橘黄时候橘乡的绚丽风光和人们愉快的劳动生活，充满乡土气息，词旨清新，读来韵调悠扬。

中唐诗人刘禹锡、白居易学习民间曲调，制作了《竹枝词》《柳枝词》《杨柳枝词》等新体绝句，状写民俗风情，在唐诗中别开境界。叶适的《橘枝词》正是承继刘、白这一传统的创新别调。叶适论创作主张独创，反对因循蹈袭。他与门人论文时尝说：

譬之人家觞客，或虽金银器照座，然不免出于假借；自家罗列，仅瓷缶瓦盆，然却是自家物色。[10]

四库馆臣云：“其命意如此，故能脱化町畦，独运杼轴。韩愈所谓‘文必己出’者，殆于无忝。”[11] 自家物色，就是“洒然自出一机轴”[12]，独具自家风貌的创造性作品。“不唱《杨枝》唱《橘枝》”，反映了他在艺术上不袭故常、独出心裁的创新意识。这同刘禹锡《杨柳枝词》中说的“请君莫奏前朝曲，听唱新翻《杨柳枝》”，所表达的精神是一致的。

叶适的《橘枝词》对后世产生了一定影响。清诗名家王士禛在著作中多次论及，《渔洋山人诗问》卷上云：“《竹枝》泛咏风土，《柳枝》专咏杨柳，此其异也。南宋叶水心又创为《橘枝词》，而和者尚少。”[13]《渔洋诗话》卷上又云：“《竹枝》古称刘梦得、杨廉夫，近彭羡门尤工此体。……汪钝翁又拟叶水心作《洞庭橘枝词》。”[14] 肯定了叶适于《柳枝》《杨枝》外别制《橘枝词》的创新之举。清初诗人汪琬（钝翁）有《洞庭橘枝词二首》，序云：“西山之人商于湖广者多，予故仿叶水心《橘枝词》体以招之。”[15] 就是仿效叶适的“永嘉橘枝词”而创作的。

后人题咏继作也极多，如清孙霖《橘枝词》三首之一：“会昌桥外实离离，无数人家唱《橘枝》。露剪风披驰日下，今年装去贡随时。”[16] 戚学标《读叶水心集》：“巷南一谒水心祠，学问文章并我师。愿得来秋身更到，为公唱取《橘枝词》。”[17] 师范《橘枝词》四首之一：“橘花开时香满林，橘实累累如铸金。新词谁为吟风土，知有诗人叶水心。”[18] 谢启昆《读全宋诗仿元遗山论诗绝句二百首·叶适》：“点瑟方希正则诗，马塍花雾隐参差。生薑门外山光好，短日疏篱唱《橘枝》。”[19] 陈锡玠《东瓯橘枝辞》四首之四：“霜寒露冷摘来迟，不共黄柑达紫墀。自是太平蠲贡赋，人家好唱橘枝辞。”[20] 张綦毋《船屯渔唱》之十七：“霜后园丁剪摘鲜，《橘枝》才唱已装船。谁知包贡宣和日，一颗真柑直二千。”[21] 梅冷生《病榻无憀，次敬身九日见酬长句，并简瞿禅、渊雷、梓良》：“剩唱《橘枝》风土美，何时单桨水心村？”[22]《秋阴三首》之一：“剪露判霜亦大观，疏篱佳实报平安。”[23] 可见其流风余韵远播吟坛。

【注】

[1] 雍正《浙江通志》卷一〇七，文渊阁四库全书本。

[2] 姜准：《岐海琐谈》卷十一，上海：上海社会科学院出版社，2002 年，第 190 页。

[3] 王瓒、蔡芳编纂，胡珠生校注：《弘治温州府志》卷五，上海：上海社会科学院出版社，2006 年，第 88 页。

[4] 《清诗话续编》第 3 册，上海古籍出版社，1983 年，第 1440 页。

[5] 姜准：《岐海琐谈》卷十一，上海：上海社会科学院出版社，2002 年，第 183 页。

[6] 影本《说郛三种》第 8 册，上海：上海古籍出版社，1988 年，第 4865 页上。

[7] 《广群芳谱》卷六四，文渊阁四库全书本。

[8] 《永乐大典》，影本第 19 册第 2265 卷，北京：中华书局，1960 年，第 10 页。

[9] 影本《说郛三种》第 8 册，上海：上海古籍出版社 1988 年，第 4868 页下。

[10] 吴子良：《林下偶谈》卷三《水心文不蹈袭》，《丛书集成初编》第 324 册，上海：商务印书馆，1936 年，第 25 页。

[11] 永瑢等：《四库全书总目》卷一六〇《水心集》，影本下册，北京：中华书局，1983 年，第 1382 页中。

[12] 吴子良：《林下偶谈》卷三《水心文不蹈袭》，《丛书集成初编》第 324 册，上海：商务印书馆，1936 年，第 25 页。

[13] 王士禛：《渔洋山人诗问》卷上，《丛书集成续编》第 156 册，上海：上海书店出版社，1994 年，第 184 页上。

[14] 《清诗话》上册，上海：上海古籍出版社，1978 年，第 171 页。

[15] 汪琬：《钝翁续稿》卷三《洞庭游稿》，《汪琬全集笺校》第 3 册，北京：人民文学出版社，2010 年，第 1189 页。

[16] 孙霖：《羡门山人诗钞》，见潘猛补辑：《温州竹枝词风俗诗补辑》，《温州历史文献集刊》第二辑，南京：南京大学出版社，2012 年，第 286 页。

[17] 戚学标：《景文堂诗集》卷十三，《续修四库全书》第 1462 册，据清嘉庆衡河草堂藏板影印，上海：上海古籍出版社，2002 年，第 339 页上。

[18] 师范：《师荔扉先生诗集》，《温州历史文献集刊》第二辑，南京：南京大学出版社，2012 年，第 288 页。

[19] 谢启昆：《树经堂诗集》，《万首论诗绝句》第 2 册，北京：人民文学出版社，1991 年，第 500 页。

［20］潘猛补辑：《温州竹枝词风俗诗补辑》，《温州历史文献集刊》第二辑，南京：南京大学出版社，2012 年，第 295 页。

［21］张奋点校：《潜斋集·船屯渔唱》，郑州：中州古籍出版社，2010 年，第 215 页。

［22］潘国存编：《梅冷生集》，上海：上海社会科学院出版社，2006 年，第 119 页。

［23］潘国存编：《梅冷生集》，上海：上海社会科学院出版社，2006 年，第 161 页。

17

崛起于南宋诗坛的永嘉四灵诗派

永嘉四灵，指活跃于南宋诗坛的四位温州籍诗人徐照、徐玑、翁卷、赵师秀。徐照（约1160—1211）[1]，字道晖，又字灵晖，号山民。徐玑（1162—1214），字致中，又字文渊，号灵渊（也作灵囦）。翁卷（约1164—1225），字续古，又字灵舒。赵师秀（1170—1220），原名汝淳[2]，字紫芝，又字灵秀，也称灵芝，号天乐。二徐、赵均永嘉（今温州市鹿城区）人，翁里籍乐清亦温州属县[3]。由于他们都是温州（宋名瑞安府，古称永嘉郡）人，字号中皆带“灵”字，彼此旨趣相投，创作主张一致，频相唱酬，诗风同体，故世称“永嘉四灵”。

“永嘉四灵”是继江西诗派之后在南宋诗坛独树一帜的一个诗歌流派。四灵诗派的兴起，有其历史渊源和社会背景。宋室南渡后建都临安，使地处东南海隅的温州在经济和学术文化上得到极大发展，呈现出前所未有的繁盛局面。当时堪称人才济济，名家辈出。在四灵之前，已有许景衡、王十朋、薛季宣、陈傅良等政治文化名人。与四灵同时，则有潘柽、卢祖皋、薛师石等诗家。被称为南宋大儒、一代文宗的叶适和他所代表的永嘉事功学派，在学术文化界具有广泛的影响，更是对四灵诗风给予从理论上提升和倡扬推动的作用。而就文学方面讲，四灵派的出现又有两个直接的成因：一是不满于理学家的诗论，二是“以矫江西之失”[4]。这前一个成因往往不为评论家所注意。

叶适是四灵派的倡导者和鼓吹者，四灵均出自他门下。[5]叶适在《徐道晖墓志铭》中说：唐代近体诗源于齐梁永明体，讲求声律辞采。这种“五色彰施，律吕相应”的唐体，“厌之者”却认为“纤碎而害道，淫肆而乱雅”。

徐照等人“复言唐诗”，“发今人未悟之机，回百年已废之学”，是值得词人墨卿引为快的。[6]这里首先要说明的是，叶适、四灵及南宋诸人所讲的“唐诗”“唐体”“唐风”，均指中晚唐的律体诗而言，他们所说的“唐人”也多指中晚唐诗家。叶适文中说的厌弃唐体的“今人”，并非泛谓，而是有所指的，殆即隐指当时的理学家言。不过叶文所述尚较隐蔽，我们看下面这段文字的记载就十分清楚了：

自乾（乾道）淳（淳熙）以来，濂洛之学方行，诸老类以穷经相尚，诗或言志，取足而止，固不暇如昔人体验声病，俾律吕相宜也。至潘柽出，始创为唐诗；而师秀与徐照、翁卷、徐玑寻绎遗绪，日锻月炼，一字不苟下。由是唐体盛行。[7]

这里明白扼要地揭示了四灵及其先声潘柽“创为唐诗”、盛行“唐体”的背景，同时指出理学家“取足而止”忽视“声病、律吕”即轻视形式技巧的文艺观点，与四灵之主张相左。四灵的有志于改革诗风，同当时诗坛上的这一现象是不无关系的。

宋孝宗乾道、淳熙年间，程朱理学大行。反映在文学上：（一）理学家将“文以载道”极端化了，说为文作诗要“专意”于道，否则便是“玩物丧志”[8]，忽略了文学作品内容题材的多样性、丰富性，它所具有的审美情趣和陶冶人性的功能。程颐尝言：“且如今能诗无如杜甫，如云‘穿花蛱蝶深深见，点水蜻蜓款款飞’，如此闲言语道出做甚？”[9]对此叶适针锋相对批评说：“‘云淡风轻、傍花随柳’之趣，其与‘穿花蛱蝶、点水蜻蜓’何以较重轻，而谓道在此不在彼乎！”[10]四灵以诗自吐性情，直抒胸臆，或田园山水，或生活琐事，或闲情别绪，他们作的诗大多就是这类理学家们所“不欲为”的“闲言语”。（二）理学家重道轻文，抹杀文辞的修饰作用，贬为“末技”（魏了翁语），所谓“以伦理为本，以修词为末”[11]，只要理义好便是好诗，此外更不存在什么“工拙之论”。朱熹即云：“然则诗者，岂复有工拙哉！”[12]四灵看重诗歌的艺术意义，认为“以浮声切响单字只句计巧拙，盖风骚之至精也”，那种不加锻炼，“连篇累牍汗漫而无禁”的作品是不能“名家”的。[13]（三）理学家否认文学创作的艰辛过程，谓“诗固不学而能之”[14]，“立乎学问以明理，则自然发为好文章”[15]。因之卑视晚唐苦吟派，“可惜一生心，用在五字上！”[16]四灵崇奉服膺的则是讲究推敲的晚唐贾岛、姚合、方干诸人，他们自己也是

"磨砻双鬓改，收拾一篇成"（徐玑《书翁卷诗集后》）；"传来五字好，吟了半年余"（翁卷《寄葛天民》）。（四）理学家推崇魏晋以前的古诗，排斥律诗，指为"近世俗体"，说近世作者"留情于""格律之精粗，用韵属对比事遣辞之善否"，是诗的末流，并提出要恢复"古制"。[17]而四灵所刻意求工的却正是盛于中晚唐的近体律诗。五言律不仅是他们作品中的最主要体式，而且也做得最有成绩和影响力。

上述几个方面，四灵的创作主张同理学家的诗论都是截然不同相对立的。理学家虽然没有形成系统的诗歌理论，但由于"二三钜公"特殊的社会地位，他们的片言只语仍对诗界产生了很深的影响。在当日"贵理学而贱诗"[18]的风气下，诗坛上有不少粗制滥造之作，所谓"间有篇咏，率是语录讲义之押韵者"[19]，"要皆经义策论之有韵者"[20]。这种"贱诗"的观点和衰败的诗风，当然是把吟诗当作毕生事业的四灵所不能同意并要加以反对的。刘克庄曾概括地指出："近世理学兴而诗律坏，惟永嘉四灵复为言，苦吟过于郊、岛。"[21]刘是江湖派的重要诗人，早期曾受四灵影响，同四灵中的翁卷、赵师秀都深有交往。他对当时诗坛的实际情况应当说是比较了解的。他说四灵的复言苦吟，提倡晚唐体，是慨于"理学兴而诗律坏"，企图于诗风有所扭转纠正，这个看法是值得我们重视的。

至于叶适之支持四灵，则尚有其哲学上的根源。叶适的永嘉之学与程朱理学相对立，他对理学家的文学观点同样也持批判态度。宋周密《浩然斋雅谈》卷上有云："宋之文治虽盛，然诸老率崇性理，卑艺文。朱氏主程（程颐）而抑苏（苏轼），吕氏（祖谦）《文鉴》去取多朱意，故文字多遗落者，极可惜。水心叶氏云：'洛学兴而文字坏。'至哉言乎！"[22]元人刘壎《隐居通议》卷二也有类似记述："永嘉（指叶适）有言：'洛学起而文字坏。'此语当有为而发。"[23]即认为理学家重道轻文的理论，败坏文风，妨碍文学的发展。刘克庄"理学兴而诗律坏"一语，明显是接受了叶适的观点。[24]叶适鼓吹宣扬四灵的主张，同他哲学思想上的斗争是桴鼓相应的。

当四灵兴起之际，风靡一世的江西诗派已渐趋末流。江西派"资书以为诗"、拼凑襞积故典和生硬拗捩的作风，也是四灵深为不满的。他们"厌傍江西篱落"[25]，意欲独立门户，从江西派所不喜欢的中晚唐诗家入手，立志求新。叶适说："往岁徐道晖诸人，摆落近世诗律，敛情约性，因狭出奇，

合于唐人，夸所未有，皆自号四灵云。”[26]这段话简要说出了四灵倡扬唐体革新诗律的宗旨。后四灵派诗人薛嵎寄同郡诗友徐鼎《徐太古主清江簿》诗云："四灵诗体变江西。"[27]表述十分明确，他们的分坛树帜就是为纠江西派之失。赵师秀选贾岛、姚合诗二百余首名《二妙集》，又选刘长卿、钱起、李嘉祐、周贺、方干等七十六家五七言律诗二百二十八首名《众妙集》[28]，作为学习的榜样。四灵之宗奉贾姚诸人，除了他们同贾姚在生活际遇、思想情趣上都有共同之处外，还出于另外的考虑。对此叶适曾做过说明：江西派以杜甫为师，但昧于“格有高下，技有工拙，趣有深浅，材有大小”[29]，所以并没有学到什么；贾姚等人虽才气不大，却以“苦吟”名家。与其“徒枵然从之而不足充其所求，曾不如脰鸣吻决，出豪芒之奇，可以运转而无极也”[30]。走贾姚的路，只要下功夫，“因狭出奇”，庶几终可“有获”。这大约是四灵及后来江湖派这一群自感才力有限而又欲有所建树的诗人们的共同想法。这也是“四灵体”能为一大批中小诗家所接受，在当时广为流行的一个重要原因。

四灵诗与江西派不同，他们很少使事用典，多采取白描手法，诗风显得平易秀润。简淡清逸，“贵精不求多，得意不恋事”[31]，是他们的创作准则和目标。徐玑《凭高》诗说：“客怀随地改，诗思出门多。”《六月归途》诗说：“诗句多于马上成。”说明四灵的视野也比那些一味模仿、从书卷讨生活的诗家要来得开阔。不过，四灵的创造力毕竟有限。究其实，他们同江西派只是宗奉不同，风格情趣不同，作诗方法倒并无多大差异。江西派视作金科玉律的“点铁成金”“夺胎换骨”法，四灵也用得很熟。如张端义《贵耳集》卷上所举翁卷“移花连旧土，买石带新苔”、魏庆之《诗人玉屑》卷十九所举赵师秀“忆就江楼别，雪晴江月明”等比较有名的句子，就是从唐人成句中点化出来的。[32]不过这是宋人传承的作诗风气，也可以说是宋诗特征之一，四灵自莫能例外。

【注】

[1] 徐照生年，史无记载。四灵排名盖以年齿为序。徐照《芳兰轩集》卷中《病起呈灵舒、紫芝寄文渊》云：“唐世吟诗侣，一时生在今。”他们的岁数不会相差过大。徐

照居四灵之首，其年岁应稍长于徐玑（排除同庚）。叶适《徐道晖墓志铭》仅记卒于嘉定四年（1211），不记生年享年，但云“惜其不尚以年”，则非高寿可知。根据这两个因素，试为推定：徐玑生于绍兴三十二年（1162），前推二年，徐照约当生于绍兴三十年（1160），得年约五十二岁。参阅陈增杰：《南宋四灵简论余记》，《陈增杰集》，合肥：黄山书社，2011年，第700页。

［2］刘宰《寄同年朱景渊通判六首》之二：“当时最少年，雪村紫芝翁。”诗后注：“谓赵紫芝汝淳。”（《宋诗钞·漫塘诗钞》）宰与师秀为同科诗友。

［3］康熙《温州府志》卷二十《人物》：“翁卷，乐清柳川人。”柳川即今柳市镇。光绪《乐清县志》“方斗岩”下注：“宋翁卷居此，村边有地名五里牌。”并引徐玑《五里牌》诗为据。是翁之里贯为乐清方斗岩（今乐清市慎江镇排头岩村）。参见高益登：《翁卷乡里及领乡荐时间小考》，《温州师范学院学报》1996年第4期。钱钟书《宋诗选注》和《辞海·文学分册》皆谓翁卷“永嘉人”，欠确切。宋瑞安府（温州）治所永嘉，今温州市鹿城区（在瓯江南岸）；今之永嘉则为温州属县，在瓯江北岸。

［4］永瑢等：《四库全书总目》卷一六二《清苑斋集》提要，影印本，北京：中华书局，1965年。

［5］吴子良：《林下偶谈》卷四《四灵诗》，《丛书集成初编》第324册，上海：商务印书馆，1936年，第37页。

［6］叶适：《水心文集》卷十七《徐道晖墓志铭》，《叶适集》中册，北京：中华书局，2010年，第321～322页。

［7］弘治《温州府志》卷十《人物一艺文·赵师秀》，上海书店影印《天一阁藏明代方志选刊续编》第32册。徐象梅《两浙名贤录》卷四六《文苑·赵紫芝师秀》、凌迪知《万姓统谱》卷八三载同。

［8］《二程语录》卷十一，正谊堂全书本。

［9］《二程语录》卷十一，正谊堂全书本。

［10］叶适：《习学记言序目》卷四七《皇朝文鉴一·七言律诗》，下册，北京：中华书局，1977年，第706页。按：程颐兄程颢《春日偶成》有“云淡风轻近午天，傍花随柳过前川”之句，故叶文援以驳论。

［11］永瑢等：《四库全书总目》卷一五三《击壤集》提要，影印本，北京：中华书局，1965年。

［12］朱熹：《朱文公文集》卷三九《答杨守卿》，影缩本《四部丛刊初编》，上海：

商务印书馆，1936 年。

［13］叶适：《水心文集》卷二一《徐文渊墓志铭》，《叶适集》中册，北京：中华书局，2010 年，第 410 页。

［14］朱熹：《朱文公文集》卷三九《答杨守卿》，影缩本《四部丛刊初编》，上海：商务印书馆，1936 年。

［15］黎靖德编：《朱子语类》卷一三九《论文上》，第 8 册，北京：中华书局，1986 年，第 3307 页。

［16］《二程语录》卷十一，正谊堂全书本。

［17］朱熹：《朱文公文集》卷三九《答杨守卿》，影缩本《四部丛刊初编》，上海：商务印书馆，1936 年。

［18］刘克庄：《后村大全集》卷一一一《恕斋诗存稿跋》，影缩本《四部丛刊初编》，上海：商务印书馆，1936 年。

［19］刘克庄：《后村大全集》卷一一一《恕斋诗存稿跋》，影缩本《四部丛刊初编》，上海：商务印书馆，1936 年。

［20］刘克庄：《后村大全集》卷九四《竹溪诗序》，影缩本《四部丛刊初编》，上海：商务印书馆，1936 年。

［21］刘克庄：《后村大全集》卷九八《林子㬎诗序》，影缩本《四部丛刊初编》，上海：商务印书馆，1936 年。

［22］周密：《浩然斋雅谈》卷上，《丛书集成初编》第 2541 册，上海：商务印书馆，1936 年。

［23］刘壎：《隐居通议》卷二《合周程欧苏之裂》，《丛书集成初编》第 212 册，上海：商务印书馆，1936 年。

［24］刘克庄《后村大全集》卷九八《平湖集序》：“三百余年间，斯文大节有二：欧阳公谓昆体盛而古道衰，至水心叶公则谓洛学兴而文字坏。欧、叶皆大宗师，其论如此。”

［25］方回：《瀛奎律髓》卷二〇翁续古《道上人房老梅》批语，嘉庆五年李光垣校刻本。

［26］叶适：《水心文集》卷二九《题刘潜夫南岳诗稿》，《叶适集》中册，北京：中华书局，2010 年，第 611 页。

［27］薛嵎：《云泉诗》，文渊阁四库全书本。徐鼎，字太古，永嘉人，王绰《薛瓜庐墓志铭》列为四灵派诗人。

[28] 赵师秀编选《二妙集》，见刘克庄《后村诗话》新集卷三和方回《瀛奎律髓》卷十姚合《春游》批语。据《律髓》卷二四姚合《送喻凫校书归毗陵》批语：“姚少监合选入《二妙》者百二十一首，比浪仙为多。”可推知贾诗入选者约百首，全书选二百余首。北京图书馆藏有明嘉靖抄本。其所编《众妙集》，今有《诗词杂俎》本。

[29] 叶适：《水心文集》卷十二《徐斯远文集序》，《叶适集》上册，北京：中华书局，2010 年，第 214 页。按：脰鸣吻决，语出《周礼·考工记·梓人》。脰，颈项。状小虫（虾蟆之属）伸颈决喙争鸣，言其物虽小，而能显示自己的独有方式，自立于世。叶适这段话意谓，与其阔远不着边际，虚枵无所于用，不如把目标放小些，出奇制胜，自成格局，统领一方。这是针对江西派说的。

[30] 叶适：《水心文集》卷十二《徐斯远文集序》，《叶适集》上册，北京：中华书局，2010 年，第 214 页。

[31] 刘壎：《隐居通议》卷十《刘五渊评论》，《丛书集成初编》第 212 册，上海：商务印书馆，1936 年。

[32] 翁卷联，纪昀《瀛奎律髓刊误》卷二三谓从姚合诗“移花连蝶至，买石得云饶”套出。按贾岛《酬胡遇》“移居见山烧，买树带巢乌”，句调亦似。赵师秀联，黄昇《玉林诗话》谓本自无可诗“忆就西池宿，月圆松竹深”。

18

天教残息在，安敢废清吟

——布衣诗人徐照

徐照居“永嘉四灵”之首，年纪也最大。他终身布衣，未尝仕进，一生甚至没有参加科举考试。曾访友到过江西、湖南等地，大部分时间是在家乡过田园隐居生活。居宅在城内雁池坊（今鹿城区乘凉桥）[1]，有《移家雁池》诗：“不向山中住，城中住此身。”雁池（遗址在今蝉街温八中对面处）一带，柳丝波影，风光秀美，翁卷称：“为是城中最佳处，每经过此立多时。”[2]他家境贫穷，死后还是靠赵师秀“集常朋友殡且葬之”[3]。四灵中最先亡故，终年约五十二。叶适为作《徐道晖墓志铭》，很加称许，谓四灵倡扬唐体律诗，照有首倡之功：“发今人未悟之机，回百年已废之学，使后复言唐诗自君始，不亦词人墨客之一快也！”[4]

徐照把自己的毕生精力投注在诗歌创作上，诗就是他的一切，就是他的生命。困厄中从未放弃吟咏，他说：“贫与诗相涉，诗清不怨贫。”（《和潘德久喜徐文渊赵紫芝还里》）又说：“不念为生拙，偏思得句清。”（《归来》）一刻也没有停止过吟咏，其《病中作》云：“天解怜贫病，难令不作诗。”《病起呈灵舒紫芝寄文渊》云：“天教残息在，安敢废清吟。”一息尚存，不废篇章。他爱好大自然，上下山水，穿幽透深，弃日留夜，常常流连忘返，故所作能体悟微细，验物切近。叶适称赞他的诗“斫思尤奇，皆横绝欻起”，“然无异语，皆人所知也，人不能道尔”。言措思不凡，迥出常格，能用浅近平易的语句写出人人心中所有而笔不能道的感受，所以令人“肯首吟叹不自已”[5]。赵师秀《喜徐道晖至》谓“闲成画亦传”，可见还善于绘画。著有《芳兰轩诗集》三卷，今存诗261首（含补遗）、词5首，在四灵中是留传诗篇最多的一位。

徐照的平民身份，使他能够接近社会下层生活，熟悉民情风俗，因此能写出一些贴近现实的诗作。如乐府《促促词》："促促复促促，东家欢欲歌，西家悲欲哭。丈夫力耕长忍饥，老妇勤织苦无衣。"促促，辛勤、困迫之意。《缫丝曲》："荻箔争收茧，瓢轮斗卷丝。未充身上着，先卖给朝饥！"句短义长，同情民生疾苦，揭露社会不合理现象，都很深切。

徐照的田居生活也并不美满，《和翁灵舒冬日书事三首》反映了他窘迫艰难的生计：

石缝敲冰水，凌寒自煮茶。
梅迟思闰月，枫远误春花。
贫喜苗新长，吟怜鬓已华。
城中寻小屋，岁晚欲移家。（之一）

秀句出寒饿，从人笑我清。
步溪波逐影，吟竹鸟譍声。
酒里安天运，春边见物情。
耕桑犹罄橐，何事可营生！（之二）

十日南山雪，今朝又北风。
烧冲崖石断，梅映野堂空。
难语伤时事，无成愧野翁。
一生吟思味，独喜与君同。（之三）

凌寒敲冰，雪霁放犊，亲尝稼穑之艰。"道直事多屯"（《愁》），时时陷入"寒饿"的困境。"难语伤时事，无成愧野翁"；"耕桑犹罄橐，何事可营生！"包含着不少辛酸，像这样的田园诗就不是过着安闲舒适别业生活的半官半隐诗人能够写得出来的。这组诗出自真实的生活体验，风格沉郁苍楚，技法圆熟。《瀛奎律髓》卷十三选录，第一首方回评："'思'字'误'字，当是推敲不一乃得之。"纪昀评："故为寒瘦之语，然别有味。"第三首纪昀评："结句和意完密。此古人法则，后来不讲矣。"[6]

徐照集中还有一些描写农村情景和渔家生活的篇什，很值得注意。如《渔家》云：

阿翁年纪老，生计在纶丝。
野水无人占，扁舟逐处移。
数鳞新柳串，一笛小儿吹。
有酒人家醉，公卿要识谁？

纯用白描，表现渔翁的自由自在生活和爽朗性格。清新活泼，笔墨简净，而情趣盎然。结联显示了对权门的蔑视。这种不媚权贵的傲岸精神，也反映在他的《畏虎》一诗中：

侯门无罴虎，进者何趑趄？
主人畏客来，有甚虎与罴。
彼此情不安，逢迎反忧悲。
我爱田上翁，面有无求姿。
不怨春作苦，聊以岁晚期。
藜藿如羊枣，豆粟兼晨炊。
西风作霜晴，晓寒起呼儿。
大儿收橡实，小儿拾松枝。
无求当自求，勿用他人为。

诗用对比的手法，写出田家虽然霜晴晓寒，劳作辛苦，但自食其力，无求于人，比起那些“趑趄”于侯门“彼此情不安”的干谒者，要高贵得多。通篇如白话，语句浅易，而遥有义味，的确是一首好诗。徐照一生淡泊自守，不慕荣利，这些诗可以看作他自己怀抱和情操的写照。

徐照的诗下笔不苟，思苦语新，具有清淳幽峭的风格。清陈焯《宋元诗会》卷四三《徐照》云：“四灵之诗皆尚五言近体，而道晖幽眇峭刻，思致尤奇。”[7]《四库全书简明目录·别集三·芳兰轩集》谓：“清瘦不俗，故亦能自成丘壑。”[8]清张谦宜《絸斋诗谈》卷五极为赞赏：“徐山民诗，清苦有思致，甚爱之。”[9]其五言律多有胜咏，除上文所举外，又如：

一舸寒江上，梅花共别离。
不来相送处，恐有独归时。
去梦千峰远，为官三年期。
思君难可见，新集见君诗。（《送徐玑》）

秋气清如水，推蓬夜不眠。

芦花新有雁，莎叶尚鸣蝉。

心向征途老，诗凭物景全。

渔童看月上，吹笛柁楼前。（《舟中》）

皆为清奇幽隽之作。“不来相送处，恐有独归时。”写临歧缱绻，惜别情深，可谓善于形容。宋方岳《深雪偶谈》言系从唐人张籍“相看临野水，独自上孤舟”“长因送人处，忆得别家时”脱胎而出[10]，同臻妙境。清赵翼《瓯北诗话》卷十一举为“诗人佳句”。“芦花新有雁，莎叶尚鸣蝉”，咏景新切，恰是初秋物候，可称善能刻画。

其他如《题江心寺》：“流来天际水，截断世间尘。”温州江心寺与杭州灵隐寺、苏州虎丘寺等宋时并称“十刹”，此联当时被写成诗牌挂在寺前。方回《文选颜鲍谢诗评》卷三《登江中孤屿》云：“此今永嘉郡江心寺无疑，予三十年前甲寅、乙卯寓郡斋往游，见徐灵晖‘流来天际水，截断世间尘’诗牌。”[11]《石门瀑布》：“千年流不尽，六月地长寒。”贺裳《载酒园诗话·四灵》：“徐照瀑布诗，素号振拔，如‘千年流不尽，六月地长寒’，无愧作者。”[12]余如《途中》：“西风吹树叶，不问客衣单。”《过鄱阳湖》：“四望空无地，孤舟若在天。”《永州寄翁灵舒》：“风顺眠听角，楼高望见船。”亦皆工炼之句。

【注】

[1] 康熙《温州府志》卷二一《古迹一》：“徐照宅，在雁池。”又：“雁池，在城西南隅。宿觉禅师妹元机悟道于此，有群雁集池，故名。”

[2] 翁卷：《雁池作》，见陈增杰校点：《永嘉四灵诗集》，杭州：浙江古籍出版社，1985 年。本文所引四灵诗，均出自此本。

[3] 叶适：《水心文集》卷十七《徐道晖墓志铭》，《叶适集》中册，北京：中华书局，2010 年，第 322 页。徐玑《读徐道晖集》：“朋友裒钱葬，先生有笔评。”

[4] 叶适：《水心文集》卷十七《徐道晖墓志铭》，《叶适集》中册，北京：中华书局，2010 年，第 322 页。

[5] 叶适：《水心文集》卷十七《徐道晖墓志铭》，《叶适集》中册，北京：中华书局，

2010年，第321页。

［6］均见纪昀：《瀛奎律髓刊误》卷十三，嘉庆五年李光垣校刻本。

［7］《宋元诗会》卷四三，文渊阁四库全书本。

［8］《四库全书简明目录》卷十六，上海：上海古籍出版社，1985年，第683页。

［9］《清诗话续编》第2册，上海：上海古籍出版社，1983年，第863页。

［10］方岳：《深雪偶谈》，《丛书集成初编》第2572册，上海：商务印书馆，1936年，第5页。

［11］李庆甲集评校点：《瀛奎律髓汇评》附录二，下册，上海：上海古籍出版社，1986年，第1879页。

［12］《清诗话续编》第1册，上海：上海古籍出版社，1983年，第454页。

19 徐玑说：诗思出门多

徐玑祖籍泉州晋江（今属福建），父辈迁徙温州。曾居泉山（今温州市龙湾区大罗山麓），故诗集一名《泉山诗稿》。晚岁住郡城内松台山麓松台里，薛师石《哭徐致中》有云：“几回行过松台下，不忍登堂不扣扃。”[1]

徐玑出身官宦之家，父徐定（德操）曾任太平州通判、潮州太守；兄徐玚任迪功郎汀州司户，弟徐瑄官至大理少卿。徐玑是徐定第三子，受父“致仕恩”得职，历任建安（今福建建瓯县）主簿、永州（今湖南零陵县）司理、龙溪（今福建漳州市）丞等职。移武当令，改长泰令，未到官而卒，终年53岁。他为官清正，守法不阿，在任职上做过许多有益于民众的事，如在建安安抚“铸兵鬻盐”的麻溪峒民；在永州释放被官兵捕捉“冀以成赏”的无辜平民；在龙溪禁止“豪党”侵占陂田，疏凿陂湖利民灌溉等。[2]精书法，得魏人单炜（秉文）笔法[3]，临摹晋碑，最推崇王羲之《兰亭序》。极为精勤，“无一食去纸笔”，造诣也很高，叶适说“暮年书稍近《兰亭》”[4]。徐玑一生“远于利”而重名誉，品行高洁，临终犹恐修名未立而引为憾。[5]四灵中他与叶适师生之谊最深，也最得叶适器重。其卒，叶适为撰《祭徐灵渊文》《徐灵渊挽词》《徐文渊墓志铭》。著有《二薇亭诗集》二卷，今存诗170首（含补遗）。

徐玑居“永嘉四灵”之二，论诗有精见，在四灵派提倡唐体的理论建树中发挥了重要作用。叶适《徐文渊墓志铭》记述：“初，唐诗废久，君与其友徐照、翁卷、赵师秀议曰：‘昔人以浮声切响单字只句计巧拙，盖风骚之至精也。近世乃连篇累牍汗漫而无禁，岂能名家哉！’四人之语遂极其工，而唐诗由此复行矣。”[6]指出声韵格律和字句锻炼为“风骚之至精”，是诗歌艺术的精髓，而冗芜散漫不加剪裁乃诗家大忌。这简短的几句话，概括了四灵诗派注重艺术形式、艺术技巧的审美追求和创作准则，也反映了他们提倡唐体（指晚唐体律诗），刻意苦吟，突破江西派藩篱的诗学主张。另外，徐玑认为诗情灵感从实践中来，得之自然山水，闭门觅造不得。他说“诗思出门多”（《凭高》），较之从书本讨生活的诗家的狭隘观念，显得视野开阔，这也很值得肯定（详后文）。

徐玑的诗，历来不被诗家看好。元方回《瀛奎律髓》卷十一徐致中《初夏游谢公岩》批语：“予评其诗在四灵中当居丁位，学者细考之，则信予言。”[7]这个自诩得意的草率论断对后来的诗评家颇有影响，清贺裳《载酒园诗话·四灵》谓：“二徐（徐照、徐玑）最劣。”[8]陈衍《宋诗精华录》卷四亦言：“诗多酸寒。”[9]但是我们仔细阅读了徐玑的《二薇亭诗集》后，知道这些评论肤浅并不公允。

徐玑以诗作为陶写性情的工具，其作品主要是抒发个人的感受，集内大多为流连光景、吟咏田园生活、抒写羁旅情思以及应酬唱和之作。不过，徐玑并没有忘怀世事，他的一些诗作仍表现出强烈的忧国念时情怀。《传胡报二十韵》写道：“晋赵非殊异，山河本浑全。人心方激切，天道有回旋。王佐存诸葛，中兴仰孝宣。何当渭桥下，拱揖看骈阗。”[10]期望出现像汉宣帝那样的中兴之主和诸葛亮那样的辅佐贤才，完成统一中原的大业。四灵之三的翁卷，仗剑从军，投身江淮前线抗敌平戎，徐玑在《送翁灵舒游边》的诗中勉励说：“子向江淮去，应怀计策新。”希望他能审己图人，施展谋略；又对妥协的时政深表不满，为英雄无用武之地而惋叹：“曹刘若无竞，闲却卧龙身。”

跟徐照、翁卷、赵师秀一样，五言律也是徐玑专工的诗体。他说“五字极难精”（《书翁卷诗集后》），需要加意磨炼。故寄酬诗中屡用“磨”字，《哭朱严伯》“磨诗终未稳”；《书翁卷诗集后》“磨砻双鬓改”；《九日上怀古堂》“数篇佳句不曾磨”。徐照赠诗也说：“字学晋碑终日写，诗成唐体要人磨。”（《酬赠徐玑》）他认为好诗要做到句律精严，音调谐协，警响圆熟。《奉和翁千四知县千十四隐居山中作》云：“兄倡复弟酬，音调谐击筑……善诗如善韵，警响间圆熟。”《读徐道晖集》云：“悟得玄虚理，能令句律精。”他推崇有“五言长城”之誉的中唐诗人刘长卿，赞云“长卿诗最好”（《翁通判挽词二首》之一）。刘长卿是唐代开辟大历诗风的名家，擅长五言律体，其诗多抒写个人情感，善能体物铸意，炼饰字句，故得四灵宗祟。赵师秀编《众妙集》，取唐诗人 76 家之作，其中选刘长卿诗最多计 23 首，可见他们尚好相同。

《四库全书简明目录·别集三·芳兰轩集》评徐照诗云："清瘦不俗，故亦能自成丘壑。"[11] 同卷《二薇亭集》评徐玑诗云："其诗与徐照如出一手，盖四灵同机轴，而二人才分尤相近。"[12] 所言大致不错，但细论之，二家诗同中有异。徐玑诗秀隽婉谈，造语鲜新，与徐照的"瘦苦"作风还是有差别的。明曹学佺（能始）言其"耽情丘壑，以故发之咏歌，清真澹远，出于自然"[13]，可称确评。我们看他的律句：

月斜寒动影，水碧静传香。（《时鱼》）

麦秀初如草，云浓半是烟。（《溪上》）

寒烟添竹色，疏雪乱梅花。（《孤坐》）

水风凉远树，河影动疏星。（《夏夜怀赵灵秀》）

都为磨莹所得。属对精切，意味隽永，可见锻字炼句之工。贺裳《载酒园诗话》举"寒烟""水风"数联，称为玑诗"项上之脔"[14]。再如，《冬日书怀》："寒水终朝碧，霜天向晚红。"写景明丽如画。《夏日怀友》："月生林欲晓，雨过夜如秋。"雨过月生，夜尽欲晓，凉意袭人，读之若身临其境。方回《瀛奎律髓》卷十一评："盖是夏夜诗，细味之十字皆好。"[16]《年家生张主簿经过相寻率尔赠别》："秋风分手地，霜叶满江城。"意景交融，离情别绪在不言之中。《见杨诚斋》："清得门如水，贫惟带有金。"罗大经《鹤林玉露》卷十四举为"纪实"之言。[15]《黄碧》："水清知酒好，山瘦识民贫。"是生活中提炼的理蕴。七言如《壬戌二月》："春容每到晴时改，天气偏从雨后和。"《泊马公岭》："新取菜蔬沾野露，旋编篱落带山花。"坦易简淡，皆称秀句。

徐玑的行旅诗多有出色篇章，特别值得一提。其《送翁巴陵之官》云："官况湘流碧，诗情楚岫多。"《翁知县归自湖湘》云："一袖清风诗思远，满汀芳草夕阳赊。"湘流楚岫，令生诗情诗思，说的是之官巴陵的翁知县，实乃诗人夫子自道。他游宦福建建安、湖南永州等地，行迹遍江南浙、闽、赣、湘数省，客途中写了不少即兴感赋的好诗。且看五律《凭高》：

凭高散幽策，绿草满春坡。

楚野无林木，湘山似水波。
客怀随地改，诗思出门多。
尚有溪西寺，斜阳未得过。

这是作者行经湖南岳阳登高所作。湘山即君山，在岳阳城西南洞庭湖中，也称洞庭山。“楚野”联写，广袤的荆楚原野，秋高木落一无遮蔽，更显得旷荡空阔；远望中的湘山，跟随洞庭湖的浩淼水波相与上下，益见妖娆多姿。这一联秀健而有意致，境界开阔。颈联写登览中的感受。“客怀随地改”，因景变化，即所谓“登山则情满于山，观海则意溢于海”[17]，显示了诗人坦朗的胸襟。“诗思出门多”，创作的灵感来自实际生活，从大自然美山水中体悟，不是闭门苦思所能寻觅。这确是深有体验的警策之句，乃躬行亲历所得。这两句的议论不枯燥，比较唐人温庭筠《赠越僧岳云二首》之二“僧居随处好，人事出门多”和杜荀鹤《和吴太守罢郡山村偶题二首》之一“宦情随日薄，诗思入秋多”两联，更具深层意蕴，自有青蓝之胜。

七律《六月归途》也写得畅朗富有情味：

星明残照数峰晴，夜静惟闻水有声。
六月行人须早起，一天凉露湿衣轻。
宦情每向途中薄，诗句多于马上成。
故里诸公应念我，稻花香里计归程。

通篇以舒快的笔调，抒写途程物色和自己的感绪，透出一片久客还乡的欣悦之情。纪昀《瀛奎律髓刊误》卷十四评：“调自清圆。五句善写人情。”[18]行役诗而不作凄苦音，情景开朗，体调流便，最为可嘉。这也是徐玑律体的一大特色。“诗句多于马上成”，与《凭高》中说的“诗思出门多”，同为他创作中的经验之谈。

徐玑的七绝佳作也多在从宦途中写成，如《秋行二首》《建剑道中》，本书《效荆公而法诚斋——永嘉四灵七绝的风格》已见举述。另如《过九岭》：“断崖横路水潺潺，行到山根又上山。眼看别峰云雾起，不知身也在云间。”《书同安酒家壁》：“榕阴绿满驿程边，驻马难寻旧圣贤。只有好山横迥野，不论朝暮带轻烟。”《永春路》：“路行僻处山山好，春到晴时物物佳。秀色连云原上麦，清香夹道刺桐花。”亦皆为轻灵俊朗之咏，是他“诗思出门多”的又一见证。

【注】

[1] 薛师石：《瓜庐诗》，嘉庆六年顾修读画斋重刻《南宋群贤小集》第 19 册。

[2] 叶适：《水心文集》卷二一《徐文渊墓志铭》，《叶适集》中册，北京：中华书局，2010 年，第 410 页。

[3] 叶适：《送徐致中序》，见刘壎：《隐居通议》卷十七《水心遗文》，《丛书集成初编》第 212 册，上海：商务印书馆，1936 年，第 186 页。

[4] 叶适：《水心文集》卷二一《徐文渊墓志铭》，《叶适集》中册，北京：中华书局，2010 年，第 410 页。

[5] 叶适：《水心文集》卷二一《徐文渊墓志铭》，《叶适集》中册，北京：中华书局，2010 年，第 410 页。

[6] 叶适：《水心文集》卷二一《徐文渊墓志铭》，《叶适集》中册，北京：中华书局，2010 年，第 410 页。

[7] 纪昀：《瀛奎律髓刊误》卷十一，嘉庆五年李光垣校刻本。

[8] 《清诗话续编》第 1 册，上海：上海古籍出版社，1983 年，第 454 页。

[9] 陈衍：《宋诗精华录》，南昌：江西人民出版社，1984 年，第 224 页。

[10] 见陈增杰编校：《永嘉四灵诗集》，杭州：浙江古籍出版社，1985 年。本文所引四灵诗，均出自此本。

[11] 《四库全书简明目录》卷十六，上海：上海古籍出版社，1985 年，第 683 页。

[12] 《四库全书简明目录》卷十六，上海：上海古籍出版社，1985 年，第 683 页。

[13] 陈焯：《宋元诗会》卷四三《徐玑》引，文渊阁四库全书本。

[14] 《清诗话续编》第 1 册，上海：上海古籍出版社，1983 年，第 454 页。

[15] 罗大经：《鹤林玉露》卷十四，影本《笔记小说大观》本第 7 册，扬州：广陵古籍刻印社，1983 年，第 128 页下。

[16] 纪昀：《瀛奎律髓刊误》卷十一，嘉庆五年李光垣校刻本。

[17] 刘勰：《文心雕龙·神思》，《文心雕龙注》上册，北京：人民文学出版社，1962 年，第 493 页。

[18] 纪昀：《瀛奎律髓刊误》卷十四，嘉庆五年李光垣校刻本。

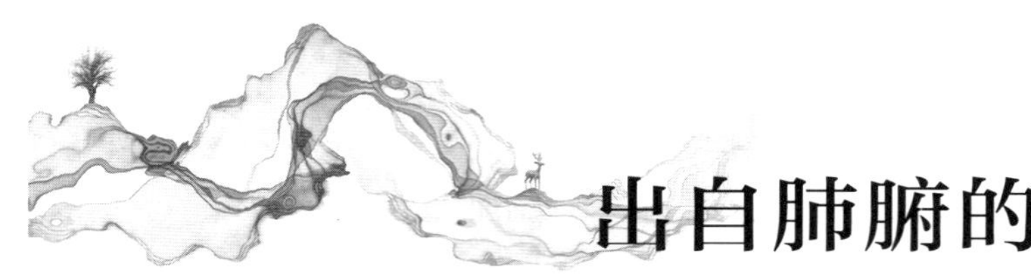

20

出自肺腑的怀友篇

——徐玑《述梦寄赵紫芝》

四灵派虽专注律绝，可也并没有荒废放弃古体。刘克庄《赠翁卷》云：“非止擅唐风，尤为《选》体工。”[1]林希逸论赵师秀诗：“今集中古作绝少，亦尚友《选》家，摩括极其苦，淘涤极其莹。”[2]这里说的“选体”，即《文选》体；“选家”，谓《文选》编录的作家，都是指以《文选》为代表的五言古体。说明他们对诗体的选择只是有所侧重，并不过于局狭，古体也是他们创作中所要努力运用的体式。

即以徐玑《二薇亭集》而论，五言古体之作颇见笔力，多有佳构。孙诒让《温州经籍志·别集宋·徐氏玑集》案云：“此集长律数篇，颇有旷远清逸之致。古诗联句诸篇，亦澹雅不俗。”[2]仲容先生此评独具眼光，所论诚是。其五古《漳州别王仲言秘书》（王仲言即王明清），叙良友契阔相别徘徊伫思之情，语澹意挚。《水仙花篇》，歌咏水仙花清莹出尘之姿，遥有蕴托。《安家梅篇》《访梅》二首，咏梅赋志，抒写倚树长吟的“寥旷”怀抱，清气中见工秀。《述梦寄赵紫芝》更是一首文情并茂的好诗。此作前人未尝留意，很有必要给予介绍。诗如下：

江水何滔滔，渡江相别离。
揖子客舍前，对子衣披披。
问子何所为，旅客未得归。
执手一悲唤，惊觉妻与儿。
起坐不得省，清风在帘帷。
平明出南门，将以语所知。

过子归家处，寒花出疏篱。
萧萧黄叶多，袅袅归步迟。
子去不早还，何以慰我思？

赵紫芝即赵师秀，是他志同道合的契友。徐玑比师秀大八岁，他们之间交笃谊深。师秀称赞徐玑：“心夷语自秀，一洗世上尘。使得养以年，鲍（照）谢（谢灵运）焉足邻。”（《哭徐玑五首》之一）十分推重。又云：“昔吾与君游，嫌疏不嫌数。自为贫窭驱，十载九离索。”（前题之二）师秀长期宦游在外，久出未归，徐玑因作此篇寄怀。

全诗十八句，可分四个层次。开头六句为第一层，是“述梦”。梦中在客舍相遇，又匆匆告别。江水滔滔，比兴别情绵绵。“执手”四句为第二层，记醒后情景，将梦觉恍惚之况，刻画逼真。省，记忆。眼前只是“清风在帘帷”，没有留下一丝梦迹，但诗人不胜怅惘之感已被和盘托出。“平明”六句为第三层，写城南门之行。虽然梦觉无迹，但诗人还是想把梦况告诉亲友。走访中经过师秀城南旧居，那里只有“寒花出疏篱”，物景依然而伊人杳在，这凄清景色更逗引起诗人无限思绪。袅袅，缓慢的样子。在怅怅归途中，复见萧萧纷落的黄叶，衬托出了怀抱的萧索。这一小节意境的渲染是很成功的。结末二句为第四层，盼其早归，以慰思情。

全篇写怀友之思，语真情切，隽永而有余味。作者不用典实，近乎平铺直叙，语言也极淡朴，然而娓娓道来，如诉家常，委曲深婉，笔端充溢深挚的感情，读来十分感人。“清风在帘帷”“寒花出疏篱”二句，尤觉穿插得好，融情于景，含不尽之意于言外。四灵诗多取白描手法，诗风近易，语句晓畅，于平朴中见工致，徐玑的这首五古即是一个很好的证明。

【注】

[1] 刘克庄：《后村大全集》卷三，影缩本《四部丛刊初编》，上海：商务印书馆，1936 年。

[2] 林希逸：《竹溪鬳斋十一稿续集》卷十二《方君节诗序》，文渊阁四库全书本。

[3] 孙诒让：《温州经籍志》卷二二，中册，上海：上海社会科学院出版社，2005 年，第 945 页。

21 翁卷生卒年登乡荐年考

一、翁卷生卒年

四灵以年齿排序[1]，翁卷名列第三，生年应在徐玑（1162）后、赵师秀（1170）前，即隆兴元年（1163）至乾道五年（1169）之间（排除与徐、赵同庚的可能）。与四灵交往密笃的薛师石晚年有《喜翁卷归》诗，言其“六秩困行役”（详后文引）。据王绰《薛瓜庐墓志铭》，薛卒于绍定元年（1228），年五十一。[2]薛诗云“我老寡俦侣”，又云“相期守枯瘠”。设若薛此诗是他46岁（嘉定十六年，1223）至50岁（宝庆三年，1227）所作，翁时届六旬，往上推算，翁之生年当在隆兴元年（1163）至乾道三年（1167）之间，与前头的估算相合，后限提前二年。又据翁卷《送刘几道》诗及登乡荐年（详后文），其生年最有可能在隆兴二年（1164）。

翁卷卒年难以确定。元方回《瀛奎律髓》卷二三翁灵舒《春日和刘明远》批语：“四灵中翁独后死，然未能考其没在何年。”[3]又卷四二刘后村《赠翁卷》批语：“灵舒死最后，容续考。”[4]薛师石《喜翁卷归》云：“嗟余四友朋，惊见三化魄。一翁尚凄凉，六秩困行役。家贫病难愈，诗苦发全白。……知君怀百忧，虽出难久客。从今幸安居，况有旧泉石。”[5]六秩归来，又兼贫病（家贫病难愈），其卒当在此后数年内，笔者在《南宋四灵简论》中只说“活了六十多岁”，设若终年62岁，以生年隆兴二年（1164）推之，其卒约当在宝庆元年（1225）前后。

二、翁卷登乡荐年

《四库全书总目·别集一五·西岩集》提要："尝登淳祐癸卯乡荐，终于布衣。"[6]乾隆《温州府志·选举志·乡荐》："翁卷，淳祐癸卯。"乡荐，犹乡贡、乡举。登乡荐或领乡荐，指乡试中式（即明清所称举人），州府荐举参加省试（进士试）。淳祐癸卯即理宗淳祐三年（1243）。上文已述，翁之生年在隆兴元年（1163）至乾道三年（1167）间，即以其后限乾道三年（1167）计，则此时已是77岁高龄，困顿江湖潦倒一生早已心灰意懒的他还能有兴趣去应乡贡而赴省试？显然绝不可能。因此我在《永嘉四灵诗集·前言》和《南宋四灵简论》中说，疑"淳祐癸卯"为"淳熙癸卯"之讹。淳熙癸卯即孝宗淳熙十年（1183），依前文翁之生年隆兴二年（1164）计，其时20岁，风华正茂，领乡荐最有可能。

而据翁卷《送刘几道》诗："束发同执经，交分人莫如。我愚百无成，蹭蹬空林居。君文最奇崛，二十魁荐书。青衫何太晚，警捕殊区区。"[7]此为送刘几道赴任惠安县尉作（叶适有《送刘几道惠安尉》诗可证）。言己与刘束发（15岁）执经，刘乡试第一（魁荐书），又省试及第入仕任职；感叹自己栖居林下，百事无成。"二十魁荐书"，称美的是刘几道，实亦隐含自己在内（同龄同登乡荐）。"蹭蹬空林居"，蹭蹬科业，盖就自己省试不中而发。这是令人伤心惭愧的事，不便明言而只能做此委婉的表述。所以，从这首诗来看，翁卷淳熙十年（1183）登乡荐时年20岁，与上文的估算适相符合。他少年苦读，又富有才华（叶适《西岩集序》称其早年即有诗声），青春得志乡试中式，是很有可能的。比翁卷小几岁的四灵之四赵师秀就是在绍熙元年（1190）21岁时考中进士的。宋制乡试、省试各三年一轮，乡试在秋（称秋试），省试在次年春（称春试）。叶适于淳熙四年（1177）秋漕试（同于乡试）发解，据此推算，淳熙十年（1183）正值举行乡试的年份。此亦一证。

至于年号误书，这在古籍中时有出现，姑举一例。如宋人诗话《苕溪渔隐丛话》，据胡仔自序，前集成于绍兴十八年（1148），后集成于乾道三年（1167）；然而刊本却写着："绍兴甲寅槐夏之月陈奉议刊于万卷堂。"绍兴甲寅即绍兴四年（1134），刊行时间不可能在成书之前，人民文学出版

社编辑部《重印后记》说："因此疑'绍兴甲寅'为'绍熙甲寅'之误。"[8]绍熙甲寅为绍熙五年（1194），则属合理。

四灵诗友张弋有《送翁十赴举》诗："今年科诏下，颇亦动山情。丹灶留云守，书装冒热行。卜知三命胜，业擅一经明。傥赴琼林宴，能诗旧有声。"[9]翁卷排行第十，故称翁十。如上文述，翁卷淳熙十年（1183）登乡荐，次年即淳熙十一年（1184）当赴省试，没有考中。但张弋此诗送其"赴举"，不会是淳熙十一年（1184）的省试，而应当是他参加的另外一次（第二次）的科试，因为从诗中所写"颇亦动山情""丹灶留云守""能诗旧有声"诸句来看，兹回赴举，已届中年，应是他山居学道诗名著闻且出外漫游获交张弋之后的事。附记于此。

三、结　论

翁卷约当生于孝宗隆兴二年（1164）前后，孝宗淳熙十年（1183）登乡荐，约当卒于理宗宝庆元年（1225）前后。

【注】

[1] 陈增杰：《南宋四灵简论余记》，《温州大学学报·社会科学版》2011年第3期。

[2] 王绰：《薛瓜庐墓志铭》，嘉庆六年顾修读画斋重刻《南宋群贤小集》第19册《瓜庐诗》附。

[3] 纪昀：《瀛奎律髓刊误》卷二三，嘉庆五年李光垣校刻本。

[4] 纪昀：《瀛奎律髓刊误》卷四二，嘉庆五年李光垣校刻本。

[5] 薛师石：《瓜庐诗》，嘉庆六年顾修读画斋重刻《南宋群贤小集》第19册。

[6] 永瑢等：《四库全书总目》卷一六二，影本下册，北京：中华书局，1983年，第1390页。

[7] 陈增杰校点：《永嘉四灵诗集》，杭州：浙江古籍出版社，1985年，第164页。

[8] 胡仔：《苕溪渔隐丛话后集》，北京：人民文学出版社，1984年，第339页。

[9] 张弋：《秋江烟草》，嘉庆六年顾修读画斋重刻《南宋群贤小集》第7册。

22 泉落秋岩 花开野径

——翁卷的诗风

翁卷出身于以“声韵之学”为世业的书香门第[1]，束发执经，少年苦读，淳熙十年（1183）登乡荐，然省试（进士试）未第，遂移家郡城，在西郊太平山（太平岭）结庐而居，过着耕读生活。[2]他胸藏韬略，怀报国之志，仗剑从戎，先后在江淮边帅幕和越州（绍兴）帅幕供过职，也曾应长溪（今福建霞浦）县令邀就任教馆之职。[3]一生落拓江湖，活了60多岁，四灵中他是最晚去世的。著有《苇碧轩诗集》一卷，一名《西岩集》，今存诗145首（含补遗）。

翁卷居“永嘉四灵”之三，颇有才致，早著诗声，作品甚为同道所推。徐照《宿翁卷书斋》云：“君爱苦吟吾喜听，世人谁更重清才？”徐玑《书翁卷诗集后》云：“五字极难精，知君合有名。……渐多来学者，体法似元英。”元英（玄英），晚唐诗人方干，为四灵派所崇奉。赵师秀《舟行寄翁十》云：“取尔诗重读，令吾病欲销。”（古人说诗能愈病，此可举为一例）赵汝鐩《翁灵舒客临川访之不遇》云：“诗好人皆诵，身安心自闲。”[4]刘克庄《赠翁卷》称誉道：“非止擅唐风，尤于《选》体工。有时千载事，只在一联中。”[5]言其不仅擅长近体律诗（唐风），还工于五言古体（《文选》体）。他在当日诗坛藉藉闻名，乃至江湖上宗奉晚唐体的诗家“遥拜之为宗师”[6]。

徐玑《书翁卷诗集后》有云：“泉落秋岩洁，花开野径清。”秋岩野径，泉落花开，形容他峻洁、野逸、秀淡的诗风，可谓恰到好处。翁卷的五言古体，如《思远客》《送刘几道》《山中采药》诸作，都写得不错。后二篇清选家范大士评：“二诗高古，不嫌平淡。”[7]同徐照、徐玑、赵师秀一样，他专攻的也是五言律体。细加分析，他的五律有两类作品，一类不加修饰，一类着意锻炼。前者如《寄远人》：

秋气日凄清，秋衣纫未成。
在家犹不乐，行路若为情？
几处好山色，暮天群雁声。
分明相忆梦，夜夜出江城。

因秋感兴，寄怀远路行役的友人，表达眷念情思。通首若脱口而出，不经意成，却悠然韵远。《春日和刘明远》“一阶春草碧，几片落花轻”、《送包释可抚机》“乱山秋雨后，一路野蝉鸣”、《中秋步月》“不知今夜月，曾动几人情”，也都是这类朴易清圆之作。后者如《梦回》：

一枕庄生梦，回来日未衙。
自煎砂井水，更煮岳僧茶。
宿雨消花气，惊雷长荻芽。
故山沧海角，遥念在春华。

借咏梦回的场景和感受，抒写遥念故山的殷殷乡情。纪昀《瀛奎律髓刊误》卷二三评：“通体闲雅。五六（句）气韵尤高。”[8]其中“宿雨消花气，惊雷长荻芽”，与《寄赵灵秀》“闲灯妨远梦，寒雨乱愁吟”、《晓对》“梅花分地落，井气隔帘生”诸联，都为“磨砻”所得，皆称警拔，亦即四库馆臣说的“尖新刻画之词”[9]。体物精细，炼字兼又炼意，读来情味隽永。《冬日登富览亭》云：“轻烟分近郭，积雪盖遥山。”《弘治温州府志·宫室》：“富览亭，在郭公山上，宋建。登者不越几席而尽山水之胜。”[10]二句赋景，韵度高简，遥有六朝笔致，胡应麟《诗薮》外编卷五称“虽阴（铿）何（逊）弗过也”[11]。《幽居》云：“移松连峤土，买石带溪苔。”模写隐居逸趣，从唐人姚合《武功县中作三十首》之四“移花兼蝶至，买石得云饶”化出，亦别具情致。

叶适曾前后两度为翁卷的诗集作序。早期所作《西岩集序》十分赞赏，谓其“自吐性情，靡所依傍，伸纸疾书，意尽而止”，又称“意在笔先，味在句外”，能“得《三百》之旨”[12]。言能遵循《诗经》的宗旨，这是很高的评价。晚年写的《翁灵舒诗集序》，不载文集，仅遗留片段。大意说魏晋以来文士无不以诗为进身之具，若“待达而后工”，“则奚赖焉”，那又何用。

然后笔锋一转，说："君头发大半白。旁县田一顷，蛙鸣聒他姓。城隅之馆，水石粗足，而不能居也。"[13] 这话究竟是什么意思，教人难以捉摸。宋人黄震《黄氏日抄》卷六八《叶水心文集》对该文的摘录仅到此止，所以不晓得叶文接下要说点什么，从上面文字来看，似存微意，可能有一些不满。但黄氏说："水心所以斥骂者如此，而世以晚唐诗名者尚遥拜之为宗师，可叹也已！"[14] 其谓"斥骂者如此"，则为解读过度，并不至于。黄氏《叶水心文集》附论又释云："如曰'旁县田一顷，蛙鸣聒他姓'，此显斥翁灵舒废家业而工晚唐诗，直以为世戒。"[15] 也觉得有些武断片面。三灵去世后，叶适于"冢巨沦没"，余子（四灵追随者）一味"流连光景"纷唱迭吟的状况甚表不满，认为离弃了《风》《骚》传统[16]；而灵光独存之翁卷此际仍复汲汲奔走，困顿行役，故或希冀其能居家守业，重整诗坛旗鼓。薛师石《喜翁卷归》有云："嗟余四友朋，惊见三化魄。一翁尚凄凉，六秩困行役。家贫病难愈，诗苦发全白。……知君怀百忧，虽出难久客。从今幸安居，况有旧泉石。"[17] 则似乎翁卷已听从了老师叶适的劝告，终于返乡定居下来了。

【注】

[1] 叶适：《西岩集序》，见文渊阁《四库全书》集部四别集三翁卷《西岩集》卷首。按：此为叶适佚文，《水心集》未收，中华书局 2010 年校点本《叶适集》亦失收。

[2] 翁卷：《太平山读书奉寄城间诸友》，见陈增杰校点：《永嘉四灵诗集》，杭州：浙江古籍出版社，1985 年。本文所引四灵诗，均出自此本。

[3] 徐玑《橄途寄翁灵舒》："闻道长溪令，相留一馆闲。"

[4] 赵汝鐩：《野谷诗稿》卷五，嘉庆六年顾修读画斋重刻《南宋群贤小集》第 20 册，第 11 页。

[5] 刘克庄：《后村大全集》卷七，影缩本《四部丛刊初编》，上海：商务印书馆，1936 年，第 62 页下。

[6] 黄震：《黄氏日抄》卷六八《读文集十・叶水心文集・序》，文渊阁四库全书本。

[7] 范大士：《历代诗发》卷二八，康熙三十八年虚白山房刻本，第 8 册。

[8] 纪昀：《瀛奎律髓刊误》卷二三，嘉庆五年李光垣校刻本。

[9] 永瑢等：《四库全书总目》卷一六二《西岩集》，影本下册，北京：中华书局，

1983 年，第 1390 页。

［10］王瓒、蔡芳编纂，胡珠生校注：《弘治温州府志》卷十五，上海：上海社会科学院出版社，2006 年，第 409 页。

［11］胡应麟：《诗薮》外编卷五，上海：上海古籍出版社，1979 年，第 219 页。

［12］叶适：《西岩集序》，见文渊阁《四库全书》集部四别集三翁卷《西岩集》卷首。

［13］黄震：《黄氏日抄》卷六八《读文集十·叶水心文集·序》引，文渊阁四库全书本。

［14］黄震：《黄氏日抄》卷六八《读文集十·叶水心文集·序》，文渊阁四库全书本。

［15］黄震：《黄氏日抄》卷六八《读文集十·叶水心文集》，文渊阁四库全书本。

［16］叶适：《水心文集》卷二九《题刘潜夫南岳诗稿》，《叶适集》中册，北京：中华书局，2010 年，第 611 页。

［17］薛师石：《瓜庐诗》，嘉庆六年顾修读画斋重刻《南宋群贤小集》第 19 册。

23 对《赵师秀小考》的几点补正

葛兆光同志《赵师秀小考》（《文学遗产》1982年第1期，以下简称《小考》）一文，对南宋诗人赵师秀的生平事迹进行了考证，读后颇受启益。然该文论述尚有一些疏略不足之处，谨提出几点补正意见。

一、《小考》引《两浙名贤录》“赵师秀字紫芝”下加按语云：“《温州府志》紫芝误作灵芝。”

今按：永嘉四灵之三翁卷《苇碧轩集》有《同赵灵芝、杜子野游豫章总持寺》诗。赵灵芝即永嘉四灵之四的赵师秀；杜子野名耒，号小山，即《梅硐诗话》所载问句法于师秀者。元刘壎《隐居通议》卷十一《半山绝句悟机》“四灵”下夹注：“赵灵芝、翁灵舒、徐灵晖、徐灵渊。”（作者原注）明蔡璞《东瓯诗集》卷二赵师秀小传：“赵灵芝，名师秀。”是则灵芝亦为师秀别字。康熙《温州府志》谓师秀字灵芝，固有根据，不可言误。其文盖未深考也。

二、《小考》述赵诗版本一节，多模糊不清处，兹略举数端如下。

（一）《小考》云：“今所见赵师秀诗，以陈起所辑《南宋名贤小集》本较全，与《小集补遗》共百三十六首。”

按：南宋陈起刊刻的《南宋名贤小集》本四灵诗已不传，今所见《南宋群贤小集》本四灵诗，乃清顾修取诸明潘是仁（切叔）辑刻《宋元四十三家集》本者。顾氏读画斋重刻《南宋群贤小集·例言》中说得很清楚：“永嘉四灵诗，当时行都坊亦有刻本，今不可得见矣。幸明末潘切叔《宋诗选》中尚存五百首之旧，亦附梓以传。俟得陈刻再为刊定。”行都坊，指陈起在临安栅北大街睦亲坊开的书肆。《宋诗选》，即《宋元四十三家集》。清鲍廷博知不足斋影写《南宋八家集》之四灵诗，与顾本编次、篇数均同。又顾刻赵师秀《清苑斋集》连同补遗在内，计诗141首；《小考》云“百三十六首”者，盖将《哭徐玑五首》和《和朱子发韵兼简青龙诸友二首》本共7首而误作2首计算也。

（二）《小考》云：“陈起所辑入《南宋群贤小集》的《清苑斋集》，或即一卷本的《天乐堂集》”（杰按：指《直斋书录解题》著录之《天乐堂集》）；“或即用叶水心所选《四灵诗选》原本”。其结论则为：“陈起与赵师秀、叶水心同时人，采用叶适所选之《四灵诗选》，是完全可能的。”

按：《小考》所引宋许棐《融春小缀·跋四灵诗选》同样写得很清楚：“芸居（杰按：原引误“居”为“层”，使文意不可索解）不私宝，刊遗天下，后世学者，爱之重之（杰按：原引误“重”为“保”）。”见顾刻《南宋群贤小集》第4册。芸居，是陈起别号。陈起著有《芸居遗诗》，见知不足斋影写《南宋八家集》。陈起刊印的《南宋名贤小集》本四灵诗，即采用叶适编的《四灵诗选》。《小考》的两个“或即”和“完全可能”云云，实属多余之“考证”。

（三）《小考》又云：“《小集补遗》又辑四灵诗三十余首，合原本正‘五百篇’之数，必是从文伯后增辑之《四灵诗选》本添入。”

按：此话亦大无据。顾刻《南宋群贤小集》第32册《群贤小集补遗》内所载徐照《芳兰轩集补遗》、徐玑《二薇亭集补遗》、翁卷《苇碧轩集补遗》、赵师秀《清苑斋集补遗》，共计30余首，系辑自元方回《瀛奎律髓》、明蔡璞《东瓯诗集》、明赵谏《东瓯诗续集》诸书（补遗各诗出处来源皆班班可考）。谓“必是从文伯后增辑之《四灵诗选》本添入”云云，显为作者臆测之词。许棐《跋四灵诗选》中所说“文伯犹以为略”的文伯，即丁檝，为徐谊、钱文子门人。

（四）《小考》谓宋罗大经《鹤林玉露》所引赵师秀诗“野水多于地，春山半是云”两句不见于今本，亦误。按此为赵氏脍炙人口的名句，见今本《清苑斋集》，题《薛氏瓜庐》，并非逸篇。

三、关于四灵诗的版本，《小考》云：“据孙诒让（杰按：原文误“诒”为“贻”）《温州经籍志》卷二十二，宋本《永嘉四灵诗》尚有影抄本，较今本诗多，但笔者未之见。”

按：是为未明版本源流。今谓：现在流传的四灵诗，即徐照《芳兰轩集》、徐玑《二薇亭集》、翁卷《苇碧轩集》、赵师秀《清苑斋集》，有两个版本系统，一为选集本，一为全集本（残）。概述如次：

选集本，已如上述，始见明潘是仁辑刻《宋元四十三家集》，计诗462首，大约保存了叶适编的《四灵诗选》的旧貌。清顾修读画斋嘉庆六年（1801）重刻《南宋群贤小集》和鲍廷博知不足斋影写《南宋八家集》（有上海古书流通处1922年景印本）之四灵诗，即取诸潘刻。潘刻无补遗，顾、鲍本各附以补遗30多首。后来乐清郑见田息耒园刊《四灵诗集》（1878）和冒广生永嘉诗人祠堂丛刻《永嘉四灵诗》（1915），均自顾本出。郑、冒本又增辑补遗数首。丁福保上海医学书局聚珍本《永嘉四灵诗》（1917），则系据冒本翻刻。以上诸本连同补遗在内（除去重复者），计收徐照诗117首、徐玑诗108首、翁卷诗138首、赵师秀诗141首，合计504首。

全集本，现止存徐照诗三卷，徐玑诗残存上卷，翁卷、赵师秀诗并失传。清钱谦益绛云楼藏有宋椠《四灵诗集》，钱氏《牧斋初学集》卷十三有《书四灵诗集》诗。钱藏殆四灵诗之足本即全集本，惜绛云一炬后，仅存前半部，归汲古阁毛氏所有（见何焯康熙辛巳题跋）。此残宋本《四灵诗集》计甲、乙、丙、丁四卷，甲、乙、丙三卷为徐照诗，丁卷为徐玑诗上卷，与陈振孙《直斋书录解题》著录之二徐诗卷数合（该残本四灵诗之后半部殆为徐玑诗下卷和翁卷、赵师秀诗，惜无从得见）。此本徐照诗三卷计256首，较潘刻《芳兰轩集》多出151首；徐玑诗上卷计97首（原98首，内《十日》一首与《溪上》篇重，除去不计），为潘刻《二薇亭集》所无者56首。陆心源皕宋楼、黄丕烈士礼居、孙诒让玉海楼均有钞本（孙本录有何焯跋语）。陆心源尝据钞本辑录顾本所不载之二徐逸诗四卷，刊入《群书校补》中（见卷九十至九十三，《潜园总集》本）。1925年南陵徐乃昌刊印《永嘉四灵诗》（实止徐照、徐玑诗）和1928年永嘉黄群敬乡楼丛书之《芳兰轩集》《二薇亭集》，均据孙氏玉海楼钞本校刻，其中徐玑诗各附补编一卷，系从顾刻《南宋群贤小集》及《南宋群贤小集补遗》补录此本失载之诗。

综合以上两种版本，现存徐照《芳兰轩集》三卷，计诗259首；徐玑《二薇亭集》二卷，计诗164首；翁卷《苇碧轩集》一卷，计诗138首；赵师秀《清苑斋集》一卷，计诗 141 首。四灵存诗共计 702 首。

此外，尚有若干逸句，见宋张端义《贵耳集》、赵与虤《娱书堂诗话》、李龏《梅花衲集句》、释绍嵩《江浙纪行集句》、罗大经《鹤林玉露》、陈景沂《全芳备祖》等。

【后记】

此文原载《文学遗产》1984 年第 3 期。予编校、浙江古籍出版社 1985 年出版之《永嘉四灵诗集》（列入“两浙作家文丛”），收录徐照诗 259 首，逸句 1 则，附词 5 首；徐玑诗 164 首；翁卷诗 138 首，逸句 6 则；赵师秀诗 141 首，逸句 12 则。合计收四灵诗 702 首，逸句 19 则，附词 5 首。

北京大学古文献研究所编、北京大学出版社 1998 年版《全宋诗》有所增补，编录徐照诗三卷，计 261 首（含新辑 2 首）；徐玑诗二卷，计 170 首（含新辑 6 首），逸句 1 则；翁卷诗二卷，计 142 首（含新辑 4 首），逸句 6 则；赵师秀诗二卷，计 161 首（含新辑 20 首），逸句 9 则。合计收四灵诗 734 首，逸句 16 则。

赵平校点、浙江大学出版社 2010 年版《永嘉四灵诗集》（列入“浙江文献集成”），所录四灵诗略同《全宋诗》，唯徐玑诗、翁卷诗、赵师秀诗各失收 1 首，计收四灵诗 731 首。

今按：除《全宋诗》所增补外，兹又辑得翁卷诗 3 首（五律 2 首、七律 1 首）；赵师秀诗 2 首（七绝），逸句 3 则。据此，今存徐照诗 261 首，逸句 1 则；徐玑诗 170 首，逸句 1 则；翁卷诗 145 首，逸句 6 则；赵师秀诗 163 首，逸句 12 则。四灵诗合计 739 首，逸句 20 则。另徐照词 5 首。

2019 年 5 月 1 日重阅后记。

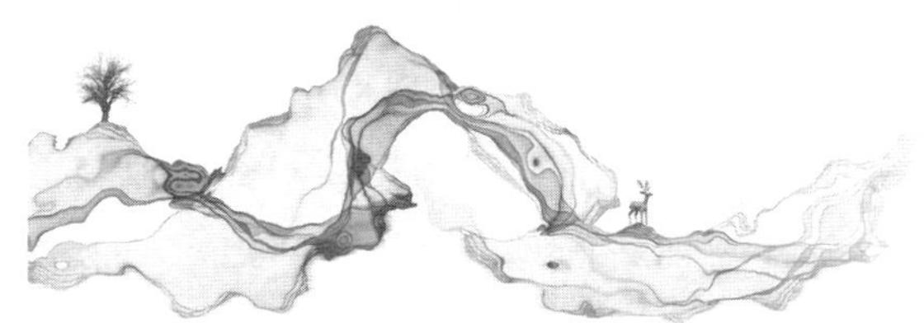

24 赵师秀卒年考

赵师秀出于宋宗室（太祖赵匡胤八世孙），南渡时迁徙永嘉。早登科目，光宗绍熙元年（1190）中进士。曾任江南东路金陵（今南京）幕从事，庆元初调上元县主簿，三年秩满还乡。后改任筠州（江西高安）推官。晚年寓居钱塘（杭州），恋恋西湖，“有终焉之志”[1]，卒葬西湖葛岭。

赵师秀生年可以确定。据苏泂《简赵紫芝》：“相逢怪相喜，同病又同庚。”[2]师秀与苏泂同庚。苏《余姚江上作先寄城中亲友》：“开禧改岁复峥嵘，老我奔驰不少宁。……挽之不住去如走，鱼鳞年纪今岁是。”[3]鱼鳞，三十六之谓。开禧改岁，即宁宗开禧元年（1205），作者时年36岁。往上推算可得，苏洞生于孝宗乾道六年（1170），师秀与之同龄，亦生于是年。

师秀卒年，却有两说。笔者1984年发表的《南宋四灵简论》标为1219年（嘉定十二年）[4]；1985年《永嘉四灵诗集》出版时，《前言》中标为1220年（嘉定十三年）[5]，相差一年。后见发表、出版的有关论著，或标1219年，或标1220年，未有一致。兹试为考定之。

上列二说，其所依据皆为四灵诗友薛师石《寄题赵紫芝墓》诗：“辛未联诗别，九年成恍惚。大星坠地旋无光，君身入土名不没。”[6]只是算法上有差异。辛未即嘉定四年（1211），下推九年，以虚数（即首尾九年）计之，为嘉定十二年（1219）；以实数计之（即整九年），为嘉定十三年（1220）。师秀乾道六年（1170）生，按前一算法，终年五十；按后一算法，终年五十一。如何确定？有人说古人多以虚数计算，当取前者。这个说法似未足为据，因为并不尽然（详后文）。正确的推定，尚当取证于别的材料。

苏泂《寄赵紫芝》诗："同年今半百，同病半年赊。"[7]苏、赵是同年（同庚）诗友，这时都寓居杭州，且年岁都已半百（50岁）。苏集同卷在此诗后又有《简紫芝》《简赵紫芝》二诗，后首有云："别久似相忘，因行遇道傍。……鹤骨秋逾瘦，松身老更长。"[8]据此作，赵在50岁那年秋天仍健在，他们还曾相遇"道傍"。又据苏《忆紫芝》题下注："五月二日葬于西陵宝严寺山。"[9]五月下葬，其卒当在该年三四月间。由是可以断定，师秀去世是在他"半百"后之次年即嘉定十三年（1220）春夏间，而不是50岁那一年即嘉定十二年（1219），因为该年秋天他尚健在（苏诗云"鹤骨秋逾瘦"）。其终年为51岁。

再证之刘克庄诗。《后村大全集》卷三（南岳第二稿）载《答汤升伯因悼紫芝》："寂寞西湖三尺墓，谁携斗酒一浇之。"句下注："有中贵人葬紫芝于西湖之上。"[10]此诗列《九日次方寺丞韵》后、《腊月十日至外祖尚书家》前，为克庄"嘉定己卯（十二年）奉南岳祠"南行之次年即嘉定十三年（1220）冬间作。同卷《哭赵紫芝》诗："尽出香分妓，惟留砚付儿。伤心湖上冢，谁葬复谁碑。"列《平床岭》诗后。《平床岭》题下注："以下十二首辛巳游山作。"[11]辛巳即嘉定十四年（1221）。这二诗均为刘克庄在南国的悼怀之作，跟上文推定的赵师秀于嘉定十三年（1220）春夏间卒，在时间上适相衔接。明田汝成《西湖游览志》卷八《北山胜迹·葛岭·赵紫芝墓》："卒，葬于此。刘后村吊诗有'尽出香分妓，惟留砚付儿'之句。"[12]似赵卒时刘亦在杭，论者或举为赵嘉定十二年（1219）卒之证，其实是不对的，因刘奉祠南岳在嘉定十二年（1219）底，那时赵尚健在。

至于前文说到的"辛未联诗别，九年成恍惚"的"九年"是实指而非虚数，不必远征，取证四灵之三的翁卷诗即可。翁《苇碧轩诗集·哭徐玑》云："前时官上归，感怆失灵晖；不料三年后，俱随万化非。"[13]四灵中的徐照（灵晖）卒于嘉定四年（1211），徐玑卒于嘉定七年（1214），相隔整三年，故云"不料三年后"；倘以虚数计，则应说"四年"了。

结论：赵师秀生于孝宗乾道六年（1170），卒于宁宗嘉定十三年（1220），终年51岁。

【注】

[1] 田汝成：《西湖游览志余》卷十《才情雅致》，杭州：浙江人民出版社，1980年，第163页。

[2] 苏泂：《泠然斋诗集》卷三《简赵紫芝》，文渊阁四库全书本。

[3] 苏泂：《泠然斋诗集》卷二，文渊阁四库全书本。

[4] 陈增杰：《南宋四灵简论》，《浙江师范学院学报·社会科学版》1984年第1期。

[5] 陈增杰校点：《永嘉四灵诗集》前言，杭州：浙江古籍出版社，1985年。

[6] 薛师石：《瓜庐诗》，嘉庆六年顾修读画斋重刻《南宋群贤小集》第19册。

[7] 苏泂：《泠然斋诗集》卷二，文渊阁四库全书本。

[8] 苏泂：《泠然斋诗集》卷三《简赵紫芝》，文渊阁四库全书本。

[9] 苏泂：《泠然斋诗集》卷八，文渊阁四库全书本。

[10] 刘克庄：《后村大全集》卷三，影缩本《四部丛刊初编》，上海：商务印书馆，1936年。

[11] 刘克庄：《后村大全集》卷三，影缩本《四部丛刊初编》，上海：商务印书馆，1936年。

[12] 田汝成：《西湖游览志》卷八，上海：上海古籍出版社，1980年，第107页。

[13] 陈增杰校点：《永嘉四灵诗集》，杭州：浙江古籍出版社，1985年，第190页。

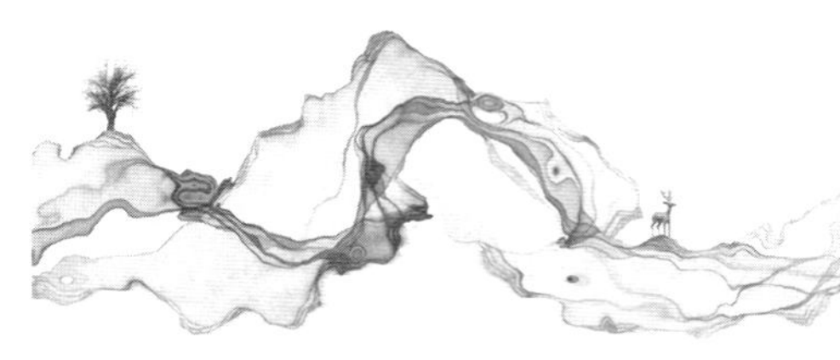

25 赵师秀论诗名言

赵师秀论诗有两句名言，也可称艺术格言，虽简短却很有影响，广为诗坛传诵。对这两句话（尤其是第一句话），论者理解不同，各见评议，其中多有曲解误解者。

第一句话始见宋刘克庄《野谷集序》：

> 古人之诗文，大篇短章皆工；后人不能皆工，始以一联一句擅名。顷赵紫芝诸人尤尚五言律体，紫芝之言曰："一篇幸止有四十字，更增一字，吾未如之何矣。"其为言如此。[1]

刘克庄的意思是说，今人才力不及古人，仅能短章为工，故师秀（紫芝）为言如此。刘认为，这反映了当时（晚宋）诗界专攻短律（五言律诗）的创作风尚。但这句话后来招致一些人的批评揶揄，谓"其才力薄弱可想"[2]；更有取笑说，这是四灵才思窘局的自我招供。做这样解读未必妥当，且不免轻薄前贤之嫌。师秀等才力固然比不上李杜诸大家，但他们毕竟以自己独特风格拔出流俗引领新尚在诗史赢得一席地位，成为宋诗变化发展阶段的一个代表流派，如清全祖望《宋诗纪事序》所说："永嘉徐赵诸公以清虚便利之调行之，见赏于水心，则四灵派也，而宋诗又一变。"[3]况且，五言律体号最难工，虽只有八句四十个字，诚如唐诗人刘昭禹所言"如四十个贤人，著一个如屠沽不得"[4]，要做到字字稳妥，句句浑成，通篇无懈可击，殊非易事。通体完美的结构，求之大家名家集中，究亦不多。师秀说的只是老实话，是创作中的经验之谈，也是告诫针砭之言，道出了他们刻苦锻炼、一字不苟的严谨精神。所以对师秀此语更多的著作家是表示了理解和赞赏。清吴之振等《宋诗钞·清苑斋诗钞叙》称“其精苦如此”[5]；范大士《历代诗发》卷二八赵师秀《林逋墓下》评：“其精苦如此，宜诸诗瘦健老成，直足当长城之目。”[6]《宋诗啜醨集·赵师秀》祖应世评：“知言哉，此论也。”[7]翁方纲《石洲诗话》卷四举为“深悉甘苦之语”[8]。孙衣言《雪蕉斋诗钞跋》言：“其苦思精诣，亦有人所不能及者。”[9]郭麐（频伽）《樗园消夏录》说得更透彻：“宋四灵之论五律曰：‘一篇幸止四十字，再加一字，吾未如之何矣。’金源党竹溪之论七律曰：‘五十六字皆如圣贤，中有一字不经炉锤，便着一屠沽子厕其间也。’语皆名隽，可为东涂西抹者下一针砭。”[10]皆能体会作者一片苦心，深得诗人本旨。

师秀的这句议论还别有寓意，它是有所为而发，针对江西派的作风说的，带有针砭时弊的意义。这一点宋林希逸《方君节诗序》中有所阐发，该文云：

> 诗有近体，始于唐，非古也。今人以绳墨矩度求之，故江西长句，紫芝有诗论之讥。盖紫芝于狭见奇，以腴求瘠，每曰：“五言字四十，七言字五十六，使益其一，吾力匮矣。”其法严如此。今集中古作绝少，亦尚友《选》家，摩括极其苦，淘涤极其莹。[11]

所引师秀语，与后村所录字句稍有不同，而意思是一样的。林文指出，师秀此论，为“讥”江西长句而发。希逸与师秀年代相去不远，所说自当有据。所谓“江西长句”，指江西派崇尚古体长篇喜议论用事而表现出来的那种泛滥不加剪裁的诗风。赵师秀等永嘉四灵倡扬唐体律诗，主张“贵精不求多，得意不恋事”[12]，删繁就简，用纠江西之失。联系叶适（四灵派倡导者）说的“以夫汗漫广莫，徒枵然从之而不足充其所求，曾不如脰鸣吻决，出豪芒之奇，可以运转而无极也”[13]和徐玑（四灵之二）说的“昔人以浮声切响单字只句计巧拙，盖风骚之至精也。近世乃连篇累牍汗漫而无禁，岂能名家哉”[14]来考察，这一层意思更加明确。所谓“于狭见奇，以腴求瘠”，即为叶适归纳四灵派说的“敛情约性，因狭出奇”[15]；刘克庄归纳晚唐体说的“束起书袋（指用典），铲去繁缛，趋于切近”[16]，就是用简约的文字来表达独特的意绪，用摩括淘涤的功夫去克服不加节制的冗漫作风。用短律取代长句，细下琢练功夫，方幅虽小，却能出奇制胜，运用自如。透过这样的诗学背景，我们对师秀这句话的含蕴会更为深刻。

赵师秀的第二句名言，见元韦居安《梅磵诗话》卷中引录：

杜小山耒尝问句法于赵紫芝，答之云："但能饱吃梅花数斗，胸次玲珑，自能作诗。"戴石屏云："虽一时戏语，亦可传也。"[17]

杜耒，字子野，号小山，江西南城人，四灵派诗人。曾游学温州，学诗于赵师秀。师秀的这句话说得很幽默形象，反映了四灵所标榜的野逸清淡的诗风和审美情趣。翁方纲《石洲诗话》卷四谓其意"全在工于炼句处耳"[18]，似未得要领。

嚼梅吟诗，是南宋诗人的一种崇尚和雅谈逸趣，数数赋诸篇咏。对四灵诗风有所影响的杨万里已经说道："嚼尽寒花几杯酒"[19]，"诗成字字梅花香"[20]。与四灵同时或先后的诗人亦多有涉笔，如刘翰《小宴》："小窗细嚼梅花蕊，吐出新诗字字香。"[21]赵汝鐩《汪丞招饮问梅》："含香嚼蕊清无奈，散入肝脾尽是诗。"[22]方岳《次韵梅花二首》之二："寒香嚼得成诗句，落纸云烟行草真。"[23]皆语意相似。

四灵诗主"清"，清苦、清逸、清淡、清纯、清淳、清秀、清灵、清隽、清奇、清婉、清醇，都离不开一个"清"字。在古代士人心目中，梅花被看作清高幽洁的形象。饱吃梅花，是比喻之语，谓受梅花之寝馈熏陶，寒香沁入肺腑，使胸次晶莹明澈，无俗物烦心，这样下笔自无俗气。从襟怀方面讲，是荡涤心胸，脱去尘俗；从修辞方面讲，是洗尽铅华，归于素朴。所以这句话，既是陶冶性情、涵养气质的修炼之语，又反映了对清逸闲淡的艺术境界的追崇。也许，杜耒受他老师这句答语的启悟，潜心研练，诗艺大进，写出为人称道的"寻常一样窗前月，才有梅花便不同"（《寒夜》）[24]那样的好句，故戴复古（石屏）赠诗誉云："饱吃梅花吟更好，锦囊虽富不伤廉。"[25]说明确是受益于师秀这句言简意赅的诗论。

清谢启昆《读全宋诗仿元遗山论诗绝句二百首·赵师秀》赞云："天乐堂深夜诵经，冰悬雪跨玉珑玲。声闻已堕辟支果，饱吃梅花句亦馨。"[26]

【注】

[1] 刘克庄：《后村大全集》卷九四，影缩本《四部丛刊初编》，上海：商务印书馆，1936年，第814页上。

[2] 陈衍：《宋诗精华录》卷四《赵师秀》，南昌：江西人民出版社，1984年，第222页。

［3］全祖望：《鲒埼亭集》外编卷二六《宋诗纪事序》，影缩本《四部丛刊初编》，上海：商务印书馆，1936 年，第 781 页下。

［4］计有功：《唐诗纪事》卷四六《刘昭禹》，下册，上海：上海古籍出版社，1987 年，第 703 页。

［5］吴之振、吕留良、吴自牧：《宋诗钞》第 3 册，北京：中华书局，1986 年，第 2413 页。

［6］范大士：《历代诗发》卷二八，康熙三十八年虚白山房刻本，第 8 册。

［7］潘问奇、祖应世：《宋诗啜醨集》卷四《赵师秀》，乾隆十八年刻本。

［8］翁方纲：《石洲诗话》卷四，《清诗话续编》第 3 册，上海：上海古籍出版社，1983 年，第 1441 页。

［9］《王德馨集》附录一，合肥：黄山书社，2009 年，第 538 页。

［10］梁章钜：《浪迹丛谈》卷十《郭频伽论诗两则》引，北京：中华书局，1981 年，第 196 页。按：金党怀英（号竹溪）论诗语，见金刘祁《归潜志》卷八引。

［11］林希逸：《竹溪鬳斋十一稿续集》卷十二，文渊阁四库全书本。

［12］刘壎：《隐居通议》卷十一《半山绝句悟机》，《丛书集成初编》第 212 册，上海：商务印书馆，1936 年，第 111 页。

［13］叶适：《水心文集》卷十二《徐斯远文集序》，《叶适集》上册，北京：中华书局，2010 年，第 214 页。按：脰鸣吻决，参阅本书第 17 篇《崛起于南宋诗坛的永嘉四灵诗派》注［29］。

［14］叶适：《水心文集》卷二一《徐文渊墓志铭》，《叶适集》中册，北京：中华书局，2010 年，第 410 页。

［15］叶适：《水心文集》卷二九《题刘潜夫南岳诗稿》，《叶适集》中册，北京：中华书局，2010 年，第 611 页。

［16］刘克庄：《后村大全集》卷九六《韩隐君诗》，影缩本《四部丛刊初编》，上海：商务印书馆，1936 年。

［17］韦居安：《梅磵诗话》卷中，《丛书集成初编》第 2572 册，上海：商务印书馆，1936 年，第 30 页。

［18］翁方纲：《石洲诗话》卷四，《清诗话续编》第 3 册，上海：上海古籍出版社，1983 年，第 1441 页。

［19］杨万里：《诚斋集》卷七《夜饮以白糖嚼梅花》，影缩本《四部丛刊初编》，

上海：商务印书馆，1936年。

［20］杨万里：《诚斋集》卷十二《春兴》，影缩本《四部丛刊初编》，上海：商务印书馆，1936年。

［21］刘翰：《小山集》，嘉庆六年顾修读画斋重刻《两宋群贤小集》第10册。

［22］赵汝鐩：《野谷诗稿》卷六，嘉庆六年顾修读画斋重刻《两宋群贤小集》第20册。

［23］宋方岳（巨山）：《秋崖集》卷十四，文渊阁四库全书本。

［24］宋方岳（元善）《深雪偶谈》："近世杜小山子野'寻常一样窗前月，才有梅花便不同'，殊爽人意。"（《丛书集成初编》第2572册，上海：商务印书馆，1936年，第4页）

［25］戴复古：《戴复古诗集》卷六《杜子野主簿约客赋诗为赠》，杭州：浙江古籍出版社，1992年，第160页。

［26］谢启昆：《树经堂诗初集》卷十一，《万首论诗绝句》第2册，北京：人民文学出版社，1991年，第503页。

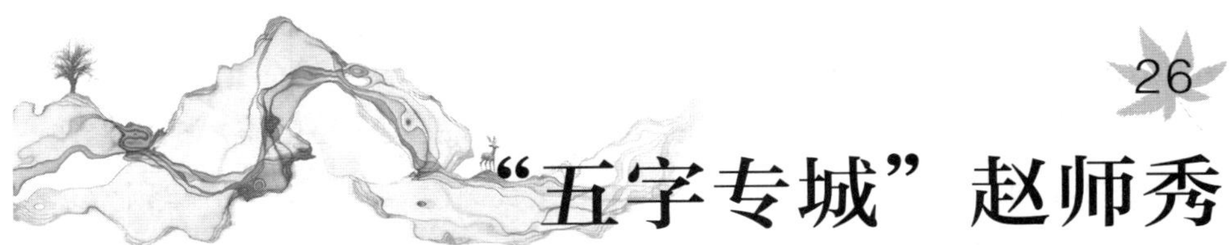

26 “五字专城”赵师秀

赵师秀青年得志，21岁即考中进士，但仕途坎坷，沉沦下僚。同年友苏泂赠诗有云:“十年犹九品，如我合耕桑。”[1]葛天民言其“漫仕”(见后引)，苏泂也说“清才漫仕橐长空”[2]，戴复古说“穷为宦情痴”[3]。“漫仕”就是于宦业不在意，不经心;“痴”就是愚拙，不谙为官之道。总之，不善于做官，不热衷于功名利禄。但对于诗道却十分执着，“苦吟无宦情”[4]。宦情淡薄，而专意苦吟，他所嗜好者是诗。张侃《赵紫芝诗卷》云:“天乐无他好，精神尽在诗。”[5]一生专力于吟咏，将全部精神贯注于诗歌创作，这正是四灵派诗人共有的禀性和品格，凭这一点，不能不令后人肃然起敬。

赵师秀居永嘉四灵之四，是四灵中最富才气成就最高的一位诗人。宋范晞文《对床夜语》卷二云:“四灵，倡唐诗者也；就而求其工者，赵紫芝也。”[6]元方回《瀛奎律髓》卷四七赵师秀《桃花寺》批语:“四灵诗，赵紫芝为冠。”[7]他的诗在当时得到诗友们的极大推崇，张弋《寄赵紫芝》云:“有云为我伴，终日诵君诗。”[8]苏泂《书紫芝诗后》云:“为爱君诗清入骨，每常吟便学推敲。明知箧笥篇篇有，百度逢来百度抄。”[9]极为倾倒。《宋史·刘宰传》载刘宰江宁县尉离任时，行囊中“惟箧藏主簿赵师秀酬唱诗而已”[10]。葛天民《简赵紫芝》云:“紫芝虽漫仕，五字已专城。”[11]推为五言律诗坛盟主(专城，专主一城，指州郡长官。此指主盟诗坛)。刘克庄在他去世后甚至说:“世间空有字，天下便无诗。”[12]这么多诗家众口一词的赞誉，可想见他在当日诗坛的崇高地位。

赵师秀又是一位洒脱不羁的诗人，戴复古称其为“东晋时人物”[13]，颇

有东晋名士风度。宋周密《齐东野语·西林道人》记他与周文璞等“数诗人春薄游湖山，极饮西林桥酒垆，皆大醉熟睡”，被髽髻道人指为“诗仙”[14]。明田汝成《西湖游览志·北山胜迹·葛岭》称“盖亦宕逸之士也”[15]。宕逸者，言其才情豪放，萧散不拘。

赵师秀主要创作成就在五言律体。《宋诗啜醨集·赵师秀》祖应世评：“仆于南北两宋诗，古（体）推欧苏，七律首剑南，次石湖，五律则紫芝独步。”又云：“四灵之诗，大都烹炼工苦，警秀绝伦，而此君尤为杰出。”[16]极为推崇。《清苑斋诗集》现存诗163首（含补遗），五律计95首，约占2/3，可见倾向。

《四库全书总目·别集十五·清苑斋集》言其诗“专以炼句为工，而句法又以炼字为要”[17]。宋黄昇《玉林诗话》谓师秀（天乐）《冷泉夜坐》诗“楼钟静更响，池水夜如深”，后改“更”为“听”、改“如”为“观”，“精神顿异，真如光弼入子仪军矣。”[18]这两个字的确修改得好，“静听响、夜观深”，渲染了冷泉亭夜坐幽寂清冷的境界，给人以身临其境的感觉，查慎行《初白庵诗评》卷下评：“妙句，从静中得。”[19]“听”字“观”字更是起到了诗眼的作用，可见作者“验物切近”和“磨莹”不苟的作风。

但师秀的律作“亦不专以镂刻字句见长”[20]，集中有许多优秀篇什，表现了简朴淡逸的一面，这一层论者似乎注意不多。如《秋色》《送徐道晖游湘水》《杨柳塘寄徐照》等都可举例，后一首云：

因贫为远别，已是十三程。
尽日行山色，逢人问地名。
近书无别寄，新句与谁评？
想尔寒宵雨，思予亦梦成。[21]

颔联见旅况无聊，倍添思怀。尾联从对面著笔，范大士谓“‘亦’字关照两边”[22]。通首如说白话，自然不费力，语淡朴而义味永。《薛氏瓜庐》更为其胜咏：

不作封侯念，悠然远世纷。
惟应种瓜事，犹被读书分。
野水多于地，春山半是云。
吾生嫌已老，学圃未如君。

薛氏即薛师石，四灵诗友。性夷澹，多读书，乃心物外，不事功名。闲居筑室于南城外会昌湖（今温州市小南门外通往南塘的大湖）上，名曰瓜庐，“日为文会”[23]。四灵均有题咏，而以师秀此作最为出色。纪昀《瀛奎律髓刊误》卷三五评：“此首气韵浑雅。”[24]“野水”一联脍炙人口，“世尤以为佳”[25]。其写江南春时野间山水胜景，历历如在目前，洵有传神之妙。难怪当时就被绘为画轴，诗人方岳在上题诗云：“竹屋无人肯见过，寒云自傍钓船多。老仙更在云深处，奈此春山野水何。”[26]清张綦毋赞云：“野水春山入望时，一时名噪赵灵芝。”[27]

关于这联诗的句调出处，也引起后人许多讨论。宋罗大经《鹤林玉露·诗犯古人》谓出于《文苑英华》所载“不作一处”的两句唐诗[28]；黄昇《玉林诗话》谓本之姚合《送宋慎言》“驿路多连水，州城半是云”[29]；元方回《瀛奎律髓》卷三五谓取自白居易仄韵古诗“人家半在船，野水多于地”[30]。今谓：以“多”“半”作为对仗字的联句，诗家所习用。除上举例外，又如唐项斯《夜泊淮阴》“灯影半临水，筝声多在船”[31]、四灵之一徐照《桂阳道中》“接洞多空地，居城半是兵”，亦皆是。师秀此联，上句取自白居易诗；下句与诗友徐照《溪行寄翁灵舒》“数夜仍无月，看山半是云”之韵句状景相似，未知孰先孰后，谁仿谁的，然虽仅差一字，而境界迥异。作者的成功处在善能汲取精华，经恰当组裁，生动地展现了一幅江南山水图卷，创造出新的韵调和意境，给人们带来新的审美享受，可谓后来居上而得青蓝之胜。所以，明杨慎《丹铅总录·史籍类·太白杨叛儿曲》举为点化旧句的成功诗例，赞称“披朝华而启夕秀，有双美而无两伤”[32]，其与生吞活剥拆洗者不可同年而语。许印芳《诗法萃编·附录宋人杂说·附识》誉云：“上用香山语，下句配得妙……善写情状，可为后学楷模。”[33]皆为允论。点化运裁前人成句，改造出新，为宋诗家常用的技巧和手法，也是古典诗词创作传统之一。

师秀五言颇多秀练之句，为宋以来诗话家如张端义《贵耳集》卷上、贺裳《载酒园诗话·宋四灵》、宋长白《柳亭诗话》卷十、陈衍《石遗室诗话》卷十四等所称引，如：

瀑近春风湿，松多晓日青。（《桐柏观》）

一片叶初落，数联诗已清。（《秋色》）

流来桥下水，半是洞中云。（《雁荡宝冠寺》。陈衍《宋诗精华录》

卷四评："三四在四灵中最为掉臂游行之句。"[34]《石遗室诗话》卷十四举为写景"超妙"的名句）

野水寒初退，平林绿半敷。（《谢耕道犁春图》）

池成逢夜雨，篱坏出秋山。（《寄徐县丞》）

春至山疑长，江空雨似无。（《寄新吴友人》。查慎行《初白庵诗评》卷下："'长'字下得新。"[35]）

师秀的七言律多抒怀寓慨之什，笔意深沉，很见功力。可举《秋夜偶书》为例：

此生漫与蠹鱼同，白发难收纸上功。
辅嗣《易》行无汉学，玄晖诗变有唐风。
夜长灯烬挑频落，秋老蛩声听不穷。
多少故人天禄贵，肯将寂寞叹扬雄？

"辅嗣"联，为世传诵，宋王应麟《困学纪闻》卷十八《评诗》予以摘录。意谓：魏人王弼（辅嗣）以玄理说《易》，其《易注》流行天下，汉学（注重训诂的汉代经师讲《易》之学）尽废；六朝诗至谢朓（玄晖，亦作元晖），以清丽为宗，摆脱习弊，变古为律，已开唐声先河。[36]此联用事精切，论议确当，含意蕴藉，表现了作者对习俗日趋卑靡的不满和自己不合时宜、"白发难收纸上功"的慨叹，有着很深的感慨。清邵堂《论诗六十首·赵紫芝》赞云："辅嗣《易》行无汉学，元晖诗变有唐风。四灵才调江湖近，论古无如二语工。"[37]

又如《孤山寒食》：

二月芳菲在水边，旅人消困亦随缘。
晴舒蝶翅初匀粉，雨压杨花未放绵。
有句自题闲处壁，无钱难买贵时船。
最怜隐者高眠地，日日春风是管弦。

写他晚年旅栖钱塘的闲散生活，流露出"当时升平，看人富贵"[38]的无聊感况。意怀不平，而语调平婉，纡徐有言外味。《呈蒋薛二友》："禽翻竹叶霜初下，人立梅花月正高。"元韦居安《梅磵诗话》卷中释云："盖霜落则禽寒，寒则翻身，写物之妙可观矣。"[39]贺裳《载酒园诗话·四灵》激赏之，谓："神骨俱清，可谓脱西江尘土气殆尽。"[40]他如《送翁卷入山》：“小雨半畦春种药，寒灯一盏夜修书。”《移居谢友人见过》：“笋从坏砌砖中出，山在邻家树上青。”《再移居》：“地僻传闻新事少，路遥牵率故人多。”亦皆警策之联。

【注】

[1] 苏泂：《泠然斋诗集》卷三《简赵紫芝》，文渊阁四库全书本。

[2] 苏泂：《泠然斋诗集》卷八《忆紫芝》之一，文渊阁四库全书本。

[3] 戴复古：《戴复古诗集》卷二《哭赵紫芝》，杭州：浙江古籍出版社，1992 年，第 43 页。

[4] 葛天民：《简赵紫芝》，《无怀小集》，嘉庆六年顾修读画斋重刻《南宋群贤小集》第 10 册。

[5] 张侃：《张氏拙轩集》卷三，文渊阁四库全书本。

[6] 范晞文：《对床夜语》卷二，《丛书集成初编》第 2573 册，上海：商务印书馆，1936 年，第 10 页。

[7] 纪昀：《瀛奎律髓刊误》卷四七，嘉庆五年李光垣校刻本。

[8] 张弋：《秋江烟草》，嘉庆六年顾修读画斋重刻《南宋群贤小集》第 7 册。

[9] 苏泂：《泠然斋诗集》卷八《书紫芝诗后》，文渊阁四库全书本。

[10] 脱脱等：《宋史》卷四〇一《刘宰传》，第 35 册，北京：中华书局，1977 年，第 12168 页。

[11] 葛天民：《简赵紫芝》，《无怀小集》，嘉庆六年顾修读画斋重刻《南宋群贤小集》第 10 册。

[12] 刘克庄：《后村大全集》卷三，影缩本《四部丛刊初编》，上海：商务印书馆，1936 年，第 29 页上。

[13] 戴复古：《戴复古诗集》卷二《哭赵紫芝》，杭州：浙江古籍出版社，1992 年，第 43 页。

[14] 周密：《齐东野语》卷十三，北京：中华书局，1983 年，第 242 页。

[15] 田汝成：《西湖游览志》卷八，上海：上海古籍出版社，1980 年，第 107 页。

[16] 潘问奇、祖应世：《宋诗啜醨集》卷四《赵师秀》，乾隆十八年刻本。

[17] 永瑢等：《四库全书总目》卷一六二，影本下册，北京：中华书局，1983 年，

第1390页中。

［18］魏庆之：《诗人玉屑》卷十九《赵天乐》引，下册，上海：上海古籍出版社，1978年，第429页。

［19］查慎行：《初白庵诗评》卷下，上海六艺书局石印本。

［20］孙诒让：《温州经籍志》卷三二《总集一·赵氏师秀〈众妙集〉案》，下册，上海：上海社会科学院出版社，2005年，第1505页。

［21］陈增杰编校：《永嘉四灵诗集》，杭州：浙江古籍出版社，1985年。本文所引四灵诗，均出自此本。

［22］范大士：《历代诗发》卷二八，康熙三十八年虚白山房刻本，第8册。

［23］赵汝回：《瓜庐诗序》，嘉庆六年顾修读画斋重刻《南宋群贤小集》第19册《瓜庐诗》附。

［24］纪昀：《瀛奎律髓刊误》卷三五，嘉庆五年李光垣校刻本。

［25］罗大经：《鹤林玉露》卷九《诗犯古人》，上海涵芬楼影印《宋人小说》本，第10页。

［26］方岳：《秋崖集》卷十《次韵赵佥为赵宰画"野水多于地，春山半是云"，盖宰之尊公诗也》，文渊阁四库全书本。

［27］张綦毋：《留题赵蔚斋》，《潜斋集》，郑州：中州古籍出版社，2010年，第159页。

［28］罗大经：《鹤林玉露》卷九《诗犯古人》，上海涵芬楼影印《宋人小说》本，第10页。

［29］魏庆之：《诗人玉屑》卷十九《赵天乐》引，下册，上海：上海古籍出版社，1978年，第429页。

［30］方回：《瀛奎律髓》卷三五，嘉庆五年李光垣校刻本。按：《白居易集》卷十《早秋晚望兼呈侍御》作："人烟半在船，野水多于地。"

［31］《全唐诗》卷五五四，影缩本下册，上海：上海古籍出版社，1988年，第1416页中。

［32］杨慎：《丹铅总录》卷十二，文渊阁四库全书本。

［33］许印芳：《诗法萃编》卷八，光绪十九年朴学斋刻本，第5册，第28页。

［34］陈衍：《宋诗精华录》卷四，上海：商务印书馆，1937年。

［35］查慎行：《初白庵诗评》卷下，上海六艺书局石印本。

[36] 清惠栋《易汉学叙》云：“王辅嗣以假象说《易》，根本黄老，而汉经师之义荡然无复有存者矣。故宋人赵紫芝有诗云‘辅嗣《易》行无汉学，玄晖诗变有唐风’，盖实录也。”（孙诒让《温州经籍志》卷二二《赵氏师秀集》引）钟惺、谭元春《古诗归》卷十三《谢朓》评：“往往以排语写出妙思……业已浸淫近体。”清施补华《岘佣说诗》：“谢玄晖名句络绎，清丽居宗……唐人往往效之，不独太白也。‘玄晖诗变有唐风’，真确论矣。”杰按：陈傅良《止斋文集》卷四一《书种德堂因记陈仲孚问诗语》有云：“仲孚问诗工所从始，余谓谢元晖。杜子美云：‘谢朓每篇堪讽咏。’盖尝得法于此耳。”可知永嘉学者于诗推尊小谢，从见师秀此论亦渊源有自。

[37] 邵堂：《大小雅堂集》，《万首论诗绝句》第2册，北京：人民文学出版社，1991年，第825页。

[38] 方回：《瀛奎律髓》卷三九批语，嘉庆五年李光垣校刻本。

[39] 韦居安：《梅磵诗话》卷中，《丛书集成初编》第2572册，上海：商务印书馆，1936年，第27页。

[40] 贺裳：《载酒园诗话·四灵》，《清诗话续编》第1册，上海：上海古籍出版社，1983年，第453页。

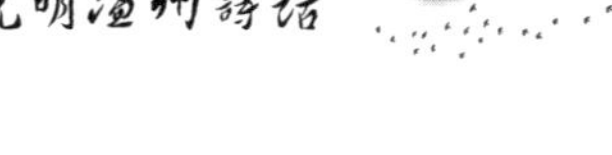

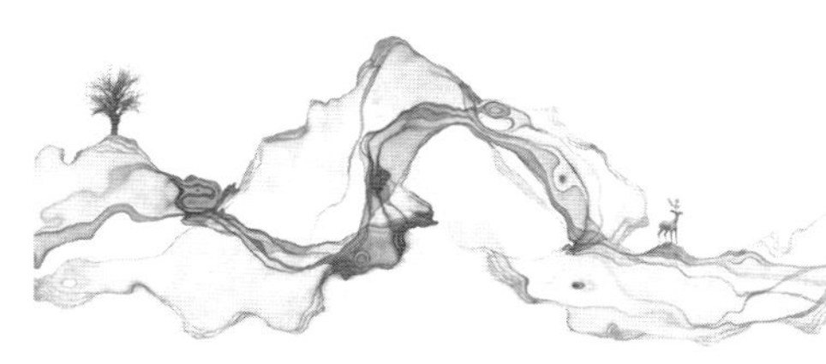

27

效荆公而法诚斋

——永嘉四灵七绝的风格

永嘉四灵擅长五言律体，而七言绝句创作也很有成绩，引人瞩目。四灵的七绝新颖灵巧，闲婉流利，就谋篇布局而言，比他们的律体更显得气韵浑成。

宋人七言绝句，多承继中晚唐诗人的格调和传统。北宋以王安石为冠，时有“荆公绝句妙天下”（徐俯语）之誉；南宋以杨万里为著，时称“诚斋体”。四灵的七绝，渊源有二，效荆公而法诚斋，加以融合运用，自成一体。

从诗律精严、平易简淡方面说，是承绍王安石（荆公）的传统。这一层元人刘埙先尝论及，其《隐居通议·半山绝句悟机》云：“‘天街小雨润如酥，草色遥看近却无。最是一年春好处，绝胜烟柳满皇都。’此韩诗也。荆公早年悟其机轴，平生绝句实得于此。虽殊欠骨力，而流丽闲婉，自成一家，宜乎足以名家也。其后学荆公而不至者为四灵。”[1]认为王安石绝句的词采、风调启悟自韩诗，而四灵效法荆公，沾其余绪。他在《跋阮子良孤岚集》中，称赞阮君《孤岚》绝句“如初月出云，新篁解箨，明润不尘”，“由是而之焉，轶四灵，轧半山，并唐人，无难也”[2]，将四灵与半山（荆公）、唐人平列，视为一个传承系统。元袁桷《书汤西楼诗后》言诗有三宗，为临川（王安石）、眉山（苏轼）、江西（黄庭坚）。“律正不拘，语腴意赡者，为临川之宗……惟临川莫有继者，于是唐声绝矣……永嘉叶正则始取徐翁赵氏为四灵，而唐声渐复。”[3]也将四灵、荆公（临川）、唐声（指中晚唐诗）看作同一个相承递传的流派。宋林希逸《学记》谓，赵师秀《古鼎》诗“久霾厚地金声尽，才着新泉翠色深”，与荆公《谢丁元珍送绿石砚》“久埋瘴雾看犹湿，一取春波洗更鲜”，“句绝相类，岂紫芝读公诗熟，不觉似之耶，抑偶合耶？”[4]这可以说明师秀于荆公诗是相当熟习的，所以有潜移默化的熏染。四灵派诗人薛师董《题金陵杂兴诗后八首》之一：“舒王不让杜樊川，二十八字今断弦。”[5]师董为四灵契友，其崇尚和吟风都与四灵同体同趣。他推崇王安石绝句，认为可以方驾杜牧，我们当可体悟从中传递的宗承消息。

从构思新奇、圆活细腻方面说，又是借鉴了杨万里绝句的技巧和手法。陈衍《宋诗精华录》卷四评赵师秀《数日》绝句云“似诚斋”[6]，言风格类近诚斋，已经看出其中师承效法的关系。徐玑有《见杨诚斋》诗，深致仰慕，称颂他“清得门如水，贫惟带有金”[7]，论者谓二句称誉得体。徐照《路逢杨嘉猷赴官严州》云：“诗合诚斋意，难将片石镌。”以杨诚斋的品评为准的，可见尊崇。所以他们在小诗写作上接受“诚斋体”的影响，那也是顺理成章的事。

作为当时诗坛宗匠的杨万里，不满江西派，力倡晚唐体。杨的“诚斋体”主要表现在七言绝句的创作上，风格轻灵精巧，得益于晚唐诗和荆公绝句。其《诚斋诗话》云：“五七字绝句最少，而最难工，虽作者亦难得四句全好者，晚唐人与介甫最工于此。”[8]又《读诗》云：“船中活计只诗编，读了唐诗读半山。不是老夫朝不食，半山绝句当朝餐。”[9]《答徐子材谈绝句》云：“受业初参王半山，终须投换晚唐间。”[10]他的诗学宗尚，实启四灵于先路，四灵与之趣味相同。

从以上论述，四灵七绝的渊源和继承脉络已自明晰可辨。于此，我们可以大致勾勒出七言绝句流衍演化的一条诗路轨迹：中晚唐诗——王安石——杨万里——四灵。[11]这可视为宋人七绝传承发展的一个主要流派。

四灵七绝的风格特色，本文拟从以下几个方面试做探索。

一、模写真切的风俗画卷

翁卷《乡村四月》是一篇见选《千家诗》的脍炙人口名作：

绿遍山原白满川，子规声里雨如烟。

乡村四月闲人少，才了蚕桑又插田。

把自然美景同劳动生活融合在一起，构成和谐的画面，比那些意境静穆的田园诗来更显得富有生气，可以同范成大的《四时田园杂兴》相媲美。又

《南塘即事》："半川寒日满村烟，红树青林古岸边。渔子不知何处去，渚禽飞落拗罾船。"拗罾，犹板罾，拉罾网捕鱼。温州方言叫作扳鱼。描状温州郡城外南郊风物之胜，色调鲜明和谐，宛然一幅渔村斜日图。

徐玑《建剑道中》：

云麓烟峦知几层，一湾溪转一湾清。

行人只在清湾里，尽日松声杂水声。

行于闽西山间，的是这般景象。这是纪实的妙笔。又《永春路》："路行僻处山山好，春到晴时物物佳。秀色连云原上麦，清香夹道刺桐花。"写出南土的独特风光。闽南泉州多刺桐花，唐陈陶《泉州刺桐花咏兼呈赵使君》云："海曲春深满郡霞，越人多种刺桐花。"

二、融入自然，表现物我无间之境

徐照《舟上》：

小船停桨逐潮还，四五人家住一湾。

贪看晓光侵月色，不知云气失前山。

晨光破晓，云气弥漫，一叶扁舟在苍茫天地间随潮漂还，读之如身临其境。"贪看"二句，诗人完全沉浸在大自然的美景之中。情景融洽，诗人的心境与自然景色相为融合，浑然一体。

徐玑《秋行二首》之二：

红叶枯梨一两株，翛然秋思满山居。

诗怀自叹多尘土，不似秋来木叶疏。

咏秋景的萧散疏朗和自己的别样感受。在这里，诗人将自己置身于自然环境中，进行物我之间的比较和交流，表达了厌倦于羁旅征尘和对自由洒脱生活的向往。

三、通过人性化的描写，抒发自己独特的感受

赵师秀《数日》：

数日秋风欺病夫，尽吹黄叶下庭芜。

林疏放得遥山出，又被云遮一半无。

先是说，连日来的秋风"尽吹黄叶下庭芜"，很明显是在欺负病夫；接着说，待叶落林疏，满以为能望得见远山了，却无端又被云雾遮断。作者借秋景咏怀，抒写自己的萧索落寞意绪，经过拟人化处理，委曲尽致。全篇从"欺、尽吹、放得、又被"着意，炼字而不露痕迹。

徐玑《新凉》：

水满田畴稻叶齐，日光穿树晓烟低。

黄莺也爱新凉好，飞过青山影里啼。

水满稻肥，烟树迷离，一片新秋光景。传神妙笔在后二句，也是通过人性化的描述，借咏黄莺的"飞、啼"抒写对新凉的愉快感受。一个"也"字，关照物我，就把诗人自己也包括进去了。笔墨轻灵，情趣横生。这比徐照《和翁常之》"垂杨叶下闲吟久，又与鸣蝉共晚凉"的直接表露，要形象生动得多。

四、观察敏锐，笔触细腻，善于从变化多姿的自然景物中捕捉瞬间即逝的刹那形象，剪裁入诗

徐玑《秋行二首》之一：

戛戛秋蝉响似筝，听蝉闲傍柳边行。

小溪清水平如镜，一叶飞来细浪生。

蝉鸣戛戛，柳拂丝丝，信步闲行间忽见"一叶飞来"涟漪漾生，打破了水面的平静。喧中见幽（前二句），愈显空寂；又以动态写静境（后二句），最得烘托之妙。

赵师秀《北户》：

晓开北户得新晴，木末犹横一两星。

满地绿苔看不见，细花如雪落冬青。[12]

新晴打开北窗，借着黯淡的星光，借着满地绿苔的映衬，看见如雪珠般散落的冬青细花。这也是摄取瞬间的景象。两诗都能于幽微处刻画，体悟细致，透露了诗人触处延赏、闲适恬淡的情怀。

五、思构新奇，将寻常物景情事叙写得生动有致

翁卷《野望》：

一天秋色冷晴湾，无数峰峦远近间。

闲上山来看野水，忽于水底见青山。

秋色晴光，群峰远近，都已经看惯了，所以闲懒地上得山来；不意放眼望去，“忽于水底见青山”，那无数峰峦在野水碧波间浮现晃动，别是一种奇妙的境界，令人惊喜欣悦。前三句的叙写，都为第四句做铺垫；第四句独辟异境，给人以“终古常见，而光景常新”的感觉。这便是叶适称赞四灵诗说的“斫思尤奇”，“皆人所知也，人不能道尔”[13]。

赵师秀《约客》：

黄梅时节家家雨，青草池塘处处蛙。

有约不来过夜半，闲敲棋子落灯花。

这也是选入《千家诗》被称为“浑然天成”的名作。宋于济、蔡正孙《唐宋千家联珠诗格》卷一评：“此诗脍炙人口，世喧诵之。”朝鲜徐居正等注：“有约不来，夜已过半，敲棋子而落灯花，则其相思无尽之意可想。”[14]魏庆之《诗人玉屑》卷十九引《柳溪诗话》评：“意虽腐而语新。”[15]钱钟书《宋诗选注》谓：“陈与义《夜雨》‘棋局可观浮世理，灯花应为好诗开。’就见得拉扯做作，没有这样干净完整。”[16]试比较贾岛《宿杜家亭子》：“床头枕是溪中石，井底泉通竹下池。宿客未眠过夜半，独闻山雨到来时。”[17]也是写雨夜独宿闲寂的感况，但在氛围渲染、细节描写和情感表达上，没有赵诗的生动有致富感染力。

【注】

[1] 刘壎：《隐居通议》卷十一《半山绝句悟机》，《丛书集成初编》第212册，上海：商务印书馆，1936年，第123页。杰按：刘壎谓荆公绝句悟自韩愈“天街小雨润如酥”之类小诗，似未的确；然谓永嘉四灵七绝效法荆公，得之。

[2] 刘壎：《水云村稿》卷七，《四库珍本丛书》第3集。

[3] 袁桷：《清容居士集》卷四八，影缩本《四部丛刊初编》，上海：商务印书馆，1936 年，第 678 页下。

[4] 林希逸：《竹溪鬳斋十一稿续集》卷二八《学记》，文渊阁四库全书本。

[5] 苏泂：《泠然斋诗集》卷六《金陵杂兴二百首》附，文渊阁四库全书本。杰按：此诚有见，荆公七字绝句韵调绝似樊川。真德秀亦将杜牧之、王介甫比论，称“高才远韵，超迈绝出”（见《西山文集》卷二七《咏古诗序》）。

[6] 陈衍：《宋诗精华录》卷四，上海：商务印书馆，1937 年。

[7] 陈增杰编校：《永嘉四灵诗集》，杭州：浙江古籍出版社，1985 年。本文所引四灵诗，除注明外，均出自此本。

[8] 杨万里：《诚斋诗话》，《历代诗话续编》上册，北京：中华书局，1983 年，第 141 页。

[9] 杨万里：《诚斋集》卷三一，文渊阁四库全书本。

[10] 杨万里：《诚斋集》卷三五，文渊阁四库全书本。

[11] 笔者《宋人千首绝句》“王安石叙传”于此有所阐述，可做参阅。

[12] 此首本集及补遗未收，见中华书局影印本《诗渊》第 5 册，第 3416 页。魏庆之《诗人玉屑》卷十九引录后二句。

[13] 叶适：《水心文集》卷十七《徐道晖墓志铭》，《叶适集》中册，北京：中华书局，2010 年，第 321 页。

[14] 卞东波校证：《唐宋千家联珠诗格校证》上册，南京：凤凰出版社，2007 年，第 15 页。

[15] 魏庆之：《诗人玉屑》卷十九，下册，上海：上海古籍出版社，1978 年，第 429 页。

[16] 钱钟书：《宋诗选注》，北京：人民文学出版社，1979 年，第 253 页。

[17] 李嘉言：《长江集新校》卷十，上海：上海古籍出版社，1983 年，第 122 页。

【附考】关于“黄梅时节家家雨”

宋胡仔《苕溪渔隐丛话后集》卷十三：“‘梨花一枝春带雨’‘桃花乱落如红雨’‘小院深沉杏花雨’‘黄梅时节家家雨’，皆古今诗词之警句也。予尝欲作一亭子，四面皆植花一色，榜曰‘四雨’，岂不佳哉！”

按：胡仔“四雨”云云，寻其渊源，实启自王安石“四雨字”诗句的品评。宋李颀《古今诗话·四雨字》：“王荆公尝云：‘梨花一枝春带雨’‘桃花乱落如红雨’‘珠帘暮卷西山雨’，皆不及‘院落深沉杏花雨’，含不尽意于言外也，故曰四雨字。”李颀《古今诗话》今佚，据郭绍虞《宋诗话考》中卷之下，“其时代当在北宋之季”（第165页）。此则见载宋朱胜非《绀珠集》卷九，宋阮阅《诗话总龟前集》卷六（第60页）、宋曾慥《类说》卷五六、宋张镃《仕学规范》卷三八引录略同。宋陈善《扪虱新话》上集卷二《诗评乃花谱》也有“四雨字句”的述说。可见荆公此说在当时传诵很广，胡仔不可能不知道。

不过，传本《渔隐后集》将“珠帘暮卷西山雨”易以“黄梅时节家家雨”，却是出了问题。胡仔《序苕溪渔隐丛话后集》作于“丁亥中秋日”，丁亥即宋孝宗乾道三年（1167）；其时“黄梅时节家家雨”的作者“永嘉四灵”之四赵师秀尚未出世（师秀生于乾道六年即1170年），胡氏纂著《后集》怎么可能欣赏引援师秀的诗句？其中必当有误。廖德明《苕溪渔隐丛话后集》“黄梅时节家家雨”下校云：“宋本、徐钞本此句作‘梅子黄时雨’。”（人民文学出版社1984年版第97页）当可据从。检宋蔡正孙《诗林广记》卷八李贺《将进酒》引“胡苕溪云”此句正作“梅子黄时雨”，可为佐证。“梅子黄时雨”为北宋贺铸《青玉案》词中名句。原引前三均诗句，此为词句，与胡言“皆古今诗词之警句”，亦相对应。清吴景旭《历代诗话》卷五一《唐诗·四雨》引《渔隐丛话》作“梅子黄时日日雨”，未详所据。按：宋曾几《三衢道中》有“梅子黄时日日晴”句，疑前者为改易曾诗而妄加凑合。

赵师秀《约客》：“黄梅时节家家雨，青草池塘处处蛙。有约不来过夜半，闲敲棋子落灯花。”是一首脍炙名作，不仅编在师秀本集《清苑斋诗集》，并见载宋人诸选本，如佚名《诗家鼎脔》卷上（专收南渡后诗家作）、谢枋得《千家诗》卷上、于济蔡正孙《唐宋千家联珠诗格》卷一等，魏庆之《诗人玉屑》卷十九（引《柳溪诗话》）亦见援录，其为师秀诗确定无疑。明李蓘《宋艺圃集》卷十四选为王令诗（题作《有约》）；明俞弁《山樵暇语》卷一、清马国翰《买春诗话》举为“温公”（司马光）诗，皆误引失据。传本司马光《传家集》、王令《广陵集》都不收此诗，可证。

永嘉四灵诗派诗家考述

崛起于南宋诗坛的永嘉四灵诗派，名手众多，阵营强大，影响广远。四灵倡率的晚唐体在诗界得到广泛的呼应，四灵的交往也十分广泛，唱酬的诗友甚多。我们依据现存文献资料，从有关记载论述和师承关系、交酬情况及诗见、诗尚、诗风等多个方面进行考察，筛选、界定四灵派的成员，既有同郡诗人，也有非永嘉籍诗人。兹文表列四十六家，其中同郡诗人三十四家（包括叶适、潘柽和四灵），非永嘉籍诗人十二家，依次略为考述。其间涉及若干疑点问题的考论，以“附考”“附记”方式系于各家论述文后，俾正文不致枝蔓。

一、永嘉郡籍诗人

温州古称永嘉郡（东晋明帝太宁元年置郡），宋时温州辖永嘉、平阳、瑞安、乐清四县。同郡诗家，包括作为四灵派的倡导者和理论建树者的大儒叶适（水心），首倡晚唐体为四灵之前驱的潘柽（德久）。据四灵同时代郡人王绰《薛瓜庐墓志铭》记述：

> 永嘉之作唐诗者，首四灵。继灵之后，则有刘咏道、戴文子、张直翁、潘幼明、赵几道、刘成道、卢次夔、赵叔鲁、赵端行、陈叔方者作；而鼓舞倡率，从容指论，则又有瓜庐隐君薛景石者焉。继诸家后，又有徐太古、陈居端、胡象德、高竹友之伦，风流相沿，用意益笃。永嘉视昔之江西几似矣，岂不盛哉！[1]

除了叶适、潘柽和四灵，王绰叙列的四灵派诗人计有刘泳（咏道）、戴栩（文子）、张埴（直翁）、潘亥（幼明）、赵汝回（几道）、刘植（成道）、卢祖皋（次夔）、赵汝迕（叔鲁）、赵希迈（端行）、陈昉（叔方）、薛师石（景石）、徐鼎（太古）、陈揆（居端）、胡圭（象德）、高梦符（竹友）十五家；王文未见叙列的尚有翁忱、翁慥、陈庚生、蒋叔舆、曹豳、薛师山、薛师董、贾仲颖、刘明远九家。此其后又有薛嵎、宋庆之、潘希白、薛美四家，犹能沾濡四灵遗绪，传承不衰，我们称之为后四灵派诗人。叶、潘和四灵，本书前已另有专文论述，此处不复叙列；下文论列其余二十八家。所论诸人里贯，除标明外，余皆籍治县永嘉（含今温州市区和永嘉县），不再注出。

1．刘泳

刘泳，字咏道。孙衣言《逸老丛谈》：“龙鼻洞有郭津、刘泳嘉定丁丑题名。《水心集》有《题郭希吕刘咏道游雁荡诗后》云：‘隐刘甘隐沦，老郭亦离群。自锁鱼亭月，同穿雁荡云。’即指龙鼻题名时事。津字希吕，尝监永嘉税务，水心有《登北务后江亭赠郭希吕》诗。刘咏道即刘泳也。”[2]嘉定丁丑，即宁宗嘉定十年（1217）。

咏道甘于隐遁，叶适称为“隐刘”。性“直谅”，固穷乐道。喜韩文杜诗，日诵不废。薛师石《哭刘咏道》：“案上韩文与杜诗，小斋寒淡亦相宜。人怜贫病忧无计，自说文章乐未涯。”[3]其作品今无存。

2．戴栩

戴栩（约1181—？），字文子，号浣川。戴溪族子。嘉定元年（1208）进士，历任定海县主簿、太学博士，淳祐四年（1244）迁秘书郎，终湖南安抚司参议官。著有《浣川集》十卷。雍正《浙江通志》入《儒林传下》。

戴栩为叶适门下高足，他与《林下偶谈》的作者黄岩吴子良（明辅）同为叶氏晚年关系密切的学生。文法水心，奇警恣肆，研练生新，风格酷似。《四库全书总目·浣川集》提要：“其诗派去四灵为近，然其命词琢句，多以镂刻为工，与四灵之专主清瘦者气格稍殊。盖同源异流，各得其性之所近。”[4]孙衣言《跋抄本戴文子浣川集后》谓：“文子从叶文定为文词之学，故其诗特矫健。”[5]孙诒让《温州经籍志》谓：“律诗颇近四灵，而工丽过之。”[6]所论皆是。

与同郡翁卷、刘植（成道）、曹豳、卢祖皋、赵希迈（端行）等皆有唱和。其《送翁灵舒赴越帅分韵得欲字》云："恨我劣风骚，眼到笔不属。君今挟此游，万象困搜劚。"又云："吾徒日夕偕，文字当杯醁。奈何夺此翁，为我谢州督。"（《浣川集》卷一）可见交酬谊深。今存诗 146 首，以近体较有成绩。七绝颇具风致，体近四灵。参阅本书第 34 篇《叶门高足 诗格矫健——四灵派诗人戴栩》。

3．张埴

张埴，字直翁。孙衣言《逸老丛谈》："翁卷《苇碧轩集》有《寄张直翁》诗云'若向筠州去'，又有《寄筠州张录事》诗。是直翁尝官录事参军。《水心集·沈仲一墓志》'婿张埴，筠州录事。'则直翁即张埴也。"[7] 按：沈体仁（1150—1211），字仲一，瑞安人。师从陈傅良。叶适《水心文集》卷十七《沈仲一墓志铭》："张埴……为其婿。埴，筠州录参。"

张埴曾任慈溪县主簿、筠州录事参军，著有政声。薛师石《瓜庐诗·送张直翁之筠阳》云："朝士多知尔，慈溪旧有声。"其任慈溪县主簿，约当在嘉泰四年（1204）前后。[8] 杨简《慈湖遗书》卷二《深明阁记》云："慈溪主簿永嘉张直翁致其外舅沈仲一之意，复以其书至……属某书扁，且为之记。"杨又有《永嘉张直翁求居处恭发挥数语》（前书卷三）文。可见与慈湖先生往来密切，当是慈湖学生一辈人。

直翁与四灵等多有唱和，其赴官筠州，翁卷《寄张直翁》云："若向筠州去，惟消一日宽……近诗凡几首，专待写来看。"薛师石《送张直翁之筠阳》云："时平民事少，诗句定能清。"又《送张直翁》云："宰公诗句是骚人，官舍况临湘水滨。衡岳望中思策蹇，沧浪清甚欲垂纶。"另外，徐照《芳兰轩集》卷中有《送张真翁赴举》诗，疑"真"为"直"形近讹。

4．潘亥

潘亥，字幼明，号秋岩。潘柽子。宋陈起编《南宋群贤小集》第 26 册《前贤小集拾遗》卷三录诗 1 首，明蔡璞编《东瓯诗集》卷三录诗 3 首。今存诗 4 首。

幼明诗擅五律，风格尤近四灵。《寄赵紫芝》云："长安独跨驴，一别二年余。朝士不能荐，承明空有庐。窗虚桐影薄，棹冷桂花初。莫怪无书札，心亲迹任疏。"《社日》云："听得东风急，吹干小径泥。雨多花放早，水满燕飞低。贫女不知纬，幽人只此栖。依依怀去岁，摘茗白坛西。"孙锵鸣《东嘉诗话》谓："幼明为德久子，足以觇家学矣。"[9] 言其作风一似乃父潘柽。

5．赵汝回

赵汝回（1189—？），字几道，号东阁。宋宗室。登嘉定七年（1214）进士。历仕邵武司户、忠州判官、台州录事、绍兴通判，绍定四年（1231）任会昌军使，淳祐九年（1249）监澉水镇，终官主管进奏院。

赵汝回是四灵诗派的评论家。嘉熙元年（1237）他为四灵派名家薛师石撰作《瓜庐诗序》，淳祐九年（1249）为后四灵派诗人薛嵎撰作《云泉集序》，是研究永嘉四灵诗派的两篇重要文章。其要旨有：（1）批评江西诗派。谓江西派变自崑体，以力胜而少涵泳之旨，遂致“唐风不竞”，诗道“蚀灭尽矣”[10]。（2）批评“近世论诗”即理学家的诗见。言诗皆托物以达理，理学家“病唐诗短近，不过景物，无一言及理”[11]，偏颇失理。（3）言四灵倡扬唐体，以诗表见情性，“冶择淬炼，字字玉响”[12]，得叶适称赏，风行天下。这些论见与叶适的有关论述相表里，揭示四灵诗派崛起的时代背景和历史文化渊源，有很高的学术价值。

汝回论诗，与四灵之一味推崇晚唐略有不同，视野也较开阔。孙诒让谓：“东阁论诗不取晚唐，与四灵虽同而实异。”[13]他主张自然古淡的诗风，务能“融狭为广，夷镂为素”，欣赏“神悟意到，自然清空，如秋天迥洁，风过而成声，云出而成文”[14]的境界；于四灵后学之“步趋謦欬”[15]，偏执固守，表示不满。因此，称扬薛师石能突破姚贾藩篱，进乎陶（渊明）谢（灵运）韦（应物）杜（甫）之境；称许薛嵎本于天性，绝去矫揉，有自得之趣。四灵派后起之秀宋庆之在挽词中说：“往年失四灵，诗道微一发。缟素革织组，宫徵节乱聒。力排唐末陋，意与风雅轧。”[16]言在四灵后独能标举“风雅”（指《诗经》以来传统），以素朴革雕镂，摒弃晚唐陋习，重振诗道。

宋陈起编《江湖后集》卷七录其《东阁吟稿》39首（读画斋本），现存诗计47首。他的诗苍朴简淡，《弘治温州府志》本传云：“名重一时。苦吟兴致高迈，自成一家。”[17]孙诒让亦言其与薛师石在永嘉派中“皆能别辟蹊径者”[18]。五古《杜子野留别》、五律《渔父》《春山堂》、七律《山中即事》，均可称“神悟意到，自然清空”之咏。参阅本书第36篇《揭示四灵诗派崛起的成因——四灵派评论家赵汝回》。

6．刘植

刘植，字成道，号荆山，又号渔屋（室名）。刘安上曾孙。壮岁以布衣上疏，

“束书入京阙，忧国最情深”（薛嵎《云泉集·送刘荆山》）。科场失意，报效无门，浪迹江湖，往来钱塘、嘉兴、建康、九江间，“酒放诗豪”（薛嵎《刘荆山谒贾秋壑》）。曾为浙东安抚使赵善湘门客（淳祐二年挽赵诗自称“门下老刘郎”）。淳祐十年（1250）冬往谒出镇扬州的两淮制置使贾似道，然唯“陪宴平山，寻梅古署”（薛嵎《刘荆山过维扬再谒贾秋壑》）而已。“直道嗟难遇”，遂归里营渔屋退居。一生似乎未尝入仕，在他“归淮方向浙”时居苏州的诗友戴栩也只是说“传闻摄酒官”[19]，不知是否任职酒务小官。

刘植诗学晚唐，与叶适、翁卷、薛师石、曹豳、戴栩、赵汝回、释文珦、徐鼎、薛嵎等并有往还酬酢。他推崇薛师石的诗，谓：“融液群书，于世味澹无所羡，故于诗多肥遁之辞，舒性情之正，得象外之趣。”[20]可以窥见他的崇尚。翁卷《送刘成道》云：“沿路万千景，费君多少吟。”赵汝回称其“老境诗闲淡”[21]。吴泳谓其诗“绝不道烟火语，想游思翰墨圃，所造益平澹矣”[22]。释文珦赞云：“人推学问精……坚实五言城。”[23]孙诒让《温州经籍志》卷二二《渔屋集》案：“今存诗虽不多，而清词隽语，犹足见四灵诗派。”[24]所著《渔屋集》，已佚。《江湖后集》卷十四录诗 24 首，《东瓯诗集》卷四录 2 首。今存诗 25 首。

予编《宋元温州诗略》卷三选录其诗 4 首，如五律《过彭泽》：“井邑已非旧，柴桑里尚存。春风三亩宅，落日数家村。隔树闻鸡犬，编氓半子孙。颓然孤垄在，寒菊绕松根。”陶渊明，浔阳柴桑（今江西九江西南）人，曾任彭泽（今江西彭泽县西南）县令。柴桑里为其故居。陶《归园田居》有云：“狗吠深巷中，鸡鸣桑树颠。”孙锵鸣《东嘉诗话》评：“格律浑成，典型不坠，从不多见也。”[25]他如《梅》：“一枝篱外见，数点雪中明。”《渔父》：“沅湘依旧绿，秦汉几回更。”《呈叶先生侍郎》：“闲心同野水，煦物尽春风。”亦皆称警练。

7．卢祖皋

卢祖皋（1174—1223），字申之，又字次夔，号蒲江，又号菊涧。宁宗庆元五年（1199）26 岁举进士，历池州教授、吴江县主簿。嘉定十一年（1218）后入朝，历仕主管刑工部架阁文字、秘书省正字、著作郎兼权司封郎中、军器少监，终官权直学士院。世称卢直院、卢玉堂。《两浙名贤录》卷四六、雍正《浙江通志》卷一二六有传。

祖皋少孤而自立，姻亲中最得舅父楼钥（曾知温州）关爱诲导，岳父钱文子、表兄王柟相与提携。其交游颇广，前辈友有许及之、叶适、孙应时、刘过、韩淲，同辈友有魏了翁（同年）、永嘉四灵、戴栩、薛师石、苏泂、赵汝回、戴复古、周文璞等。晚年与诗僧居简唱酬最密。

祖皋喜为乐府（词），晚始肆力于诗，宋孙应时《卢申之蒲江诗稿序》谓其“天分自高，而用心尤苦，洞视古今作者，神交而力角之，不惬其意不止，非余子碌碌新有诗声者比也”；称其诗“辞藻逸发，如水涌山出”[26]，郁然洒然，幽澹而思深味长。他是四灵派中的名家，明毛晋《蒲江词跋》：“一时永嘉诗人争学晚唐体……称为四灵，与申之倡和，莫能伯仲。”[27]《四库全书简明目录·蒲江词》：“与永嘉四灵游，故颇工于诗。”[28]清孙锵鸣《东嘉诗话》：“蒲江乃赵紫芝、翁灵舒诸贤诗友，耳濡目染，故其诗皆婉约可诵。”[29]

祖皋于嘉泰二年（1202）往任吴江县主簿，翁卷《送卢主簿归吴》云：“吟苦曾游客，因君动远思。”赵师秀有《卢申之载酒舟中，分韵得明字》作，卢酬以《雨后得月小饮怀赵天乐》：“梅天此夜稀，嘉月弄光辉。不饮强呼酒，欲眠重启扉。语高惊鹤睡，坐久见鸟飞。想见湖居友，扁舟不肯归。”淳朴的词句溢见真情挚意。

祖皋擅长近体，七绝尤为胜场，其作意度清远，颇具思致，多见佳品，为宋元诗话家所称引。予编《宋人千首绝句》，录其七绝 4 首。参阅本书第 31 篇《蒲江诗好人共寻——四灵派名家卢祖皋》和第 32 篇《浙人皆唱蒲江词——婉约派词人卢祖皋》。

8．赵汝迕

赵汝迕，字叔午，又字叔鲁，号寒泉，乐清人。宋宗室。嘉定七年（1214）进士，两度出仕南中（指西南地区）县令（释文珦《潜山集》卷七《送赵寒泉重宰南中邑》），签判处州、雷州。触忤权贵谪官，不得志而卒。所著《赵叔午诗集》，已佚。《南宋群贤小集·前贤小集拾遗》卷三录诗 3 首。雍正《浙江通志》入卷一八二《文苑传五》。

汝迕与薛师石、赵汝说（蹈中）、许棐、释文珦、释居简等交善。许棐《赵叔鲁》称云：“世间多少王孙贵，无我寒泉一句诗。”[30]五律《括溪停舟》是其名篇：“树古半成槎，溪边历历斜。寒林欲无路，小坞不多家。去客背流水，停舟见暮鸦。朝朝省秋水，频减一痕沙。”题一作《括苍舟中》。为签判处州（今浙江丽水）时舟行括溪作。浅浅着墨，随意写出，图景历历在目，自具情趣。

【附记】关于“夜雨梧桐”诗祸案

《永乐乐清县志》卷七《艺文·赵汝迕》：“汝迕尤以能诗知名，登嘉定第，佥判处州。后因赋‘夜雨梧桐王子府，春风杨柳相公桥’之句，触时相怒，谪官，沦落而卒。”（第176页）《弘治温州府志》卷十《艺文·赵汝迕》、明徐象梅《两浙名贤录》卷四六《文苑·赵叔午汝迕》、明凌迪知《万姓统谱》卷八三载同。

按：“夜雨梧桐”联讥刺时相史弥远诗祸案，诸书记载不一。宋陈思编、元陈世隆补《两宋名贤小集》卷三四八《芸居乙稿》：“陈起，字宗之，钱唐人。宁宗时乡贡第一，时称陈解元。事母至孝，开书肆于临安，鬻书以奉母。时史弥远当国，起有诗云：‘秋雨梧桐皇子府，春风杨柳相公桥。’哀济邸而诮弥远也。宝庆初，李知孝为言官，见之弹事，一时江湖之士同获罪者六人，而起坐流配焉。寻诏禁士大夫作诗。弥远死，禁始解。”元方回《瀛奎律髓》卷二十刘克庄《落梅》注略同：“宗之赋诗……本改刘屏山句也。敖臞庵器之为太学生时，以诗痛赵忠定丞相之死，韩侂胄下吏逮捕亡命，韩败乃始登第，致仕而老矣。或嫁‘秋雨春风’之句为器之所作。”宋罗大经《鹤林玉露》卷十谓为敖陶孙（器之），宋周密《齐东野语》卷十六《诗道否泰》谓为曾极（景建）。孙诒让《温州经籍志》卷二二《赵叔午诗集》案云：“宝庆诗祸，罗（大经）、方（回）目睹其事，虽诸书所载互异，然并不云赵叔午作。周草窗所载同时被累诸人，亦无叔午。《统谱》所载未足据也。”

今谓：当以《两宋名贤小集》《瀛奎律髓》所载为确，所记亦较详。句调仿自宋刘子翚《汴京纪事二十首》之七：“空嗟覆鼎误前朝，骨朽人间骂未销。夜月池台王傅宅，春风杨柳太师桥。”刘诗系指斥权奸蔡京、王黼。

9. 赵希迈

赵希迈（迈，一作“邁”。约1186—？），字端行，号西里，乐清人。

宋宗室。赵师秀族侄。登嘉定十三年（1220）进士。宝庆三年（1227）任职平江府嘉定县尉，绍定间调平阳县丞，端平中迁雷州通判，景定三年（1262）知武冈军，终官柳州知州。

希迈出自水心门下，“游先生（指叶适）门最久”[31]，是四灵派中一位十分活跃的诗人，与诗友酬唱频密，风格亦最近四灵。一生勤事苦吟，有云：“先是吟情苦”（《雨霁春行》）、“老夫吟苦时”（《夜分》）、“诗因多病苦思难”（《晚立池上》）。他长时间宦游四方，行迹远及湘贵两广，自谓“诗篇多向客途成”（《到贵州》），与徐玑“诗句多于马上成”之咏，体验相同。刘克庄有《题赵西里诗卷二首》，对他很是推崇，以兄事之，愿为“执鞭”；谓赵师秀诸人飞仙后，“天留此老主齐盟”；又说“未必时人能着价，后千万载话头行”[32]。

希迈有《南台徐灵晖徐灵渊皆有作》“春吟忆二灵”之咏。翁卷有《秋日闲居呈赵端行》《舟行寄赵端行》诸作，其《还家夜同赵端行分韵赋》云：“莫怪繁霜满鬓侵，半年长路谁关心。还家点检家中物，依旧清风在竹林。”奔走江湖，辛酸备尝，垂老无成，而清贫自守，不坠初衷。“依旧清风在竹林”，写出他们共同的心声。

所著《西里诗稿》已佚，今存诗53首。长于五律，多模写山野境况和其半官半隐的生涯，景趣幽僻，用笔工细。如“月正帆无影，风横浪有花”（《昆湖夜归》）、“天虚云气尽，风静桂香浮”（《吴中中秋怀瓜庐诸友》）、“岸回分水势，城缺见州形”（《南台徐灵晖徐灵渊皆有作》）等，皆为冥搜物象、刻画新异之句，绝似四灵推崇的“二妙”之一中唐诗人姚合选言玄微、笔致细润的“武功体”。参阅本书第35篇《南渡宋宗室　徙温多人才——四灵派诗人赵希迈》。

10. 陈昉

陈昉（约1197—约1265），字叔方，号节斋，平阳人。陈岘次子。以父荫入官。绍定中由闽县丞迁浦城令。端平元年（1234）真德秀荐于朝，与刘克庄等号为“端平八士”。淳祐十一年（1251），任枢密都承旨权吏部侍郎。十二年（1252）出知福州兼福建安抚使，重士爱民，“去郡志日，帑庾羡赢，闽人论良牧必以昉为首”[33]。景定初，以宝章阁待制出知建宁府，五年（1264）试吏部尚书。度宗即位（1265），拜端明殿学士，寻进资政殿学士。谥清惠。《两浙名贤录》有传。著有《颍川语小》二卷，《四库全书总目》提要谓“大致考据详核”。《东瓯诗集》卷四录诗4首，今存诗7首。

陈昉德行高尚，戴复古比之前贤汉黄宪、唐元德秀，《寄节斋陈叔方寺丞》云：“今时古君子，玉立众人间。再世黄叔度，三生元鲁山。”[34]为官廉正，善能奖拔人才，林希逸言己“早岁登门叨赏异”[35]。文天祥《题陈尚书昉云萍录》赞云：“公守建阳，人和政成。皇曰来归，从橐斯荣。我时在馆，望公珮珩。公不我遐，我德公诚。公录班如，友朋公卿。维公下士，敬附氏名。”[36]《弘治温州府志》本传：“出藩入从，垂四十年，所至以廉平仁恕称。”[37]民国《平阳县志》本传：“昉雅知人，临安府厢官常楙、礼部郎中文天祥，皆为所奖识云。”[38]

陈昉的诗善叙乡土风物，如《访梅嵇村书赠同游子白亲友》：“郭西十里梅花村，一望深白无黄昏。冈峦平处群玉立，松竹翠绕青香屯。二三亲友同我到，霜气辟易生春温。为花一笑下山去，处处冰雪随壶尊。尚想幽人在空谷，天地静闭冲和存。晚来归路更奇绝，天外断烧黄金痕。”嵇村，又作稽村，今名嵇师，在温州城西郊十公里，宋时盛植梅花，薛嵎有《忆嵇师奥观梅并贵行弟殁后之思》。其云“松竹翠绕青香屯”、“霜气辟易生春温”、“天外断烧黄金痕”（断烧，断霞），皆善能描状，著语平朴而有意致。

七绝《寒食湖上》：“花瘦水肥三月天，画桡双动木兰船。人家尽换新榆火，惟有垂杨带旧烟。”榆火，指寒食后清明重生的新火。是篇见载宋潜说友《咸淳临安志》卷九七《纪遗九》，写出寒食清明时节杭州西湖上的风光。《宫词》：“桂影婆娑玉殿凉，风传花漏夜声长。内人亦有思仙者，月下吹箫引凤凰。”《神仙传》卷上载，萧史教秦穆公女弄玉吹箫作凤鸣，引凤凰来止，夫妇遂随凤凰飞去。诗写宫女的怨思和对于自由生活的向往，语意蕴藉。这一首当时的选本如《诗家鼎脔》卷下、《唐宋时贤千家诗》卷十六、《唐宋千家联珠诗格》卷十五均采录，见传诵于时。清张綦毋《船屯渔唱》之六八称云：“继响唐风号四灵，端平人复藉时称。陈家奕叶功名在，不独《宫词》擅漫声。”[39]

11．薛师石

薛师石（1178—1228），字景石，号瓜庐。出身望族世宦，曾祖薛弼、祖薛叔渊、族祖薛季宣和岳丈木待问，皆仕高官。师石性夷澹，好读书，乃心物外，不事功名，筑室城外会昌湖上（今鹿城区西南大湖），名曰瓜庐，灌园樵钓，诗书自娱。日举文会，与朋好酌古今，谈笔墨。善楷法，尤工篆隶，求书者填门。雍正《浙江通志》入《文苑传五》。

师石同叶适、陈谦（水云）、卢祖皋（次夔）、葛无怀（天民）等并有往还，早年曾从徐照学诗，后与四灵结为诗社，聚吟唱和最为频密，集中酬赠诗计 13 首。师石是四灵派中一位中坚人物，王绰称其为联络诗友“鼓舞倡率，从容指论”[40]者。

从风格说，师石与四灵同一门径，又小有差异。同时诗家多称美语，赵汝回言其“独主古淡，融狭为广，夷镂为素，神悟意到，自然清空，如秋天迥洁，风过而成声，云出而成文”[41]。曹豳言其终身隐约，不与世接，故所作比四灵还要清淡，“清而又清，淡而益淡，始看若易，而意味深长”[42]。孙诒让谓他与赵汝回皆为四灵队中能“别辟蹊径”[43]者。具体而论，其谓“融狭为广”，能将方幅由狭小引向广阔，“殊未见其然”[44]，似有点溢美了；而谓“夷镂为素”，不用刻琢而归于素朴，殆或近之，较为切合。《四库全书总目》提要曰：“盖才地视四灵稍弱，而耕钓优游，以诗自适，意思萧散，不似四灵之一字一句刻意苦吟，故所就大同而小异也。”[45]所论大致不差。要而言之，师石诗学陶（潜）韦（应物），“声调所寄，不假斧凿”[46]，淳音素澹，出乎自然，是为优处；然有时不免枯瘠，稍乏韵致，亦少工炼之句，不似四灵多名篇警语。其与四灵“大同小异”在此。

师石现存诗百余首，表现他卧隐草庐、灌瓜植苗伴游渔樵的生活和风晨雨夕谈文论诗的情趣，所谓“多肥遁之辞”[47]。其自题《瓜庐》云：“近来有新趣，买得薛能园。疏壤延瓜蔓，深锄去草根。花时长载酒，月夜正开门。最识田家乐，辛勤更不言。”展示他绝交势利、遁迹村野、淡泊无营的心境。四灵俱有题咏薛氏瓜庐之什，徐照云：“自锄畦上草，不放手中书。”徐玑云：“因看瓜吐蔓，识得道心长。”翁卷云：“虽然亲陇亩，还不离琴书。”赵师秀云：“惟应种瓜事，犹被读书分。”皆写其超然尘外、亦耕亦读的乐趣。师秀传诵千古的名句“野水多于地，春山半是云”，就是以瓜庐周围会昌湖的胜景为蓝本摹写的。参阅本书第 33 篇《会昌湖上的胜咏文会——四灵派中坚力量薛师石》。

12．徐鼎

徐鼎，字太古[48]，号清源。曾任临江军清江县主簿。与赵汝回、刘植为知己友，刘有《看梅呈同游东阁、清源》（《东瓯诗存》卷九）。与薛嵎过从尤密，薛《云泉诗·徐太古主清江簿》云："四灵诗体变江西，玉笥风清首入题。旧隐乍违鸥鹭去，新篇高与簿书齐。身闲自喜瓜期远，俸薄还因纸价低。握别正逢寒食日，洞庭春绿草萋萋。"据"旧隐乍违鸥鹭去"，太古盖以隐遁之身而获召授职。其在任勤于咏事，将四灵派的清吟作风带到江西。薛又有《再别徐太古主簿》："枌社过从久，新知尽不如。素心非必仕，此别遂成疏。"枌社，指故里。言其心志淡泊，出仕本非素愿。

清源诗多散佚，《宋诗拾遗》卷二一、《东瓯诗集》卷四仅录其五律《哭朱龟岩》1首。

13．陈揆

陈揆，字居端，一字幼端。[49]绍熙四年（1193）进士，曾任高邮军（今江苏高邮）曹掾，薛师石《瓜庐诗·送高邮周主簿兼呈陈居端》云："乡人在曹职，相答为诗情。"终官湖南提点刑狱司干办公事。[50]

居端今存诗1首，见《宋诗拾遗》卷十七、《东瓯诗集》卷三，题《即事》："谁家庭院冷萧萧，闭却朱门不许敲。惟有东风藏不得，隔墙露出杏花梢。"闭，《东瓯诗存》卷七作"闲"。后二句亦有思致，然较诸同时稍后叶绍翁《游园不值》"春色满园关不住，一枝红杏出墙来"，用意略同，而措辞造语自有工拙之别。

14．胡圭

胡圭，字象德，号梅山。出身望族。祖胡序（少宾），监湖州酒库。祖母薛氏[51]，薛徽言女，薛季宣姐。《宋诗拾遗》卷十、《东瓯诗集》卷四录诗4首。

胡圭与薛师石、赵汝迕（叔鲁）、赵希迈（端行）友善，常于郡城外会昌湖瓜庐会聚，诗酒相适。师石《赵叔鲁、端行、胡象德携酒见顾》云："一贤二公子，枉驾瓜庐丘……评诗仍和曲，举白不计筹。"象德长于五言古体，叙写闲居景趣，有简淡质朴之风。如《入山》："摆落世尘缚，愿结岩栖缘。一层复一层，古道多回旋。白云随我后，幽鸟鸣我前。云禽亦佳侣，一见即忻然。"《春行南村》："鸟语知春晨，晨起行阡陌。雨晴气已变，崖润岚犹积。杂花林际明，新水田中白。时逢耦耕人，问我将何适？"《山池》："凿山成小池，贮兹一泓绿。参差散石发，清浅浮碧玉。光风时动摇，涟漪细相续。我常绕池

行，衣无尘可濯。”（石发，水草）皆清切可诵。通体白描，与四灵如出一辙。萧散冲夷之致，优游自得之趣，于腕底笔间自然流露，无一毫做作。

15．高彦符

高彦符，字竹友，一作竹有[52]，号野泉。叶适外侄。《水心文集》卷七《赠高竹有外侄》云：“娶女已为客，参翁又别行。相随小书卷，开读短灯檠。野影晨迷树，天文夜照城。须将远游什，题寄老夫评。”可见他谋生在外，而嗜学勤读，又善赋，是叶适所赏识的后生晚辈。

彦符只留下了两首诗，见《东瓯诗集》卷四，却是可圈可点。七律《送胡彦龙过金陵》：“金陵往事已成虚，江水清清只见鱼。遗庙空存元帝像，故家多有二王书。秋风出塞调生马，夜月吟淮跨蹇驴。借问新亭诸老泪，而今烟景复何如？”胡彦龙，画家，理宗绍定间任画院待诏。《东瓯诗存》卷九张如元等校补：“开禧北伐既败，国势日非，此志士所扼腕者也。”[53]诗借送友抒怀，举目半壁河山，往事成虚，壮图不复，颇有痛心疾首悲凉之慨。通篇笔势流走，辞气郁勃。此等吟作在四灵派中固属难得，也是那个时代的镗鞳强音。七绝《寒夜》：“辘轳梦断金梧井，夜月沉沉风露冷。起向庭中独自行，伴人惟有梅花影。”寒夜梦回，庭院凄寂，唯有冷月梅花相伴，衬见诗人幽独寥落的怀抱。

16．翁忱

翁忱（1137—1205），字诚之，乐清人。淳熙五年（1178）与叶适同科举进士，历官慈溪县尉、邵州邵阳、岳州巴陵县令，终郴州通判。年六十九，卒于任上。《道光乐清县志》卷八《文苑》有传。

叶适有《翁诚之挽词》（《水心文集》卷六）；复作《翁诚之墓志铭》（卷十五），言其“貌方神清”，为人笃厚，博学明理，文字重密，“诗尤得句律”。陈傅良《翁诚之尉慈溪》二首云：“徐刘文采后，邹鲁典型间。”“诗律吾将问，心期孰与亲。”比美徐干、刘桢（名列“建安七子”），称其诗才，引为契友。又有《寄题翁诚之慈溪县尉厅无我亭》诗（均见《止斋集》卷五）。

诚之致力吟篇，工于五言，与四灵中二徐交酬密切。徐照《送翁诚之》：“五言多好句，颜杜减诗名。”比之南朝宋诗人颜延之、唐杜甫。《哭翁诚之》之一：“因识诗情性，为官亦是清。吉人天不祐，直道世难行。寄讽曾称菊，思归或上疏。赠余诗一轴，追和隔今生。”徐玑《送翁巴陵之官》：“官况湘流碧，诗情楚岫多。”《翁知县归自湖湘》：“一袖清风诗思远，满汀芳草夕阳赊。”见其官廉诗清。又《翁通判挽词二首》之一云“长卿诗最好”，比之中唐诗人刘长卿。惜其诗作未有传存下来。

17．翁懏

翁懏，字常之，号松庐，乐清人。翁忱弟，与兄并名于时。隐遁林下，优游图籍。能画善诗，喜晚唐体[54]，“方五字之得隽”，“每孤吟而终日”[55]。叶适为他的诗集《松庐集》作序，言其得法于杜甫，引其论诗语：“下句当如秤星船碇，绚画既定，不可移改。”[56]又称其诗与翁卷并名[57]。

常之与四灵中二徐频有倡和切磋，徐照《和翁常之》“垂杨叶下闲吟久”，《酬翁常之》“好把清诗慰此心”。徐玑《奉和翁千四知县、千十四隐居山中作》（翁千四指翁忱，千十四指翁懏）：“翁侯两兄弟，志尚等高独。”又云：“我爱二君子，芳馨袭兰菊……论诗暮继朝，吟思俱罙罙。”葛绍体有《对月简松庐》诗。翁懏的诗作也没有传存下来。

【附考】翁懏非翁卷父

《温州经籍志》卷二一《翁氏□□松庐集》潘猛补案：“翁常之名懏。据《袋球翁氏宗谱》，载翁舜陟生二子：忱、懏。懏为四灵之一翁卷之父。”（中册第937页）

按：翁常之名懏诚是，但谓为“翁卷之父”则误。叶适《西岩集序》：“翁氏……人人能诗，而灵舒、常子两先生特著。常子之诗原本少陵……予尝取《松庐集》而序之。”（四库全书本翁卷《西岩集》附）翁常之号松庐。叶适《水心文集》卷十二《松庐集序》，举杜甫《送杨六判官使西蕃》诗，谓：“今翁常之诸诗，实颇似之。然常之与余论诗，乃未尝及此。”（中华书局本上册第215页）可证《松庐集序》为翁常之诗集作，与《西岩集序》所云相为符合。故可确定，此文“常子”应正为常之，“子”为“之”讹（《四库全书》编定后请抄手誊录，虽有严格之规制，而错字仍复不少）。其言翁氏能诗中“灵舒、常子（之）两先生特著”，倘灵舒（翁卷）、常之（翁懏）果为父子关系，叶文不当如是序列相称呼（决不会先子后父相提并论为“两先生”）。此为明证。

18. 陈庚生

陈庚生，字西老，乐清雁山人。善画能诗，与许及之、徐照、徐玑、翁卷交酬，许有《陈西老咏桧古风次韵》《送陈西老西上并简张功甫》诗。徐照《朱可翁、陈西老、徐灵渊携酒饯别分得语字》云“鼎足吟清诗”、徐玑《寄陈西老》云“风度平生友”、翁卷《陈西老母挽词》云“有子作诗人”，乃见甚得四灵推挹。

《东瓯诗集》卷一录诗3首。可举五律《濯缨亭》：“谁引沧州客，行歌到此亭。萦回一水碧，巉绝两峰青。小雨吹行舰，疏梅度远汀。我无缨可濯，华发任星星。”工炼妥切，韵致清逸一似四灵，诚称佳咏。

19. 蒋叔舆

蒋叔舆(1162—1223)，字德瞻，一字少韩，又作肖韩，号存斋。叶适门人。出身世宦，以父荫授职，历仕扬州司户、华阳军（岳阳军）节度推官、吉州永新县丞，终信州弋阳县令，卒于任上。治政廉平严正，“有意苏民瘼”，“民家置画像以祠公”[58]；赵汝回吊词云“弋阳百姓私营庙”[59]。

叔舆饱学多才，举凡天文、地理、律历、音乐、医药之书，靡不该究。他承继薛季宣的经制之学，栉理“汉唐本朝兵刑财赋之源”，“以管（管仲）葛（诸葛亮）自期”[59]，惜不得大用于世。与四灵、薛师石、赵汝回频有唱酬，戴栩《存斋蒋弋阳墓志铭》：“公于诗则四灵，虽调度不合而不废也；于文则水心之门友，虽意趣间有偏者而不靳也。”[60]徐照《喜蒋德瞻还里》：“岳阳何日去，后集要君诗。”徐玑《送岳州蒋推官》：“文书时正省，赋咏可登楼。”翁卷《送蒋德瞻节推》：“《楚辞》休要学，易得怨伤和。”赵师秀《呈蒋肖韩薛师石》：“无欲自然心似水，有营何止事如毛。春来拟约萧闲伴，重上天台看海涛。”薛师石《送蒋肖韩》：“已料官闲日，多吟湘水诗。”足见他襟怀耿介，游宦湘赣，诗学楚体，公务间不辍吟篇。惜其诗作无见传存。

20. 曹豳

曹豳（1170—1249），字西士，小字潜夫，号东畎（亦作东甽），瑞安来暮乡曹村（今瑞安市曹村镇）人。曹叔远族子，钱文子门人。嘉泰二年（1202）进士，历任秘书丞、浙西提举常平、浙东提点刑狱，并有政绩。嘉熙元年（1237）召为左司谏，在朝与王万、郭磊卿、徐清叟“俱负直声，当时号‘嘉熙四谏’”[61]。以论事忤旨，出知福州兼福建安抚使。守宝章阁待制致仕，年八十卒，谥文恭。《宋史》卷四一六有传。

宋陈世崇《随隐漫录》卷五记述了他的一句论诗名言：“宋坦斋谓曹东畎曰：‘君生永嘉，诗学江西？’曰：‘兴到何拘江浙。’‘然则四灵不足学欤？’曰：‘四灵诗如啖玉腴，虽爽不饱；江西诗如百宝头羹，充口适腹。’”[62]

曹豳与永嘉四灵同时，在永嘉籍诗人都趋尚四灵之际，他却发表了这样不同的意见，所以引人注目。四灵与江西诗派是相对立的，四灵派崛起原因之一就是为了纠正江西派的偏失。作为一个永嘉诗人，为什么舍近求远，反而要趋步江西之后尘呢？

分析起来，有以下几个原因。其一，曹豳中第后多居外任职，官位不低，在地位上与四灵辈有距离。其二，他以诗为“余事”，即兴而作，并不欣赏苦吟。刘克庄《曹东畎集序》云：“诗直公余事尔，他人为之，有欲呕心肝者、断数髭而成五字者。”[63]其三，他在淳祐六年（1246）为四灵派诗人薛师石作的《瓜庐诗跋》中说：“余读四灵诗，爱其清而不枯，淡而有味；及观瓜庐诗，则清而又清，淡而益淡，始看若易，而意味深长，自成一家，不入四灵队也。盖四灵诗，虽摆脱尘滓，然其或仕或客，未免与世接，犹未纯乎淡也。”[64]借评薛诗而表露己见，于四灵之“或仕或客”（客指游谒江湖），颇有微词；说他们的诗风“未纯乎淡”，也表示了不满之意。这里的评论更进一步：“兴到何拘江浙。”“江”指江西派，“浙”指四灵派，言不拘地域，不囿派别。不过这恐怕还是冠冕堂皇的话。其谓四灵诗“如啖玉腴”，玉腴指鱼鳔，味美爽口却不能果腹；江西诗“如百宝头羹”，虽庞杂但可解口腹之饥，即言四灵轻灵而不及江西实在，这才是他的真实看法。

不过，具体来说，曹豳论诗主“淳音淡泊，自有余韵”[65]；所欣赏的是“若淡然无味，而思之未尝不悠悠有得”[66]之作。刘克庄谓其“律体精切帖妥，拍姚（合）贾（岛）之肩”[67]，本质上还是与四灵同其旨趣；只是视野要稍加开阔，不满足于四灵的单窘，也不作“呕心断髭”之苦吟。从他现今留存的作品风格来看，见不出“诗学江西”的迹象。刘克庄言其“古风调鬯流丽，得元白之意”[68]，亦无从印证。所以，他仍属于四灵派诗家，只是有点异类。

曹豳饱学能赋，然作品多散佚，现仅存文 1 篇、诗 13 首。孙锵鸣《东

嘉诗话》谓其七绝“风致绝佳”[69]，《春暮》是流传的名篇：“门外无人问落花，绿阴冉冉遍天涯。林莺啼到无声处，春草池边独听蛙。”《千家诗》清王相注：“此诗专写暮春之景，宛然在目。”[70]四句诗咏花落荫浓、莺歇蛙鸣，通过静态和动态的交替描写，表达视觉和听觉的欣悦感受，见出时光荏苒、节序暗换和诗人的悠然闲适之情。通体自然流畅，物我浑融一片。参阅本书第30篇《君生永嘉，诗学江西——曹豳的诗论和他的诗》。

21．薛师山

薛师山（？—1214），字仁静。薛师石弟。曾与兄师石学诗于徐照。叶适《水心文集》卷八《薛景石兄弟问诗于徐道晖，请使行质以子钱界之》：“吟得徐家生活句，新来栏典讳诗穷。”又卷二九《题薛仁静墓》：“君常读《周易》，行携坐挟，终身不释。”其诗作无传存。

22．薛师董

薛师董（？—约1219）[71]，字子舒，号敬亭。薛叔似（1141—1221）次子，陈谦（1144—1216）婿，薛师石族弟。居郡城内雁池敬亭（今鹿城区蝉街），因以自号。曾任华亭船场官，入为承务郎，出任建康府户部赡军中库[72]。旋病，先其父而卒，叶适为作《薛子舒祭文》。师董聪明有才学，深得叶适称誉，而一生落寞不得志。《水心文集》卷七《薛子舒罢官久无所授，端明（指薛叔似）得谢，始换承务郎》：“空多贾谊学，突过马周年。”比之贾谊、马周。同卷《薛子舒墓》：“燐迷王弼宅，蒿长孟郊坟。”比之王弼、孟郊。《弘治温州府志》卷十一称其“天才颖拔，知名当时”[73]。

师董交往广泛，与四灵及葛天民、周文璞、葛绍体、苏泂、刘克庄、戴栩、释居简并有酬酢，葛天民《访紫芝回与子舒集》云：“君参唐句法，亲得浪仙传。薄宦因吟苦，高风与世违。”又《送薛子舒》之二：“谁知贵公子，却是苦吟人。”[74]其所崇尚（唐风、贾岛）和苦吟作风都与四灵一体。

师董现存诗12首，颇有可采。《题金陵杂兴诗后八首》之一：“舒王不让杜樊川，二十八字今断弦。”[75]推崇王安石七字绝句，认为可以并驾杜牧。五律《秋风》：“秋风有落枝，天籁动埙篪。鼓角山河壮，襟怀岁月迟。阮生狂一啸，汉武老多悲。虽有秦歌激，终堪理钓丝。”七律《后秋风》：“去年病后咏秋风，今日秋风病里逢。好句不曾书落叶，孤灯长自守鸣蛩。故人音问天来远，茅舍光阴睡正浓。江上白鸥忙胜我，衔鱼引子与浪冲。”

引吭长歌，不尽岁月蹉跎、襟期难酬的慨叹。

23. 贾仲颖

贾仲颖，事迹未详。不得志于时，刘克庄谓“不遇以死”[76]。与赵汝回友善，诗得刘克庄称赏。刘《贾仲颖诗序》：“君生风雅之国，为社友所推，不问可知其诗矣。赵几道、王德嘉兄弟，人物如璧，君与之友，又可知其人焉。”“风雅之国”谓永嘉。又云：“观其大篇，气力雄拔，音节顿挫，吊湘赋鹏之遗。五七言如‘灯花寒影里，诗句雨声中’，如‘尽开窗户容秋月，遍倚阑干看晚山’，舍人、司仓得意句也。”[77] 舍人，指贾至，唐肃宗时任中书舍人；司仓，指贾岛，晚官普州司仓参军。此用唐贾姓诗人比美之。

其诗作无传，《宋诗纪事》卷七一仅据《后村诗话》辑录断句二联（即《贾仲颖诗序》所引）。

24. 刘明远

刘明远，未详字号。隐遁躬耕，恬淡安身，吟咏自娱。徐玑称其“文才独兼”（《送刘明远客和州二首》之二）。明远为四灵之“知心”吟友，志趣相同，交谊深笃。徐照《赠刘明远》：“一生嫌世俗，不向市中居。”又《刘明远会宿翁灵舒西斋》：“自来难会宿，安得废清吟。”徐玑《次韵刘明远移家三首》之二：“诗得唐人句，碑临晋代书。”翁卷《春日和刘明远》：“知分贫堪乐，无营梦亦清。”赵师秀《刘隐君山居》：“虑淡头无白，诗清貌不肥。”

据徐玑《送刘明远客和州二首》之一：“边郡三年守，知陪后乘安。”后乘，属从所乘之车。是则明远曾任职和州知州幕从，客居三年。徐玑又有七律《送刘和州》，勉其出任边郡之守，“牧守只今非易予，九重渊默待盈成”。此刘和州恐非明远，疑为别一刘姓人。

25. 薛嵎

薛嵎（1212—？），字仲止，一字宾日，号云泉，世居郡城梯云坊（今鹿城区大高桥）。数试不第，蹭蹬场屋，宝祐四年（1256）始中进士，时已45岁。曾官长溪县主簿。赵汝回《云泉诗序》言“其人萧散”，“恬静不求，本于天性，未易以矫揉学者”[78]。直钩计拙，仕途并不得意，故有“直心嗟道丧，多事识才难”（《岁暮书怀》）、“直道嗟难遇，贾生终陆沉”（《送刘荆山》）之叹。壮心大志于青灯黄卷中消磨殆尽，其《寄宋希仁兄弟》云："听残寒夜雨，灰尽壮年心。"实为他自己的人生感慨之言。

薛嵎诗宗奉晚唐体，与宋庆之同为四灵派后起之秀。《四库全书总目·云泉诗》提要："嵎之所作，皆出入四灵之间，不免局于门户，然尚永嘉之初派，非永嘉之末派，录之亦足备一格也。"[79]孙诒让《温州经籍志·云泉诗》案："其诗派出于四灵，然在同时诸家，独为后出，故王松台《薛瓜庐墓志铭》未举其名。"[80]

薛嵎专力于诗，苦吟作风与四灵同体。自云"喜逢吟苦友，共此岁寒期"（《宣氏梅边》），又云"瘦得吟肩耸过颐"（《秋夜宋希仁同吟松风阁有感》）。刘黻也说他"半生心力在吟编，炼得形如孟浩然"[81]。与永嘉胜流赵汝回（东阁）、刘植（荆山）、徐鼎（太古）、王致远（九山）、刘黻（蒙川）、潘希白（渔庄）等多有往还唱和。其诗在当时籍籍闻名，赵汝回序谓："以诗名于时，本用唐体，而物与理称，更成一家。"[82]《两宋名贤小集》卷二八七小传称："负才不遇，以诗闻于时。所居曰渔村，有'渔村名自我'之句，题咏颇多。"[83]

《云泉集》现存诗 270 余首，以五言为主，多叙隐居情事和耕钓生活，青松石床，箪瓢自乐；荷衣兰杜，古调独弹。五古《山居》之四："前村雨脚收，斜阳挂高树。老翁牵牛归，颇亦有幽趣。山风响茅屋，崖月导芒屦。平生江湖心，于此谢驰骛。"清范大士评："语亦近人，而笔意则已古淡。"[84]

五律多工警之句，颇得主张"神韵说"的诗论家王士禛称赏，《居易录》卷十七举录其"岩阴常候雨，松色不知春""雪渡溪流涩，厨烟柏叶香""野水涵秋霁，风荷动夕阳"等七联。参阅本书第 37 篇《诗家双玉四灵后——后四灵派诗人薛嵎和宋庆之》。

26．宋庆之

宋庆之，字元积，一字希仁，号饮冰。咸淳元年（1265）进士，曾任监庆元府（今宁波）盐仓，辟浙东庾幕（仓司幕属）。有政绩，"公车交荐，未引见而卒"[85]。雍正《浙江通志》入《文苑传五》。作品多散佚，今存诗 16 首。

庆之诗文甚得时贤称赏，刘克庄《宋希仁诗序》曰："晚见宋君希仁而异之。君永嘉人，智足以知四灵之端，而欲合诸家之长……盖四灵抉露无遗巧，君含蓄有余意。余不辨其为《选》为唐，要是世间好诗也。"[86]又为其骈文作序，称“可以鸣国家之盛”[87]。宋黄震《黄氏日抄》谓其“文而无刻楮之弊”[88]。《弘治温州府志》本传云：“庆之学广闻多，文辞典赡，有（诗）数百篇，清新闲远，得风雅之趣。”[89]

庆之与刘克庄、赵汝回、刘瀫、仇远、释文珦等并有往还，而与薛嵎交谊最深，薛赠诗有《寄宋希仁兄弟》《秋夜宋希仁同吟松风阁有感》等，言“形道相忘二十年”，“白首到如今”。两人诗风贴近，赵汝回别选二家诗，合编名《双玉集》。

庆之诗工五律，淡朴清隽，笔意细润。著者如《次惠上人冷泉夜坐》：“此景写不尽，此怀谁与俱。月来林影碎，云去石头孤。万籁各休息，天香乍有无。因师寄佳句，清梦更劳吾。”境极幽清。寻常语句，而平易中见工秀，读有余味，可见风格。

刘克庄《宋希仁诗序》摘录他的五言警句多联，有《和陶》：“斜阳挂林杪，野花续春余。”《喜弟归》：“数年何处客，昨夜独归船。”《废墓》：“多年翁仲在，寒食子孙稀。”末后一联，王士禛《居易录》卷二举录称为“佳句”。[90]外此，七言如《寓武昌报恩寺》“贫寺少逢僧过夏，远乡多是客经年”亦为深有体验之语，非泛然下笔者所能致。予编《宋代绝句六百首》，选录他的五绝《戍妇词》二首。[91]参阅本书第37篇《诗家双玉四灵后——后四灵派诗人薛嵎和宋庆之》。

27．潘希白

潘希白（？—约1276），字怀古，号渔庄。父潘斗建，嘉定十三年（1220）进士，历官福建帅参、知徽州。希白入太学有文声，登宝祐元年（1253）进士。曾任临安府节制司干办公事，秩满引疾不调。德祐末（1276），起为史馆检阅，不赴，卒。雍正《浙江通志》入《文苑传五》。

希白为后四灵派诗人，早年从学赵汝回，效法孟郊、贾岛，独尚古调，用事苦吟。赵汝回《奉归柳塘潘希白诗稿》云：“织柳缝花雅道衰，将题锦卷复敲推。夜寒吟苦冰澌合，境寂心融造化来。斫石昆仑携玉下，乘槎河海到天回。今时古调何人爱，东野长江在夜台。”[92]《弘治温州府志》传称“乐府骈俪俱著称于时”[93]。晚岁卜筑柳塘（今鹿城区花柳塘），胜流咸集唱咏，为一时盛会。所著《柳塘集》已佚，《东瓯诗集》卷三录诗4首，《东瓯诗续集》卷二录诗2首，今存诗6首。

他的《大有·九日》词，见选宋周密《绝妙好词》卷五，传诵于时。查礼《铜鼓书堂遗稿》盛誉：“用事用意，搭凑得瑰玮有姿，其高淡处，可以与稼轩比肩。”[94] 小诗也写得不错。五绝《积霭》：“积霭收残雨，千峰在小楼。忽然空远思，野服上渔舟。”七绝《入南溪》：“沙头落月照篷低，杜宇谁家树底啼。舟子不知人未起，载将残梦上清溪。”南溪，即楠溪，瓯江支流，为永嘉风景名胜。诗写水乡晓晨船行的情景和自己的感受。郑文宝诗“不管烟波与风雨，载将离恨过江南”、李清照词“只恐双溪舴艋舟，载不动许多愁”，皆言以舟载愁；此云“载将残梦”，转以载梦，变化翻新，设想亦奇。孙锵鸣《东嘉诗话》评：“意度清远，殊有萧然自得之趣。”[95]

28. 薛美

薛美，号独庵。事迹未详。后四灵派诗人。今存诗 2 首。

薛美推崇薛师石，七律《薛瓜庐，吾宗人也。吾不得而见之，得见其诗斯可矣。太息而题于卷杪》云：“结庐兄弟近长安，弊却儒冠竟不弹。自茹芝来轻汉召，肯将瓜去博唐官。贫多乐事清无尽，手写新诗墨未干。史笔须评隐君传，姓名应作古人看。”[96] 可以见出他清贫自守的志趣。七绝《咏柳》云：“一撮娇黄染不成，藏鸦未稳早藏莺。行人自谓伤离别，枉折无情赠有情。”[97]“柳”谐音“留”。古人歧路送别，折柳枝相赠，用表挽留之意。孙锵鸣《东嘉诗话》评：“有《咏柳》绝句云（本篇略）。风韵极佳。又《题瓜庐诗卷》云：‘自茹芝来轻汉召，肯将瓜去博唐官。’亦清颖可喜。”[98]

二、非永嘉籍诗人

外地籍诗人可考者十二家，依次为：葛天民、释居简、苏泂、葛绍体、汤千、赵汝鐩、赵庚夫、张弋、杜耒、薛泳、方岳、潜仲刚。

29. 葛天民

葛天民，字无怀，越州山阴（今浙江绍兴）人。初为僧，名义铦，号朴翁。还俗后寓居杭州西湖，游吟江湖，所交皆一时胜士。天民诗宗晚唐，与徐照、翁卷、赵师秀、薛师石深相契合，频有唱酬。徐照《寄赠葛朴翁》：“古今称句法，岛贺是僧身。”比之贾岛、周贺。翁卷《寄葛天民》：“传来五字好，吟了半年馀。”又《次韵葛天民》：“曾有退之怜贾岛，岂无得意荐相如？”赵师秀《葛翁小阁》：“此老无尘事，双姝亦道情。”双姝，指朴翁如梦、如幻二侍姬。薛师石《和葛天民》：“贾岛文章怀素书，得来读罢卷还舒。”葛酬赵诗四首，《简赵紫芝》云：“紫芝虽漫仕，五字已专城。清坐有仙骨，苦吟无宦情。”《访紫芝回与子舒集》云：“君参唐句法，亲得浪仙传。”他们说的唐体（晚唐体）、贾岛（浪仙）、五字、句法、苦吟等，表明相互间具有共同的崇尚和话语。朴翁的诗与四灵同体，方回《瀛奎律髓》言其“诗可及四灵”[99]，说的不错。著有《无怀小集》一卷，见编《南宋群贤小集》第10册。

30．释居简

释居简（1164—1246），字敬叟，俗姓龙[100]，潼川（今四川三台）人。出家天台报恩光孝寺，后于杭州飞来峰北磵辟居十年，人以北磵称之。嘉熙中，敕住杭州净慈寺。今存《北磵文集》十卷（《四库全书》本）、《北磵诗集》十二卷（《续修四库全书》本）。

居简资质颖异，品性高洁，深得叶适契重，称其“诗语惊人”，《奉酬般若长老》云：“简师诗语特惊人，六反掀腾不动身。说与东家小儿女，涂红染绿未禁春。”（《水心文集》卷八）其诗崇晚唐，谓“晚唐之作，武尽美矣。”（《北磵诗集》卷七《跋卧云楼诗》）着意字句的“浑钢百炼”（前书同卷《书泉南珍书记行卷》），亦属苦吟一派。居简往来温州，与永嘉诗家最为投契，交酬稠密。集中寄酬赵师秀诗6首、卢祖皋（次夔）13题16首、刘植（荆山）2首、赵叔迕（寒泉）3首、赵希迈（端行、西里）2首、薛师石和薛师董各1首。曾同“刘荆山抵掌”论诗，而对赵师秀最为推崇，《天乐赵紫芝画像赞》誉曰：“仪刑先进而丹青太空。”（《北磵诗集》卷十二）

31．苏泂

苏泂（1170—？），字召叟，越州山阴（今浙江绍兴）人。苏颂四世孙。少从陆游学诗，绍熙五年（1194）随祖师德游宦入蜀，后在荆湖、建康幕府任职，一生偃蹇不遇。今传《泠然斋集》八卷。

苏泂同永嘉诗家潘柽、赵师秀、卢祖皋、薛师董并有往还，而与师秀同龄，酬酢尤密。集中酬赠赵诗6题7首，极表推重。《紫芝申之有月夜赓唱俾予续之》：“安得余卢赵，想从去不归。”（《泠然斋集》卷三）《忆紫芝》"流传仙句世间闻"，"清才漫仕橐长空"。《书紫芝诗后》赞云："为爱君诗清入骨，每常吟便学推敲。明知箧笥篇篇有，百度逢来百度抄。"（均卷八）薛师董有《题金陵杂兴诗后八首》，表褒他的《金陵杂兴二百首》绝句。苏洞的诗效法四灵，师秀骨清语秀的诗格和推敲作风都对他深有影响。

32．葛绍体

葛绍体，字元承，亦作元诚、元城，建安（今福建建瓯）人[101]。侨居黄岩（今属浙江）。曾师事叶适，得其指授。[102]叶适《送葛元诚》："数年之留能浩浩，一日之别还草草。念子身名两未遂，令我衰病无一好。古人探道从妙年，今人重耳轻目前。不愁好龙龙不下，只愁爱玉酬石价。"（《水心文集》卷六）对他怀玉不售、志业未遂深为惋叹。葛有《和水心先生寄越帅汪焕章得雨韵》。今传《东山诗选》二卷。

绍体长住温州，与永嘉诗家翁慥（松庐）、翁卷、赵师秀、薛师董（子舒）等频多倡酬。《留别永嘉文友》云："归去是明朝，多应趁早潮。虽然邻邑近，亦似客程遥。村社酒三杓，山家水一瓢。吟边如得句，共语在元宵。"《送赵紫芝入金陵幕》云："会面难如此，人生只自怜。笑言无一日，离别有三年。故国带秋色，长淮起暮烟。官闲足登眺，吟满菊花天。"又有《对月简松庐》《送翁灵舒》《送薛子舒华亭造船场》诸作。他的诗长于五律，《四库全书总目·东山诗选》提要："集中有与赵师秀、翁卷酬赠之作，故其诗颇近四灵。盖永嘉一派，以四灵为宗主，当时风气如是也。"[103]所论符合实际。

33．汤千

汤千（1172—1226），字升伯，号随适居士，晚号存斋，饶州安仁（今江西余江）人。宁宗庆元二年（1196）进士，历仕黄州黄陂县尉、婺州金华县主簿，调南剑、嘉兴二州郡学教授，改湖州武康县令，未上任卒。事见真德秀《西山文集》卷四二《汤武康墓志铭》[104]。

赵师秀有《送汤主簿》："还家有新兴，佳句入书邮。"又有《送汤千》："能文兼悟性，前是惠休身。为选来京邑，因吟访野人。所居才隔水，不见忽经旬。何事云归速，儒官拜敕新。"当是送他赴任南剑州郡学教授作。他的诗曾得师秀称赏。刘克庄《后村集》卷三《答汤升伯因悼紫芝》云："紫芝曾说子能诗，开卷如亲玉树枝。"

其弟汤巾，字仲能，号诲静，嘉定七年（1214）进士，历任繁昌县主簿、制置司干办官。亦能诗，赵师秀《赠汤巾》云："黄金榜内人，枉刺忽相亲。怪得名差异，吟来句极新。"

34．赵汝鐩

赵汝鐩（1172—1246），字明翁，号野谷，袁州（今江西宜春）人。太宗八世孙。宁宗嘉泰二年（1202）进士，历官东阳主簿、临安通判、广南东路转运使，召为刑部郎中。淳祐五年（1245）知温州，次年卒于任上。事见刘克庄《后村大全集》卷一五二《刑部赵郎中墓志铭》。

汝鐩著有《野谷诗稿》六卷。刘克庄《野谷集序》（《后村大全集》卷九四）对他极为推崇，王士禛《居易录》卷二指为评价失当。他的诗以五律成就较高，注重锻炼工夫，《苦吟》云："几度灯花落，苦吟难便成。寒窗明月满，楼上打三更。"（卷五）《四库全书简明目录·野谷诗稿》："王士祯《池北偶谈》称汝鐩'五言律诗时有佳句，七言俚俗，歌行漫无音节顿挫'，其论良允。然四灵一派所刻意求工者，不过五言近体，亦其时风气使然也。"[105] 钱钟书《宋诗选注·赵汝鐩》谓："近体不但传'四灵'的家法，也学杨万里，都很畅快伶俐。"[106] 王士禛《居易录》卷二摘录五言警句二十联，如："尘埃双老鬓，天地几斜阳。""秋影清涵水，烟痕澹著山。""任梅斜到牖，听竹长侵阶。""晓清秋已到，叶落客先闻。""烟松迷五鬣，风柳起三眠。"句炼字研，都可见出四灵派"刻意求工"的吟风。

集中有寄酬翁卷、赵师秀五律 2 首，《秋日同王显父、赵子野、何庄叟泛湖，赵紫芝继至，分韵得秋字》："雨余湖更爽，载酒共清游。天净倒涵水，峰高争献秋。风烟入吟笔，箫鼓自邻舟。堤上诗人过，相邀便肯留。"（卷四）《翁灵舒客临川，因经从访之，不遇，闻过村居》："闻道深村里，结茅三四间。买田因种秫，移树为看山。诗好人皆诵，身安心自闲。有时思雁荡，依旧棹舟还。"（卷五）其措词遣句，命意造境，皆与四灵同一机轴。要之，汝鐩的诗脱胎于四灵，而能别出新异之境，故清曹庭栋《宋百家诗存》言其"与四灵分坛树帜，直欲更出一头地也"[107]。

35．赵庚夫

赵庚夫（1173—1219），字仲白，号山中，寓居兴化军（今福建莆田）。宋宗室。两试礼部不第，以宗子补官，辟嘉兴府海盐县酒务，权青龙镇，因捕治土豪得罪势家停职。

仲白落拓江湖，而不废吟哦。刘克庄说：“平生志业无所泄，一寓之诗，丛稿如山。”[108]“家无米盐而喜谈文字”[109]，“性不妄交，与潘柽、赵师秀论诗，曾极论《参同契》，辄暗合”[110]。诗尚“唐体”（晚唐体），出入四灵，专力五言。如《岁除即事》：“连夜缝纫办，今朝杵臼频。买花簪稚女，送米赠穷邻。宦薄惟名在，年华与鬓新。桃符诗句好，恐动往来人。”通篇细润有致。《稍得》云：“鹤残篱外笋，鼠舐墨中胶。”为张端义《贵耳集》卷上引录。又如：“鹤食从妻给，花窠课子锄。绝粮缘买砚，止酒为耽书。”郑方坤《全闽诗话》卷五举为“佳句”。[111]其叙写琐碎，取境幽僻，犹可见贾岛、姚合作风。方回《瀛奎律髓》卷十六批语：“赵紫芝为晚唐诗，名冠四灵，而仲白亚紫芝。”[112]又卷二十批语：“天下皆知四灵之为晚唐，而巨公亦或学之……同时有赵庚（夫）仲白，亦可出入四灵小器。”[113]刘克庄《赵崇安诗卷题跋》谓本朝诗人“诗工而命穷者有紫芝、仲白”，又说“惜其出稍晚，不及与芝、白商榷”[114]，都将他比并师秀。所著《山中集》等皆佚，《江湖后集》卷八录诗 14 首，《全宋诗》辑录 22 首。

36．张弋

张弋，旧名奕，亦作亦，字彦发，一字韩伯，号无隅翁，祖籍河阳（今河南孟县）。张端义《贵耳集》卷上记其状貌：“颀然而长，面带燕赵色，口中亦作北语。”[115]不事科举，亦不受官职，一生游泛湖海。他关心边事，志存恢复，戴复古有《遇张韩伯说边事》诗，叙其“北望苦无多世界”伤心之怀；亦曾献谋府幕，有“策士”之名。

张弋致力于诗，宗法晚唐。丁焴《秋江烟草跋》：“张君彦发，湖海豪士，不喜为举子学，专意于诗。每以贾岛、姚合为法，所著仅成帙，清深闲雅，宛有唐人风致。至其得意警绝之句，杂之两人集内，殆未易辨。彦发思甚苦，未尝苟下一字，每有所作，必熔炼数日乃定。”[116]其所宗崇尚好和苦思熔炼的作风，都与四灵同一体格。传有《秋江烟草》一卷，今存诗 48 首。

彦发与翁卷、赵师秀交谊甚深，契阔论文，极为相得。张有《送翁十赴举》，翁《赠张亦》云：“兴兵又罢兵，策士耻无名……示我新诗卷，如编珠玉成。”《酬张韩伯》云：“暂得共论文，依然踪迹分……何由比明月，到处可逢君。”与师秀尤称知己，其《寄赵紫芝》：“独游非一事，书札故应迟。江上逢春日，湖边忆醉时。有云为我伴，终日诵君诗。百鸟鸣花树，声声在远思。”《豫章寄紫芝》：“吟苦事俱废，拙深贫未除……一生江海恨，惟子最知余。”《高邮送紫芝》：“好诗应自作，狂梦与谁圆？”赵《赠张亦》同题作二首，有云：“天下方无事，男儿未有功。边风吹面黑，市酒到肠空。”“山川烽外远，岁月梦中长。空橐成诗草，单衣涴酒香。”写出在“罢兵”的妥协政策下，志士空怀报国豪情而不能建功立业的悲愤。周师成（宗圣）有《张韩伯欲为羽士，赵紫芝作疏》诗（见《贵耳集》卷上）。

37. 杜耒

杜耒（？—1227），字子野，号小山，盱江（今江西南城）人。曾官钟陵县（江西南昌）纠掾[117]，调任县主簿。宁宗嘉定十七年（1224），徐鹿卿为他的诗稿作跋。[118]理宗宝庆元年（1225），史弥远擅权，贬窜大理评事胡梦昱于象州，子野有诗送行。[119]宝庆三年（1227），知楚州兼淮东制置使姚翀辟为幕客，兵乱中被杀。[120]《全宋诗》录诗19首。

杜耒学诗于赵师秀，元韦居安《梅磵诗话》卷中载：“杜小山耒尝问句法于赵紫芝，答之云：‘但能饱吃梅花数斗，胸次玲珑，自能作诗。’戴石屏云:‘虽一时戏语,亦可传也。’”[121]师秀这句言简意赅的诗论很幽默形象，反映了四灵所标榜的野逸清淡的诗风和审美情趣。饱吃梅花，是比喻之语，谓受梅花之寝馈熏陶，寒香沁入肺腑，使胸次晶莹明澈，无俗物烦心，这样下笔自无俗气。杜耒受他老师这句答语的启悟，潜心研练，诗艺大进，写出为人称道的“寻常一样窗前月，才有梅花便不同”（《寒夜》）那样的好句，故戴复古（石屏）赠诗誉云：“饱吃梅花吟更好，锦囊虽富不伤廉。”[122]

杜耒的诗完全是四灵一派。他游学永嘉，曾与赵师秀连日会宿城郊，长夜吟咏，讨论“玄幽”。有《同紫芝游西山》《同紫芝宿双岭》《重宿紫芝》等作，说：“上方成共宿，剧语到玄幽。”“集宿应重到，新诗得再承。”西山、双岭均温州西郊地名。师秀《会宿再送子野》云：“眠迟古鼎销残火，吟苦寒缸落细花。”杜耒与翁卷、赵汝回、赵希迈（端行）亦有同游唱和之咏，翁《酬杜子野》“数篇诗未答，一幅信重收”，又有《同赵灵芝、杜子野游豫章总持寺》。赵汝回《杜子野留别》云：“道合意自亲”，“细语交情真”。戴复古有《赵端行、杜子野游虎丘有诗，仆因思旧与赵子野同宿唱和留题》诗。

38. 薛泳

薛泳，字叔似，一字沂叔，号野鹤，台州宁海（今属浙江）人，一说台州天台（今属浙江）人。早年曾往永嘉从赵师秀学诗，久客江湖，晚归乡里，将四灵派的诗学和吟风传布到台州。宋舒岳祥《刘士元诗序》：“初，薛沂叔泳从赵天乐游，得唐人姚、贾法。晚归宁海，为人铺说，闻者心目鲜醒。”[123]方岳《深雪偶谈》谓：“晚于溪上小筑，扁‘水竹居’，迄就窆焉。其所为诗，如《新堤小泛》：‘柳断桥方出，烟深寺欲浮。’《早秋归兴》：‘归心如病叶，一片落江城。’《镇江逢尹惟晓》：‘欲说事都忘，相看心自知。’皆去唐人思致不远。”[124]清陶元藻《全浙诗话·薛泳》：“从赵天乐游，为诗酷似姚合、贾岛。意致豪爽，尝谓人家居室，当令三分近竹，七分近水。周公谨以为名言。”[125]

薛师石有《送薛泳》诗：“病里风光总虚掷，岸花园柳雨中休。无端好客随春去，送酒吟诗一并愁。”《民国台州府志》本传：“自号野鹤。尝欲与翁逢龙《石龟诗》合刻为《龟鹤集》。”[126]今仅存《游洞霄宫》诗、《青玉案·守岁》词各1首。

39. 方岳

方岳[127]，字元善，号菊田，亦作匊田，台州宁海（今属浙江）人。曾任监温州双穗场。[128]理宗开庆元年（1259），潭州知州向士璧辟为幕属，后改任吉水县令。[129]度宗咸淳二年（1266）尚在世，其时已濒晚残。著有《匊田集》，今佚。《全宋诗》录诗3首。

方岳学诗于翁卷、徐照，他说自己是由翁、徐门径而续传“唐人之脉”。宋舒岳祥《跋僧日损诗》：“迩来此道响沈，元善危唐人之脉遂尔不续，殷勤收拾以为己任。”[130]又《哭匊田诗老》题下自注：“君诗序，自谓‘由翁卷、徐照而渐趋唐人’。翁、徐，永嘉人。”之一：“寻源自永嘉，清响黜浮葩。一字不犯古，五言真到家。”之二：“本是攻文者，其如癖在诗。人皆尊岛佛，我欲效宗师。”[131]叶适门人吴子良（荆溪）曾为其诗集作序。舒岳祥《刘士元诗序》：“往时荆溪公主斯文齐盟，作《匊田方元善诗序》，诵者琅琅一舌。……初，薛沂叔泳从赵天乐游，得唐人姚、贾法。晚归宁海，为人铺说，闻者心目鲜醒；而匊田闭户觅句，惟取其清声切响，至于气初之精，才外之思，元善盖自得之，而非有所授也。”[132]此言元善传承了永嘉诗学，取四灵的“清声切响”（谓韵律），而又能有所拓展，自得其气象、思致，较诸薛泳更进一步了。岳《鹭》诗有云“耸两吟肩似我愁”，可见亦尚苦吟。

晚年所著《深雪偶谈》，推崇贾岛“特于事物理态，毫忽体认”，“令人首肯，无一可以厌斁”[133]。引杜牧“欲识为诗苦，秋霜若在心”，谓好句“无有不自苦思而得也”[134]。这些意见都与四灵的主张相同。又言梅诗“难工”，例举赵师秀“放了吏人无一事，坐看山鸟吃梅花”“禽翻竹叶霜初下，人立梅花月正高”和杜耒“寻常一样窗前月，才有梅花便不同”诸咏，称“端是秀句”[135]，可见崇尚。

40．潜仲刚

潜仲刚，里贯事迹未详。师从释居简，学诗于赵师秀，诗风清苦疏淡。释道璨《潜仲刚诗集序》云：“仲刚生长藕花汀洲间，天地清气固以染其肺腑。久从北涧游，受诗学于东嘉赵紫芝，警拔清苦，无近世诗家之弊。晚登华顶，窥雁荡，酌飞泉，萧散闲淡，大异西湖北山。但惜北涧、紫芝不及见也。”[136]北涧即北磵。居简长居杭州飞来峰北磵，人称北磵。居简卒于理宗淳祐六年（1246），其时仲刚已入晚境。诗作无见传存。

【注】

[1]《瓜庐诗》附，嘉庆六年顾修读画斋重刻《南宋群贤小集》第 19 册。

[2] 孙延钊：《孙衣言孙诒让父子年谱》引，上海：上海社会科学院出版社，2003 年，第 453 ～ 454 页。

[3] 薛师石：《瓜庐诗》，嘉庆六年顾修读画斋重刻《南宋群贤小集》第 19 册。下引薛诗均出自此本。

[4] 永瑢等：《四库全书总目》卷一六二《浣川集》，影本下册，北京：中华书局，1983 年，第 1395 页上。

[5] 孙衣言：《逊学斋文钞》卷十，同治三年瑞安孙氏家刻本。

[6] 孙诒让：《温州经籍志》卷二二《浣川集》案，中册，上海：上海社会科学院出版社，2005 年，第 966 页。

[7] 孙延钊：《孙衣言孙诒让父子年谱》引，上海：上海社会科学院出版社，2003 年，第 453 ～ 454 页。

[8] 杨简《慈湖遗书》卷二《深明阁记》云：“兵侍叶公名其阁曰深明。”叶适任权兵部侍郎在嘉泰三年（1203）十一月初，旋即因父故辞官回温守丧，故可推知。

［9］胡珠生编：《孙锵鸣集》下册《东嘉诗话》，上海：上海社会科学院出版社，2003年，第622页。

［10］赵汝回：《瓜庐诗序》，嘉庆六年顾修读画斋重刻《南宋群贤小集》第19册《瓜庐诗》卷首。

［11］赵汝回：《云泉集序》，嘉庆六年顾修读画斋重刻《南宋群贤小集》第9册《云泉集》卷首。

［12］赵汝回：《瓜庐诗序》，嘉庆六年顾修读画斋重刻《南宋群贤小集》第19册《瓜庐诗》卷首。

［13］孙诒让：《温州经籍志》卷二二《东阁吟稿》案，中册，上海：上海社会科学院出版社，2005年，第969页。

［14］赵汝回：《瓜庐诗序》，嘉庆六年顾修读画斋重刻《南宋群贤小集》第19册《瓜庐诗》卷首。

［15］赵汝回：《瓜庐诗序》，嘉庆六年顾修读画斋重刻《南宋群贤小集》第19册《瓜庐诗》卷首。

［16］宋庆之：《哭赵东阁》，文渊阁四库全书本《两宋名贤小集》卷三四四。

［17］王瓒、蔡芳编纂，胡珠生校注：《弘治温州府志》卷十《艺文·赵汝回》，上海：上海社会科学院出版社，2006年，第255页。

［18］孙诒让：《温州经籍志》卷二二《瓜庐诗》案，中册，上海：上海社会科学院出版社，2005年，第961页。

［19］戴栩：《浣川集》卷一《寄刘成道（寓吴门）》，文渊阁四库全书本。

［20］《宋诗纪事》卷六九《薛师石》引刘植《瓜庐诗跋》，第3册，上海：上海古籍出版社，1983年，第1729页。

［21］赵汝回：《送刘成道旅游》，见陈起编：《江湖后集》卷七，嘉庆六年顾修读画斋正本。

［22］吴泳：《鹤林集》卷三二《答刘成道书》，文渊阁四库全书本。

［23］释文珦：《潜山集》卷八《哭复荆山》，文渊阁四库全书本。

［24］孙诒让：《温州经籍志》卷二二，中册，上海：上海社会科学院出版社，2005年，第968页。

［25］胡珠生编：《孙锵鸣集》下册《东嘉诗话》，上海：上海社会科学院出版社，2003年，第618页。

［26］孙应时：《烛湖集》卷十，文渊阁四库全书本。

［27］毛晋辑：《宋六十名家词》，影本，上海：上海古籍出版社，1989年。

［28］《四库全书简明目录》卷二十，上海：上海古籍出版社，1985年，第896页。

[29] 胡珠生编：《孙锵鸣集》下册《东嘉诗话》，上海：上海社会科学院出版社，2003 年，第 613 页。

[30] 陈思编，陈世隆补：《两宋名贤小集》卷二九〇许棐《梅屋诗稿》，文渊阁四库全书本。

[31] 《吴都文粹续集》卷八赵希邁《提干厅重建超然堂记》，文渊阁四库全书本。

[32] 刘克庄：《后村大全集》卷二四，影缩本《四部丛刊初编》，上海：商务印书馆，1936 年。

[33] 王瓒、蔡芳编纂，胡珠生校注：《弘治温州府志》卷十一《宦业·陈昉》，上海：上海社会科学院出版社，2006 年，第 279 页。

[34] 戴复古：《戴复古诗集》卷三，杭州：浙江古籍出版社，1992 年，第 68 页。

[35] 林希逸：《竹溪鬳斋十一稿续集》卷十九《挽陈节斋》之三，文渊阁四库全书本。

[36] 文天祥：《文山集》卷十四，文渊阁四库全书本。

[37] 王瓒、蔡芳编纂，胡珠生校注：《弘治温州府志》卷十一《宦业·陈昉》，上海：上海社会科学院出版社，2006 年，第 279 页。

[38] 王理孚修，符璋、刘绍宽纂：《平阳县志》卷三二《人物志一·陈昉》，民国十四年（1925）刻本。

[39] 张綦毋：《潜斋集》，郑州：中州古籍出版社，2010 年，第 236 页。

[40] 王绰：《薛瓜庐墓志铭》，嘉庆六年顾修读画斋重刻《南宋群贤小集》第 19 册《瓜庐诗》附。

[41] 赵汝回：《瓜庐诗序》，嘉庆六年顾修读画斋重刻《南宋群贤小集》第 19 册《瓜庐诗》卷首。

[42] 曹豳：《瓜庐集跋》，嘉庆六年顾修读画斋重刻《南宋群贤小集》第 19 册《瓜庐诗》附。

[43] 孙诒让：《温州经籍志》卷二二《瓜庐诗》案，中册，上海：上海社会科学院出版社，2005 年，第 961 页。

[44] 永瑢等：《四库全书总目》卷一六二《瓜庐诗》，影本下册，北京：中华书局，1983 年，第 1390 页中。

[45] 永瑢等：《四库全书总目》卷一六二《瓜庐诗》，影本下册，北京：中华书局，1983 年，第 1390 页中。

[46] 赵希迈：《题瓜庐诗》，嘉庆六年顾修读画斋重刻《南宋群贤小集》第 19 册《瓜庐诗》附。

[47] 刘植：《瓜庐诗跋》，嘉庆六年顾修读画斋重刻《南宋群贤小集》第 19 册《瓜庐诗》附。

[48] 四库全书本《两宋名贤小集》卷二九七王琮《雅林小稿》有《客里有怀徐太古》诗，小传云："琮字宗玉，钱塘人，徽宗初登进士第，宣和中提举永兴军路常平，靖康初除左司郎中，绍兴间尝避地居括。"按：王琮时代较早，此"徐太古"疑别是一人。

[49] 陈揆，《宋诗拾遗》卷十七、《东瓯诗集》卷三均作"字幼端"；《东瓯诗存》卷七、《光绪永嘉县志·选举志一》作"字幼瑞"，"瑞"为"端"形近讹。孙衣言《逸老丛谈》："陈居端，名揆，亦曰幼端，亦曰君端。"

[50]《弘治温州府志》卷十三《科第·宋》："绍熙癸丑（陈亮榜）：陈揆，永（嘉）。终湖南提干。中经魁。"

[51] 叶适《水心文集》卷十五《夫人薛氏墓志铭》："胡序少宾夫人薛氏，起居舍人薛徽言之女。二家永嘉望姓，世相婚姻。……孙男四人：曰壑，曰扆，曰圭，曰堂。"薛氏卒，"祔于永嘉县吹台乡少宾之墓"。是胡圭为永嘉（今温州市鹿城区）人。《宋诗拾遗》卷十八小传云"梅山，瑞州（应为"安"）人"；《东瓯诗集》卷四小传云"瑞安人"，《东瓯诗存》卷九、孙衣言《逸老丛谈》承之，不确。

[52] 明蔡璞《东瓯诗集》卷四："高彦竹，号野泉，永嘉人。"《东瓯诗存》卷九小传同。孙衣言《瓯海轶闻》卷二八《文苑·永嘉四灵》引王绰《薛瓜庐墓志铭》后按："高竹友，水心妻从子，《水心集》有《赠竹友外侄》诗，似即《永州墓志》所谓彦符。"（下册第918页）按：据《叶适集》卷十五《高永州墓志铭》（第292页），高子莫（1140—1200）永嘉人，累官知永州，叶适岳丈。孙高彦符，为叶适外侄。张如元等《东瓯诗存》卷九校补云："据此，彦符字竹友，乃高世则曾孙。而《东瓯诗集》作'彦竹'者，或'彦符字竹友'之脱误，或'符'字残缺唯见竹头所致。"（上册第406页）

[53] 曾唯辑，张如元、吴佐仁校补：《东瓯诗存》卷九，上册，上海：上海社会科学院出版社，2006年，第406页。

[54] 叶适：《水心文集》卷八《翁常之挽诗》之一"晋画唐吟老愈奇"，《叶适集》上册，北京：中华书局，2010年，第129页。

[55] 叶适：《水心文集》卷二八《祭翁常之文》，《叶适集》中册，北京：中华书局，2010年，第570页。

[56] 叶适：《水心文集》卷十二《松庐集序》，《叶适集》上册，北京：中华书局，2010年，第215页。

[57] 叶适《西岩集序》。按：此篇《水心文集》及补遗（《叶适集》）失收，见文渊阁四库全书本翁卷《西岩集》附。

[58] 戴栩：《浣川集》卷十《存斋蒋弋阳墓志铭》，文渊阁四库全书本。

[59] 赵汝回：《吊蒋弋阳》，见陈起编：《江湖后集》卷七，嘉庆六年顾修读画斋正本。

[60] 戴栩：《浣川集》卷十《存斋蒋弋阳墓志铭》，文渊阁四库全书本。

[61] 脱脱等：《宋史》卷四一六《曹豳传》，第36册，北京：中华书局，1977年，第12482页。

[62] 陈世崇：《随隐漫录》卷五，上海涵芬楼《宋人小说》本。

[63] 刘克庄：《后村大全集》卷九八《曹东畎集序》，影缩本《四部丛刊初编》，上海：商务印书馆，1936年。

[64] 《瓜庐诗》附，嘉庆六年顾修读画斋重刻《南宋群贤小集》第19册。

[65] 刘克庄：《后村大全集》卷九八《曹东畎集序》，影缩本《四部丛刊初编》，上海：商务印书馆，1936年。

[66] 刘宰：《漫塘集》卷二四《书修江刘君诗后》，文渊阁四库全书本。

[67] 刘克庄：《后村大全集》卷九八《曹东畎集序》，影缩本《四部丛刊初编》，上海：商务印书馆，1936年。

[68] 刘克庄：《后村大全集》卷九八《曹东畎集序》，影缩本《四部丛刊初编》，上海：商务印书馆，1936年。

[69] 胡珠生编：《孙锵鸣集》下册《东嘉诗话》，上海：上海社会科学院出版社，2003年，第613页。

[70] 谢枋得选，王相注：《千家诗》，杭州：浙江文艺出版社，1985年，第12页。

[71] 按：师董岳父陈谦（1144—1216）卒于嘉定九年（1216）。叶适《朝请大夫提举江州太平兴国宫陈公墓志铭》作于嘉定十年(1217)，时师董尚在世。师董父薛叔似(1141—1221）卒于嘉定十四年（1221）。刘克庄《后村集》卷一《哭薛子舒二首》之二："忍死教磨墨，留书诀父兄。"是师董先其父而卒。故可推知师董约当卒于嘉定十一年（1218）至嘉定十三年（1220）间，今取其中数嘉定十二年（1219）。

[72] 叶适《水心文集》卷二五《朝请大夫提举江州太平兴国宫陈公墓志铭》："公永嘉陈氏，名谦，字益之……女曰缜，嫁建康府户部赡军中库薛师董。"（《叶适集》中册，北京：中华书局，2010年，第504页。）

[73] 王瓒、蔡芳编纂，胡珠生校注：《弘治温州府志》卷十一《宦业·薛叔似》，上海：上海社会科学院出版社，2006年，第289页。

[74] 均见陈起编：《江湖小集》卷六七《葛天民小集》，文渊阁四库全书本。

[75] 苏泂：《泠然斋诗集》卷六《金陵杂兴二百首》附录，文渊阁四库全书本。

[76] 刘克庄：《后村集》卷二三《贾仲颖诗序》，文渊阁四库全书本。

[77] 刘克庄：《后村集》卷二三《贾仲颖诗序》，文渊阁四库全书本。

[78] 赵汝回：《云泉诗序》，嘉庆六年顾修读画斋重刻《南宋群贤小集》第9册《云泉诗》卷首。

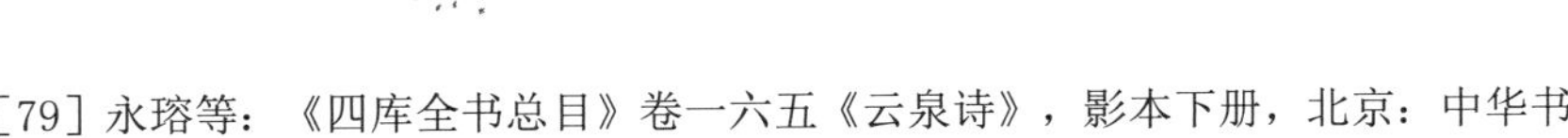

[79] 永瑢等：《四库全书总目》卷一六五《云泉诗》，影本下册，北京：中华书局，1983 年，第 1410 页下。

[80] 孙诒让：《温州经籍志》卷二三《云泉诗》案，中册，上海：上海社会科学院出版社，2005 年，第 981 页。

[81] 刘黻：《刘黻集》卷三《和薛仲止渔村杂诗十首》之二，上海：上海社会科学院出版社，2006 年，第 639 页。

[82] 赵汝回：《云泉诗序》，嘉庆六年顾修读画斋重刻《南宋群贤小集》第 9 册《云泉诗》卷首。

[83] 陈思编，陈世隆补：《两宋名贤小集》卷二八七，文渊阁四库全书本。

[84] 范大士：《历代诗发》卷三十，影印《故宫珍本丛刊》第 645 册，海口：海南出版社，2000 年，第 59 页上。

[85] 王瓒、蔡芳编纂，胡珠生校注：《弘治温州府志》卷十《艺文·宋庆之》，上海：上海社会科学院出版社，2006 年，第 256 页。

[86] 刘克庄：《后村大全集》卷九七《宋希仁诗序》，影缩本《四部丛刊初编》，上海：商务印书馆，1936 年，第 841 页下。

[87] 刘克庄：《后村大全集》卷九七《宋希仁四六序》，影缩本《四部丛刊初编》，上海：商务印书馆，1936 年，第 842 页上。

[88] 黄震：《黄氏日抄》卷九一《跋耘溪惭稿》，文渊阁四库全书本。

[89] 王瓒、蔡芳编纂，胡珠生校注：《弘治温州府志》卷十《艺文·宋庆之》，上海：上海社会科学院出版社，2006 年，第 256 页。

[90] 王士禛：《居易录》卷二，文渊阁四库全书本。

[91] 陈增杰：《宋代绝句六百首》，福州：福建人民出版社，1986 年，第 353 页。

[92] 陈起编：《江湖后集》卷七《东阁吟稿》，嘉庆六年顾修读画斋正本。

[93] 王瓒、蔡芳编纂，胡珠生校注：《弘治温州府志》卷十《艺文·潘希白》，上海：上海社会科学院出版社，2006 年，第 256 页。

[94] 唐圭璋：《宋词三百首笺注》引，上海：上海古籍出版社，1979 年，第 225 页。

[95] 胡珠生编：《孙锵鸣集》下册《东嘉诗话》，上海：上海社会科学院出版社，2003 年，第 621 页。

[96] 薛师石：《瓜庐诗》附，嘉庆六年顾修读画斋重刻《南宋群贤小集》第 19 册。

[97] 陈景沂：《全芳备祖》后集卷十七引，文渊阁四库全书本。

[98] 胡珠生编：《孙锵鸣集》下册《东嘉诗话》，上海：上海社会科学院出版社，2003 年，第 626 页。

[99] 方回：《瀛奎律髓》卷十一葛无怀《郊原避暑》批语，《瀛奎律髓汇评》上册，

上海：上海古籍出版社，1986 年，第 405 页。

[100]此据明吴之鲸《武林梵志》卷九《净慈寺·北磵居简禅师》，明曹学佺《蜀中广记》卷八九《高僧记·宋净慈北磵禅师》谓“王氏子”。

[101]宋常棠《海盐澉水志》卷七《思贤碑》：“宝庆二年秋……七月望日建安葛绍体撰，渭南高不华书。”

[102]《四库全书总目》卷一六二《东山诗选》：“谢铎《赤城续志》载有葛绍体，字元承，家于黄岩。尝师事永嘉叶适，得其指授。”

[103]永瑢等：《四库全书总目》卷一六二《东山诗选》，影本下册，北京：中华书局，1983 年，第 1392 页中。

[104]按：此文又载四库全书本宋刘爚《云庄集》卷十九，题同，当属误编。据《四库全书·云庄集》提要：刘爚，字晦伯，建阳人，孝宗乾道八年（1172）进士，累官国子司业、权工部尚书。年辈早于汤千，其及第时汤千才出世，不可能说“予年二十六，始识升伯于都城”。真德秀（1178—1235），建州浦城（今属福建）人。庆元五年（1199）进士，年资相若。德秀又有《别汤升伯》诗：“二十年前忝旧游，论交今日始从头。我如潦尽寒潭水，君似天空明月秋。夜雨几时重话旧，故山闻早共归休。临岐赠别无他祝，莫忘邹陈为国忧。”（《西山文集》卷一）《汤武康墓志铭》云：“予年二十六始识升伯”，“后十余年”复读其策论，“五六年再见于延平”。故诗云：“二十年前忝旧游，论交今日始从头。”情事适相符合，益证。

[105]《四库全书简明目录》卷十六《野谷诗稿》，上海：上海古籍出版社，1985 年，第 686 页。

[106]钱钟书：《宋诗选注》，北京：人民文学出版社，1979 年，第 273 页。

[107]曹庭栋：《宋百家诗存》卷二五《野谷诗集》，乾隆六年刊刻本。

[108]刘克庄：《后村集》卷三七《赵仲白墓志铭》，文渊阁四库全书本。

[109]刘克庄：《后村集》卷三三《祭赵仲白文》，文渊阁四库全书本。

[110]刘克庄：《后村集》卷三七《赵仲白墓志铭》，文渊阁四库全书本。

[111]郑方坤：《全闽诗话》卷五，文渊阁四库全书本。

[112]方回：《瀛奎律髓》卷十六赵仲白《岁除即事》批语，嘉庆五年李光垣校刻本。

[113]方回：《瀛奎律髓》卷二十翁续古《道上人房老梅》批语，嘉庆五年李光垣校刻本。

[114]均见刘克庄：《后村大全集》卷一〇七，影缩本《四部丛刊初编》，上海：商务印书馆，1936 年。

[115]张端义：《贵耳集》卷上，《丛书集成初编》第 2783 册，上海：商务印书馆，1936 年。

[116]陈起编：《江湖小集》卷六八《秋江烟草》附，文渊阁四库全书本。

[117] 严羽：《沧浪集》卷二《秋日庐陵送杜子野摄钟陵纠掾》，文渊阁四库全书本。

[118] 徐鹿卿：《清正存稿》卷五《跋杜子野小山诗》，文渊阁四库全书本。

[119] 胡知柔编：《象台首末》卷三，文渊阁四库全书本。

[120] 脱脱等：《宋史》卷四七七《叛臣传下·李全下》，第 39 册，北京：中华书局，1977 年，第 13836 ～ 13837 页。

[121] 韦居安：《梅磵诗话》卷中，《历代诗话续编》中册，北京：中华书局，1983 年，第 562 页。

[122] 戴复古：《戴复古诗集》卷六《杜子野主簿约客赋一诗为赠》，杭州：浙江古籍出版社，1992 年，第 160 页。

[123] 舒岳祥：《阆风集》卷十《刘士元诗序》，文渊阁四库全书本。

[124] 方岳：《深雪偶谈》，《全宋笔记》第 7 编第 8 册，郑州：大象出版社，2016 年，第 21 页。

[125] 陶元藻：《全浙诗话》卷十六，影本《续修四库全书》第 1703 册，上海：上海古籍出版社，2002 年，第 244 页下。

[126] 《民国台州府志》卷一一六《文苑·薛泳》，影本《中国地方志集成·浙江府县志辑》第 45 册，上海：上海书店出版社，1993 年，第 626 页下。

[127] 按：《秋崖集》之著者方岳，字巨山，号秋崖，别为一人。

[128] 刘克庄：《后村大全集》卷一五二《方潜仲墓志铭》，影缩本《四部丛刊初编》，上海：商务印书馆，1936 年。

[129] 脱脱等：《宋史》卷四一六《向士璧传》，第 36 册，北京：中华书局，1977 年，第 12478 页。

[130] 舒岳祥：《阆风集》卷十二《跋僧日损诗》，文渊阁四库全书本。

[131] 舒岳祥：《阆风集》卷四《哭匊田诗老》，文渊阁四库全书本。

[132] 舒岳祥：《阆风集》卷十《刘士元诗序》，文渊阁四库全书本。

[133] 方岳：《深雪偶谈》，《全宋笔记》第 7 编第 8 册，郑州：大象出版社，2016 年，第 18 页。

[134] 方岳：《深雪偶谈》，《全宋笔记》第 7 编第 8 册，郑州：大象出版社，2016 年，第 19 页。

[135] 方岳：《深雪偶谈》，《全宋笔记》第 7 编第 8 册，郑州：大象出版社，2016 年，第 21 页。

[136] 释道璨：《柳塘外集》卷三，文渊阁四库全书本。

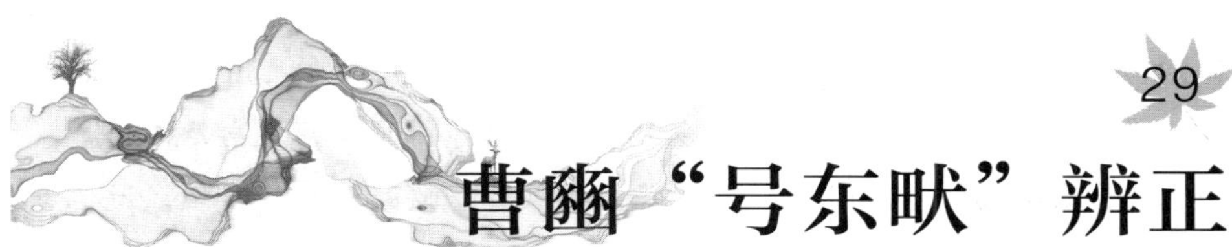

29 曹豳“号东畎”辨正

《温州历史文献集刊》第三辑载《岐海琐谈引书校证》之一五〇则云：“点校本‘东圳’为‘东甽’之误。曹豳，字西士，小字潜夫，号东畒，旧亦作‘东甽’。今据1952年出土《曹豳墓志》，其号‘东畒先生’，旧作‘东甽’者，应是传写之误。”[1]

今按：该文举正上海社会科学院出版社2002年版《温州文献丛书》第一辑《岐海琐谈》点校本“东圳”为“东甽”之误，诚是。然谓“其号‘东畒先生’，旧作‘东甽’者，应是传写之误”，则以误为正，出于武断，不可不做辨订。

曹豳号东畎，据1952年瑞安曹村出土曹豳之子曹怡老撰《宋故通议大夫宝章阁待制永嘉县开国伯食邑七百户赠宜奉大夫曹豳墓志》（下文简称《曹豳墓志》）：“曹公讳豳，字西士，一字潜夫，世居温之瑞安许峰，人称曰东畎先生。”[2]不知该文引《曹豳墓志》写作“其号‘东畒先生’”，何据？

曹豳《瓜庐集跋》，文末署“淳祐丙午夏五东畎老人曹豳题”[3]，是为明证。宋刘植有《喜曹东畎迁大理寺簿》[4]诗；宋黄昇《花庵词选续集》卷九小传“曹西士，名豳，号东畎”[5]；元盛如梓《庶斋老学丛谈》卷中云“曹东畎赴省”，亦皆可证。其余如元陈世隆《宋诗拾遗》卷二一、明蔡璞《东瓯诗集》卷四、《弘治温州府志》卷十一小传并同，不赘。

东畎，亦作“东甽”。“畎、甽”异体同字。宋武衍有《谢曹东甽跋唫卷》[6]诗，宋刘克庄《曹东甽集序》称“故待制文恭东甽曹公”[7]，清厉鹗《宋诗纪事》卷五九曹豳小传：“豳字西士，号东甽。”[8]

他书写作“东畝（亩）”或“东畒、东晦”（畒、晦皆“畝”之异体）者，并传写之误。如宋陈世崇《随隐漫录》卷五“宋坦斋谓曹东畒曰”[9]；元韦居安《梅磵诗话》卷下“东畝曹西士豳”[10]；明杨慎《薛沂叔守岁词》“曹东畝、刘后村饶为之‘那’”[11]；清朱彝尊《词综》卷十六“曹豳，字西士，号东畝”[12]；王士禛《带经堂诗话》卷二《评驳类》“曹东畝论诗曰”[13]；王奕清等纂《御选历代诗余》卷一一八引《词筌》“又小说载曹东畝赴试”[14]，俱以讹传讹，失于辨察。

“甽（畎）”与“畝（畒、晦）”，音义均不同，不可相混。《广韵·上声铣韵》：“甽，姑泫切。”又《上声厚韵》：“亩，莫厚切。”甽（quǎn），田间小水沟。畝（亩，音 mǔ），田垄，田中高处。《国语·周语下》“或在甽亩”韦昭注：“下曰甽，高曰亩。亩，垄也。”《汉书·刘向传》“念忠臣虽在畎亩”颜师古注：“畎者，田中之沟也……畎音古犬反，字或作甽。”二字区别甚明。

【注】

［1］《温州历史文献集刊》第三辑，南京：南京大学出版社，2013 年，第 189 页。

［2］周梦江：《南宋曹豳墓志》，见《文史》第三十辑，北京：中华书局，1988 年，第 136 页。

［3］曹豳：《瓜庐诗跋》，嘉庆六年顾修读画斋重刻《南宋群贤小集》第 19 册《瓜庐诗》附。文渊阁四库全书本《瓜庐集》附录同。

［4］陈起编：《江湖后集》卷十四，嘉庆六年顾修读画斋刻本。

［5］黄昇：《花庵词选续集》，文渊阁四库全书本。

［6］武衍：《藏拙余藁》，见陈起编：《江湖小集》卷九四，文渊阁四库全书本。

［7］刘克庄：《后村大全集》卷九八，影缩本《四部丛刊初编》，上海：商务印书馆，1936 年。

［8］厉鹗：《宋诗纪事》卷五九，第 3 册，上海：上海古籍出版社，1983 年，第 1503 页。

［9］陈世崇：《随隐漫录》卷五，上海涵芬楼《宋人小说》本。

［10］韦居安：《梅磵诗话》卷下，《历代诗话续编》中册，北京：中华书局，1983 年，第 581 页。

[11] 杨慎：《升庵集》卷六一，文渊阁四库全书本。

[12] 朱彝尊：《词综》卷十六，影印康熙裘抒楼刊本，北京：中华书局，1975年，第154页上。

[13] 王士禛：《带经堂诗话》上册，北京：人民文学出版社，1982年，第61页。文渊阁四库全书本《分甘余话》卷三同。

[14] 王奕清等：《御选历代诗余》卷一一八，文渊阁四库全书本。

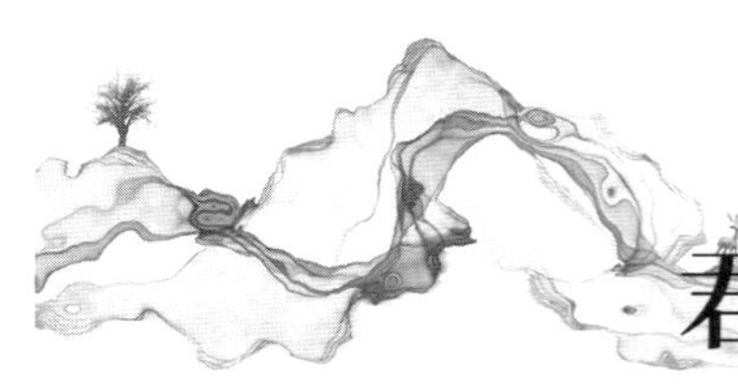

30

君生永嘉，诗学江西

——曹豳的诗论和他的诗

曹豳（1170—1249），字西士，小字潜夫，号东畎（亦作东甽）[1]，瑞安来暮乡曹村（今瑞安市曹村镇东岙村）人。曹叔远族子，钱文子门人。嘉泰二年（1202）进士，历任秘书丞、浙西提举常平、浙东提点刑狱，并有政绩。嘉熙元年（1237）召为左司谏，在朝与王万、郭磊卿、徐清叟“俱负直声，当时号‘嘉熙四谏’”[2]。以论事忤旨，出知福州兼福建安抚使。守宝章阁待制致仕，年八十卒，谥文恭。事见宋曹怡老《曹豳墓志》、刘克庄《后村大全集》卷一四四《曹公神道碑》、孙衣言《瓯海轶闻》卷十六《曹文恭公豳》。《宋史》卷四一六、《弘治温州府志》卷十一《宦业》、雍正《浙江通志》卷一六二《名臣》有传。

曹豳有两句论诗名言，颇有意思，常为论者引用。见于宋陈世崇《随隐漫录》卷五记述：“宋坦斋谓曹东畎（原误作亩）曰：‘君生永嘉，诗学江西？’曰：‘兴到何拘江浙。’‘然则四灵不足学欤？’曰：‘四灵诗如啖玉腴，虽爽不饱；江西诗如百宝头羹，充口适腹。’”[3]

这一段简要的答问，反映了他的论诗见解。曹豳与“永嘉四灵”徐照、徐玑、翁卷、赵师秀同时，在永嘉籍诗人都趋尚四灵之际，他却发表了这样不同的意见，所以引人注意。四灵与江西诗派是相对立的，四灵派崛起原因之一就是为了矫正江西派的偏失。作为一个永嘉诗人，为什么舍近求远，反而要趋步江西之后尘呢？

分析起来，有以下几个原因。其一，曹豳中第后多居外任职，官位不低，在地位上与四灵辈有距离。其二，他以诗为“余事”，即兴而作，并不欣赏苦吟。刘克庄《曹东甽集序》云：“诗直公余事尔，他人为之，有欲呕心肝者、断数髭而成五字者。”[4]其三，他在淳祐六年（1246）为四灵派诗人薛师石作的《瓜庐集跋》中说：“余读四灵诗，爱其清而不枯，淡而有味；及观瓜庐诗，则清而又清，淡而益淡，始看若易，而意味深长，自成一家，不入四灵队也。盖四灵诗，虽摆脱尘滓，然其或仕或客，未免与世接，犹未纯乎淡也。”[5]借评薛诗而表露己见，于四灵之“或仕或客”（客指游谒江湖），颇有微词；说他们的诗风“未纯乎淡”，也表示了不满之意。这里的评论更进一步：“兴到何拘江浙。”“江”指江西派，“浙”指四灵派，言不拘地域，不囿派别。不过这恐怕还是冠冕堂皇的话。其谓四灵诗“如啖玉腴”，玉腴指鱼鳔[6]，味美爽口却不能果腹；江西诗“如百宝头羹”，虽庞杂但可解口腹之饥，即言四灵轻浅而不及江西实在，这才是他的真实看法。

不过，具体来说，曹豳论诗主“淳音淡泊，自有余韵”[7]；所欣赏的是“若淡然无味，而思之未尝不悠悠有得”之作[8]。刘克庄谓其“律体精切帖妥，拍姚贾之肩”[9]，趋尚姚合、贾岛之风，本质上还是与四灵同趣；只是视野要稍加开阔，不满足于四灵的单窘，也不作“呕心断髭”之苦吟。但从他现今留存的作品风格来看，见不出“诗学江西”的迹象。刘克庄又言“古风调鬯流丽，得元白之意”[10]，亦无从印证。

曹豳饱学能赋，四灵之三翁卷《送曹西士宰建昌》云：“名山皆在望，应费好诗评。”[11]刘克庄《用曹帅侍郎韵》称：“曹侯书满腹，非以剑防身。马上檄犹速，橐中诗不贫。”[12]作品多散佚，《曹豳墓志》著录“奏议讲义二十卷，诗歌杂句六十卷”；乾隆《温州府志》卷二七著录《玉泉集》二十卷，今皆不传。现仅存文 1 篇、诗 13 首（今纂《全宋诗》第 54 册仅录 8 首）、词 2 首。

曹豳留存诗词作品数量虽少，却颇有可观。五律《五灵院》云：

> 尚欠劳生债，重来古寺眠。
> 敲门时应客，落石夜闻泉。
> 春去少蝴蝶，山深多杜鹃。
> 细书如案牍，独自坐灯前。

据《曹豳墓志》，嘉定元年（1208）曹豳因母、父继亡，未赴湖州州学教授任，在家守孝，至嘉定十二年（1219）始复出就职重庆府司法参军，闲居十余年。本篇当作于此段时间。五灵院，即五灵瑜珈寺，在瑞安城西

45里许峰山。《弘治温州府志·寺观·瑞安县》："五灵瑜珈寺，在来暮乡，唐咸通建……景最幽胜。曹东畎尝读书于此。"[13]明姜准《岐海琐谈》卷五："丁内外忧，聚徒于里之五灵院。有诗云（本篇略）。"[14]诗写夜宿古寺的景况，笔墨简朴有致，幽寂之境，读若身历。

曹豳存诗中最多的是七言绝句，孙锵鸣《东嘉诗话》称"东畎七绝风致绝佳"[15]，举录多首。宋何新之《诗林万选》、刘克庄《唐宋时贤千家诗选》卷一、谢枋得《千家诗》七言卷上、于济和蔡正孙《唐宋千家联珠诗格》（卷五、卷九、卷十九），元陈世隆《宋诗拾遗》卷二一，明李蓘《宋艺圃集》卷十四，清厉鹗《宋诗纪事》卷五九都选有他的绝句。《春暮》是流传的名篇：

门外无人问落花，绿阴冉冉遍天涯。
林莺啼到无声处，春草池边独听蛙。

《千家诗》清王相注："此诗专写暮春之景，宛然在目。"[16]四句诗咏花落荫浓、莺歇蛙鸣，通过静态和动态的交替描写，表达视觉和听觉的欣悦感受，见出时光荏苒、节序暗换和诗人的悠然闲适之情。通体自然流畅，物我浑融一片。

又有《送春》："红紫吹成陌上尘，欲留春住苦无因。一般情绪两般恶，半送行人半送春。"般，样。恶，难受。红紫凋零，留春不住，已自不堪；在这个时候又送友离别，更令人难受。送春兼又送别，故说"一般情绪两般恶"。《杨柳》："春至风花各自荣，就中杨柳最多情。自从初学宫腰舞，直至飘绵不老成。"宫腰，指女子的细腰，咏柳条的妖娆多姿，《唐宋千家联珠诗格》卷九评释："（前二句）借花以形柳。（后二句）言柳条娇柔，常如少妇之态，亦有讽意。"[17]

早年所作《题括苍冯公岭二首》也很有名。之二云：

村南村北梧桐角[18]，山后山前白菜花。
莫向杜鹃啼处宿，楚乡寒食客思家。

处州（今浙江丽水）古名括苍。冯公岭在浙江缙云县西南，为来往通衢。元韦居安《梅磵诗话》卷下："括苍冯公岭，延袤数十里，其高插天。山之颠有半山庵，乃往来驻足之地，壁间留题甚多。东亩（畎）曹西士豳布衣时经过，题两绝于壁云（本篇略）。后西士出藩入从，仕路通显，庵僧模字镂板，揭之楣间。"[19]梧桐角，亦称桐角，卷梧桐叶作牛角状，用以吹奏。《唐宋千家联珠诗格》卷五评："'角'字新，言桐叶尖如角。"[20]寒食客思家：

寒食清明，有祭扫祖茔的习俗。身处楚地，客中闻鹃，思乡之情愈切。前二句传诵当时，被人们广泛引用。宋九山书会编撰《张协状元》戏文第二十三出：“（白）村南村北梧桐角，山后山前白菜花。这般天气，情人不见。”[21]元王祯《农书·农器图谱三·镢锸门》：“梧桐角，浙东诸乡农家儿童，以春月卷梧桐为角吹之，声遍田野。前人有‘村南村北梧桐角，山后山前白菜花’之句，状时景也。则知此制已久。”[22]

其咏叹时事之什，如《咏缘竿伎》：

又被锣声送上竿，这番难似旧时难。

劝君着脚须教稳，多少旁人冷眼看。

此篇作于端平元年(1234)，宋周密《齐东野语·曹西士上竿诗》载其本事：“赵南仲以诛李全之功见忌于赵清臣，史揆每左右之，遂留于朝。其后恢复事起，遂分委以边阃。赴镇之日，朝绅置酒以饯。适有呈缘竿伎者，曹西士赋诗云(本篇略)。未几，师果不竞。”[23]赵葵(南仲)是南宋后期名将，抗金有战功。《宋史·赵葵传》：“端平元年，朝议收复三京(东京开封、南京商丘、西京洛阳)。葵上疏请出战，乃授权兵部尚书、京河制置使、知应天府南京留守兼淮东制置使。”[24]曹豳这时居朝任秘书丞兼仓部郎官。在官员们为赵将军出征河南举行的送饯会上，作者看到艺人演出缘竿杂技，有感而赋，即景讽喻，含有深意。诗说：在一片喝彩声中出师最要冷静谨慎，因为不同往时，这回面向的敌人是比金兵还难对付的蒙古军(是年正月蒙古灭金)。将军，要站稳脚跟，稳扎稳打，莫轻敌冒进，那些反对派心怀鬼胎正等待着瞧你的笑话呢！旁人冷眼看，指斥朝中投降派冷眼相看，幸灾乐祸。诗写得含蓄又巧妙，婉而有讽，表现了诗人爱国忧国之心和对投降派的谴责。结果，宋军因急于开战求胜，“时盛暑行师，汴堤破决，水潦泛溢，粮运不继，所复州郡皆空城，无兵食可因”[25]；“蒙古兵又决黄河寸金淀之水以灌南军(宋军)，南军多溺死”[26]，遂溃败。这证明了作者的告诫和忧虑不是多余的。

嘉熙元年(1237)曹豳任左司谏，“上疏言‘立太子，厚伦纪，以弭火灾’；又论余天锡、李鸣复之过，迕旨，迁起居郎。进礼部侍郎，不拜，疏七上，且进古诗以寓规正”[27]，“辞免丐归”[28]。《辞职至括苍岭》诗为还乡途中所作：

老去那能作谏臣，圣恩宽大许抽身。

今朝岭上冲风雪，犹胜蓝关策马人。

蓝关，今陕西蓝田境内。蓝关策马人，指韩愈。唐宪宗遣使迎释迦佛骨入宫，韩愈上表切谏反对，被贬潮州。贬途作《左迁至蓝关示侄孙湘》有云：“云横秦岭家何在？雪拥蓝关马不前。知汝远来应有意，好收吾骨瘴江边。”《弘治温州府志・宦业・曹豳》引曹此诗评云：“辞气裕如也。”[29]曹豳立朝刚正，因论事罢免，而不以进退为怀，气度从容。较之韩昌黎“雪拥蓝关”凄然伤感之言，襟怀更见豁达。

【注】

［1］东畎，他本作“东畝（畆、晦）”者误，详见本书第29篇《曹豳“号东畎”辨正》。

［2］脱脱等：《宋史》卷一四六《曹豳传》，第36册，北京：中华书局，1977年，第12482页。

［3］陈世崇：《随隐漫录》卷五，涵芬楼《宋人小说》本。按：王士禛《分甘余话》卷三：“曹东亩论诗曰：‘四灵诗如啖玉腴，虽爽不饱；江西诗如百宝头羹，充口适腹。’余谓此齐人管晏之见耳。四灵如裌材，窘于方幅；江西以山谷为初祖，然东坡云：‘鲁直诗如啖江瑶柱，多食则发风气。’”王氏于四灵、江西皆有贬语，故斥为“齐人管晏之见”，言非正宗雅论。

［4］刘克庄：《后村大全集》卷九八《曹东甽集序》，影缩本《四部丛刊初编》，上海：商务印书馆，1936年。

［5］曹豳：《瓜庐诗跋》，嘉庆六年顾修读画斋重刻《南宋群贤小集》第19册《瓜庐诗》附。

［6］陶宗仪《辍耕录》卷八《玉腴》：“江邻几《杂志》云：丁正臣赍玉腴来馆中。沈休文云：福州人谓之佩羹，即今鱼脬是也。”

［7］曹豳：《瓜庐诗跋》，嘉庆六年顾修读画斋重刻《南宋群贤小集》第19册《瓜庐诗》附。

［8］刘宰：《漫塘集》卷二四《书修江刘君诗后》，文渊阁四库全书本。

［9］刘克庄：《后村大全集》卷九八《曹东甽集序》，影缩本《四部丛刊初编》，上海：商务印书馆，1936年。

［10］刘克庄：《后村大全集》卷九八《曹东甽集序》，影缩本《四部丛刊初编》，上海：商务印书馆，1936年。

［11］陈增杰编校：《永嘉四灵诗集》，杭州：浙江古籍出版社，1985年，第192页。

[12] 刘克庄：《后村大全集》卷一一，影缩本《四部丛刊初编》，上海：商务印书馆，1936 年。

[13] 王瓒、蔡芳编纂，胡珠生校注：《弘治温州府志》卷十六，上海：上海社会科学院出版社，2006 年，第 435 页。

[14] 姜准：《岐海琐谈》卷五，上海：上海社会科学院出版社，2002 年，第 77 页。

[15] 胡珠生编：《孙锵鸣集》下册《东嘉诗话》，上海：上海社会科学院出版社，2003 年，第 616 页。

[16] 谢枋得选，王相注：《千家诗》，杭州：浙江文艺出版社，1985 年，第 12 页。

[17] 卞东波：《唐宋千家联珠诗格校证》卷九，上册，南京：凤凰出版社，2007 年，第 389 页。

[18] 按：《唐宋千家联珠诗格》卷五、《张协状元》戏文第二十三出、《农书》卷十三、《三才图会》卷三《乐器》、《钦定授时通考》卷三三《梧桐角图说》引录均作“梧桐角”，皆是；《梅磵诗话》过录作“梧桐树”，诗意大减，《宋诗纪事》《东瓯诗存》《全宋诗》并从之，失于察辨。

[19] 韦居安：《梅磵诗话》卷下，《历代诗话续编》中册，北京：中华书局，1983 年，第 581 页。

[20] 卞东波：《唐宋千家联珠诗格校证》卷五，上册，南京：凤凰出版社，2007 年，第 168 页。

[21] 胡雪冈：《张协状元校释》，上海：上海社会科学院出版社，2006 年，第 111 页。

[22] 王祯：《农书》卷十三，文渊阁四库全书本。

[23] 周密：《齐东野语》卷八，北京：中华书局，1983 年，第 140 页。

[24] 脱脱等：《宋史》卷四一七《赵葵传》，第 36 册，北京：中华书局，1977 年，第 12502 页。

[25] 脱脱等：《宋史》卷四一七《赵葵传》，第 36 册，北京：中华书局，1977 年，第 12502 页。

[26] 《续资治通鉴》卷一六七，第 10 册，北京：中华书局，1979 年，第 4566 页。

[27] 脱脱等：《宋史》卷一四六《曹豳传》，第 36 册，北京：中华书局，1977 年，第 12482 页。

[28] 刘克庄：《后村大全集》卷九八《曹东畎集序》，影缩本《四部丛刊初编》，上海：商务印书馆，1936 年。

[29] 王瓒、蔡芳编纂，胡珠生校注：《弘治温州府志》卷十一，上海：上海社会科学院出版社，2006 年，第 294 页。

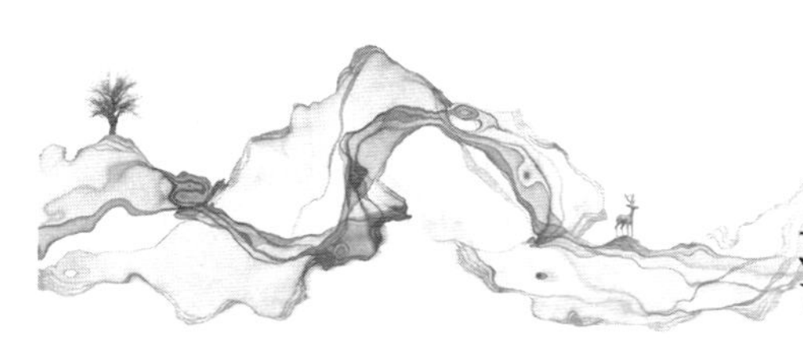

31

蒲江诗好人共寻

——四灵派名家卢祖皋

卢祖皋（1174—1223），字申之，又字次夔，号蒲江，又号菊涧，永嘉（今温州市鹿城区）人。[1]其《木兰花慢》词序有“先君买屋蒲江”语，可知家居东郊蒲江（今温州市区东片之蒲州）[2]，因以自号。宁宗庆元五年（1199）26岁举进士，任池州教授、吴江县主簿。嘉定十一年（1218）后入朝，历仕主管刑工部架阁文字、秘书省正字、著作郎兼权司封郎中、军器少监，终官权直学士院（以他官暂行翰林院中文书，谓之权直）。世称卢直院、卢玉堂。卒于官，年五十，葬杭州西湖九里松。《弘治温州府志》卷十、《两浙名贤录》卷四六、雍正《浙江通志》卷一二六有传。

祖皋少孤而自立，姻亲中最得舅父楼钥（鄞县人，乾道七年任温州府学教授，淳熙十三年任温州知州）关爱诲导，岳父钱文子（乐清人，官宗正少卿）、表兄王柟（永嘉人，官赣州知州）相与提携。其交游颇广，前辈友有许及之、叶适、孙应时、刘过、韩淲，同辈友有魏了翁（同年）、永嘉四灵、戴栩、薛师石、苏泂、赵汝回、戴复古、周文璞等。晚年与诗僧居简唱酬最密，《北磵集》有吊祭文2篇，酬赠诗16首。

祖皋善作制诰文字，其供值北门草诏（为皇帝起草诏书），“属时庆泽孔殷，纶言沓布，祖皋抒思泉涌，号为称职。”[3]戴栩《乡祭卢直院文》云：“俨先陈而后蔡，粲紫囊之相辉。”[4]以之媲美前曾执掌制诰的乡贤陈傅良、蔡幼学。

宋王绰《薛瓜庐墓志铭》绍述永嘉诗派，谓：“继灵（四灵）之后，则有刘咏道、戴文子、张直翁、潘幼明、赵几道、刘成道、卢次夔、赵叔鲁、赵端行、陈叔方者作。”[5]明毛晋《蒲江词跋》:“一时永嘉诗人争学晚唐体，徐照字道晖、徐玑字文渊、翁卷字灵舒、赵师秀字紫芝，称为四灵，与申之倡和，莫能伯仲。”[6]《四库全书简明目录·词曲·蒲江词》:“与永嘉四灵游，故颇工于诗。”[7]清孙锵鸣《东嘉诗话》:“蒲江乃赵紫芝、翁灵舒诸贤诗友，耳濡目染，故其诗皆婉约可诵。”[8]四灵中他与翁卷、赵师秀频相唱酬。今存翁有《送卢主簿归吴》诗，赵有《卢申之载酒舟中分韵得明字》诗，卢亦有《雨后得月小饮怀赵天乐》诗。

祖皋早年喜为乐府(词)，后始肆力于诗。他的诗颇得时贤称许，叶适《赠卢次夔》云：“家住东郊深，能诗人共寻。”[9]刘过《除夜寄卢菊涧祖皋》云：“见说卢夫子，诗成手自书。”[10]孙应时《卢申之蒲江诗稿序》盛誉之，说他“天分自高，而用心尤苦，洞视古今作者，神交而力角之，不惬其意不止，非余子碌碌新有诗声者比也。”称其诗“辞藻逸发，如水涌山出”，郁然洒然，幽澹而思深味长。[11]

祖皋擅长近体，七绝尤为胜场，所作意度清远，颇具思致。其著《蒲江诗藁》已佚，流传下来篇什虽少，品质却高，多见佳咏，为宋元人笔记、诗话所称引。《宋诗纪事》卷五八录诗 7 首，今纂《全宋诗》辑存 13 首（第 54 册第 33801 页）。

予编《宋人千首绝句》，选录七绝 4 首，分举于下。

《松江别诗》：

明月垂虹几度秋，短篷长是系人愁。
暮烟疏雨分携地，更上松江百尺楼。

松江，即吴淞江，在江苏吴县东。垂虹，指跨松江上的垂虹桥，桥长五百米，形似卧虹，故名。以往日明月长桥共游乐事，映衬今时暮烟疏雨短篷将发，通过前后场景对比，渲染分携之际的别愁离绪。宋张端义《贵耳集》卷上举录，称曰：“余领先生言外之旨。”[12]

《庙山道中》：

粉黄蛱蝶绕疏篱，山崦人家挂酒旗。
细雨嫩寒衫袖薄，客中知是菊花时。

后二句说，细雨带来寒意，行途中感觉身上衣衫单薄，才知道时候已届深秋。从“菊花”“衫袖薄”以见节候变化和客途感况，较诸唐诗人鲍溶《泊

扬子岸》结句“客衣今日薄，寒气近来饶”的直截表述，尤觉婉曲工致。[13]元韦居安《梅磵诗话》卷中评：“语意清新，颇能模写村居景趣。”[14]明俞弁《山樵暇语》卷三评：“善写羁旅牢落之状。”[15]

《酴醾》：

霜颗云条一架春，酒中风味梦中闻。

东风不是无颜色，过了梅花合许君。[16]

霜颗，指花蕊。云条，枝条。宋人以酴醾花薰酒，称酴醾酒。酒中风味，作者《水龙吟·赋酴醾》词亦云：“老去情怀，酒边风味，有时重见。”不是，不以为是，不看好的意思。无颜色，白居易《长恨歌》：“回眸一笑百媚生，六宫粉黛无颜色。”诗说：眼前酴醾盛开满架春色，像是酴醾酒散发着清醇芳香，又像是在梦境。东风不会眷顾没有姿色的花朵，梅花开过了合当让你展现芳容。言酴醾继梅花而开，艳压群芳。通首将花喻人，又妙作品评，情韵深婉。宋于济、蔡正孙《唐宋千家联珠诗格》卷十三评：“以梅况酴醾，亦善于题品者。”[17]称以洁雅的梅花来衬比酴醾，境地绝高。宋人绝重酴醾，题咏甚夥，此作与北宋韩维同题什“平生为爱此香浓，仰面常迎落架风。长恐春归有遗恨，典刑元在酒杯中”，同称名品。

《种橘》：

小擘枝头满袖香，累累秋实正宜霜。

每来长是移时去，为尔风流似故乡。

橘是温州特产。客居异地，睹橘怀乡。素朴简淡的诗句，透出一片浓浓的乡情。

五律《雨后得月小饮怀赵天乐》：“梅天此夜稀，嘉月弄光辉。不饮强呼酒，欲眠重启扉。语高惊鹤睡，坐久见鸟飞。想见湖居友，扁舟不肯归。”赵天乐即赵师秀。通首脱口而出，如白话一般，真情溢见，无有做作。《闲行》亦佳构：

春风入小畦，数日绿阴齐。

把酒寻花饮，将诗就壁题。

鹅儿唼嫩草，燕子集新泥。

望见垂杨好，闲行过水西。

此篇《永乐大典》卷八六二八“行”下据《江湖集》过录。清真质朴，与物浑然无间，颇得舒与闲适之趣。七律《舟中独酌》有云："山川似旧客怀老，天地何言春事深。"尤称警练，《东嘉诗话》谓下句"即'时行物生'之意，理语妙能不腐"[18]。

【注】

[1] 张端义《贵耳集》卷上言"蒲江卢申之祖皋"，以号、字、名连叙。古人有此称法，如宋赵汝回《云泉诗序》"云泉薛君仲止"即是。明杨慎《词品》卷四却将"蒲江"附会为四川邛州蒲江县，云"卢申之名祖皋，邛州人"。明曹学佺《蜀中广记・诗话记四》、陈继儒《销夏部》卷一、清褚人获《坚瓠补集》卷四、乾隆《蒲江县志》卷二、嘉庆《四川通志》卷一二三皆沿袭之，并误。清朱彝尊《词综》卷十七取两存："卢祖皋字申之，永嘉人，一云邛州人。"亦为未考。孙诒让《温州经籍志》卷三二《蒲江词》已做纠正："案申之别号蒲江，非邛州蒲江县人也。升庵不考，乃有兹误。"张宪文《卢祖皋事迹考》（《温州师专学报》1984年第1期）辨证甚详，可参看。

[2] 夏承焘《永嘉词徵・卢祖皋》案："《木兰花慢》题有'先君买屋蒲江'之语，词云'梦绕浙东船'，蒲江疑吾乡蒲州之别名。"（《温州经籍志》卷三三潘猛补校补引，下册，上海：上海社会科学院出版社，2005年，第1579页）杰按：叶适《赠卢次夔》有云"家住东郊深"，证蒲江即指蒲州。

[3] 王瓒、蔡芳编纂，胡珠生校注：《弘治温州府志》卷十《艺文・卢祖皋》，上海：上海社会科学院出版社，2006年，第254页。查为仁、厉鹗《绝妙好词笺》卷一《卢祖皋》引《东嘉姓谱》同。

[4] 戴栩：《浣川集》卷十，文渊阁四库全书本。

[5] 王绰：《薛瓜庐墓志铭》，嘉庆六年顾修读画斋重刻《南宋群贤小集》第19册《瓜庐诗》附。

[6] 毛晋辑：《宋六十名家词》，上海：上海古籍出版社，1989年。

[7] 《四库全书简明目录》卷二〇，上海：上海古籍出版社，1985年，第896页。

[8] 胡珠生编：《孙锵鸣集》下册《东嘉诗话》，上海：上海社会科学院出版社，2003年，第613页。

[9] 叶适：《水心文集》卷七，《叶适集》上册，北京：中华书局，2010年，第105页。

[10] 刘过：《龙洲集》卷七，上海：上海古籍出版社，1978年，第57页。

[11] 孙应时：《烛湖集》卷十，文渊阁四库全书本。

[12] 张端义：《贵耳集》卷上，《丛书集成初编》第2783册，上海：商务印书馆，1936年，第17页。

[13] 参阅陈增杰：《唐人律诗笺注集评》，杭州：浙江古籍出版社，2003年，第144页。

[14] 韦居安：《梅磵诗话》卷中，《历代诗话续编》中册，北京：中华书局，1983年，第565页。

[15] 俞弁：《山樵暇语》卷三，《明诗话全编》第3册，南京：凤凰出版社，2006年，第2463页。

[16] 此首过录文字据从《唐宋千家联珠诗格》卷十三。霜颗，《唐宋时贤千家诗选》卷九作“雪颗”，《宋诗纪事》卷五八（据《全芳备祖》）作“雪干”。味，《诗选》《纪事》作“度”。东风，《诗选》作“东君”，《纪事》作“春风”。合许，《诗选》作“便到”，《纪事》作“便是”。

[17] 卞东波：《唐宋千家联珠诗格校证》卷十三，下册，南京：凤凰出版社，2007年，第616页。

[18] 胡珠生编：《孙锵鸣集》下册《东嘉诗话》，上海：上海社会科学院出版社，2003年，第613页。

32 浙人皆唱蒲江词

——婉约派词人卢祖皋

卢祖皋工于乐章，词的创作成就高于诗，是温籍一大词人，也是南宋词坛之一高手。其词集亦为散佚，明毛晋《宋六十名家词》编录《蒲江词》一卷，仅得25首；四库全书《蒲江词》录同。近人朱孝臧多方搜罗，《彊村丛书》本辑至96首；唐圭璋纂《全宋词》篇数同（减一首增一首，第4册第2404页）。祖皋词什多为历代名家选本采录，如宋黄昇《花庵词选续集》卷八选24首，周密《绝妙好词》卷一选10首，明陈耀文《花草粹编》选13首，清朱彝尊《词综》卷十七选14首，《御选历代诗余》选28首，足可见在宋词中占有的地位。

卢祖皋的词，善能摹写，造语秀隽，韵律圆美，属南宋婉约派词人。《花庵词选续集》卷八《宋词・卢申之》言："赵紫芝、翁灵舒诸贤之诗友。乐章甚工，字字可入律吕，浙人皆唱之。有《蒲江词稿》行于世。"[1]雍正《浙江通志》卷一八二本传："工乐府，词意清远，江浙间多歌之。"[2]朱彝尊论宋元词，以"清空"为宗，推崇姜夔（白石），谓卢得姜词一体。其《黑蝶斋诗余序》云："词莫善于姜夔，宗之者张辑、卢祖皋、史达祖、吴文英、蒋捷、王沂孙、张炎、周密、陈允平、张翥、杨基，皆具夔之一体。"[3]夏承焘先生则认为卢词嫡传北宋晏几道（小山）、周邦彦（清真）一派，《永嘉词徵・卢祖皋》案云："蒲江词出入小山、清真慢词，如《宴清都》《渡江云》《瑞鹤仙》《夜飞鹊》等，皆用《片玉集》中调。其在南宋，自为周派龙象。竹垞《词综》以附庸白石，非笃论。"[4]

宋张端义《贵耳集》卷上言其"貌宇修整，作小词纤雅"[5]。清陈廷焯《云韶集辑评》卷七誉曰："蒲江词，如白云在空，舒卷有致。"[6]吴梅《词学通论》云："《蒲江词》仅二十五阕，而佳者颇多……毛子晋谓其古乐府佳句，犹在字句间求之。论其词境，可与玉田（张炎）、草窗（周密）并美云。"[7]吴鹭山《光风楼随笔》卷上云："学有渊源，诗文工力亦皆精到。所作词清新简远，自足名家。"[8]

兹摘举其词数例，从见一斑。

《乌夜啼》词："柳色津头泫绿，桃花渡口啼红。"毛晋《蒲江词跋》评："较之秦七'莺嘴琢花红溜，燕尾点波绿皱'，不更鲜秀耶？"《菩萨蛮》词："玉箫吹未彻，窗影梅花月。无语只低眉，闲拈双荔枝。"评："直可步趋南唐'孤枕梦回鸡塞远，小楼吹彻玉笙寒'矣。"[9]

《倦寻芳》词："斗草烟欺罗袂薄，秋千影落春游倦。"陈廷焯《云韶集辑评》卷七评："'欺'字'落'字俱是锤炼而出，情致摇曳。"《乌夜啼》词："别恨慵看杨柳，归期暗数芙蓉。碧梧声到纱窗晓，昨夜几秋风。"评："字字凄恻，耆卿（柳永）流亚。"[10]

《江城子》下片："年华空自感飘零，拥春酲，对谁醒？天阔云闲，无处觅箫声。载酒买花少年事，浑不似，旧心情。"况周颐《蕙风词话》卷二评："与刘龙洲（刘过）词'欲买桂花同载酒，终不似，少年游'，可称异曲同工。"《清平乐》歇拍二句："何处一春游荡，梦中犹恨杨花。"评："是加倍写法。"[11]

《谒金门》词："风不定，移去移来帘影。一雨池塘新绿净，杏梁归燕并。"《艺蘅馆词选》丙卷引麦孟华评："静境妙观。"[12]

《虞美人》词："故宫历历遗烟树，往事知何处。"《摸鱼儿》词："翻云覆雨无穷事，流水斜阳知否。"吴鹭山《光风楼随笔》卷上称："皆寄慨遥深，可谓善于缘情者。"[13]

清周济《介存斋论词杂著》云："蒲江小令，时有佳趣，长篇则枯寂无味，此才小也。"[14]今按：其言长篇"枯寂"，失确未允。蒲江长调实多佳制，周氏盖未细读耳。我们看他的《洞仙歌·赋茉莉》：

玉肌翠袖，较似酴醾瘦。几度熏醒夜窗九。问炎州何事，得许清凉，尘不到，一段冰壶剪就。　晚来庭户悄，暗数流光，细拾芳英黯回首。念日暮江东，偏为魂销，人易老、幽韵清标似旧。正簟纹如水帐如烟，更奈向、月明露浓时。

上片可谓形容入妙，明彭大翼《山堂肆考》卷一九九《花品》摘为名句。下片叙写爱赏深情，辞意缱绻。此阕颇得明陈继儒、清褚人获诸家欣赏，陈《销夏部》卷一、褚《坚瓠补集》卷四（引《憩鹤杂录》）特予举录。陈廷焯激赏之："清绝高绝。仙乎仙乎，笔墨真似烟云。"[15]

《水龙吟·淮西重午》词，很为人传诵：

> 会昌湖上扁舟，几年不醉西山路。流光又是，宫衣初试，安榴半吐。千里江山，满川烟草，薰风淮楚。念离骚恨远，独醒人去，阑干外，谁怀古。　亦有鱼龙戏舞，艳晴川、绮罗歌鼓。乡情节意，尊前同是，天涯羁旅。绿涨池塘，翠阴庭院，归期无据。问明年此夜，一眉新月，照人何处？

会昌湖为作者家乡温州郡城西南郊大湖，西山东麓。此为任职池州（今安徽贵池）学官时作，抒写端午节意乡情，表现了一种天涯沦落的感绪，笔调委曲尽致。陈廷焯评："声情俱绝。'亦有'二字，笔力矫变，真好转头。去路恰当如此。"[16]梅丈冷生先生晚岁偃卧劲风楼，暇日谈宋人词，特命予抄录此阕，击节而吟诵久之，以为音节苍凉，起人悲慨，为蒲江最胜之咏。其《秋阴三首》之三云："补读蒲江绝妙词，拾残雁外雨丝丝。几年不到西山路，敛尽秋容付阿谁。"自注："冒鹤亭《蒲江词》补'雁外雨丝丝'一首。蒲江有'几年不到西山路'，淮西端午作。"[17]犹忆念及之。

此外，《宴清都·初春》、《满江红·齐云月酌》、《沁园春》（几叶凋枫）等什，也都是选家青睐的名篇。而《贺新郎·赋钓雪亭》，可推为祖皋词的代表作。词曰：

> 挽住风前柳，问鸱夷、当日扁舟，近曾来否？月落潮生无限事，零落茶烟未久，谩留得莼鲈依旧。可是功名从来误，抚荒祠、谁继风流后。今古恨，一搔首。　江涵雁影梅花瘦。四无尘、雪飞云起，夜窗如昼。万里乾坤清绝处，付与渔翁钓叟，又恰是、题诗时候。猛拍阑干呼鸥鹭，道他年、我亦垂纶手。飞过我，共樽酒。

小序云："彭传师于吴江三高堂之前作钓雪亭，盖擅渔人之窟宅，以供诗境也。赵子野约余赋之。"这是嘉泰二年（1202）作者任吴江县（今属江苏）主簿时写的。其时吴江一带才士济济，释居简《送高九万菊磵游吴门序》云："吴号多士，赵静斋子野、卢蒲江申之柄此能事。"[18]据《嘉靖吴江县志》，钓雪亭在吴江南岸雪滩，县尉彭法（传师）建。三高堂，即三高祠，祀春秋

范蠡、晋张翰、唐陆龟蒙三高士，皆吴郡人。起笔甚奇，挽住风前柳条发问，接入本题，追念三高韵事。范蠡自称鸱夷子皮，佐越功成泛舟隐归太湖；张翰居官洛阳，见秋风起思饮吴中莼羹鲈鱼脍，遂辞职还乡；陆龟蒙号天随子，常置茶灶、钓具于扁舟，放浪太湖间。可是，岂是。搔首，古人表示忧虑烦闷的动作。词人缅怀前哲，俯仰古今，不禁感慨系之矣。换头接写眼前景观，一片洁白晶莹世界和寒江独钓的渔翁，切合亭名“钓、雪”二字。“猛拍阑干”以下，呼鸥鹭，共樽酒，相盟约，表示自己待“他年”事业有成也要归去江湖的夙愿，隐喻“永忆江湖归白发，欲回天地入扁舟”之深意。

全词笔意跌宕，情辞相发，是一篇怀古咏怀的高雅之作，很得后人称誉。明曹学佺《蜀中广记·诗话记四》：“如‘江涵雁影梅花瘦。四无尘、雪飞云起，夜窗如昼’，其警句也。”[19]清沈泽棠《忏庵词话》：“第二句从范起，‘零乱’句入桑苎翁，‘漫留’句串入张步兵，‘今古恨’二句总结三高。词法亦有步骤。”[20]陈廷焯《云韶集辑评》卷七：“起五字有神理，有笔力，直似稼轩。字字精神，绘声绘影。‘猛拍’二字妙甚，有神境，有悟境。”[21]吴梅《词学通论》：“字字工协。”[22]

此词当时脍炙人口，宋刘昌诗《芦浦笔记》[23]、黄昇《中兴词话·卢申之》皆称引之。《中兴词话》评价极高：“无一字不佳。每一咏之，所谓如行山阴道中，山水映发，使人应接不暇也。”[24]明杨慎《词品》卷四云：“（彭传师）约赵子野、翁灵舒诸人赋之，惟申之擅场。”[25]

【注】

[1] 黄昇：《花庵词选续集》，文渊阁四库全书本。

[2] 雍正《浙江通志》，景印光绪二十五年重刊本，上海：商务印书馆，1934 年。

[3] 朱彝尊：《曝书亭集》卷四十，文渊阁四库全书本。

[4] 夏承焘：《永嘉词徵·卢祖皋》，见潘猛补校补：《温州经籍志》卷三三引，下册，上海：上海社会科学院出版社，2005 年，第 1579 页。

[5] 张端义：《贵耳集》卷上，《丛书集成初编》第 2783 册，上海：商务印书馆，1936 年，第 17 页。

[6] 陈廷焯：《云韶集辑评》卷七，见孙克强主编：《白雨斋词话全编》上册，北京：

中华书局，2013 年，第 168 页。

［7］吴梅：《词学通论》，见孙克强编：《唐宋人词话》引，下册，天津：南开大学出版社，2012 年，第 976 页。

［8］卢礼阳、方韶毅编校：《吴鹭山集》下册，北京：线装书局，2013 年，第 743 页。

［9］毛晋：《宋六十名家词·蒲江词跋》，上海：上海古籍出版社，1989 年。

［10］陈廷焯：《云韶集辑评》卷七，见孙克强主编：《白雨斋词话全编》上册，北京：中华书局，2013 年，第 168 页。

［11］况周颐：《蕙风词话》，北京：人民文学出版社，1960 年，第 39 页。

［12］梁令娴：《艺蘅馆词选》丙卷《南宋词·卢祖皋》引，广州：广东人民出版社，1981 年，第 121 页。

［13］卢礼阳、方韶毅编校：《吴鹭山集》下册，北京：线装书局，2013 年，第 743 页。

［14］周济：《介存斋论词杂著》，北京：人民文学出版社，1984 年，第 10 页。

［15］陈廷焯：《云韶集辑评》卷七，见孙克强主编：《白雨斋词话全编》上册，北京：中华书局，2013 年，第 168 页。

［16］陈廷焯：《云韶集辑评》卷七，见孙克强主编：《白雨斋词话全编》上册，北京：中华书局，2013 年，第 168 页。

［17］潘国存编：《梅冷生集》卷二，上海：上海社会科学院出版社，2006 年，第 161 页。

［18］释居简：《北磵集》卷五，文渊阁四库全书本。

［19］曹学佺：《蜀中广记》卷一〇四，文渊阁四库全书本。

［20］沈泽棠：《忏庵词话》，宣统三年刻本《忏庵随笔》附。杰按："零落茶烟未久"，指陆龟蒙事。此云"'零落'句入桑苎翁"，有误。桑苎翁，陆羽也，"三高"不涉陆羽。

［21］陈廷焯：《云韶集辑评》卷七，见孙克强主编：《白雨斋词话全编》上册，北京：中华书局，2013 年，第 168 页。

［22］吴梅：《词学通论》，见孙克强编：《唐宋人词话》引，下册，天津：南开大学出版社，2012 年，第 976 页。

［23］王奕清等纂：《御选历代诗余》卷一一七《词话·南宋一》引，徐釚《词苑丛谈》卷七《纪事二》引同。杰按：今传宋刘昌诗《芦浦笔记》十卷，四库全书本、中华书局 1986 年校点本均无此则记述，是为佚文。

［24］魏庆之：《诗人玉屑》卷二一引，下册，上海：上海古籍出版社，1978 年，第 481 页。

［25］杨慎：《词品》卷四，《词学丛编》，上海：上海古籍出版社，1986 年。

33

会昌湖上的胜咏文会

——四灵派中坚力量薛师石

温州市区西南大湖，温瑞塘河北段自小南门外通向南塘称南湖，向西至新桥河称西湖。南湖、西湖合称会昌湖，为唐武宗会昌四年（844）郡守韦庸重浚疏凿，因以得名。会昌湖上风光妍丽，自宋以来多名胜古迹，其中一处名曰“瓜庐”，是隐遁江湖的四灵派诗人薛师石居室。雍正《浙江通志》卷五十《古迹十二·温州府下》：“瓜庐，《温州府志》：薛师石筑室会昌湖上，名曰瓜庐。”[1]

薛师石（1178—1228），字景石，号瓜庐，永嘉（今温州市鹿城区）人。薛氏为永嘉望族，自北宋以来世居郡城梯云坊（今鹿城区大高桥），多出闻人。师石曾祖薛弼，曾任岳飞军幕参谋官（相当今参谋长），终敷文阁待制。祖薛叔渊，登进士第。族祖薛季宣，常州知州；薛叔似，端明殿学士。岳丈木待问，历官礼部尚书。师石出身世宦名家，而性夷澹，好读书，乃心物外，不事功名，结庐城外会昌湖上，灌园樵钓，诗书自娱。日举文会，与朋好酌古今，谈笔墨。善楷法，尤工篆隶，求书者填门，“名家祖父墓碣有不得其书者为恨”[2]。传见《弘治温州府志》卷十《艺文》、雍正《浙江通志》卷一八二《文苑五》。

师石同叶适、陈谦（水云）、卢祖皋（次夔）、葛无怀（天民）等并有往还，早年曾从徐照学诗[3]，后与四灵结为诗社[4]，聚吟唱和最为频密，集中酬赠诗计13首。师石可说是四灵派中一位能“鼓舞”“指论”的大将，宋王绰《薛瓜庐墓志铭》曰：“永嘉之作唐诗者，首四灵。继灵之后，则有刘咏道、戴文子、张直翁、潘幼明、赵几道、刘成道、卢次夔、赵叔鲁、赵端行、陈叔方者作；而鼓舞倡率，从容指论，则又有瓜庐隐君薛景石者焉。”[5]孙诒让言其“在永嘉诗派中与赵东阁皆能别辟蹊径者”[6]。

从风格说，师石与四灵同一门径，又小有差异。同时诗家多称美语，如赵汝回《瓜庐集序》言其“独主古淡，融狭为广，夷镂为素，神悟意到，自然清空，如秋天迥洁，风过而成声，云出而成文”，于四灵外“脱颖而出，自成一家”[7]。曹豳《瓜庐集跋》说他终身隐约，不与世接，故所作比四灵还要清淡，“清而又清，淡而益淡，始看若易，而意味深长”[8]。具体而论，其谓“融狭为广”，能将方幅由狭小引向广阔，“殊未见其然”[9]，似有点溢美了；而谓“夷镂为素”，不用刻琢而归于素朴，殆或近之，较为切合。《四库全书总目》卷一六二提要曰：“盖才地视四灵稍弱，而耕钓优游，以诗自适，意思萧散，不似四灵之一字一句刻意苦吟，故所就大同而小异也。”[10]所论大致不差。要而言之，师石诗学陶（潜）韦（应物），“声调所寄，不假斧凿”[11]，淳音素澹，出乎自然，是为优处；然有时不免枯瘠，稍乏韵致，亦少工炼之句，不似四灵多名篇警语。其与四灵“大同小异”在此。

师石现存诗百余首，表现他卧隐草庐、灌瓜植苗伴游渔樵的生活和风晨雨夕谈文论诗的情趣，所谓“多肥遁之辞”[12]。其自题《瓜庐》云：

近来有新趣，买得薛能园。
疏壤延瓜蔓，深锄去草根。
花时长载酒，月夜正开门。
最识田家乐，辛勤更不言。

薛能园，中唐诗人薛能耽诗，日赋一章为课。这里用同姓的典，举以自比。又《题南塘薛圃》云：“门对南塘水乱流，竹根橘底自成洲。中间老子隐名姓，只听渔歌今白头。”薛圃，即作者所居瓜庐。底，通“柢”，树根。后二句言自己遁迹村野，不求人知。《谢陈水云寄惠瓜庐字》也说：“吾向村中住，无人知姓名。”展示他绝交势利、淡泊无营的心境。

四灵俱有题咏薛氏瓜庐之什，徐照云：“自鉏畦上草，不放手中书。”（《题薛景石瓜庐》）徐玑云：“因看瓜吐蔓，识得道心长。”（《题薛景石瓜庐》）翁卷云：“虽然亲陇亩，还不离琴书。”（《题薛景石瓜庐》）赵师秀云：“惟应种瓜事，犹被读书分。”（《薛氏瓜庐》）皆写其超然尘

外亦耕亦读的乐趣。师秀传诵千古的名句“野水多于地，春山半是云”，就是以瓜庐周围会昌湖的胜景为蓝本摹写的。清曹庭栋《宋百家诗存》卷三三评云：“摘观此数句，瓜庐翁闲雅之致，可于言外识之。”[13]

师石五古《大龙湫》，写雁荡山石壁群岫深幽玄妙之境，龙湫瀑“飘如飞素练，粲若散琳璆”阴晴异殊的壮观，颇具笔力。《喜翁卷归》写三灵化魄，穷老寡俦，挚友远道归来过访之喜和心期相守的怀抱，娓娓叙来，弥见真情。《寄题赵十四知县听雨堂》：“谁弹石上琴，涓涓流水响。主人性情旷，静夜逾幽想。何心指蓬阆，取近对湫荡。应有可人来，烟蓑曳双桨。”[14]情真气和，一片夷犹清旷的意致，格韵近似苏州。

同四灵一样，师石最擅长的也是五言律体，下举两篇可视为他的代表作：

此处宜新月，开门亦向西。
近江潮有信，初种树犹低。
何日寻梅隐，移船系柳堤。
诗篇满窗户，留壁待余题。（《和梅氏西涧韵》）

船泊溪西岸，人家见晚舂。
疏星寒有雁，村寺夜无钟。
竹径通新店，茅柴暖病容。
农夫不相识，问我欲何从。（《宿瞿溪》）

二律简淡素朴，犹似古体。前首叙月夕访友，后首叙泊舟投宿，将路行所见所闻所遇所感，信笔写出，直白如话，一种闲适萧散的意思，盈溢于楮墨间，读去自有余韵。其他如《寄蔡任》“身闲诗有味，水尽月无波”、《秋晚寄赵紫芝》“闲看篱下菊，忽忆社中人”，亦皆为隽联可诵。不过，我们在《瓜庐集》很难找出四灵笔下多见的像“野水寒初退，平林绿半敷”“梅花分地落，井气隔帘生”那样富于色泽的尖新刻画之句。

师石的乐府《渔父词》七首，写得不错。

十载江湖不上船，卷篷高卧月明天。
今夜泊，杏花村，只有笭箵当酒钱。（之一）

邻家船上小姑儿，相问如何是别离。

双堕髻，一弯眉，爱看红鳞比目鱼。（之二）

夜来采石渡头眠，月下相逢李谪仙。

歌一曲，别无言，白鹤飞来雪满船。（之六）

词旨清新，通俗活泼，别具民歌的风调。七绝《杨柳枝》四首，则多比况之辞：

独于高处接阳和，占得春风分外多。

须信繁华易披折，不如柔弱拂江河。（之三）

汴水堤边薪可束，永丰巷口绿成堆。

盛衰到底皆惆怅，何不移根种马嵬。（之四）

前首喻言得意难久，繁华易歇，不如野处江河，自由自在。后首所写汴水，又称汴渠，自黄河经开封入淮河的河道。隋、北宋时是中原通往东南地区的水运干道，南宋与金划淮为界，不再为运道所经，遂湮废。永丰巷，在洛阳城西南。白居易有《永丰坊园中垂柳》诗："一树春风千万枝，嫩于金色软于丝。永丰西角荒园里，尽日无人属阿谁？"此诗传入宫中，唐宣宗"命取永丰柳两枝，植于禁中"[15]。薛诗上句写衰（薪可束），下句写盛（绿成堆），两句盛衰之意互见。马嵬驿，在今陕西兴平县西，杨玉环（贵妃）葬处。作者叹言永丰、汴堤之柳，徒起人们盛衰兴亡的惆怅；倘其移根马嵬，与杨妃坟冢同守寂寞，就不会引人凭吊伤感了。托物寓意，说的也是退身守拙的道理，而命意特新，写法上脱去窠臼，独具匠心。

【注】

[1]雍正《浙江通志》，景印光绪二十五年重刊本，第1册，上海：商务印书馆，1934年，第1079页下。

[2] 王瓒、蔡芳编纂，胡珠生校注：《弘治温州府志》卷十《艺文·薛师石》，上海：上海社会科学院出版社，2006年，第257页。

[3] 叶适：《薛景石兄弟问诗于徐道晖，请使行质以子钱界之》，《叶适集》上册，北京：中华书局，2010年，第135页。

[4] 薛师石《秋晚寄赵紫芝》诗："闲看篱下菊，忽忆社中人。"

[5] 王绰：《薛瓜庐墓志铭》，嘉庆六年顾修读画斋重刻《南宋群贤小集》第 19 册《瓜庐诗》附。

[6] 孙诒让：《温州经籍志》卷二二《瓜庐诗》，中册，上海：上海社会科学院出版社，2005 年，第 961 页。

[7] 赵汝回：《瓜庐诗序》，嘉庆六年顾修读画斋重刻《南宋群贤小集》第 19 册《瓜庐诗》卷首。

[8] 曹豳：《瓜庐集跋》，嘉庆六年顾修读画斋重刻《南宋群贤小集》第 19 册《瓜庐诗》附。

[9] 永瑢等：《四库全书总目》卷一六二《瓜庐诗》，影本下册，北京：中华书局，1983 年，第 1390 页中。

[10] 永瑢等：《四库全书总目》卷一六二《瓜庐诗》，影本下册，北京：中华书局，1983 年，第 1390 页中。

[11] 赵希迈：《题瓜庐诗》，嘉庆六年顾修读画斋重刻《南宋群贤小集》第 19 册《瓜庐诗》附。

[12] 刘植：《瓜庐诗跋》，嘉庆六年顾修读画斋重刻《南宋群贤小集》第 19 册《瓜庐诗》附。

[13] 曹庭栋：《宋百家诗存》，文渊阁四库全书本。

[14] 诗题“听雨堂”，据从宋陈起编《江湖小集》卷七三；四库本《瓜庐集》《两宋名贤小集》卷三五〇均作“听雪堂”。按：诗云“谁弹石上琴，涓涓流水响”，作“雨”为宜。

[15] 孟棨：《本事诗·事感》，《历代诗话续编》上册，北京：中华书局，1983 年，第 13 页。按：孟棨，一作“孟启”。

叶门高足　诗格矫健

——四灵派诗人戴栩

戴栩（约1181—？），字文子，号浣川，永嘉（今温州市鹿城区）人。戴溪族子。嘉定元年（1208）进士，历任定海县主簿、太学博士，淳祐四年（1244）迁秘书郎，终湖南安抚司参议官。传见《弘治温州府志》卷十《理学》、雍正《浙江通志》卷一七七《儒林下》。

戴栩为叶适门下高足，他与《林下偶谈》的作者黄岩吴子良（明辅）同为叶氏晚年关系密切的学生。其《题吴明辅文集后》序云："颇忆从水心游，时遇佳题，辄令同赋。"（《栩川集》卷二）集中和呈水心诗多首，又代作《贺正表》3篇，师生交谊深笃。博通经史，所著《五经说》《东都要略》等，并具识见。文法水心，"研练生新"[1]，风格酷似。《弘治温州府志》本传谓："栩少师水心叶适，得其旨要，故于明经之外，亦豪于文。"[2]孙诒让《温州经籍志》卷二二《浣川集》亦言："浣川于水心文法，亲得其传授，故此集所存文奇警恣肆，杂之《水心集》中，几不可辨。"[3]

戴栩为四灵派诗人，宋王绰《薛瓜庐墓志铭》绍述永嘉诗派，列举继四灵后诗家，栩居第二。与同郡翁卷、刘植（成道）、曹豳、卢祖皋、赵希迈（端行）等皆有唱和。《四库全书总目·浣川集》提要："栩与徐照、徐玑、翁卷、赵紫芝等同里，故其诗派去四灵为近；然其命词琢句，多以镂刻为工，与四灵之专主清瘦者气格稍殊。盖同源异流，各得其性之所近。"[4]孙衣言《跋抄本戴文子浣川集后》谓："文子从叶文定为文词之学，故其诗特矫健。"[5]孙诒让谓其"律诗颇近四灵，而工丽过之"[6]。所论皆是。

今存《浣川集》十卷，其中诗三卷，计146首（含补遗2首）。以近体

较有成绩，孙诒让《温州经籍志·浣川集》举列佳句多联。五绝如《劝耕题正觉寺诗次王文康韵二首》之二："海山春过半，未见一花开。岩溜无时滴，松风尽日来。"笔墨简古，意境幽寂。七绝颇具风致，《永康道中》：

涨渌无风影自摇，芡花生刺藕花娇。

山禽不记春归去，深树一声婆饼焦。

芡花，浮生水面，夏季开花。藕花，即莲花。婆饼焦，鸟名。传说为妇姑所化，鸣声焦急，如云"婁饼焦""不与吃""归家无消息"[7]。十分真切地写出行于浙西山间的初夏景色和感受，婆饼焦的"深树一声"，不仅表达了诗人惜春留春的情怀，也衬托出"鸟鸣山更幽"的清静境界，使画面充满生机和活力。又《五月一日出局偶书》：

坐局无营饭又茶，楚骚词里记年华。

小窗不厌经宵雨，红到葵梢第一花。

局，官署。坐局无聊，又值夜雨连绵，唯有诗卷相伴；天明透过小窗，蓦然望见葵梢花开，娇艳无比，才感觉外面韶光烂漫。诗写得很随意，却充满情趣，可说是"客子光阴诗卷里，杏花消息雨声中"[8]的另一种表述。

农事之咏多有出色篇章，五律《农家》："农家何所有，挂壁一锄犁。岁计唯供赋，门前自好溪。剥麻秸覆日，缫茧蛹分鸡。不复知炎月，南风焚稻泥。"焚稻泥，用稻草烧火泥做肥料。以质朴的诗句，写出田家辛勤的劳作生活。《久雨记农父语》：

炊烟不出窟，雨久未知晴。

冷缩秧芽烂，滋含树耳生。

南风愁甲换，湿土怕星明。

朝客惭无补，归来伴耦耕。

甲，蔬甲，菜的嫩叶。颈联倒句错出，结构特殊，意谓：农父愁怕土湿甲换（菜蔬嫩叶因久雨土潮而病变萎蔫），期盼南风起而天霁星明（参阅后引《大水次友人韵》自注"既雨之后，又须待作南风方霁"）。冷春湿雨，秧烂甲换，农父深感担忧；惭愧自己枉为朝官，无补于乡农。写得具体透彻，像这样的能体察民情的悯农之作，甚属难得，应当加以表彰。

七律《题方干墓》：

生前知己人谁是，今日人人识姓名。

葬地不封秋树死，诗坛空在墓山平。

子孙零落行人酹，画像微茫钓渚清。

惟有寒蝉思凄切，别枝依旧曳残声。

方干为晚唐布衣诗人，先后隐居桐庐严子陵钓台附近的白云源和山阴镜湖（鉴湖），名重当世。诗为凭吊山阴鉴湖方墓作。诗后自注："方干《鉴湖西岛》诗云：'世人若便无知己，应向此溪成白头。'此语良足悲。"首句为此而发。"葬地"联，孙诒让举为"佳句"。[10]结云"别枝依旧曳残声"，意谓：此际，不禁想起了他的传世名句"鹤盘远势投孤屿，蝉曳残声过别枝"[11]，依旧听到鸣蝉拖着长长的尾声飞向别的枝柯。触景和怀旧交融，深切表达景仰之情，洵称传神之笔。

《大水次友人韵》："牵浪何曾传雨信，回南不用掣风旗。"自注："乡间风水多作于七八月，必须酝酿数日而成，谓之'牵浪'。既雨之后，又须待作南风方霁，谓之'回南'。"诗中组用乡里口头流传的谚词，保存了反映土风民俗的宝贵语料。孙衣言《瓯海轶闻・风土・风水多作于七八月》："牵浪、回南，今日犹有此语。"[12]

有争议的是他的《送庐陵胡季昭梦昱以上济邸封事贬象州》一诗：

古郡荒凉象迹新，君行况是去装贫。

此愁欲别柳边雨，明日初程桂外人。

从古不多如意事，加餐宜惜未归身。

春风未必天涯尽，木斛花开瘴水深。

嘉定十七年（1224），宁宗死，权臣史弥远废皇子赵竑另立理宗，以竑为济王出居湖州；次年又借湖州兵变逼竑自缢。史称"霅川之变"或"济邸之狱"。《宋季三朝政要》卷一《理宗乙酉宝庆元年》："时王本无疾，天锡谕上意，逼王就死，遂缢于州治。寻下诏贬王为巴陵郡公。魏了翁、真德秀、洪咨夔、潘枋相继上疏，咸言其冤。大理评事胡梦昱应诏上书，言济王不当废。引用晋太子申生、汉戾太子及秦王廷美之事，凡百余言，讦直无忌。弥远怒，窜梦昱于象州。"[13]这诗即是理宗宝庆元年（1225）胡梦昱（字季昭）贬谪象州（今广西象州县）送行作。

桂外，桂州（今广西桂林）以远。"从古不多如意事"，出《晋书・羊祜传》："天下事不如意十居七八。"加餐，慰劝之辞，谓多进饮食，保重

身体。《古诗十九首》有“努力加餐饭”句。结联作宽慰语。“春风未必天涯尽”，翻用欧阳修《戏答元珍》“春风疑不到天涯”句。木斛，草名，石斛属。

诗写得不错，气格矫健，情见乎辞，诚为佳构。“此愁”联，从眼前景预想别后程，尤凄切。《四库全书总目·浣川集》提要加以抨击：当史弥远柄国之时，戴栩献诗谀颂；而胡梦昱弹劾弥远被谪象台，又赋诗赠行，深致惋惜，前后若出两辙。“不应一时之内翻覆至于如是，岂非内托于权幸，外又附于清流欤？其人殊不足道，以词采取之可矣。”[14]今谓：戴栩献诗史弥远，或当其初柄国时，劣迹未显，事有可原；至其后赋诗送行胡梦昱，敢于触忤权贵，足见大义。故梦昱子胡知柔编纂《象台首末》，不唯卷三收载此诗，卷四复录戴的祭文，于其父执特表敬重。四库馆臣乃牵合前后两事而斥责之，有失偏颇，非允论也。

【注】

[1] 永瑢等：《四库全书总目》卷一六二《浣川集》，影本下册，北京：中华书局，1983年，第1395页上。

[2] 王瓒、蔡芳编纂，胡珠生校注：《弘治温州府志》卷十《理学·戴栩》，上海：上海社会科学院出版社，2006年，第245页。

[3] 孙诒让：《温州经籍志》卷二二《浣川集》案，中册，上海：上海社会科学院出版社，2005年，第966页。

[4] 永瑢等：《四库全书总目》卷一六二《浣川集》，影本下册，北京：中华书局，1983年，第1395页上。

[5] 孙衣言：《逊学斋文钞》卷十《跋抄本戴文子浣川集后》，同治三年瑞安孙氏家刻本。

[6] 孙诒让：《温州经籍志》卷二二《浣川集》案，中册，上海：上海社会科学院出版社，2005年，第966页。

[7] 见高承《事物纪原》卷十《婆饼》、王质《绍陶录》卷下《婆饼焦》。

[8] 陈与义：《简斋集》卷三十《怀天经智老因访之》，《陈与义集》下册，北京：中华书局，1982年，第476页。

[9] 孙诒让:《温州经籍志》卷二二《浣川集》案,中册,上海:上海社会科学院出版社,2005 年,第 966 页。

[10] 孙诒让:《温州经籍志》卷二二《浣川集》案,中册,上海:上海社会科学院出版社,2005 年,第 966 页。

[11] 方干:《旅次洋州寓居郝氏林亭》诗,《全唐诗》卷六五〇,影缩本,上海:上海古籍出版社,1988 年,第 1641 页中。

[12] 孙衣言:《瓯海轶闻》卷四九,下册,上海:上海社会科学院出版社,2005 年,第 1414 页。

[13] 不著撰人:《宋季三朝政要》卷一,文渊阁四库全书本。

[14] 永瑢等:《四库全书总目》卷一六二《浣川集》,影本下册,北京:中华书局,1983 年,第 1395 页上。

【附考】戴栩为戴溪族子

戴栩为戴溪族子,抑溪子、溪孙、溪从孙?诸书记载不一。

《弘治温州府志》卷十《理学·戴栩》:"字文子,溪族子。"(第 245 页)明凌迪知《万姓统谱》卷九九《戴栩》、《宋元学案》卷五五《水心学案·水心门人》同。《瓯海轶闻》卷十《戴常博栩·水心门人》引上述二书(上册第 320 页)。《光绪永嘉县志》卷十七《人物志五文苑·戴栩》:"字文子,溪族子。旧《志·选举·进士》作'溪孙',疑误。"(中册第 723 页)

或谓:(1)栩为溪子,《东瓯诗存》卷七《戴栩》:"字文子,溪子。"(上册第 265 页)(2)栩为溪孙,雍正《浙江通志》卷一七七《人物五儒林下·戴溪》:"孙栩,字文子。"(3)栩为溪从孙,《温州经籍志》卷五《春秋说》案:"浣川戴常博栩,文端公溪从孙。"(上册第 158 页)

今按:据《永嘉菰溪戴氏谱》附载叶适《宋特进端明殿学士戴君圹志》记戴溪后嗣:"男四人:长桷、次榀、三梓、四梃,皆以公恩赠京秩。……孙男五人:炯、炳、焯、熠、炽。"(《瓯海轶闻》卷十二《戴文端公溪·文端先德》校笺引,上册第 367 页)可见戴栩非戴溪子,亦非戴溪孙,谓为"溪子""溪孙"者皆误。又从戴溪子、孙的命名,子辈取"木"旁字,孙辈取"火"旁字,菰溪戴氏宗族名例应同,由是推知栩("木"旁字)为溪族子而非"从孙"。

35

南渡宋宗室　徙温多人才

——四灵派诗人赵希迈

宋室南渡，宗族多有迁徙温州者，散居永嘉（今温州市鹿城区）、乐清、瑞安各地。这些外来移民，家世贵胄，带来了先进的中原文化，对于温州地区政治、经济和文化发展起到了很大的推动作用。徙温的宋宗室赵氏后裔，出了很多人才，在科举和文学上都取得了颇为优异的成绩。赵师秀居“永嘉四灵”之冠，赵希迈（fǎng）、赵汝回（几道）、赵汝迕（叔鲁）亦均为四灵派名家，余如赵茗屿、赵崇滋、赵崇鼐等亦并有可采。兹文特于赵希迈做一介绍。

赵希迈（迈，一作“邁”[1]，约1186—？[2]），字端行，号西里，乐清人。宋太宗九世孙，赵师秀族侄。[3]登嘉定十三年（1220）进士。[4]宝庆三年（1227）任职平江府嘉定县尉，绍定间调平阳县丞，端平中迁雷州通判，景定三年（1262）知武冈军，终官柳州知州。

赵希迈出自叶适门下，“游先生（指叶适）门最久”[5]。宋王绰《薛瓜庐墓志铭》列为四灵派十诗家之一，是一位十分活跃的诗人[6]，与诗友酬唱频密，风格亦最近四灵。一生勤事苦吟，有云：“先是吟情苦”（《雨霁春行》）、“老夫吟苦时”（《夜分》）、“诗因多病苦思难”（《晚立池上》）。他长时间宦游四方，行迹远及湘贵两广，自谓“诗篇多向客途成”（《到贵州》），与徐玑“诗句多于马上成”之咏，体验相同。刘克庄有《题赵西里诗卷二首》，对他很是推崇，以兄事之，愿为“执鞭”；谓赵师秀诸人飞仙后，“天留此老主齐盟”；又说“未必时人能着价，后千万载话头行”[7]。

所著《西里诗稿》，一作《西里集》，已佚。宋陈起《前贤小集拾遗》

卷三、元陈世隆《宋诗拾遗》卷十一、明蔡璞《东瓯诗集》卷四录诗 3 首，《诗渊》录 3 首，《东瓯诗续集》卷二录 45 首，《东瓯诗存》卷八录 44 首（张校本补 8 首合计 52 首）[8]，《宋诗纪事补正》卷八五补 1 首。以上除去重复，今存诗 53 首[9]。

宋季词人周密对希迈的词篇颇为欣赏，《浩然斋雅谈》卷下举引他的《满江红》词：

三十年前，爱买剑买书买画。凡几度、诗坛争敌，酒兵争霸。春色秋光如可买，钱悭也不曾论价。任粗豪、争肯放头低，诸公下。　今老大，空嗟讶；思往事，还惊诧。是和非、未说此心先怕。万事全将飞雪看，一闲且问苍天借。乐余龄、泉石在膏肓，吾非诈。

云“此西里赵希迈《满江红》也”。清陈廷焯《词则辑评·放歌集》卷二评：“粗豪中有劲直之气，词品不必高，而笔趣甚足。”[10]《绝妙好词》卷三选其《八声甘州·竹西怀古》词：

寒云飞万里一番秋，一番搅离怀。向隋堤跃马，前时柳色，今度蒿莱。锦缆残香在否，枉被白鸥猜。千古扬州梦，一觉庭槐。　歌吹竹西难问，拼菊边醉著，吟寄天涯。任红楼踪迹，茅屋染苍苔。几伤心、桥东片月，趁夜潮流恨入秦淮。潮回处、引西风恨，又渡江来。（《御选历代诗余》卷六二录同）

两作抒写抑塞磊落的情怀，笔意跌宕，可以击节歌之，在当时传播人口。

汝迈长于五律，多模写山野境况和其半官半隐的生涯，景趣幽僻，用笔工细。如《昆湖夜归》：

渡湖归古县，一望水程赊。
月正帆无影，风横浪有花。
寒更知戍屋，野火是渔家。
拟待春洲暖，重来采荻芽。[11]

为理宗宝庆三年（1227）作者任嘉定县（今上海属县）尉时作。昆湖，在县城北。又《新夏》：

四月寒犹在，日高常掩扉。
纵收风外絮，难暖客中衣。
新竹笋多瘦，残梢花最肥。

有情双燕子，能认旧巢归。

结联借写归来旧巢的燕子，衬托客居孤寂的心境。与胡直孺《春日》所咏“四海归来双燕子，相逢处处作生涯”，同饶思致。二诗可作代表，不用故典，简朴浅近，触景赋兴，随笔抒写，自有一种闲淡幽逸的情趣。其余清词秀句，随篇可觅：

雨久波平岸，山高烧接天。（《酬陈校书见寄》）

学苦常如病，家和不见贫。（《赠刘隐居》。切身体会之句，可入名言录）

敲石引松火，对花悬酒瓢。（《琴川精舍寄城中友人》）

天虚云气尽，风静桂香浮。（《吴中中秋怀瓜庐诸友》）

山峭石台平，天低可摘星。岸回分水势，城缺见州形。（《南台徐灵晖徐灵渊皆有作》）

不住夜泉滴，常疑春雨多。风来琴自响，冰合砚难磨。（《宿溪村书斋》）

有谱曾评菊，无钱可买山。（《赠沈兢》。沈著有《菊谱》，见《百菊集谱》卷二）

云黏苍藓石，月挂老松枝。（《夜分》）

半篱花隔水，数亩竹当门。传说冈头树，时留虎爪痕。（《深村》）

也都是能冥搜物象、刻画细巧的新异之句，别人所意想不到者。这些作品自成一格，绝似四灵推崇的“二妙”之一中唐诗人姚合选言玄微、笔致细润的“武功体”。

希迈的七律，多朴质情实语，格调畅朗。可举《汀畔》为例：

墅梅汀畔客帆过，岁晚天南气候和。

江合湘漓流水急，山藏洞壑吐云多。

村家酿酒连醅浊，小吏抄诗觉字讹。

几点白鸥清似画，对人飞下泊寒莎。

恬澹近人，浅易却有意味，写来全不费力。余如《雪夜吟竹屋因约友人明日登楚台》：“古瓦旋磨成砚璞，腐桐新琢作琴材。”《偶得》：“市添人语当墟日，田卷车筒浸种时。”《渔人》：“四时风月俱还我，万顷烟波说向谁？”《五斗》：“风高松子和钗落，地暖梅花带叶开。短鬓吟边从似雪，壮心客里渐成灰。”这些诗叙写家常细小，随意点染物色，别见闲情逸致，使人想起唐诗中张籍、王建一派轻易明净的律作。

不过要指出，希迈律体对句多用“如、似”，如五言《次昭城》“冻苇声如雨，春泉气似云”，七言《万顷田》“刺竹满林生似猬，古榕临水卧如龙”、《秋风》“马行峻岭如云度，鹭立枯楂似画看”，不免板滞。而《小泊毗陵西郊即事》“冻苔龟曝日，古树鹊营巢”、《黄姚滩》“饥鹊窥茶鼎，游鱼识钓竿”之类，稍堕琐屑。

希迈七绝佳者，姑举三例。《亦文斋竹》：“疏竹墙边笋渐添，况逢数日雨廉纤。粉梢一夜抛寒箨，便有清阴拂短檐。”写雨后竹笋脱壳而出，预想明朝青影婆娑，笔底一片生机盎然。《路转》：“路转枫林积叶深，秋塘涨水绿沉沉。沙鸥却似曾相识，独立沙汀伴醉吟。”心无俗念，自然鸥鸟可亲。《山县》：“山县浑如野客家，游蜂数点趁朝衙。簿书押了无公事，小吏呼来扫落花。”供职山县，冷署微员，形容略尽。

【注】

［1］赵希迈，孙诒让《温州经籍志》卷二二《赵氏希迈〈西里诗稿〉》案云：“赵西里希迈，‘迈’字字书所无，他书或作‘邁’，疑俗书‘萬’为‘万’，遂亦书‘邁’为‘迈’也。然史本《瓜庐诗跋》及《前贤小集拾遗》三和《东瓯诗集》四并作‘迈’，今姑从之。”（中册第972页）杰按：“迈”字辞书收列，《玉篇·辵部》：“迈，防罔切。急行也。”其名“希迈”与字“端行”，义适相应。然检《宋史》卷二一五《宗室世系表一》“燕王房”九世列有“希邁”，赵师僚第三子（中华书局校点本第17册，第5677页）。“邁”者远行，义亦相通。文渊阁四库全书本周密《浩然斋雅谈》卷下和《绝妙好词》卷三引录、明钱穀《吴都文粹续集》卷八《提干厅重建超然堂记》署名均作“赵希邁”（文末注：“希邁，一作布迈。”），《御选历代诗余》卷一〇六、《宋诗纪事》卷八五小传亦作“赵希邁”，未审孰是，姑两存之。

［2］刘克庄《后村大全集》卷二四《题赵西里诗卷二首》之一有云“序齿吾犹事以兄”，希迈年齿稍长克庄。刘生于孝宗淳熙十四年（1187），设若希迈年长克庄一岁，则其生年约当在淳熙十三年（1186）。

［3］薛师石《送赵端行》：“吾友天乐翁，实惟游之孙。身虽羁旅尽，诗则骚雅存。侄行有科第，作尉期高骞。”（嘉庆六年顾修读画斋重刻《南宋群贤小集》第19册《瓜庐诗》）。

［4］《永乐乐清县志》卷七《科第宋·嘉定庚辰（十三年）》：“赵汝迈。”（天

一阁藏明刻本）《弘治温州府志》卷十三《科第·宋·嘉定庚辰（十三年）刘渭榜》："赵汝迂，乐（清），终柳州守。"（第352页）雍正《浙江通志》卷一二七《选举五宋进士·嘉定十三年庚辰刘渭榜》："赵汝迂，乐清人，知柳州。"按：《县志》"赵汝迈"、《府志》《通志》"赵汝迂"均为赵希迈之误。据《永乐乐清县志·科第》《弘治温州府志·科第》，赵汝迂者登嘉定戊辰（元年，1208）进士第，别是一人，不当混淆。

［5］《吴都文粹续集》卷八赵希邁《提干厅重建超然堂记》，文渊阁四库全书本。

［6］吴泳《和赵西里赋雪》云："抽毫难出相如右，觅句敢居灵运前。"（《鹤林集》卷三）元方回《送俞唯道序》："从静斋永嘉，因识诗人赵西里希邁。"（《桐江集》卷一）

［7］刘克庄：《后村大全集》卷二四，影缩本《四部丛刊初编》，上海：商务印书馆，1936年。

［8］曾唯辑，张如元、吴佐仁校补：《东瓯诗存》卷八，上海：上海社会科学院出版社，2006年，第300页。

［9］《全宋诗》分立赵端行（第45册2413卷27856页）、赵希邁（第60册3159卷37897页），误以为二人。赵希邁下据《前贤小集拾遗》（录3首）、陈世隆《宋诗拾遗》（录2首）、《诗渊》（录2首）、《东瓯诗存》（录38首）编录一卷，计45首；赵端行下录2首，其中《白鹤关》一首重出。

［10］孙克强主编：《白雨斋词话全编》中册，北京：中华书局，2013年，第830页。

［11］本篇明赵谏《东瓯诗续集》卷一录作周翼之诗，有误。此诗见载元陈世隆《宋诗拾遗》卷十一、明蔡璞《东瓯诗集》卷四，自是赵希迈诗。周翼之为赵希迈（西里）之后辈诗友，有《西里翁宅》诗："诗人风致别，卜筑寓烟霞。"（《东瓯诗存》卷九）此篇当是他过录观摩赵诗而被后人阑入者。

36

揭示四灵诗派崛起的成因

——四灵派评论家赵汝回

赵汝回（1189—？），字几道，号东阁，永嘉（今温州市鹿城区）人。宋宗室，太宗八世孙。登嘉定七年（1214）进士。历仕邵武司户、忠州判官、台州录事、绍兴通判，绍定四年（1231）任会昌军使，淳祐九年（1249）监澉水镇，终官主管进奏院。

赵汝回为四灵派诗人[1]，也是四灵诗派的评论家。嘉熙元年（1237）他为四灵派名家薛师石撰作《瓜庐诗序》，淳祐九年（1249）为后四灵派诗人薛嵎撰作《云泉集序》，是研究永嘉四灵诗派的两篇重要文章。其要旨有：（1）批评江西诗派。谓江西派变自崑体，以力胜而少涵泳之旨，遂致“唐风不竞”，诗道“蚀灭尽矣”。（2）批评“近世论诗”即理学家的诗见。言诗皆托物以达理，理学家“病唐诗短近，不过景物，无一言及理”，偏颇失理。(3) 言四灵倡扬唐体，以诗表见情性，“冶择淬炼，字字玉响”，得叶适称赏，风行天下。这些论见与叶适的有关论述相表里，揭示四灵诗派崛起的时代背景和历史文化渊源，有很高的学术价值。

汝回论诗，与四灵之一味推崇晚唐略有不同，视野也较开阔。孙诒让谓：“东阁论诗不取晚唐，与四灵虽同而实异。”[2]他主张自然古淡的诗风，务能“融狭为广，夷镂为素”[3]，欣赏“神悟意到，自然清空，如秋天迥洁，风过而成声，云出而成文”[4]的境界。于四灵后学之“步趋謦欬”[5]，偏执固守，表示不满。因此，称扬薛师石能突破姚贾藩篱，进乎陶（渊明）谢（灵运）韦（应物）杜（甫）之境；称许薛嵎本于天性，绝去矫揉，有自得之趣。四灵派后起之秀宋庆之在挽词中说：“往年失四灵，诗道微一发。缟素革织组，

宫徵节乱聒。力排唐末陋，意与风雅轧。”[6]言在四灵后独能标举“风雅”（指《诗经》以来传统），以素朴革雕镂，摒弃晚唐陋习，倡扬正音，重振诗道。

汝回禀性“孤高”，刘黻《见东阁》云：“未识孤高貌，梅花想逼真。”[7]在当时声名甚著[8]，与江湖诗人多有交往的诗僧元肇称其“才名似谪仙”[9]。《弘治温州府志·艺文·赵汝回》云：“名重一时。苦吟兴致高迈，自成一家。”[10]所著《东阁吟稿》，一名《赵几道诗集》，已佚。现存诗计 47 首（参阅附考），佚句 2 联。

汝回的诗，苍朴简淡，同他的论诗主张相一致。孙诒让颇称赏之，言其与薛师石在永嘉诗派中“皆能别辟蹊径者”[11]；又谓其“古诗九篇，奇警清逸，非复晚唐格调，亦足徵其非专学四灵诗者也”[12]。

五古可举《杜子野留别》：

有朋不贵数，道合意自亲。
早知离别难，会觌岂厌频。
青灯书阁下，细语交情真。
酌此武阳泉，馔彼松江鳞。
公卮复有携，得非知吾贫？
如何不我醉，明日隔征尘。

杜耒，字子野，江西南城人。诗学四灵，即问诗法于赵师秀者。此当是作者邵武（今属福建）司户参军离任辞别诗友作。七古可举《期平叔兄不至》：

兄昔别我游衡麓，我亦东吟石桥瀑。
八年能接几函书，弟今白头兄何如？
河水流澌雪风恶，梧桐渡口孤舟泊。
山房夜坐兄不来，腊梅花折灯花落。

上二诗叙友情和别绪，皆随笔而赋，不假修饰。前篇娓娓叙来，情真意切。后篇如对面晤言，更近白话，而意味隽永，读来异样亲切。

五律《渔父》：“衡岳早来雨，湘江增绿波。小舟浮似屋，香草结为蓑。水定见鱼影，夜清闻棹歌。悠悠百年梦，醒少醉时多。”《春山堂》：“山在画堂西，钩帘静对时。林高日落早，巷僻客来迟。抱病独不饮，爱闲君所知。阶前碧梧叶，片片可题诗。”七律《山中即事》：“白日荒荒过不知，荼蘼开了觉春归。山家卖笋樱桃熟，河水生萍柳絮飞。久雨一晴萤火出，闰年三月杜鹃稀。沉沉松竹烟岚冷，惭愧高僧借夹衣。”均可称“神悟意到，自然清空”之咏，一片萧散闲淡的逸致漾见笔端。

汝回还有两联断句，极精警。《咏橘花》：“春风过后云初白，夜雨晴时水亦香。”《咏水仙》：“屈原一点沉湘恨，李白三生捉月身。”《弘治温州府志》本传特作举引，言：“皆为诗人所珍，从其学者多知名。”[13]《东瓯诗集》卷三引后联“身”作“魂”，云：“是皆奇句，惜无全集。”[14]孙锵鸣《东嘉诗话》的诠释，可助赏鉴：“我郡自南塘以下，沿湖皆橘园也。初夏时，舟行其间，碎雪盈林，香风夹岸，始信诗语之妙。”“自来咏水仙者，多以湘娥、洛妃为比，此独有取于贞臣、豪士，亦可见寄托之高，宜为当时诗人所珍。”[15]

七绝《渔父》：

东风西日楚江深，一片苔矶万柳阴。
别有风流难画处，绿萍身世白鸥心。

写渔父自得其乐，词句清丽。后二句，宋于济、蔡正孙《唐宋千家联珠诗格》卷十注：“言身如浮萍之无著，心似鸥鸟之忘机。此渔父之风流，而非画工之所得描出也。”[16]《见梅》：

旧岁南枝花又新，鬓边才雪更无春。
天公也似无公道，只为闲花不为人。

言梅花历旧岁复发新枝，而人着鬓雪不再少年，因叹天公之失公道。杜牧《送隐者一绝》云：“公道世间惟白发，贵人头上不曾饶。”这里反用之别出新意，言外又有所讽。《唐宋千家联珠诗格》卷十九评：“此诗似有怨尤之意。”[17]

【注】

[1] 王绰：《薛瓜庐墓志铭》，嘉庆六年顾修读画斋重刻《南宋群贤小集》第19册《瓜庐诗》附。

[2] 孙诒让：《温州经籍志》卷二二《东阁吟稿》案，中册，上海：上海社会科学院出版社，2005年，第969页。

[3] 赵汝回：《瓜庐诗序》，嘉庆六年顾修读画斋重刻《南宋群贤小集》第19册《瓜

庐诗》卷首。

［4］赵汝回：《云泉集序》，嘉庆六年顾修读画斋重刻《南宋群贤小集》第 9 册《云泉集》卷首。

［5］赵汝回：《瓜庐诗序》，嘉庆六年顾修读画斋重刻《南宋群贤小集》第 19 册《瓜庐诗》卷首。

［6］宋庆之：《哭赵东阁》，文渊阁四库全书本《两宋名贤小集》卷三四四。

［7］刘黻：《蒙川集》卷二，上海：上海社会科学院出版社，2006 年，第 620 页。

［8］宋庆之《哭赵东阁》："谁令声名高，竟使寿命折。"（文渊阁四库全书本《两宋名贤小集》卷三四四）

［9］元肇：《赵东阁奏院》，见《东瓯诗存》卷九，上册，上海：上海社会科学院出版社，2006 年，第 402 页。

［10］王瓒、蔡芳编纂，胡珠生校注：《弘治温州府志》卷十《艺文·赵汝回》，上海：上海社会科学院出版社，2006 年，第 255 页。

［11］孙诒让：《温州经籍志》卷二二《瓜庐诗》案，中册，上海：上海社会科学院出版社，2005 年，第 961 页。

［12］孙诒让：《温州经籍志》卷二二《东阁吟稿》案，上海社会科学院出版社 2005 年版中册第 969 页。

［13］王瓒、蔡芳编纂，胡珠生校注：《弘治温州府志》卷十《艺文·赵汝回》，上海：上海社会科学院出版社，2006 年，第 255 页。

［14］蔡璞：《东瓯诗集》卷三，《四库全书存目丛书》集部第 297 册，济南：齐鲁书社，1997 年，第 31 页上。

［15］胡珠生编：《孙锵鸣集》下册《东嘉诗话》，上海：上海社会科学院出版社，2003 年，第 626 页。

［16］卞东波：《唐宋千家联珠诗格校证》卷十，上册，南京：凤凰出版社，2007 年，第 413 页。

［17］卞东波：《唐宋千家联珠诗格校证》卷十九，下册，南京：凤凰出版社，2007 年，第 859 页。

【附考】赵汝回存诗

宋陈起编《江湖后集》卷七赵汝回《东阁吟稿》收录31首；宋陈思编、元陈世隆补《两宋名贤小集》卷二二九《东阁吟稿》补录10首，其中2首(《渔父》《送李寅归里》)与《江湖后集》重。明蔡璞编《东瓯诗集》卷三赵汝回名下录同《两宋名贤小集》。清曾唯《东瓯诗存》卷七选录9首，取自《两宋名贤小集》《东瓯诗集》，删去《二月十九日》1首。今纂《全宋诗》(1998年版)误将赵汝回、赵东阁视作两人，第57册3012卷(第35868～35877页)赵汝回名下辑录诗43首、佚句2联，其中自《两宋名贤小集》录10首，自《江湖后集》录29首，又自《全芳备祖》录1首、《永乐大典》录1首、《诗渊》录2首；第72册3764卷(第45402页)赵东阁名下复自《诗渊》辑录4首，即《寄圣水照讲师》《凌霄花为复上人作》《春山堂》《渔家》，实则此4首赵汝回名下均已见录。

《温州文献丛书》第四辑张如元、吴佐仁校补《东瓯诗存》(2006年版)卷七补录36首，其中自《两宋名贤小集》录1首，自《江湖后集》录29首，自《全宋诗》录4首；又新辑2首，自《诗渊》录《朱氏寄玩斋》1首，自《崇祯仙岩志》卷五录《梅雨潭》1首。连同原录9首，计收赵诗45首。

这样，赵汝回的存诗，以《东瓯诗存》张、吴校补本最为完整，共录诗45首，较《全宋诗》多2首。

笔者近日纂著《宋元温州诗略》，复从宋于济、蔡正孙编集《唐宋千家联珠诗格》(凤凰出版社2007年版卞东波《唐宋千家联珠诗格校证》)辑录赵氏佚诗2首，即该书卷十赵东阁《渔父》："东风西日楚江深，一片苔矶万柳阴。别有风流难画处，绿萍身世白鸥心。"(上册第413页)卷十九赵东阁《见梅》："旧岁南枝花又新，鬓边才雪更无春。天公也似无公道，只为闲花不为人。"(下册第859页)

据此，赵汝回存诗共得47首，另存佚句2联(见弘治《温州府志》卷十《艺文·赵汝回》引)。

37

诗家双玉四灵后

——后四灵派诗人薛嵎和宋庆之

继四灵后，永嘉薛嵎、宋庆之、潘希白、薛美诸家，犹能沾濡遗绪，传承不衰，我们称之为后四灵派诗人。其中薛嵎、宋庆之尤为佼佼者，两人交往密切，诗风相近，赵汝回别选二家诗，合编名《双玉集》。[1]

薛嵎（1212—？），字仲止，一字宾日，号云泉，永嘉（今温州市鹿城区）人，世居城区梯云坊（今鹿城区大高桥）。数试不第，蹭蹬场屋，宝祐四年（1256）始中进士，时已45岁。曾官长溪县主簿。赵汝回《云泉诗序》言“其人萧散”，“恬静不求，本于天性，未易以矫揉学者”[2]。直钩计拙，仕途并不得意，故有“直心嗟道丧，多事识才难”（《岁暮书怀》）、“直道嗟难遇，贾生终陆沉”（《送刘荆山》）之叹。壮心大志于青灯黄册中消磨殆尽，其《寄宋希仁兄弟》云：“听残寒夜雨，灰尽壮年心。”实为他自己的人生感慨之言。

薛嵎诗宗奉晚唐体，为四灵派后起之秀。《四库全书总目·别集一八·云泉诗》提要：“嵎之所作，皆出入四灵之间，不免局于门户，然尚永嘉之初派，非永嘉之末派，录之亦足备一格也。”[3]孙诒让《温州经籍志》卷二三《云泉诗》案：“其诗派出于四灵，然在同时诸家，独为后出，故王松台《薛瓜庐墓志铭》未举其名。”[4]其专力于诗，苦吟作风与四灵同体。《宣氏梅边》云“喜逢吟苦友，共此岁寒期”，《湖外泛雪》云“一生穷苦缘诗癖”，《秋夜宋希仁同吟松风阁有感》云“瘦得吟肩耸过颐”。刘黻《和薛仲止渔村杂诗十首》之二也说他“半生心力在吟编，炼得形如孟浩然”[5]。与永嘉胜流赵汝回（东阁）、刘植（荆山）、徐鼎（太古）、王致远（九山）、刘黻（蒙川）、潘希白（渔庄）等多有往还唱和。其诗在当时籍籍闻名，赵汝回《云泉诗序》

谓："以诗名于时，本用唐体，而物与理称，更成一家。"[6]宋陈思编、元陈世隆补《两宋名贤小集》卷二八七编录《云泉集》二卷，小传称："负才不遇，以诗闻于时。所居曰渔村，有'渔村名自我'之句，题咏颇多。"[7]

《云泉集》现存诗270余首，以五言为主，多叙隐居情事和耕钓生活，青松石床，箪瓢自乐；荷衣兰杜，古调独弹。五古《山居》之四：

前村雨脚收，斜阳挂高树。

老翁牵牛归，颇亦有幽趣。

山风响茅屋，崖月导芒屩。

平生江湖心，于此谢驰骛。

清范大士《历代诗发》卷三十评："语亦近人，而笔意则已古淡。"[8]五律《过村翁家》：

白发茅茨下，耰锄力未衰。

儿孙收滞穗，鸡犬入寒篱。

俗朴人家善，山深井税迟。

能言耆旧事，相问坐移时。

二作可见一斑。五律多工秀之句，颇得清初诗论家王士禛称赏，《居易录》卷十七举录七联[9]，其中有：

岩阴常候雨，松色不知春。（《真隐寺呈延上人》）

雪渡溪流涩，厨烟柏叶香。(《闲居杂兴十首》之一。按：四库全书本"雪"作云、"柏"作"树")

芳草思无际，春风情最多。（《春晴泛湖》）

野水涵秋霁，风荷动夕阳。（《刘荆山归自维扬营渔屋退居》）

外此如：

添岁儿童喜，照贫灯火寒。（《岁暮书怀》）

天意有兴废，人才无古今。（《送刘荆山》）

千峰带秋色，一路独吟情。（《友人入京》）

七言如：

不知筋力何年尽，看到松杉几尺长。（《近买山范湾自营藏地感事述情十首》之五。《两宋名贤小集》卷二八七《薛嵎》："晚年买山范湾营藏地，有诗云（本联略）。佳句也。"[10]）

闲来景物吟方到，静处工夫识始真。（前题之九）

诸联述情咏景，意味隽永，均称警练。

桡歌《渔父词七首》之一：“兰芷流来水亦香，满汀鸥鹭动斜阳。声欸乃，间鸣榔，侬家只住崖西旁。”之二：“ 翁妪齐眉妇亦贤，小姑颜貌正笄年。头发乱，髻鬟偏，爱把花枝立柂前。”之六：“白发鬔松不记年，扁舟泊在荻花边。天上月，水中天，夜夜烟波得意眠。”词旨清新，颇具民歌风调。

宋庆之，字元积，一字希仁，号饮冰，永嘉（今温州市鹿城区）人。咸淳元年（1265）登进士，曾任监庆元府（今宁波）盐仓，辟浙东庾幕（仓司幕属）。有政绩，“公年交荐，未引见而卒”[11]。传见《弘治温州府志》卷十《艺文》、雍正《浙江通志》卷一八二《文苑五》。著有《饮冰文集》十四卷[12]，今不传。宋陈思编、元陈世隆补《两宋名贤小集》卷三四四《饮冰诗集》录诗 11 首，《全宋诗》第 68 册编录 14 首，今辑存得 16 首。

庆之诗文甚得时贤称赏，刘克庄《宋希仁诗序》曰：“晚见宋君希仁而异之。君永嘉人，智足以知四灵之端，而欲合诸家之长……盖四灵抉露无遗巧，君含蓄有余意。余不辨其为《选》为唐，要是世间好诗也。”[13]又为其骈文作序，称“可以鸣国家之盛”[14]。宋黄震《黄氏日抄》谓其“文而无刻楮之弊”[15]，言无雕镂的弊端。《弘治温州府志》本传云：“庆之学广闻多，文辞典赡，有（诗）数百篇，清新闲远，得风雅之趣。”[16]

庆之与刘克庄、赵汝回、刘黻、仇远、释文珦等并有往还，而与薛嵎交谊最深，薛赠诗有《寄宋希仁兄弟》《秋夜宋希仁同吟松风阁有感》等，言“形道相忘二十年”，“白首到如今”。

庆之长于五律，淡朴清隽，笔意细润。著者如：

筋力已非旧，逢寒亦自怜。
风霜在檐外，妻子语灯前。
纸被添新絮，茶瓯煮细泉。
虽云方寸地，春意一陶然。（《开炉日赋》）

此景写不尽，此怀谁与俱。
月来林影碎，云去石头孤。

万籁各休息，天香乍有无。

因师寄佳句，清梦更劳吾。（《次惠上人冷泉夜坐》）

或叙写家常，或闲居寄怀，皆寻常话语，而平易中见工秀，读有余蕴，可见风格。孙锵鸣《东嘉诗话》录其《项园即事》:"时节飞花尽，幽林亦自香。闲来看新水，独立又斜阳。檐角鸟鸣树，树根鱼就凉。一春风雨过，游事极相妨。"称"楚楚有致"[17]。这些作品都可称得上"清新闲远"、语澹味腴之咏。

刘克庄《宋希仁诗序》摘录他的五言警句，有《和陶》："城中岂云隘，我见无夷途。所以庞德公，车不向此驱。斜阳挂林杪，野花续春余。"《喜弟归》："数年何处客，昨夜独归船。"《送僧》："飘泊知何处，艰难亦到僧。"《旅夜》："更长初过雁，蛰后稍无蚉。"《废墓》："多年翁仲在，寒食子孙稀。"末后一联，王士禛《居易录》卷二过录举为"佳句"[18]。外此，七言如《寓武昌报恩寺》"贫寺少逢僧过夏，远乡多是客经年"，亦为深有体验之语，非泛然下笔者所能致。

予编《宋代绝句六百首》，选录他的《戍妇词》二首：

君去无还期，妾思无已时。

军中无女子，谁为补征衣。（之一）

或传云中危，夫死贤王围。

恐伤老姑心，有泪不敢垂。（之二）

评曰：第一首通过"谁为补征衣"家庭生活琐事的叙写，表达了戍妇的思念之情，语真意笃。第二首写夫死于战事，戍妇为免使婆婆伤心而强忍悲痛，刻画了她的善良品性，笔致愈委曲细腻。[19]刘克庄深赏之，谓"皆油然发于情性"，"是世间好诗"[20]。

【注】

[1]《弘治温州府志》卷十八《书目》："《双玉集》，宋饮冰、薛嵎诗。"黄汉《瓯乘补》卷四："赵几道集：薛云泉及宋饮冰诗，合为《双玉集》。见《（永嘉梯云）薛氏谱》。"孙诒让《温州经籍志》卷三二《双玉集》："佚。"

[2]赵汝回：《云泉诗序》，嘉庆六年顾修读画斋重刻《南宋群贤小集》第9册《云

泉诗》卷首。

[3] 永瑢等：《四库全书总目》卷一六五，影本下册，北京：中华书局，1983年，第1410页下。

[4] 孙诒让：《温州经籍志》卷二三，中册，上海：上海社会科学院出版社，2005年，第981页。

[5] 刘黻：《刘黻集》卷三，上海：上海社会科学院出版社，2006年，第639页。

[6] 赵汝回：《云泉诗序》，嘉庆六年顾修读画斋重刻《南宋群贤小集》第9册《云泉诗》卷首。

[7] 陈思编，陈世隆补：《两宋名贤小集》卷二八七，文渊阁四库全书本。

[8] 范大士：《历代诗发》，影印《故宫珍本丛刊》第645册，海口：海南出版社，2000年，第59页上。

[9] 王士禛：《居易录》卷十七，文渊阁四库全书本。

[10] 陈思编，陈世隆补：《两宋名贤小集》卷二八七，文渊阁四库全书本。

[11] 王瓒、蔡芳编纂，胡珠生校注：《弘治温州府志》卷十《艺文·宋庆之》，上海：上海社会科学院出版社，2006年，第256页。

[12] 王瓒、蔡芳编纂，胡珠生校注：《弘治温州府志》卷十《艺文·宋庆之》，上海：上海社会科学院出版社，2006年，第256页。

[13] 刘克庄：《后村大全集》卷九七《宋希仁诗序》，影缩本《四部丛刊初编》，上海：商务印书馆，1936年，第841页下。

[14] 刘克庄：《后村大全集》卷九七《宋希仁四六序》，影缩本《四部丛刊初编》，上海：商务印书馆，1936年，第842页上。

[15] 黄震：《黄氏日抄》卷九一《跋耘溪惭稿》，文渊阁四库全书本。

[16] 王瓒、蔡芳编纂，胡珠生校注：《弘治温州府志》卷十《艺文·宋庆之》，上海：上海社会科学院出版社，2006年，第256页。

[17] 胡珠生编：《孙锵鸣集》下册《东嘉诗话》，上海：上海社会科学院出版社，2003年，第626页。

[18] 王士禛：《居易录》卷二，文渊阁四库全书本。

[19] 陈增杰：《宋代绝句六百首》，福州：福建人民出版社，1986年，第353页。

[20] 刘克庄：《后村大全集》卷九七《宋希仁诗序》，影缩本《四部丛刊初编》，上海：商务印书馆，1936年，第841页下。

38 人品既高　神思自别

——宋季殉国名臣刘黻的诗

刘黻（1217—1276），字升伯（《宋史》作声伯），号质翁，又号蒙川，乐清虹桥郭路人。淳祐十年（1250）入太学。开庆元年（1259）率同舍生六人伏阙上书抨击权臣丁大全专擅用事，时论归重，号“六君子”。被削籍遣送南安军（今江西大余）羁置；丁败，放还太学。登景定三年（1262）进士，廷对触时忌，不在高选，授昭庆军掌书记。咸淳三年（1267）除监察御史，论疏皆中时病。六年知庆元府兼沿海制置使。七年召还，历刑部侍郎、中书舍人、吏部尚书。德祐二年（1276），临安陷落，相拥二王入广，拜参知政事。军行至罗浮（在广东东江北岸）病卒，夫人举家蹈海尽义。谥忠肃。事见宋郑滁孙《朝阳阁记》、《宋史》卷四〇五本传。今传《蒙川遗稿》四卷，其中诗三卷。《温州文献丛书》第四辑收录《刘黻集》。

刘黻是宋季殉身国事的名臣，正气高节，彪炳史册。文天祥赞颂道：“独到古今之未到，能言天下之难言。为御史，为谏官，张胆论事；真舍人，真侍讲，吐辞为经。”[1]清四库馆臣称：“黻危言劲气，屡触权奸，当国家板荡之时，琐尾相从，流离海上，卒之抱节以死，忠义之气，已足不朽。”[2]

诗如其人。清林大椿《蒙川遗稿活字本序》曰：“后之人因先生之境而考其诗文，由先生之诗文而观其节义，有杜老之悲吟而寓诸香山之讽谕，有宣公（陆贽）之恳挚而济以南丰（曾巩）之和平，非学养兼至，其孰能与于斯？”[3]所论颇得旨要。他的诗属于学人之诗，不刻画而长于理谕，重兴寄而归于雅正，作风遒健疏朴。

宋郑滁孙《朝阳阁记》谓其“早闻于人，二十余年读书僧坊。嗜陈子昂，

吟哦高视物表”[4]。《四库全书总目》提要亦言其作“淳古淡泊，多规橅陈子昂体”[5]。他的诗风，效法唐初淘洗铅华、高自标格的诗人陈子昂。五古《追和渊明贫士诗七首》《和紫阳先生文公感兴诗二十首》，即是这样一类作品，托寄苍远，表达了他冰雪之心、高迈“扶世”之志和判然邪正、明镜妍丑的襟抱。他在《和酬刘监岳》中写道：“誓持冰雪松筠操，肯学春风桃李颜？”可见风节。七绝《讥刘秘监献佞固宠》，更能见出他刚正的禀性和政治品格。诗云：

白玉堂中翰墨师，忍令奏牍玷涂碑？

向时刚道梅花累，今累梅花自不知！

刘秘监，指刘克庄。白玉堂，翰林院。刘于景定元年（1260）六月，召为秘书监（秘书省长官），时年七十四。克庄负当世盛名，真德秀尝以“学贯古今，文追骚雅”荐之。晚掌书命，词翰精湛，岿然为一代宗工。而垂老恋位，为贾似道所累，“君子惜焉”[6]。此作讥其晚节不保，献谀贾似道，有玷梅花高节。克庄《落梅》诗云：“东君谬掌花权柄，却忌孤高不主张。”不主张，谓不加扶持。意谓东君（主春之神）掌握花木生杀大权，却不公正，忌妒梅花孤高，一任它凋零。言官取媚时相史弥远，指为谤讪朝政，因被罢职，闲废十年。绍定六年（1233）史弥远死，诗禁解，克庄复作《病后访梅九绝》，有云：“梦得因桃数左迁，长源为柳忤当权。幸然不识桃并柳，却被梅花累十年。”表示不屈。累，受累，牵累。这诗后二句即就该段韵事发议，说：秘监先生，你以往因咏梅受牵累，留下了孤高的名节；可现今谄媚权奸，志行扫地，连累了梅花而不自觉，这，又是为了什么？此咏可见诗人严正不阿的操守。后二句拈来故事，冷语相讽，寓庄于谐，意尤峻切。

刘黻忧时悯农之什，如乐府《田家吟少时作》：“豪家征敛纵狞隶，单巾大帕如蛮兵。索钱沽酒不满欲，大者罗织小者惊。谷有扬簸实亦簸，钜斛凸概谋其赢。讵思一粒复一粒，尽是农人汗血成。”揭露豪家用上凸之概去量斗斛谷物，小出大进，非法谋利，盘剥农户。《畏虎行》：“兽毒犹可逃，急征罄罍醽。”所谓“苛政猛于虎”，揭露暴征横敛给予农民带来的苦难，笔锋犀利。五律《旱》云：

一雨连三月，当秋乃亢晴。

不知老天意，何忍误民生！

川竭无云起，山凉有月明。

忧时心欲折，空听海鼍声。[7]

鼍，同“鼍”，鳄鱼类。俗传鼍（鼍）鸣将雨。[8]久旱无雨，鼍鸣不灵（空听海鼍声），诗人忧心如焚，竟至责问老天，“何忍误民生！”《腊雪》云：“不稔已多岁，无寒能几家？”都表现了他体谅民情、关心民瘼的襟怀。

刘黻游历作，可举《过白沙》为例：

出郭才数里，片景尽渔家。

夜归惟闻犬，潮平不见沙。

寒风欺槿叶，淡月让芦花。

世路几销歇，一翁常施茶。

白沙岭，在乐清市乐成镇东，是县城去往雁荡驿路所经。[9]诗咏古道风光和客路情怀，疏朴畅朗，秀淡可爱。“寒风欺槿叶，淡月让芦花”联，“欺”字、“让”字都用得好，生动而有意味。《游长渠石洞》云：

六月访古壑，衣巾全似秋。

多无百年寿，能有几番游。

泛酒月流硖，听笙云满楼。

相忘有樵者，来往共夷犹。

这是往游东阳（今属浙江）石洞书院作。书院辟自朱熹，永嘉学者陈傅良、戴溪、钱文子、叶适都曾经遐集。继躅前贤，追寻遗踪，共樵人而夷犹，他的心境坦荡，充盈容与自得之趣。清卢标《婺志粹·寓贤志·刘氏黻》赞曰：“始余读《石洞》诗，诗格峭甚，莫由详其人，居尝怏怏也。既而知为先生，嘅想风烈，益用起敬。”[10]

其余如《寄朱德卿》：“半窗听夜雨，一雁叫秋云。”《过柘溪得西字》：“地肥桑眼大，天暖麦须齐。”《夜气》：“风行石不动，云走月常明。”亦皆隽拔之句。

刘黻题咏山川名胜，多见力作，高怀远意，不落浅俗。七律《钱塘观潮》云：

此是东南形胜地，子胥祠下步周遭。

不知几点英雄泪，翻作千年愤怒涛。

雷鼓远惊江怪蛰，雪车横驾海门高。

吴儿视命轻犹叶，争舞潮头意气豪。

宋时临安（杭州）钱塘江干一带潮势最盛。春秋伍子胥有功于吴国，却被吴王听谗杀害，尸投浙江。传说他死后冤魂驱水为潮，称“子胥涛”。宋鲁应龙《闲窗括异志》：“伍子胥逃楚仕吴，吴王赐以属镂之剑，自杀。浮其尸于江，遂为涛神，谓之胥涛。”通篇笔力矫健，写得极有意概。“不知”联熔化故典，顺口说出，自然而警练。《题江湖伟观》云：

柳残荷老客凄凉，独对西风立上方。
万井人烟环魏阙，千年王气到钱塘。
湖澄古塔明寒屿，江远归舟动夕阳。
北望中原在何所，半生赢得鬓毛霜。

江湖伟观，在杭州葛岭寿星寺，又名观台[11]，淳祐十年（1250）重建。广厦危栏，耸立峰顶，外江（钱塘江）内湖（钱塘湖即西湖），显敞虚旷。登台纵览，心目豁然。然北瞻中原，望“王气”（帝王祥气）而怀“魏阙”（指朝廷），叹恨偏安半壁，“一身报国有万死，两鬓向人无再青”（放翁句），令人伤慨无限。赤诚之心与壮怀和郁愤相交织，溢见行间，沉挚感人。卢标《婺志粹·婺诗补·刘黻》评：“按先生《题江湖伟观》云（本篇略），其忠节可见一斑。”[12]孙锵鸣《东嘉诗话》评：“淳古苍劲之气，犹可想见其人。《四库总目》谓黻‘人品既高，神思自别，下视方回诸人，如凤皇之翔千仞’，信矣。”[13]

【注】

[1] 文天祥：《文山集》卷十一《贺刘尚书黻》，文渊阁四库全书本。

[2] 永瑢等：《四库全书总目》卷一六四《蒙川遗稿》，影本下册，北京：中华书局，1983年，第1405页上。

[3] 林大椿：《蒙川遗稿活字本序》，《刘黻集》附录，上海：上海社会科学院出版社，2006年，第680页。

[4] 郑滁孙：《朝阳阁记》，《刘黻集》附录，上海：上海社会科学院出版社，2006年，第672页。

[5] 永瑢等：《四库全书总目》卷一六四《蒙川遗稿》，影本下册，北京：中华书局，1983年，第1405页上。

[6]《乾隆莆田县志》卷二二《刘克庄传》。按：清王士禛《居易录》卷二云：“后村在宋末号文章大家……然其《贺贾相启》略云……谀词谄语，连章累牍，岂真以似道为伊周、武乡之比哉？抑蹈雄、邕之覆辙而不自觉耶？按后村作此时年已八十，惜哉！”

[7] 按：“鱓”有二读。《广韵·上声獮韵》“常演切”，同“鳝”（shàn）；《集韵·平声歌韵》“唐何切”，同“鼍”（tuó）。据诗意，此从后读。上海社会科学院出版社 2006 年版《刘黻集》卷二从俗本作“鳝”，大误，既失其义（解释不通），复失其声（此处格律当平，仄声失协）。参看注［8］。

[8]《集韵·平声戈韵》：“鼍，或作鱓。”宋陆佃《埤雅》卷二《释鱼·鼍》：“独将风则踊，鼍欲雨则鸣，故里俗以独谶风，以鼍谶雨……今鼍象龙形，一名鱓。”

[9]薛季宣《雁荡山赋》：“尔乃乐成首路，东骛幽寻，绝白沙之古塞，陟峭岭之芳林。”自注引宋章望之《雁荡山记》：“山去县七十里而遥，越白沙、武缺、芳林三岭，达芙蓉驿。”

[10] 卢标：《婺志粹》卷九，道光十三年刻本。

[11] 吴自牧《梦粱录》卷十二《西湖》：“寿星寺。高山有堂，扁‘江湖伟观’。盖此堂外江内湖，一览目前。”

[12] 卢标：《婺志粹》卷三，道光十三年刻本。

[13] 胡珠生编：《孙锵鸣集》下册《东嘉诗话》，上海：上海社会科学院出版社，2003 年，第 620 页。

39

一门四世盛　诗人十五家

——瑞安阁巷陈氏家集《清颍一源集》

一

瑞安阁巷（今属瑞安市南滨街道，位于飞云江南岸）陈氏，自宋淳祐（1241—1252）至元延祐（1314—1319），八十年间，一门四世，明经讲道之余，复倡为诗社，英俊辈出，熏陶唱和，鼎鼎称盛。

阁巷陈氏家集《清颍一源集》，初编于元延祐三年（1316），陈冈编录，裘庾删定。裘序称："当是时，士专务举业，鲜能诗者……陈氏诸公独拔自流俗中……诗学渊源，轶出唐人之右。"[1]元永康名家胡长孺序云："东嘉陈居敬既能古今诗，子侄孙曾婿与女子之子咸嗣乃业，或为选其一家十五人之诗为一编，号《清颍一源》。钱塘崔进之嘉其志尚，以后序请，予以其篇章四世未已，特为著之如右。"[2]

这部家集，选录宋元时期阁巷陈氏陈供（五世）、陈兼善、陈养浩、陈则翁、陈任翁（以上六世）、陈文尹、陈昌时、陈得时、陈可时、陈与时、陈识时（以上七世）、陈冈、陈礼岿、陈昇、陈观宝（以上八世）十五家诗计156首[3]（卷二续编不计）。内容以"有掖民彝，有裨世教"为宗旨，风格上表现出"辞古而清，意阔而正"的特点，而其"音调格律往往不甚相去远"，薪传一脉，异曲同趣，显示了"清颍家法之相授受"的传统[4]。十五家分叙如次：

1. 陈供（1207—1227），字居敬，号杏所。著有《及春稿》。《温州经籍志》卷二三著录。《清颍一源集》录诗6首。

2. 陈兼善（1214—1276），字达则，号简轩。陈供长兄陈圆长子。宋淳祐三年（1243）发解（乡试中式）。著有《无闷稿》。《温州经籍志》卷二三著录。《清颍一源集》录诗6首，清曾唯《东瓯诗存》卷四录4首。

3. 陈养浩，字敏则，号直轩。陈圆三子。宋绍定（1228—1233）间任广州都巡，迁临皋县尉。著有《岭南清啸集》。《温州经籍志》卷二三著录。《清颍一源集》录诗3首。

4. 陈则翁（1248—1296），字仁则，号瑞洲。陈供仲子。宋咸淳四年（1268）登学究科，仕至广东副使。著有《沧浪兴》。《温州经籍志》卷二三著录。宋陈思编、元陈世隆补《两宋名贤小集》卷三七九陈则翁《瑞州小集》录诗25首，《清颍一源集》录20首，《东瓯诗存》卷八录35首（实38首）。

5. 陈任翁（1251—1276），字信则，号麟洲。陈供三子。《清颍一源集》录诗8首。

6. 陈文尹（1249—1324），一名希尹，字端友，号春塘。陈兼善侄（兼善四弟光兽次子）。著有《泽畔吟》。《温州经籍志》卷二四著录。《清颍一源集》录诗14首。

7. 陈昌时（1273—？），一名文昌，又名天囿，字少垣，号物吾。陈则翁长子，高则诚岳父。宋末登学究科[5]，终任廉州教授。元延祐七年（1320）为乡人夏文翁（秋溆）《乾坤清气诗集》作序。[6]著有《鸡肋集》。《温州经籍志》卷二四著录。元陈世隆编《宋诗拾遗》卷十四录诗5首，明赵谏编《东瓯诗续集·补遗》录同，《清颍一源集》录70首（其中有题无诗及残缺者约20首），《东瓯诗存》卷八录5首。今存诗约50首。

8. 陈得时，字少成，号老吾。陈则翁仲子。《清颍一源集》卷一："由郡庠贡士任常州无锡县教谕。所著有《颍西清啸集》。"《温州经籍志》卷二四著录。《宋诗拾遗》卷十四录诗2首，《清颍一源集》录8首。

9. 陈可时，字少鲁，号懒吾。陈则翁三子。《清颍一源集》录诗8首。

10. 陈与时，字少方，号存吾。陈则翁四子。曾任南康杂造局副使。《清颍一源集》录诗10首。

11. 陈识时，字少枢，号民吾。陈则翁五子。《清颍一源集》录诗4首。

12. 陈冈，字士原（亦作元），号石池，又号溪堂。陈昌时长子。著有《溪堂稿》。《温州经籍志》卷二四著录。《宋诗拾遗》卷十四作"平阳人"，

录诗 2 首，《清颖一源集》录 16 首，《东瓯诗存》卷八录 9 首。

13. 陈礼峀，字士芳，号滨池。陈得时子。曾任浙江宣慰司都事。《清颖一源集》录诗 2 首。

14. 陈昇，字士顺，号晓池。陈可时三子。曾任江西崇仁县尉。《清颖一源集》录诗 12 首。

15. 陈观宝，字士珍，号鉴池。陈识时子。《清颖一源集》录诗 7 首。

二

纵览《清颖一源集》所录十五家诗，以陈供、陈则翁（另文介绍）、陈任翁、陈昌时、陈冈五家创作成绩较著，兹略事绍介。

1. 陈供

一生隐居不仕，雅好吟诵，宋“淳祐间以诗鸣”[7]。《阁巷陈氏宗谱》四云：“公颖悟不凡，好学能文。”胡长孺称其“能古今诗”[8]。他是阁巷陈氏家族诗社的首倡人，《清颖一源集》列于卷首。诗集已佚，今存 6 首，诗笔颇为清致。所居庭院多植杏树，人称“杏所”，五古《杏所吟》云：

青山绕我屋，暗水度疏篱。
屋前数杏树，昔日手所莳。
春风有余泽，荣色映丘墟。
所以二三子，识此幽人居。
幽居岂无乐，读我圣人书。
弹琴送落景，红润清寒徽。
欣得素心人，晨夕数追随。
古人已解事，种桃避时危。
我今际承平，栖遁亦何为。

赋景抒怀，娓娓叙来，自见幽情逸趣。《喜黄侍郎见访》起云：“村田种苗时，春水广如泽。茅屋起中流，无处辨阡陌。”孙锵鸣《东嘉诗话》评：“起四语写二三月间田间景趣逼真。”[9]五律《陈宰见访》：

君为百里宰，民俗不凋零。
白日无公事，青山入县厅。

读书遵古道，骑马到寒汀。

更酌一杯酒，相看鬓已星。

疏隽雅练，澹语中饶有腴味。《东嘉诗话》评：“‘白日’一联，视‘花落讼庭闲’‘蝴蝶飞上阶’等语，有过之而无不及也。”[10]此联写公庭闲静之况，较诸唐人岑参《初至犍为作》“草生公府静，花落讼庭闲”和东坡称赏的朱载上诗“官闲无一事，蝴蝶飞上阶”[11]诸句，更见工致。

2. 陈任翁

《清颍一源集》卷一小传：“宋景炎元年（1276），起义兵勤王。应张世杰檄，提兵至广南，任督佥。寻卧病卒于军中，年二十六。”《东嘉诗话》：“麟洲弱冠赴义，崎岖海南，卒以殉国，亦可谓忠义萃于一门。诗其以人重矣。”[12]宋元易革，国难危亡之际，任翁以一介书生，仗剑从戎，驱驰王事，精忠报国，大节凛然，卒以殉职。任翁存诗不多，所作纪事述怀，多慷慨悲凉之音。其写崎岖闽粤军行境况：

夜宿不解衣，晚饭惟脱粟。

甲重群马嘶，旗行万夫仆。

西风驱阵云，掺鼓振寒谷。（《丙子岁二首》之二）

兵马夜行残月下，弓旌寒响朔风高。

壶浆故老愁啼血，野饭将军猛茹毛。（《闽峤军中》）

叱咤喑呜，大有“落日大旗、马鸣风萧”的森肃和悲壮，也见出赴义兵间坚贞卓绝的志操。《丙子广南病中》云：

疑危身世寄铓锋，病久参苓术已穷。

卜命自知终有死，劳生空恨竟无功。

乡愁满眼秋云碧，客泪沾衣夕照红。

只恐游魂招不得，杜鹃声里拜东风。

丙子，端宗景炎元年（1276）。铓锋，剑锋。宋室垂亡，任翁抱病伍间，国难家仇交织，回天无力，令人痛愤。“杜鹃声里拜东风”，这是血泪凝成的诗句。《丙子岁二首》之二云：“丈夫死生义，岂为沾微禄……世无不死人，慎勿污简牍！”烈士怀抱，与文文山“人生自古谁无死，留取丹心照汗青”同一高节。

3. 陈昌时

《清颖一源集》卷一小传："自少颖悟，博学强记，为文雄深高古。……所著有《鸡肋集》。资静蔡先生芳修府志时，读公集乃书其后云：'意圆如丸珠，句奇如钩棘，语丽如长春芙蓉，韵古如黄钟大吕，非寻常步骤所可仿佛也。'其诗之豪欤！"他论诗主张"发乎情性之正，止乎礼义之实"，"有功于风教"[13]。他自己的诗作实践了这一主张。其诗陶写真情实意，托物自鸣，旨远辞文，"卓然自立，高古自成一家"[14]。明蔡芳称"意圆、句奇、语丽、韵古"，步骤不同寻常。

昌时的诗题材较为广泛，有怀古咏史之吟，也有贴近现实之作。前者如《古从军行三首》，歌咏张巡抉齿、南霁云断指、颜杲卿断舌，怀吊忠节，凛然兴慨，气象高拔。《黄金台》云：

> 峨峨燕中台，悠悠易上水。
> 怀哉燕昭王，招彼天下士。
> 士贵相知深，岂为多黄金。
> 筑台置黄金，自是君王心。

就战国燕昭王筑黄金台招纳天下贤士作论，别具见解。明吴论《鸡肋集序》谓"喻君臣之相知以义不以利"[15]，得其奥旨。孙锵鸣《东嘉诗话》评："议论极有见地。无限曲折，妙于四十字中写出，全不费力。既超迈，又浑成，真高唱也。"[16]

后者如《覆舟行》，写渔民迫于生计，不避风涛之险，"虽屡濒死亡而不遑自恤"[17]，子继父业，世代如此，悲辛谁知！"苦恨一身老无倚，朱门豢犬犹瓠肥……沙边老稚泣问天，谁家又打发船鼓。"写来字字沉痛。旱涝频仍，民生多艰，《雨中叹》叙青苗为水所浸，瘦株不抽，诗人"仰天行叹息"，"耕者一何苦！"《赠泰霞道士祈雨之验》盼久旱甘霖，闵岁忡忡，"秋禾总是三农发，一根禾白一发枯"，而"大官"素尸无动于衷。这些作品都体现了作者忧世悯农的深切情怀。

昌时的诗笔亦善变化，不限近体短律，五七言古皆能驱遣自如，才力富厚。杂言《玉翁惠琴》、五古《送章琴师》、七古《听琴弹秋江操》诸什，均善于摹写形容，表达尽致。后一篇云：

双手对我如相语，心归太古面如铁。
耳根飒飒来风雨，一笛归舟秋色里。
看来十指乱浮云，芦花柳絮飞纷纷。
昆山孤凤叫月碎，吴质不眠诉太真。
瘦蛟吹波水伯起，村寒海暝灵精聚。

从听觉、视觉感受刻画琴曲的音乐形象，可称惟妙惟肖，神理入微。

4. 陈冈

陈冈的诗长于五律，多用白描手法，朴淡简净，颇具四灵风致。晚寓平阳管岙山麓之后溪别墅，自号溪堂居士，有云：

有客来松下，呼童扫石根。
人家黄叶市，烟火夕阳村。
移席更临水，看山不掩门。
坐来忘夜久，衣露湿衣痕。（《后溪别业》）

通篇随兴而就，一种逸旷自适的情抱流露于笔间，洵称五言胜境。五句“席”，《清颍一源集》作“石”，此从《宋诗拾遗》卷十四。其余佳联警语络绎，如：

野席云分坐，松门水作邻。（《送章琴师》）
一家临水住，两户对山开。（《过赵氏隐居》）
酒醒风力透，衣冷雪痕侵。（《晓发桃花驿》）
长堤旧恨吹难尽，别路新愁扫复生。（《柳风》）
松花送驿山杯冷，枫叶烧云野饭香。（《送山中人》）
西风隼落拳惊雀，寒日牛归背聚鸦。（《田家即事》）

皆清隽秀润，遥有意味。

【注】

［1］温州图书馆藏道光五年（1825）瑞安陈锡山摆印本《阁巷陈氏清颍一源集》卷首。下引《清颍一源集》均见此本。

［2］胡长孺：《清颍一源集序》，见《阁巷陈氏宗谱·艺文》，《温州经籍志》卷

三二引，下册，上海：上海社会科学院出版社，2005 年，第 1519 页。

［3］《清颖一源集》卷一原录十五家诗 176 首，除去陈昌时名下有题无诗及残缺较多者 20 首，实计 156 首。

［4］隆庆六年区益《阁巷陈氏清颖一源集》续刊本序，《温州经籍志》卷三二引，下册，上海：上海社会科学院出版社，2005 年，第 1516 页。

［5］此据《弘治温州府志》卷十三《诸科・学究科》："陈则翁，号瑞洲，终广东副使。陈少垣，终教授。已上俱瑞安人。"（第 369 页）《清颖一源集・陈昌时》云："由宏词科任廉州路教授。"《东瓯诗存》卷八小传云："宝祐间登论秀科，授廉州教授。"皆为未确。《弘治温州府志》"宏词科""论秀科"均无陈昌时名。昌时父陈则翁生于宋理宗淳祐八年（1248），宋度宗咸淳四年（1268）登学究科；宋理宗宝祐元年（1253）、四年（1256）开学究科，设以宝祐四年（1256）算，昌时登科不可能早于其父八年，更不可能在其父还是八龄孩童时候，其误断然可知。

［6］《清颖一源集》卷一，《温州经籍志》卷三二引，下册，上海：上海社会科学院出版社，2005 年，第 1519 页。

［7］《清颖一源集跋》，道光五年陈锡山摆印本。

［8］胡长孺：《清颖一源集序》，《阁巷陈氏宗谱・艺文》，《温州经籍志》卷三二引，下册，上海：上海社会科学院出版社，2005 年，第 1519 页。

［9］胡珠生编：《孙锵鸣集》下册《东嘉诗话》，上海：上海社会科学院出版社，2003 年，第 629 页。

［10］胡珠生编：《孙锵鸣集》下册《东嘉诗话》，上海：上海社会科学院出版社，2003 年，第 629 页。

［11］陈鹄：《耆旧续闻》卷一引，知不足斋丛书本。

［12］胡珠生编：《孙锵鸣集》下册《东嘉诗话》，上海：上海社会科学院出版社，2003 年，第 630 页。

［13］陈昌时：《乾坤清气诗集序》，见《阁巷陈氏宗谱》，《温州经籍志》卷三二引，下册，上海：上海社会科学院出版社，2005 年，第 1519 页。

［14］高彦：《鸡肋集序》，《温州经籍志》卷二三引，中册，上海：上海社会科学院出版社，2005 年，第 1017 页。

［15］吴论：《鸡肋集序》，《温州经籍志》卷二三引，中册，上海：上海社会科学

院出版社，2005 年，第 1018 页。

［16］胡珠生编：《孙锵鸣集》下册《东嘉诗话》，上海：上海社会科学院出版社，2003 年，第 631 页。

［17］胡珠生编：《孙锵鸣集》下册《东嘉诗话》，上海：上海社会科学院出版社，2003 年，第 631 页。

40

屈子《离骚》 杜陵诗史

——林景熙《梦中作四首》

林景熙（1242—1310），字德阳，号霁山，宋瑞安府平阳县坳中奥里（今属苍南县繁枝乡）人。咸淳七年（1271）上舍释褐。历泉州教授、礼部架阁。宋亡不仕，栖隐故山，往来吴越间。著有《白石樵唱》《白石稿》，同里章祖程为其诗集作注。浙江古籍出版社2012年版《林景熙集补注》五卷，较为完备。

元世祖至元二十二年（1285）八月，江南释教总统（管辖诸路僧人）杨琏真迦，重赂执政大臣桑哥，以修复旧寺为名，率凶徒发掘会稽（绍兴）南宋六帝（高宗、孝宗、光宗、宁宗、理宗、度宗）陵墓，盗劫金玉宝货。元统治者为了镇压汉族人民的民族意识，对这种暴行逆举予以默许和纵容。这件事引起当地人民极大愤慨。林景熙适寓越上，痛愤不已，与同乡好友郑朴翁扮作丐者，身背竹箩，手持竹夹，潜往收殓暴露的陵骨。又铸银作两许小牌百十，系于腰间，取贿监守的番僧。将捡得的高宗、孝宗遗骼，秘密移葬于兰亭后天章寺旁（绍兴市西南兰沚山），在土坟上种植冬青树作为标志。[1]事后写作《梦中作四首》和《冬青花》诗。元章祖程注："在元时作诗，不敢明言其事，但以'梦中作'为题。后篇《冬青花》亦此意也。"[2]诗云：

珠亡忽震蛟龙睡，轩敝宁忘犬马情。
亲拾寒琼出幽草，四山风雨鬼神惊。（之一）

首句，颔下明珠丢失，震惊睡眠中的蛟龙。蛟龙睡，喻死后长眠的宋帝。珠亡，指殉葬珠宝被劫，影射宋帝陵墓遭掘。"震"字写出帝陵被掘，群情愤激。次句，车子坏了，拉车的犬马也难以忘情。轩，车箱。轩敝，犹《离骚》中说的"皇舆败绩"（君王车乘败坏），喻国家倾覆。宁，岂。犬马情，喻臣下眷怀君主的深情。曹植《上责躬应诏诗表》："不胜犬马恋主之情。"此言国破臣民无不痛心。三四句说，在荒野草莽中偷偷地收殓被遗弃的帝陵骸骨，回望四围，群山肃穆，风雨如晦，壮烈的义举感动了天地鬼神。寒琼，白玉，喻指骸骨。

一抔自筑珠丘土，双匣犹传竺国经。

独有春风知此意，年年杜宇泣冬青。（之二）

前二句咏偷运移葬事：双盒里盛装着二帝遗骸，假言佛经秘密运出；像神话中鸟雀衔砂珠积成丘阜安葬帝舜那样，用一捧捧土筑起了新坟。一抔，一棒土。晋王嘉《拾遗记》卷一载：舜葬苍梧之野，有神雀群飞衔青砂珠，积成垄阜，名曰珠丘。竺国，天竺国，指古印度。竺国经，指佛经。后二句说，只有春风和杜宇（杜鹃鸟）能够体察我的赤诚之心，年年吹拂着坟前的冬青树，为之哀泣悲鸣。

昭陵玉匣走天涯，金粟堆前几吠鸦。

水到兰亭转呜咽，不知真帖落谁家。（之三）

昭陵，唐太宗陵墓。太宗素爱王羲之《兰亭集序帖》，死后真迹被殉葬墓中。但昭陵后来曾被打开，没有发现这一传世墨宝。诗说：昭陵被盗，装在玉匣殉葬墓中的《兰亭集序帖》也流失人间（走天涯）；气象庄穆的金粟山头（唐玄宗墓所在地），现今也一片凄凉（几吠鸦）。景熙当时将收殓的陵骨埋于"流觞曲水"之兰亭，所以联系到唐太宗昭陵的殉葬物《兰亭帖》，用以喻指帝陵遗骨。就地取材，运典恰切自然。作者《次翁秀峰》诗"唐陵愁问永和帖"，永和帖即兰亭帖，喻指同。金粟堆，借指山阴宋帝陵墓。作者《答金华王玉成》诗"金粟荒愁杜宇前"，用意同。诗以兰亭帖的失踪为喻，意谓人们哀念帝墓被掘，不知陵骨（真帖）已被移葬兰亭。作者《春感》诗："子规叫残金粟暮，茧纸兰亭已飞去。"也是暗咏这件事，寓旨相同。

珠凫玉雁又成埃，班竹临江首重回。[3]

犹忆年时寒食祭，天家一骑捧香来。（之四）

珠凫玉雁，指帝陵殉葬宝物。春秋吴王阖闾、秦始皇都有以黄金珠玉制为凫雁殉葬的记载。班（斑）竹，用娥皇、女英二妃哭葬帝舜，泪染湘竹事。首重回，重回首。年时，当年。寒食（清明前一日），古有祭扫祖茔的习俗。天家，天子。这首说：帝陵殉葬宝物，又一次化为尘埃；江边斑竹的滴滴泪痕，不禁令人再度回想往事。还历历记得往年寒食时节，朝廷派遣专使前来献香致祭的隆重场景。触景伤怀，言外不尽今昔沧桑之慨。

这四首绝句，“词旨幽恻，闻者悲之”[4]，在当时就广为传诵[5]。以藻思绮合之笔，写激楚苍凉之情，是林景熙诗的最显著特色，在这组诗中表现得非常突出。作者纪事抒怀，运用多种艺术手段，如比喻的语言、比兴的手法、神话故典、对比映照，以及场景再现、氛围烘染，等等。作者的感绪极度悲愤，而表现方法上却又含蓄宛转，无限低回，拳拳宗国之情，可谓“一篇之中，三致意焉”（司马迁称叹《离骚》语）。因此具有很大的感染力，可歌可泣，七百多年来曾经打动无数读者的心弦。明冯彬刊刻《霁山集》时说“凄惋悲慨，予读而哀之”[6]。清邵廷采《宋遗民所知传·林景熙》引录《梦中作》诗，称：“当是时，景熙风动江表。”[7]清赵翼《瓯北诗话》卷十一举录为“诗人佳句”。张綦毋《船屯渔唱》之九一：“道人晞发语惊奇，七字悲歌或过之。谁道宋亡诗法坏，试教载酒读林诗。”[8]“七字悲歌”即指《梦中作四首》。张元启《书宋陵遗骼考后》之一：“莫悲弓剑落桥山，玉匣飘零坠道间。谁拾寒琼出幽草，孤臣血泪淌潸潸。”[9]李慈铭《越缦堂日记》：“霁山六陵诸诗，最凄婉可爱，并录于此，以便讽诵。”[10]苏渊雷先生谓年少就读南雁荡会文书院时，“一夕风雨甚，聆张汉杰师灯下朗诵霁山诗‘水到兰亭转呜咽，不知真帖落谁家’之句，声泪俱下；余亦凄其兴感，不能自已。此情此景，迄今六十六年，犹历历在目也”[11]。予注《林景熙集》，卷首题辞有云：“潜移龙蜕筑珠丘，山竹一声天地愁。泪洒兰亭呜咽水，诗人忠义著千秋。”[12]

诗中还有一些经典性的词语，不断为后来的著作家沿用。如清全祖望《再奉浙东孙观察帖》：“一坏（抔）未筑，双匣亲传。”[13]《奉浙东孙观察论南宋六陵遗事帖子》：“玉匣珠襦”，“四山风雨”，“向兰亭而呜咽，索真帖于谁家？”[14]清陶元藻《广会稽风俗赋》：“宝匣之蛟龙辗转，桥山之弓剑凄凉。断六更之谯鼓，感一骑之天香”，“访珠邱于兰渚，而识金粟于天章”[15]。可见播在人口，影响深远。

正是：忠义足动千古，辞章亦彪炳史册，“屈子《离骚》，杜陵诗史”[16]，兼而有之，堪称风雅正声。借用翁方纲《石洲诗话》中的一句话：“宋人七绝，自以此种为精诣。”

【注】

［1］参阅陈增杰：《林景熙集补注》附录三《收葬宋陵遗骨事及梦中作诗辨证》，下册，杭州：浙江古籍出版社，2012 年，第 571 ～ 583 页。

［2］章祖程：《白石樵唱注》，见陈增杰：《林景熙集补注》卷三，上册，杭州：浙江古籍出版社，2012 年，第 317 页。

［3］“珠凫”二句，元郑元祐《遂昌杂录》引录作“桥山弓剑未成灰，玉匣珠襦一夜开”。

［4］薛应旂等：《嘉靖浙江通志·林景熙传》，见陈增杰：《林景熙集补注》附录三，下册，杭州：浙江古籍出版社，2012 年，第 550 页。

［5］见郑元祐《遂昌杂录》、陶宗仪《辍耕录》卷四。叶子奇《草木子·谈薮篇》、程敏政《宋遗民录》卷十四、邵廷采《宋遗民所知传·林景熙》、宋长白《柳亭诗话》卷二三并见引录。

［6］冯彬：《霁山先生集序》，见陈增杰：《林景熙集补注》附录一，下册，杭州：浙江古籍出版社，2012 年，第 480 页。

［7］邵廷采：《思复堂文集》卷三，杭州：浙江古籍出版社，2010 年，第 203 页。

［8］张綦毋：《潜斋集》，郑州：中州古籍出版社，2010 年，第 246 页。

［9］张元启：《兰畦诗稿》，《潜斋集》附，郑州：中州古籍出版社，2010 年，第 329 页。

［10］李慈铭：《越缦堂日记》咸丰十年六月二十六日，《越缦堂日记说诗全编》上册，南京：凤凰出版社，2010 年，第 190 页。

［11］《苏渊雷全集》第三册《文学卷·仰霁亭碑记》，上海：华东师范大学出版社，2008 年，第 332 页。

［12］陈增杰：《林景熙集校注题辞三首》之一，见《林景熙集补注》附录四，下册，杭州：浙江古籍出版社，2012 年，第 597 页。

［13］全祖望：《鲒埼亭集》卷三三，影缩本《四部丛刊初编》，上海：商务印书馆，1936 年。

［14］全祖望：《鲒埼亭集》卷三三，影缩本《四部丛刊初编》，上海：商务印书馆，1936 年。

［15］陶元藻：《泊鸥山房集》卷十一，《续修四库全书》第 1441 册，据清嘉庆衡河草堂藏板影印，上海：上海古籍出版社， 2002 年。

［16］鲍正言：《霁山先生集跋》，见陈增杰：《林景熙集补注》附录一，下册，杭州：浙江古籍出版社，2012 年，第 493 页。

41

遗黎志士的心灵交流

——谢翱林景熙的“远游”唱和

宋末元初诗坛，谢翱、林景熙齐名，两人节义既同，才概亦略似，并称翘楚。谢翱因为曾从文天祥抗元军（任咨议参军），写过流传很广的散文名篇《登西台恸哭记》，名气可能更大一些；而实际上两人的诗文成就各有千秋，在伯仲之间。明清以来诗论家都以谢、林相提并论，胡应麟《诗薮·闰余中·南渡》云：“南渡之末，忠愤见于文词者，闽谢皋羽、瓯林德旸，皆有集行世。”[1]陈焯《宋元诗会》卷五五谓林诗“悲愤凄惋，视谢皋羽为一致云”[2]。王士禛《带经堂诗话》卷四谓“是时谢皋羽、林霁山辈，皆以文章节义著于东南”，而《谷音》诸人“遥应为和”[3]。顾嗣立谓：“是时宋之遗民故老，伊忧抑郁，每托之诗篇以自明其志，若谢皋羽、林德阳之流，邈乎其不可攀矣。”[4]可见两人并名，同为遗民诗派的代表作家，是大家所公认的。

谢翱（1249—1295），字皋羽（羽一作父），号晞发翁，原籍福州长溪（今福建福安），徙居建州浦城（今福建浦城），是一位秉性耿介、倜傥有大节的志士，少景熙七岁。他们的结识，盖在元初至元二十年（1283）。时谢从抗元军兵败避地两浙，抵会稽（绍兴），缔交王英孙、林景熙、郑朴翁、唐珏等，共结“汐社”。[5]两人交情深笃，同时代作家何梦桂说谢“不妄许人”，而于景熙特敬重，记云：“予顷尝识皋羽，每见其谈林德阳、吴某，忠谊不可企，心敬之爱之。”[6]

谢翱《晞发集》卷三有《远游篇寄府教景熙》：

朝游扶桑根，不折拂日枝。

莫食楚萍实，掬海见虹霓。

黄鹄别我影，目尽汉水湄。
况复衔其子，风露何当归？
飘萧软桂丛，零落紫苔衣。
梦魂知尔处，落羽在瑶池。

此篇当为至元二十七年（1290）后寄林景熙所作。景熙宋末曾任泉州府教授，故称府教。全诗十二句，分三段。前四句言远游扶桑（传说日出处），取萍实而食，掬海水而饮，皆示高洁。“不折拂日枝”，寓意绝不趋炎附势，攀附新贵。莫，同“暮”。楚萍实，孔子所称“吉祥”罕见之物（见《孔子家语·致思》）。接下六句，借写黄鹄形象，表达对故土的思念。古《黄鹄歌》有“居常土思兮心内伤，愿为黄鹄兮归故乡”句（见《汉书·西域传下·乌孙国》）。桂丛，指隐居地。汉淮南小山《招隐士》首云“桂树丛生兮山之幽”。桂丛稀疏（飘萧），苔藓（苔衣）零落，暗含“归去来兮，田园将荒胡不归”意。结末二句，言仙境（瑶池）不可即，旧国故人令我梦魂牵萦。尔，指景熙。落羽，羽毛摧落，喻失意。

全篇借咏远游仙境，抒写欲飘然高举遗世独立，而又不能忘怀故国故邦，曲折地表达了一种孤独失落、渺茫怅惘的复杂情感。诗中交织着理想与现实的冲突，是遗黎节士深沉的亡国之痛。

林景熙因作《酬谢皋父见寄》答和：

入山采芝薇，豺虎据我丘；
入海寻蓬莱，鲸鲵掀我舟。
山海两有碍，独立凝远愁。
美人渺天西，瑶音寄青羽。
自言招客星，寒川钓烟雨。
风雅一手提，学子屦满户。
行行古台上，仰天哭所思。
余哀散林木，此意谁能知？
夜梦绕句越，落日冬青枝。

全诗十八句，亦分三段。第一段开首六句，就谢诗“远游”发兴，豺虎据丘，鲸鲵掀舟，山海两碍，寓国亡托身无地，凝愁独立，有苍茫百感之慨。第二段“美人”十句，写谢寄书相慰，称美谢的高风亮节。美人，贤人，指谢翱。

招客星，言相约汉末高士严光（客星），烟雨同钓，表示追踪严子陵的高蹈，不仕新朝。重振风雅，指承继《诗经》传统。屦满户，谓从学者很多（门外脱满鞋子）。赞扬皋羽歌诗自咏，卓卓正声。古台，指西台，在浙江桐庐县西富春山麓。所思，指文天祥。谢在文天祥燕京就义九周年忌日，登西台哭祭，写成《登西台恸哭记》；又有《西台哭所思》诗。余哀散林木，《登西台恸哭记》："有云从南来，渰浥浡郁，气薄林木，若相助以悲者。"第三段末后二句，归结到寄酬双方。句（gōu）越，越国，指会稽。会稽宋陵被掘，景熙秘密收葬遗骸，在土坟植以冬青。据载，谢翱也参与其事。故说：我同你一样，心中牵挂梦寐不忘的是先帝陵墓。景熙有《梦中作四首》《冬青花》诗，皋羽亦有《冬青树引别玉潜》作。吴瞻泰云："数人之诗，皆托冬青以见意，如出一手……感慨激昂，则有不能掩者。"[7]

诗中刻画了谢翱的不屈形象和恋恋宗国之怀，表达的也是他自己的眷念情思。全诗格高意远，充满肝胆相照的知己之情。《宋诗啜醨集》卷四潘问奇评："遗民之音，天老地荒。"[8]程千帆、沈祖棻《古诗今选》析云："这不是一般的酬答之作，而是两个志同道合、忠肝义胆的战友彼此之间崇高的心灵交感。对于谢翱，对于自己，林景熙都了解得非常真切，所以在他的笔下，就不仅呈现了谢翱的，同时也呈现了自己的真实形象。"[9]揭示林诗宗旨，要言不烦，十分精辟。

谢翱、林景熙古诗悉出《离骚》《文选》，谢兼效孟郊、李贺，林直法陈子昂、杜甫，而皆能匠心自恣。《宋诗钞》的编者吴之振等较论异同，谓"大概凄怆故旧之作"，两家诗"相表里"，风格上"翱诗奇崛，熙诗幽宛"[10]。所评颇为简要，亦极允当。然此乃就其大较而言，如林此作则"奇崛""幽宛"兼具，盖古人赠诗多用彼体故也（如杜甫赠太白诗则作李体）。

【注】

[1] 胡应麟：《诗薮》杂编卷五，上海：上海古籍出版社，1979 年，第 317 页。

[2] 陈焯：《宋元诗会》卷五五《林景熙》，文渊阁四库全书本。

[3] 王士禛：《带经堂诗话》卷四《纂辑类》一二（出《香祖笔记》卷二），上册，北京：人民文学出版社，1982 年，第 104 页。

［4］顾嗣立：《元诗选》初集《陵阳先生牟巘》叙，北京：中华书局，1987年。

［5］徐沁《谢皋羽年谱》：“癸未，至元二十年。会稽王才翁英孙……时方延致四方游士，赋咏相娱，先生依焉。”见《昭代丛书》甲集卷二一。清邵廷采《宋遗民所知传·王英孙》：“闽人谢翱，东瓯林景熙、郑宗仁皆主其家，共结汐社，同里唐珏与焉。”又《宋遗民所知传·谢翱》：“遂结社稽山，名其会所云汐社，取晚而信也。”均见《思复堂集》卷三，杭州：浙江古籍出版社，2010年，第200页、196页。

［6］何梦桂：《潜斋文集》卷七《吴愚隐诗序》，文渊阁四库全书本。

［7］吴瞻泰：《霁山先生诗文集序》，见陈增杰：《林景熙集补注》附录一，下册，杭州：浙江古籍出版社，2012年，第487页。

［8］潘问奇、祖应世：《宋诗啜醨集》卷四，乾隆十八年刻本。

［9］程千帆、沈祖棻：《古诗今选》下册，上海：上海古籍出版社，1983年，第616页。

［10］吴之振等《宋诗钞·白石樵唱钞叙》：“大概凄怆故旧之作，与谢翱相表里。翱诗奇崛，熙诗幽宛。蛟峰方逢辰曰‘诗家门户，当放一头’，非虚言也。”（第3册，北京：中华书局，1986年，第2896页）

42

宋朝节义士　和答半云庵

——林景熙陈则翁的唱酬篇

瑞安阁巷陈氏家集《清颍一源集》卷一陈则翁小传："因崖山之变，弃官归里，迁居柏桥，建集善院，奉宋主龙牌，朝夕哭奠。日与林德旸、裴季昌、林旻渊、曹许山辈以诗文往来，私相痛悼。作为诗歌，离黍之悲，溢于言外。所著曰《沧浪兴》。"[1]其往还诗友林景熙（德旸）、郑朴翁（初心）、裴庾（季昌）、林正（旻渊）、曹稆孙（许山）、曹告春（近山）等，皆宋元之际瑞安、平阳一带节义高介之士，志概相同。

陈则翁擅长五律，工于炼句，孙锵鸣《东嘉诗话》盛誉其作，谓"雄警绝俗，四灵以后可谓自树一帜"[2]。宋亡后隐归故里，啸咏酬唱，多故国情思，笔端时时流露。《寄郑初心》云：

> 向夕江天迥，西风一寄楼。
> 半生寒似月，孤梦夜长秋。
> 白浪知吴恨，黄花识晋愁。
> 故人音问绝，宿雁自汀洲。

秋风冷月，孤梦江湖；晋愁吴恨，同调相惜，通篇辞意凄恻。《秋思》云：

> 在世身是客，余年老一洲。
> 荒村寒信早，黄叶晚风秋。
> 水净见孤影，天空生远愁。
> 杰然霜下菊，佳色满林丘。

品题霜菊，以咏怀抱。孙锵鸣评："末二句隐然见乡里忠义之盛，足为厓山生色。"[3]《仙峰别墅》云"相高有松竹，不受劫中埃"，託物言志；

《山行》云“野径不多竹，幽兰自作花”，借景达情。他如《夜归》“小雨不伤月，西风忽破云”、《赵仲瑜小景》二首之二“白鸟来书屋，青山落酒樽”、《春游仙坛就简曹许山林五峰诸君》“泉声新雨过，野色断云留”、《和高南轩》“乱花空异色，白发不同春”等联，皆称警炼。

则翁诗学传家，熏陶继承，五子陈昌时、陈得时、陈可时、陈与时、陈识时及诸孙陈冈、陈礼耑、陈昇、陈观宝俱能诗，华章流播，编在家集。

但是，《瑞洲集》中最值得一提的是他与林景熙的半云庵唱和名篇。民国《平阳县志·人物志四·林景熙等传论》云：“霁山与瑞安陈瑞洲雅为同调，裴芸山编《清颖一源集》所与酬唱诸贤，与《霁山集》之附见者，皆所谓草木臭味，非有差池者也。”[4]他们是意气相投的同志契友。则翁居室名“半云庵”，比自身为云，“半云”（半朵云）者自谦之言。景熙因赋《半云庵》寄赠：

天地等蘧庐，结庐复何事？
一间亦寄耳，况乃寄所寄。
我身正似云，于此适相值。
买邻不用钱，平分有余地。
岂不爱专壑，孤立圣所惧。
平生志八荒，泽物乃吾素。
我行云不随，云行我复住。
出处两何心，得非以时故？
造物无全功，苍生竟谁吁？
石床坐忘言，平分一半愧。

全诗二十句，可分四段。开篇四句就“庵”字发论，大意说：天地好比旅舍，你在旅舍中又修建庐屋，那是为了什么？人生在世，本来就像是匆匆行客，又何况被局束在小小的庐屋中。蘧庐，旅舍。李白《春夜宴从弟桃花园序》：“夫天地者，万物之逆旅也。”第二段“我身”六句，言己身飘荡似云，适相遇合，幸得结佳邻为伴，然圣者不独善其身。专壑，独占山林。买邻，谓选择好邻居。《南史·吕僧珍传》有“一百万买宅，千万买邻”语。第三段“平生”六句，谓己之素志在推行善政惠爱于民（泽物），而慨叹世变时异，不得施行匡济抱负。“我行云不随，云行我复住”，元章祖程释云：“我于仕进

之初，未有名位，不得施其泽物之功，是我行而云不随也。及名位既得，可以行其志矣，而又退处山林之不暇，是云行而我复住也。其所以然者，岂非时事不同之故欤？”[5]得其意蕴。结末四句说，造物者不能两全其美，民生多艰，谁为呼告？想你幽隐静坐石床，其实不能忘乎一切，我也同你一样心怀惭愧。吁（yù），呼告。石床，隐者坐卧之具。忘言，谓不须再用言语去辨析。收笔不苟，“平分一半愧”，“平分”字宾主兼到，“一半”复缴题“半云庵”，自然妥帖。落韵亦意味深长。

则翁遂作《半云庵和答林霁山》酬复：

孤云伴孤吟，彼此识心事。
促席聊自怡，不索远持寄。
相亲期虚左，岂云自偶值。
云乘龙之嘘，足以塞天地；
人之气浩然，何尝有忧惧。
霏霏秋景边，澹然一儒素。
人亦云不殊，云因就人住。
云定梦不飞，梦觉云如故。
世路翻手交，闭关谢来吁。
出此或苟焉，触处有余愧。

也是二十句，用相同的韵字和序次，称次韵。这是和唱诗中格律最严的一种。开首四句说，孤云伴我孤身，彼此心事相同；聊且自我怡悦，不求持以远赠。暗用南朝梁陶弘景《诏问山中何所有赋诗以答》：“山中何所有，岭上多白云。只可自怡悦，不堪持赠君。”言隐遁别无所图。第二段“相亲”六句，说十分期盼你的到来（虚左位敬待），相同的志趣把我们结合在一起；胸怀浩然正气，如同乘龙而起充塞天地的云气一样，无忧无惧。第三段“霏霏”六句，言秋光下闲居的淡然儒者（儒素），也跟那悠悠浮云差不了多少（不殊）。云起云住，随人俯仰；云止梦觉，一切如故。结末四句，言世态炎凉，自己闭门谢绝尘事，虽怀愧心（不能泽物），实出无奈。这是对景熙“苍生竟谁吁”婉言劝勉的答谢。

林、陈赠答二诗，都从半云庵的“云”字生发出去，引喻取义。林诗“我行云不随，云行我复住。出处两何心，得非以时故”，陈诗“云乘龙之嘘，足以塞天地；人之气浩然，何尝有忧惧”，皆为“笔力奇横”之句，托云抒怀，各得其妙，最称警拔。通观二诗之意，泽物济世乃景熙素志，虽世变避归林下，犹不能忘怀一切；而则翁以淡泊为怀，养我浩然之气，闭关谢事，洁身自好。这是两位哲人秉持节操的同时在处世态度上所表现出来的微细差异，景熙可能要更积极一些。

又按：陈诗首云“孤云伴孤吟，彼此识心事”，乃就自身而言。彼此，指云与已。孙锵鸣《东嘉诗话》“陈则翁”条谓：“发端十字，便写得霁山心事出。”[6]恐怕领会错了，不合原意。“云乘龙之嘘，足以塞天地；人之气浩然，何尝有忧惧”四句，既是用来称颂景熙，又是自抒怀抱，笔意宾主兼到。孙谓“非霁山亦不克当此”，乃专就景熙一面说，似尚欠全面。

【注】

[1] 陈冈编选：《清颍一源集》，道光五年陈锡山摆印本。

[2] 胡珠生编：《孙锵鸣集》下册《东嘉诗话》，上海：上海社会科学院出版社，2003年，第630页。

[3] 胡珠生编：《孙锵鸣集》下册《东嘉诗话》，上海：上海社会科学院出版社，2003年，第629页。

[4] 王理孚修，符璋、刘绍宽纂：《平阳县志》卷三五，民国十四年（1925）刻本。

[5] 章祖程：《白石樵唱注》，见陈增杰：《林景熙集补注》卷三，上册，杭州：浙江古籍出版社，2012年，第271页。

[6] 胡珠生编：《孙锵鸣集》下册《东嘉诗话》，上海：上海社会科学院出版社，2003年，第629页。

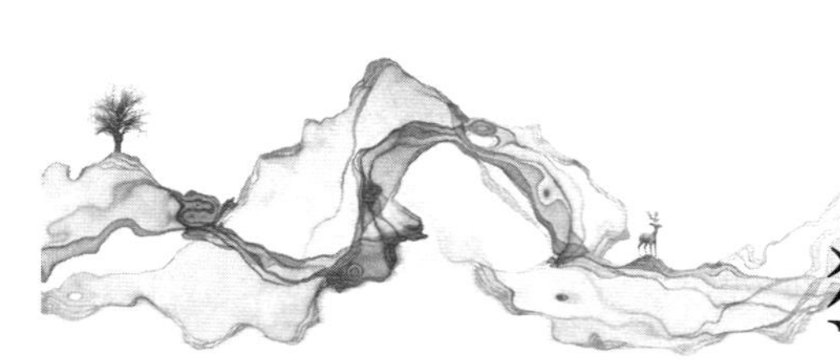

43 独提诗律继黄陈

——林景熙七律的风格

在温州诗歌发展史上，宋元是最发达的巅峰时期，而林景熙则是这一巅峰期的代表人物。林景熙的诗，涵蕴深刻，承载着时代社会和民生的厚重内容，形式上各体兼备，风格多样，名章胜咏叠出。其五古意韵沉至，七古词气蹇拔，五律凝练，七绝幽宛，七律遒健郁勃，成绩更见突出。从总体衡量，笔者认为，林景熙是温州历史上创作成就最高的诗人。

笔者30多年来致力于乡邦文献整理和诗学抉微，对温籍诗人作品和温州诗史做过认真研读探索，有较深入的了解。相继编校出版《永嘉四灵诗集》(1985)、《林景熙集校注》(1995)、《李孝光集校注》(2005)、《林景熙集补注》(2012)、《李孝光选集》(2014)、增订本《李孝光集校注》(2016)；并担任《温州文献丛书》副主编、《温州通史》顾问，审阅《东瓯诗存》等多种总集别集；在国内学术期刊和高校学报发表相关论文30余篇。上述见解是笔者经过仔细考察、充分比较、深思熟虑之后得出的体会，愿与读者诸君更相探讨之。

如上文述，林景熙的诗，诸体兼工，并有出色之作，但其中最为擅长并且也最能体现他诗歌艺术风格的则是七言律体。

《林景熙集》现存诗315首，其中七律85首，数量最多。清初选家范大士《历代诗发》卷二九评其七律云："俱秀健有骨，不必律以唐格，徒为优孟衣冠也。"[1]优孟，古演艺者之称。优孟衣冠，谓如登场演戏，喻徒事模仿。这是说景熙的七律并不亦步亦趋唐人律格，而能自具性情面目。这个评论说得不错。景熙的七律完全是宋派宋调，自见风格。他远绍少陵，近俪放翁，又效法黄庭坚（山谷）、陈师道（后山）奇警遒劲的格律，豪健跌宕，郁勃沉挚，表现出“清而腴”“婉而壮”又蕴藉又酣畅的特点，在宋季戛戛独造，凌驾诸家之上。他说“独提诗律继黄陈”（《重游镜曲次韵》），表明艺术上的追崇，在运意铸句方面借鉴黄山谷、陈后山的律法，而又能变化独出心裁，没有沾染江西派后期作家枯涩生僻的弊病，说明善能继承创制，推陈出新。

举几首诗例说明。《别王监簿》：

玄发相逢雪满颠，一番欲别一凄然。

离亭落日马嘶渡，旧国西风人唤船。

湖海已空弹铗梦，山林犹有著书年。

蓬莱不隔青禽信，还折南枝寄老仙。

王监簿即王英孙，宋末官将作监主簿，也是一位节义之士，是景熙的同志和挚友。此诗当是作者晚岁离越州（绍兴）还乡辞别之作。首联言初逢时正值盛年（玄发），而今各已白发满头。一次次分手道别，一回比一回感到伤凄。一开篇即渲染了惜别的氛围，见出友情深笃，也包含岁月不再、人事沧桑的伤感。

颔联写临行话别情景。离亭渡口，人们呼唤着催促上船，预感到将要分道而行的马儿也不禁伤心地萧萧嘶鸣；相望故国山河，在落日影下，西风凛冽中，更觉得是那样的寂寥惨淡。这是脍炙人口的警句，在当时即广为传诵。元章祖程注：“越上诸公最赏先生此联。”[2]二句不唯状写渡头景物如画，尤妙在悲凉而出以秀淡，黯然无限，较唐人温庭筠“波上马嘶看棹去，柳边人歌待船归”（《利州南渡》）句，更饶深层意蕴。

颈联说，此身漂泊江湖，已空用世之志；老归山林，唯有著书以度余年。表示绝不贪图爵禄而改易操守。弹铗，敲击剑柄。战国齐人冯谖寄食孟尝君门下，尝弹铗而歌，后为孟尝君重用。见《战国策·齐策四》。

结联谓此别虽相隔遥远，但仍可互通音问。南枝，指梅花。老仙，谓王监簿。折枝相寄，暗用南朝宋陆凯折梅花一枝赋诗寄赠范晔的故事（见盛弘之《荆州记》），既表友朋思念之情，又以梅枝为象征，包含气节相励的深意。

又如：

大雅凋零尚此翁，醉乡一笑寄无功。

衣冠洛社浮云散，弓剑桥山落照空。

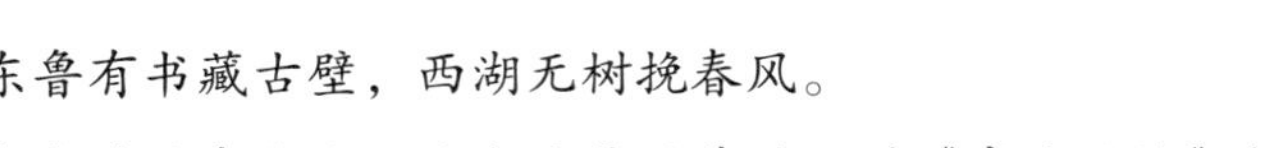

东鲁有书藏古壁，西湖无树挽春风。
巾车莫过青华北，城角吹愁送暮鸿。（《寄林编修》）

初阳蒙雾出林迟，贫病虽兼气不衰。
老爱归田追靖节，狂思入海访安期。
春风门巷杨花后，旧国山河杜宇时。
一种闲愁无著处，酒醒重读寄来诗。（《答郑即翁》）

也都是霁山体七言律的精品。这些律作，抒写国亡忧思和自己守节不屈的心志，笔意跌宕，流丽中感慨顿挫，那种悱恻的情思、深沉的郁愤，始终盘绕笔端，读之有一种回肠荡气的力量。而词采朴茂，韵姿跃出，又称得上“发天葩于枯槁，振古响于寂寥”[3]。

景熙的律句，对偶精工，运典浑融，寄意深远。其佳联警语，多为明清诗论家如胡应麟《诗薮》（杂编卷五）、贺裳《载酒园诗话》（宋）、宋长白《柳亭诗话》（卷一、卷十九）、郭麐《灵芬馆诗话》（卷九）、李慈铭《越缦堂诗话》（卷上）所称赏举引。《东山渡次胡汲古韵》：“一川白鸟自来去，千古青山无是非。”以山、鸟的无知，反衬登览者的有情，借达易代兴亡的感慨。岑参《再过金陵》云：“江山不管兴亡恨，一任斜阳伴客愁。”司马光《过洛阳故城》云：“春风不识兴亡意，草色年年满故城。”也都是这个意思，不过他们已经用“不管”“不识”加以点破了。《闻家则堂大参归自北寄呈》：“清唳秋荒辽海鹤，古魂春冷蜀山鹃。”家则堂即家铉翁，奉使被拘十九年始得放还。辽鹤归来，城郭人民已非；蜀鹃悲啼，何处重拜帝魂？深寓亡国哀思。《答柴主簿二首》之一：“老气十年看剑在，秋声一夜入灯深。”挑灯看剑（辛弃疾寄陈同甫壮词“醉里挑灯看剑”），壮心犹在；老气秋声，怀抱未开。写得慷慨豪迈，又极悲凉，堪称沉炼之句。

景熙七律也有松俊秀逸的一面，显示了他多样化的风格。隽句络绎，如《喜刘邦瑞迁居采芹坊二首》之一：“卜邻俎豆三迁后，负郭田畴二顷初。”贺乔迁之喜，上句用孟母择邻事，下句用《史记·苏秦列传》语，使典恰切自然，运化无迹。《酬合沙徐君寅》：“乡心荔子熏风国，客路槐花细雨时。”用白描手法，展现南土风物，令人向往。《用韵寄陈振先同舍》：“煮茗敲冰贫有味，看花隔雾老无情。”[4]化用故典，叙写日常琐细，别具情趣。《新晴偶出》云：

琴床茶鼎澹相依，偶为寻僧出竹扉。
风动松枝山鹊语，雪消菜甲野虫飞。
看花春入桄榔杖，听瀑寒生薜荔衣。
古寺无人云漠漠，溪行唤得小船归。

通体松俊秀朗，韵致逸然。章祖程评中二联：“前联融景趣之妙，后联得句法之新。”[5]颇为精切。桄榔杖、薜荔衣，借“看花春入、听瀑寒生”点染生神。春入桄榔杖，又从东坡《寄题刁景纯藏春坞》诗“春在先生杖履中”化出，造语鲜新，一片自然浑化之意，漾见笔间。

【注】

[1]范大士《历代诗发》卷二九林景熙《云门即事》《答郑即翁》《东山渡次胡汲古韵》三诗后按语，康熙三十八年虚白山房刻本。

[2]章祖程：《白石樵唱注》卷三，见陈增杰：《林景熙集补注》卷三，上册，杭州：浙江古籍出版社，2012年，第296页。

[3]林景熙：《马静山诗集序》，见陈增杰：《林景熙集补注》卷五，下册，杭州：浙江古籍出版社，2012年，第422页。

[4]煮茗敲冰，五代王仁裕《开元天宝遗事》卷上：“逸人王休，居太白山下，日与僧道异人往还，每至冬时，取溪冰敲其精莹者煮建茗，共宾客饮之。”看花隔雾，杜甫《小寒食舟中作》：“老年花似雾中看。”

[5]章祖程：《白石樵唱注》卷三，见陈增杰：《林景熙集补注》卷三，上册，杭州：浙江古籍出版社，2012年，第303页。

44 民国《平阳县志·林景熙传》辨正

林景熙生平事迹，旧传均较简略，材料大抵出自元郑元祐《遂昌杂录》、章祖程《梦中作题注》和明蔡璞《东瓯诗集》小传，转辗相抄，缺乏新意。民国《平阳县志》（以下简称《县志》）卷三五《人物四·林景熙传》[1]为最后出，考述稍详，颇有可采。如据吴承志《平阳县志稿》说，临安陷落后，景熙与同里周景灏曾有南行追随益、广二王的意向，足资参证。且各注明出处，手法严谨。但也存在一些疏误，如说景熙兄弟四人，林景英为其大弟；又附会粤人林石田而谓景熙与汪元量“相唱和”，皆失据。兹辨明如下。

一、该传云：“兄景怡，字德和，号晓山，咸淳初主本县学。弟景英，字德芳，号隐山，入元为浙东宣慰司照磨。季德渊，亡其名。”注云据《东瓯诗续集》和陈氏《清颍一源集》。

按：检瑞安陈氏家集《清颍一源集》卷一陈昌时《化龙鱼图为林德芳题》诗，题下原注：“德芳字景英，号隐山，平阳白石人。官元帅府照磨。”（照磨，元官名，掌衙门钱粮案牍诸务）明赵谏《东瓯诗续集》卷四小传：“林景英，字德芳，平阳人，元帅府照磨，号隐山。”两书都没有说明景英（德芳）为景熙之弟。《县志》言之凿凿，却查无实据，显然失考。《清颍一源集》为元初陈冈编录，裴庾删定，裴序作于元武宗延祐三年即1316年，离景熙去世六年。裴庾字季昌，号芸山，平阳仙口人，与景熙是同乡诗友。该书卷一《陈则翁》小传云：“日与林德暘、裴季昌、林旻渊、曹许山辈以诗文往来。”如景英（德芳）果为景熙弟，在介绍“林德芳”的注文中自当表明（名人之弟，这是生平事迹中不可漏略的重要内容）。寻其根源，《县志》

云云，殆出清人曾唯说。曾氏所编《东瓯诗存》卷一〇小传云："林景英，字德芳，号隐山。景熙弟。存诗七首。"[2]然曾氏所云，乃想当然臆测之词，并无依据，不足为信。

景熙兄弟三人，长兄景怡，字德和，号晓山；季弟字德渊（名未详）。林千之有《送马静山寄林晓山兄弟》诗，内云："彼美三珠树，沆瀣𩞄琼台。"（见元陈世隆编《宋诗拾遗》卷十一）千之字能一，曾任枢密院编修官，亦宋季遗民，与景熙同里。林集卷一有《寄林编修》诗，即其人。马静山也是他们的诗友，林集卷五有《马静山诗集序》。"三珠树"为比喻语，原是称誉王勃三兄弟的，典出《新唐书·文艺传上·王勃》："初，勔、勮、勃皆著才名，故苏易简称'三珠树'。"这里用来称美林氏三兄弟。可见景熙兄弟只有三人，这是有力证据。

再看内证。林集卷一载《哭德和伯氏六首》，据"五十三年老弟兄"及"风雪"字，知此组诗作于元世祖至元三十一年（1294）冬。章祖程注："季德渊，先六月逝。"是季弟德渊、长兄德和皆于是年夏、冬先后逝亡，故诗中追怀云："伯兮癯似松间鹤，季也孤于云水僧。"（之五）"棣陨双葩泪洒红，百年已短更匆匆。只今风雪栖栖影，天老地荒一个鸿。"（之一）痛悼"伯兮""季也"昆弟二人，"双葩"陨落，孑然孤身。倘另有大弟景英在，就不能说"只今风雪栖栖影，天老地荒一个鸿"了。这是明白无疑的事实。至于景熙季弟德渊跟德芳（景英）不是同一个人，这一点《县志》已经分别清楚，故亦不须置辩。而从林景英字号和里籍看，当是景熙从（堂）弟或同宗族弟。

北京大学古文献研究所修纂《全宋诗》第69册3639卷林景英小传云："景熙弟。"（第43615页）沿承《东瓯诗存》《县志》而误，应并正。

二、该传又云："与钱唐汪元量尝以诗相唱和。"注云见《汪水云集》。同书卷六一《林景熙传考异》复做考证："按汪元量《水云集》有《杭州杂诗和林石田》云：'衣冠前进士，家世旧郎官。'又有《答林石田见访》诗。《东瓯诗集》录林景熙诗外，别有林石田诗，云平阳人。瞿佑《归田诗话》谓陆秀夫负帝蹈海，或画为图，石田林景熙赋诗云云，知石田即景熙别号矣。"

按：《归田诗话》称"石田林景熙"，"石田"或为景熙别号，或出瞿氏误记，无从查考，姑存疑。然谓见于《水云集》之林石田即林景熙，则甚误。从现有材料看，林景熙与汪元量之间并无交往事迹和诗作，与汪元量频相唱和的林石田乃粤（广东）人林昉。四库全书本元释英《白云集》卷首录有林昉所撰序文，末署“粤人石田林昉书”。林昉为宋末元初粤人，有诗名，常住杭州西湖。《湖山类稿》（鲍本名《水云集》）卷一有《客感和林石田》、《杭州杂诗和林石田》（23首）、《答林石田》等作，皆汪元量在宋恭帝德祐二年（1276）北行离杭前与林昉唱酬之诗，不当附会为景熙。参看孔凡礼《增订湖山类稿》附录二《汪元量事迹纪年》。[3]

又，涵芬楼本《说郛》卷四五收有宋林昉《田间书》一卷，名下注：“号石田，晚号莫莫翁，字旦翁，一字景初。”未言里籍，疑别为一人。又，清顾修读画斋刻本宋陈起编《江湖后集》卷九《林昉》：“昉字旦翁，三山人。”录诗十五首。厉鹗《宋诗纪事》卷七九《林昉》：“昉，三山人。”录诗一首。三山，福州别称。明万历《黄岩县志》卷六、民国《台州府志》卷一一七载：林昉字仲昉，号晓庵，又号旦翁，黄岩人。宋亡，与仇远、白珽往还。此福州、黄岩二林昉或字或号旦翁，亦不知是否同一人。

元陈世隆《宋诗拾遗》卷二一：“林□□，字石田，平阳人。”录《答王学士》诗一首。明赵谏《东瓯诗续集》补遗：“林石田，平阳人。”录《答王学士》《宿道观》等五诗。清曾唯《东瓯诗存》卷八：“林石田，平阳人，名字无考，诗四首。”上三书所存录之林石田，别为一平阳人，而非林景熙。这数首署名“林石田”的诗，《宋诗拾遗》《东瓯诗续集》《东瓯诗存》都不认为是景熙作品。《县志》卷七〇《文徵内编八》将上述林石田《答王学士》等五诗举录为“霁山逸诗”，未加审辨，显为失当。清万斯同《宋季忠义录》卷一三《林石田传》云：“林石田，浙江永嘉县人。汪水云集有《和林石田杭州杂咏》诗。”又将粤人林昉与平阳林石田（又误为永嘉县人）混同一人，并误。附笔及之，略考如上。

【注】

[1] 王理孚修，符璋、刘绍宽纂：《平阳县志》，民国十四年（1925）刻本。

[2] 曾唯辑：《东瓯诗存》，乾隆五十五年（1790）刊本。

[3] 孔凡礼：《增订湖山类稿》，北京：中华书局，1984年，第255～256页。

45 《浔阳江》非林景熙佚诗

三弄知何处，苍茫起钓舟。闲将千古意，吹入九江状。惊雁顾残侣，寒风生别洲。曲终和月卧，无梦到凉州。（《浔阳江》）

此篇明李汛纂修《嘉靖九江府志》（以下简称《府志》）卷十五《诗文志》[1]收录为林景熙诗。第四句“九江状”，“状”字不通且失韵，当是“秋”字形近讹，应加订正。此诗有研究者或举为林景熙集外佚作[2]，笔者心存疑惑。近时重校林集，续得其他资料，始于此疑案做出判断。

从现存文献考察，林景熙行迹未到九江（浔阳）。他在元成宗大德元年（1297）前后进行的一次跋涉长途的旅行，历杭州、嘉兴、松江、苏州，抵达镇江后再没有往前走，即折返丹阳、无锡回转。今观集内行旅诗，亦无镇江以远的篇咏。因此这首题为《浔阳江》的咏作便启人疑窦。不过，这并不是主要的理由。感觉中这诗似曾相识。林集卷三有《渔笛》诗：

楚竹声何远，苍茫想钓舟。横当半蓬月，吹破一江秋。落叶纷前浦，惊鸿过别洲。曲终枕蓑卧，无梦到凉州。（字下带点者为与《浔阳江》相同字）

也是五律，与《府志》所录《浔阳江》诗用韵同，内文十八字同（包含“状”应作“秋”之讹字），全篇内容和思构也大致相同。如何处置，是否因为诗题不同，异文过半（二十二字），而可予认定只是诗句有些复用的两首作品呢？这确乎令人感到有点难以定夺。但是，我们阅读到的另外二则文献资料，于此做了否定的回答。

元孙存吾编《皇元风雅后集》（以下简称《风雅》）卷六选录林德旸（林景熙字德旸）《渔笛》诗[3]，明宋绪编《元诗体要》（以下简称《体要》）

卷九《咏物体》亦见选录[4]，题、文均同。二书所收《渔笛》诗，与《府志》所录《浔阳江》诗，除第四句“一江秋”的“一”字《府志》作“九”外，其余完全相同。这里说明了两点：第一，《府志》所录《浔阳江》即《风雅》《体要》所收的《渔笛》诗，只是篇题不同。第二，《风雅》《体要》之《渔笛》亦即景熙集中同题之作，只是字句有些不同。《风雅》编于元惠宗至元二年（1336），《体要》编于明前期，成书都早于《府志》，自更可靠；其篇题与本集一致，最能说明问题。至于诗句异文，可以理解为反映该诗流播中的不同传本；也许，二书所收为其初稿，载于本集者乃改定稿，因为后者词意更优，为续后推敲所得。

有了《风雅》《体要》二书提供的重要佐证，兼以景熙踪迹未及九江的事实，我们就可以推断，《府志》收录的《浔阳江》也就是《霁山集》中的《渔笛》诗，是同一首作品，不当列为佚篇。

地方志中收列的诗文篇什，情况较为复杂，既有宝贵的遗篇佚作，也存在被窜易乃至张冠李戴者，需审慎辨识。即如此诗，殆传抄中第四句的“一”讹为“九”（按诗意作“一江秋”为宜），后人不察，看到“九江”字样，便以为浔阳之咏，遂安上《浔阳江》的题目，采入《府志》，实疏于甄别，自不当援为依据。

【注】

[1] 李汎：《嘉靖九江府志》，影印《天一阁藏明代方志选刊》本，上海：上海书店出版社，1981年。

[2] 胡雪冈：《温州文史札记》，香港：香港出版社，2006年，第209页。

[3] 孙存吾编：《皇元风雅后集》，影缩本《四部丛刊初编》，第426册，上海：商务印书馆，1936年。

[4] 宋绪：《元诗体要》，文渊阁四库全书本。

46 订正《全宋诗》一误

北京大学古文献研究所纂修《全宋诗》卷三六三三《林景熙·三》据清戴第元《唐宋诗本》卷六二辑录佚诗一首，题《知宗柑诗用韵颇险，予既知之，复取所未用之韵，续赋一首三十韵》，全诗如下：

书阅扬州贡，功观禹化覃。香包分橘柚，秋色动江潭。破暑花凝雪，凌寒叶染蓝。金衣爱日照，珠实碧波涵。未止诸侯计，曾闻四皓谈。颜欢陆绩母，业世李衡男。送客愈吟桂，书时坡韵儋。洞庭夸浙右，温郡冠江南。节物清霜重，家山绿蒂含。青黄出篱落，朱绿耀林岚。昔贡千金颗，遥驰万里函。新宜荐寝庙，香可供瞿昙。夔子那能比，罗浮未许参。何人传是陆，端类列非聃。在品宁为四，蒙恩或赐三。乡情寄初熟，旅况忆幽探。嘉拜亲开合，珍藏净洗甔。行将解印绶，归种当田蚕。根向横阳觅，泥寻斥卤担。荒芜耘径草，封植伴溪柟。不用千头富，聊资一饷湛。茅斋辟杜甫，仙井汲苏耽。佳境妙餐蔗，闲庭胜莳苷。雁行三峡荔，奴视四明蚶。欲继花为谱，应同柳驻骖。御偷篱著棘，愁冻灌添泔。掩映青云叶，光华碧玉篸。酿成浮瓮蚁，蒸辟蠹书蟫。护蒂期存乳，留皮欲去痰。恨无亲可遗，忪惨白岩庵。[1]

林景熙（1242—1310），字德阳，号霁山，温州平阳人，宋元之际遗民诗派代表作家。林景熙著有《霁山集》五卷，见明天顺七年（1463）吕洪刻本。清嘉庆十五年（1810）《知不足斋丛书》本、民国四年（1915）《永嘉诗人祠堂丛刻》本《霁山集》辑录集外补遗诗 3 首。[2] 但此诗不载现今流传的林景熙《霁山集》及补遗，为《全宋诗》编纂者据清人选本增辑的佚作。最近，笔者进行《林景熙集补注》和《宋元温州诗略》的编撰工作，经过考察，确定此非林景熙佚篇，而实为宋王十朋诗，收载商务印书馆《四部丛刊初编》影印上海涵芬楼藏明正统五年（1440）刊本《梅溪先生集》后集卷十九，文渊阁四库全书本《梅溪集》后集卷十九载同。又，诗题“予既知之”之“知”，《梅溪集》作“和”，是；《全宋诗》引作“知”，文意不通，亦误。兹辨明如下。

《四部丛刊初编》影明本《梅溪先生集》五十四卷，据后附王十朋仲子王闻礼跋语，为闻礼于其父卒后二十一年，即宋光宗绍熙三年（壬子，1192）编定“锓木江陵”。明刊本系温州知府何谦（文渊）据宋江陵本重刻，版本来源清晰完全可靠。宋陈思编、元陈世隆补《两宋名贤小集》卷一六八王十朋《梅溪诗集·八》，清康熙《御选宋诗》卷五九王十朋名下亦皆载录此诗。

复从诗题本事考之，亦可确认为王十朋作，与林景熙无涉。题目中的“知宗”，宋官名，知宗正司事之简称。宋于两京辅郡置南外、西外宗正司，干管外居宗室事宜，择皇族贤者充任，名知宗。南渡后南外、西外宗正司徙置泉州、福州。见宋谢维新《古今合璧事类备要》后集卷四七《大宗正司·知西南二外宗正》及《宋史》卷一六四《职官志四·大宗正司》。此知宗，指知南外宗正司事赵士⿱关示，字悦中。《梅溪集》后集卷十七《知宗生日》题下自注：“士⿱关示，字悦中。”赵士⿱关示为王十朋任职泉州（今属福建）时诗友，过往甚密，《梅溪集》后集赠酬诗极多，有《次韵知宗春阴》《次韵知宗游北山》等32首，皆以职衔“知宗”相称；后集卷二三又有《答赵知宗启》文。本题《知宗柑诗用韵颇险，予既和之，复取所未用之韵，续赋一首三十韵》，乃就前作《薛士昭寄新柑，分赠知宗、提舶。知宗有诗，次韵》（载后集同卷）而言。是诗为宋孝宗乾道五年（1169）十朋泉州知州任上作。赵士⿱关示时任南外知宗，也居职泉州，有同僚之谊。乡人薛士昭远寄温柑（温州产之柑即瓯柑），作者分赠知宗、提舶（官名，亦僚友）。知宗有诗咏之，十朋次韵和酬，而意犹未尽，复取前诗所未用之韵字，续赋一首。是本诗咏作之时地及本末原委俱甚了然。

《梅溪集》各句下尚附有21条注文（均作者自注），如“夔子那能比，罗浮未许参”句下注：“予往在夔府，食黄柑味颇佳，然不及温柑远甚。去冬至泉州，始食罗浮柑，又远不及夔子。”十朋前此于乾道元年（1165）

十一月至乾道三年（1167）六月知夔州（今重庆奉节），故言“往在夔府”；继任湖州，于乾道四年（1168）十月移知泉州，故云“去冬至泉州”。又云“行将解印绶，归种当田蚕”，言将离职还乡（乾道六年闰五月泉州离任）。上述所言，皆与其行历相符，这更证实这首诗是他写的。而考之林景熙的生平行迹，并无这般经历；其所交往唱酬诗友，也没有“知宗”这样的人物和衔称。[3]所以将该诗套在他的头上，令人感到莫名其妙，其为张冠李戴固昭昭甚明。

清人戴第元《唐宋诗本》较罕见，笔者未曾寓目，不知他选为林景熙诗是何依据？但从以上考论，其属误录确定无疑，不可依从。《全宋诗》编纂者失于审察，以讹传讹，应加纠正。

【注】

［1］北京大学古文献研究所：《全宋诗》第69册，北京：北京大学出版社，1998年，第43529页。

［2］陈增杰：《林景熙集补注·前言》，杭州：浙江古籍出版社，2012年，第22～26页。

［3］参阅陈增杰：《林景熙交游考》，温州市图书馆编：《温州历史文献集刊》第2辑，南京：南京大学出版社，2012年，第147～171页。

47

诗中有画画中诗

——元大画家黄公望的诗

黄公望（1269—1354）[1]，字子久，号一峰，又号大痴道人。原姓陆，平江常熟（今属江苏）人。龆龄丧父母，出继温州平阳黄氏，易姓寓永嘉（今温州市鹿城区）。明陶宗仪《书史会要》卷三云："其父（指过继平阳黄姓父）九十始得之，曰'黄公望子久矣'，因而名字焉。"其书画题跋自署"平阳黄公望"，又以永嘉为故乡。[2]

公望聪敏绝伦，博览群书，经史二氏九流之学，无不通晓。元至元中，任浙西廉访司、御史台察院书吏。延祐间，因平章张闾经理江南田粮贪暴事牵连下狱。获直后以卜术闲居，浮泛江湖。奉全真教，黄冠野服，往来江浙间，相交皆画界、诗界胜流。晚居杭州西湖筲箕泉，终归隐富春而卒。工山水画，师法董源、巨然，高自成家，列"元四大家"之首（余三家为王蒙、倪瓒、吴镇）。[3]今存《富春山居图》等真迹9件。所著《写山水诀》，为世所宗。

清孙承泽《庚子销夏记》卷二曰："戴表元赞其像曰：'身有百世之忧，家无担石之乐，盖其侠似燕赵剑客，其达似晋宋酒徒，至于风雨塞门，呻吟盘礴，欲援笔而著书，又将为齐鲁之学，此岂寻常画史也哉！'观此赞，则其学问人品，超绝一世，故画境奇妙如此。"清王时敏《西庐画跋》赞其画曰："其布景用笔，于浑厚中仍饶逋峭，苍莽中转见媚妍，纤细而气溢其间，填塞而境愈廓。意味无穷，学者罕窥其津涉也。"

公望以画著名，其实他学问淹博，多才多艺，诗文词曲皆精。"长词短曲，落笔即成"[4]；"信口而出，皆成文章"[5]。今有《一峰道人诗抄》（一名《大痴山人集》）传世，《元诗选二集》录诗61首。

杨维祯谓其“诗工晚唐”[6]，录《和西湖竹枝词》一首：“水仙祠前湖水深，岳王坟上有猿吟。湖船女子唱歌去，月落沧波无处寻。”结有远神，韵致缥缈，含不尽之意于言外。

现存黄公望的诗，大多为题画之咏。清康熙间陈邦彦编《历代题画诗类》选其题画作 47 首。诗画艺本相通，画以传神，诗以传韵，诗情画意交融，相得益彰。苏轼言“诗画本一律，天工与清新”[7]，正是此意。东坡又称赞王维(摩诘)的诗画说:“味摩诘之诗，诗中有画;观摩诘之画，画中有诗。”[8]元贡性之《题黄子久画》亦称：“此老风流世所知，诗中有画画中诗。晴窗笑看淋漓墨，赢得人呼作大痴。”[9]公望的诗作也同样体现了诗画艺术通融这一风格特点，用“画家极秀笔”来写“诗家极俊语”[10]，故其“清思妙语，层见叠出，易于发露本领”[11]。

具体而言，公望的题画诗有两个特色：一是法眼品评，独具识见。公望以画家论画，洞悉个中三昧，故多有独到的见解。其题晋顾恺之，南朝张僧繇、唐王维、李思训，五代宋董源、周文矩、荆浩、关同、黄筌、李成、郭忠恕、苏轼、赵令穰、王诜、赵伯驹、夏珪名画，及同时代赵孟頫、张渥、钱选、方方壶、曹知白、倪瓒、王蒙诸家画作，并具精见。而于北方山水画派（北宗）的代表人物李成（咸熙）尤极推服，题《李咸熙秋岚凝翠图》赞云：“李侯少年擅丹青，晚岁笔意含英灵。兴来漫写秋山景，妙入毫末穷杳冥。无声诗与有声画，侯能兼之夺造化。”谓李成师法自然，寓兴写真，能够将诗境、画境融为一体，所以精妙绝伦，“一洗丹青蹊径”[12]。又题《李成寒林图》云：

六法从来推顾陆，一生今始见营丘。
腕中筋骨元来铁，世上江山尽入眸。
林影有风摧落叶，涧声无雨咽清流。
蹇驴骚客吟成未，万壑寒云为尔留。

言能承继顾恺之、陆探微的传统，山林壑泽，烟云风雨，“一皆吐其胸中，而写之笔下”[13]，意境旷远，饶有诗思（蹇驴骚客，用唐诗人李白、杜甫、贾岛、郑綮骑驴赋诗的故事）。

二是笔墨清奇，语言简峭幽隽。《为袁清容长幅》云：

入山眺奇壑，幽致探何穷。

一水青岑外，千岩绮照中。

萧森凌杂树，灿烂映丹枫。

有客茅茨里，居然隐者风。

这是为诗文名家袁桷（清容）作山水长幅所题。通首白描，景物鲜丽，而逸朴之气盈楮墨间。《王晋卿万壑秋云图》云：“雨霁云仍碧，天高气且清。霜枫红欲尽，涧瀑落长鸣。岫岭苍茫景，江湖浩荡情。应知卧云者，奚尚避秦名。”笔致简净，诗格相似。题《王摩诘春溪捕鱼图》后段写道：“我识扁舟垂钓人，旧家江南红叶村。卖鱼买酒醉明月，贪夫徇利徒纷纭。世上闲愁生不识，江草江花俱有适。归来一笛杏花风，乱云飞散长天碧。”用清隽直白的语言，将主人公融入山野景物中，突出了渔翁旷逸的情操和豁朗襟怀。尾联以景结情，意境优美。

公望的题画绝句，结撰尤精，兼有秀润浑朴之美，韵度清越，意致悠远，多见题外之旨、画外之情。试举数例，以共赏览。其题《张僧繇秋江晚渡图》：

何处行来湖海流，思归凭倚隔溪舟。

枫林无限深秋色，不动居人一点愁。

因晚渡而逗生归思，但眼前幽深无限、无边无际的秋色是这样的令人神怡，令人迷恋沉醉，竟至淡忘了乡情，也没了一丁点儿愁思。“不动居人一点愁”，可称脱凡之咏，点睛之笔。《王维秋林晚岫图二首》之一：

群山矗矗凝烟紫，万木萧萧向夕黄。

岂是村翁恋秋色，故将轻舸下回塘。

秋色满纸，秋意逼人。结句复以回塘轻舸恣发秋思秋情，读来兴味悠然，与苏轼《书李世南所画秋景二首》“扁舟一棹归何处，家住江南黄叶村”，殊有异曲同工之妙。《曹云西画卷》：

十载相逢正忆君，忽从纸上见寒云。

空江漠漠渔歌度，一片疏林带夕曛。

序云：“云西与余有交从之旧，别来四年，心甚念之。一日，子章（姚文奂）以长卷见示，不啻见云西也。展阅不已，既题而复识之。”曹知白号云西，华亭人，是作者居松江时的画友。公望称其画“老而益进”，当时“独步”。[14]姚文奂，字子章，昆山人，作者诗友。诗言展阅画卷，恍若睹面，写友情和思情，十分亲切。后二句借画中景，赞美云翁潇洒自适的渔隐生涯。

《董北苑》：

一片闲云出岫来，袈裟不染世间埃。

独怜陶令门前柳，青眼偏逢惠远开。

这可能是题咏董源（北苑）画的《江山高隐图》。闲云出岫，暗用陶渊明《归去来兮辞》“云无心以出岫，鸟倦飞而知还”意。青眼，喻所喜爱，用晋阮籍“青白眼”的典故。惠远，晋高僧，陶渊明方外之友。后二句，言陶公旷怀逸志，唯得远公（惠远）清赏，暗喻山水妙境，难觅知音，表达了一种遗世独立、超尘拔俗的意概。

【注】

［1］关于黄公望年寿，诸家记载不同。明王鏊《姑苏志》卷五六《人物十八艺术·黄公望》：“已而归富春，年八十六而终。”清顾嗣立《元诗选二集》卷十四《大痴道人黄公望》同。明陶宗仪《书史会要》卷三则谓：“《太平清话》云：大痴九十，而貌如童颜。”

［2］明赵倚美《赵氏铁网珊瑚》卷十四录其《墨菜铭跋》，自署“大痴学人平阳黄公望书于云间客舍，时年八秩有一”。清姚际恒《家藏书画记》卷上记其《观瀑图》，上书“平阳黄公望写于云间客舍”。人民美术出版社《元四家画集》载其《水阁清幽图》，署款“平阳黄公望”。明汪砢玉《珊瑚网》卷四二《拾遗》著录《果育斋图铭》，自云“大痴老人为元实乡兄作”。按：孙华，字元实，永嘉（温州）人。公望称为“乡兄”，是以永嘉（平阳属永嘉郡）为故乡。

［3］明王世贞《弇州四部稿》卷一五五《艺苑卮言》附录四：“赵松雪孟頫、梅道人吴镇仲圭、大痴老人黄公望子久、黄鹤山樵王蒙叔明，元四大家也。”明董其昌《画禅室随笔》卷二则谓：“元季四大家，以黄公望为冠，而王蒙、倪瓒、吴仲圭与之对垒。”清孙承泽《砚山斋杂记》卷二《恽氏说画小记》言同。

［4］钟嗣成：《录鬼簿》卷下《黄公望》，《中国古典戏曲论著集成》第2册，北京：中国戏剧出版社，1982年，第132页。

［5］王毓贤：《绘事备考》卷七《元》，文渊阁四库全书本。

［6］杨维祯：《西湖竹枝集·黄公望叙》，《武林掌故丛书》第6集第3册，扬州：广陵书社，2008年。

［7］苏轼：《书鄢陵王主簿所画折枝二首》之一，《苏轼诗集》第5册，北京：中

华书局，1982 年，第 1525 页。

[8] 苏轼：《书摩诘蓝关烟雨图》，《苏轼文集》第 5 册，北京：中华书局，1986 年，第 2209 页。

[9] 钱穀：《吴都文粹续集》卷二五引，文渊阁四库全书本。

[10] 王世贞《弇州四部稿》卷一三二《黄大痴江山胜览图》云："王右丞诗云：'江流天地外，山色有无中。'是诗家极俊语，却入画三昧；黄子久《江山胜览图》，是画家极秀笔，却入诗三昧。"借用其语。

[11] 翁方纲：《石洲诗话》卷五，《清诗话续编》第 3 册，上海：上海古籍出版社，1983 年，第 1471 页。

[12] 黄公望《题李成所画十册并序》："李咸熙画，清远高旷，一洗丹青蹊径，千古一人也。"

[13] 佚名：《宣和画谱》卷十一《山水二·宋李成》，《丛书集成初编》第 1653 册，上海：商务印书馆，1936 年，第 284 页。

[14] 汪砢玉《珊瑚网》卷三三《曹真素山水轴》："云老与仆年相若，执笔墨既有年矣，老而益进。于今诸名胜善画家求之，乃画者甚多，至于韵度清越，则此翁当独步也。至正九年五月廿五日，大痴学人公望题识，时年八十又一。"

48 一位未被注意的元代诗人

——文物书画鉴定家薛汉

薛汉（约1272—1324），字宗海，号象峰，永嘉（今温州市鹿城区）人。幼力学，有令誉。初仕青田县教谕，迁诸暨州学正。知音律，曾于杭州董务北郊乐。乐成，大臣以太祝荐。延祐五年（1318）入京待铨，辟功德使史，授休宁县主簿。将行，国子监祭酒邓文原荐留，遂不赴。泰定元年（1324）二月，选任国子学助教。四月，泰定帝北幸，循例赴教上都。八月还，九月三日病逝京寓。

薛汉与当时文坛名宿虞集（伯生）、柳贯（道传）、杨载（仲弘）、范梈（德机）、杜本（清碧）、马祖常（伯庸）、孛术鲁翀（子翚）、邓文原（善之）等友善，互有唱酬。其卒，虞集、柳贯"哭之甚哀"，邓文原作《挽薛助教》二首，孛术鲁翀为志墓铭。事见《元风雅》卷十《薛宗海》附录鲁子翚《墓志》，雍正《浙江通志》卷一八二入《文苑传》。

薛汉博学多识，为当世古器物书画鉴定专家。生平精究古今制度名物创作变易，年考月究，无或有爽。赵孟𫖯号为鸿识，得古遗器书画，必俟宗海辨之乃定。[1]擅书法，柳贯称"雅善正书"，"因请宗海为作小楷"[2]。陶宗仪《书史会要》卷七谓"楷书宗欧阳率更"。明丰坊《书诀》列为"钟王以来"得书家秘法的名家。

著有《薛象峰诗集》，已亡佚。孛术鲁翀《墓志》称："君诗律书楷，严缜有法，而慎悫不矜，非雅交莫克知也。"[3]他的诗作，广为元明清诸选家选录，元孙存吾《皇元风雅后集》卷三录15首，元蒋易《元风雅》卷十录34首，明朱存理《元音》卷七录14首，明偶桓《乾坤清气》卷一录4

首，明宋绪《元诗体要》录 7 首（见卷九、十、十四），明李蓘《元艺圃集》卷四录 5 首，明曹学佺《石仓历代诗选》卷二四二录 7 首，明潘是仁《宋元四十三名家集》录 16 首，清陈焯《宋元诗会》卷七六录 13 首，清康熙时编《御选元诗》录 24 首（见卷十六、二七、三六、四六），清曾唯《东瓯诗存》卷十三录 18 首。其中顾嗣立《元诗选二集》已集过录最多，计 46 首。于此可见，他在元代是一位有影响的诗人。

五古《和郑应奉杂诗六首》，是其咏怀赋志代表之作：

淳风散已久，青黄陋洼樽。
婉娈争媚好，役智空自昏。
岂知葛天民，无言道弥敦。
我有白云操，泠泠寄桐孙。
调古识者寡，幽探万化源。（之三）

志士方盛时，危冠怒冲发。
猛心石为开，壮气山可拔。
安知横江鲸，中路蝼蚁狎。
所以巢居子，商歌竟不辍。
歌竟寂无言，坐听天籁发。（之五）

感遇人生，百感交集。表达猛心壮志，“在在民物”；慨叹生“不及辰”，古调冷落，知音谁在？鄙夷世俗媚态，不堕“素心”。聊以结期汗漫，“坐听天籁”自慰。作者说：“一瓢安菽水，吾计亦良厚。”（之一）实为不得志的感愤之语。孙锵鸣《东嘉诗话》评：“皆纯实有味。”[4]

五律佳者，抒怀如《寄余希声》：“寄语中林友，相思又几朝。书虽为路阻，梦不怕山遥。风定落花漫，雨深青草骄。人情谅难必，不似往来潮。”写景如《湖上》：“一舸泛霜晴，湖波寒更清。平堤连野色，远市合春声。尘土浪终日，山林负半生。回头斜照外，烟渚白鸥轻。”皆清朴有致，出于自然。余如《和袁德平》“木落秋容瘦，云昏雨意深”、《枉渚》“秋色多因树，寒声半是溪”、《和伯雍夜坐》“浮生知易老，久客欲归难”，亦为可诵之隽句。

七律为薛汉所擅长，抒情赋意，多见佳制：

卷帘春色上苔衣，新水相看近竹扉。
风动树枝鸣宿鸟，云收山崦放晴晖。
举杯竹叶扫愁去，欹枕杨花约梦飞。
肠断碧苔溪上路，暖风晴日钓鱼矶。（《睡起》）

有客有客胡不归，长安三见秋叶飞。
警霜老鹤夜不寐，吊月孤雁寂无依。
纷纷北里厌粱肉，落落西山甘蕨薇。
人生穷达各有命，何须终夜泣牛衣。（《夜归》）

前首写闲居逸趣，后首咏羁客落寞的情怀，都见得组织稳妥，运转自如。“举杯”一联，尤称工炼。清陶元藻《全浙诗话》卷二三引王普《诗衡》：“宗海效义山《无题》诗，有‘沧海有山皆缥缈，青云无路不迢遥’，人多赏之。余窃谓不如其《睡起》云‘欹枕杨花约梦飞’更妙也。”[5]

《和马伯庸御史效义山无题四首》，马伯庸即马祖常。此为仿效李商隐（义山）《无题》诗和韵之作，别出机杼，颇为诗家举赏。宋绪《元诗体要·无题体》称：“效颦于李，观其辞运意之精，亦庶几前人之可及矣。”[6]择录二首：

良人执戟侍明光，谁与金炉共夕香？
妆镜晓寒凝蝶粉，舞衣春暖卸莺黄。
渡江桃叶应怜我，照水荷花似见郎。
叹息蹇修无复理，空思掺手为缝裳。（之二）

乘槎准拟逐秋潮，却访成都万里桥。
沧海有山皆缥缈，青云无路不迢遥。
闲居潘岳惊斑鬓，归去陶潜懒折腰。
后夜相期明月上，露台高处弄笙箫。（之三）

桃叶，晋王献之（子敬）爱妾名。宋张敦颐《六朝事迹编类》卷上《桃叶渡》：“《图经》云：在县南一里秦淮口。桃叶者，晋王献之爱妾名也。其妹曰桃根。献之诗曰：‘桃叶复桃叶，渡江不用楫。但渡无所苦，我自迎接汝。’不用楫者，谓横波急也。尝临此渡歌送之。”荷花似郎，《旧唐书·杨再思传》：“易之弟昌宗，以姿貌见宠倖。再思又谀之曰：‘人言六郎面似莲花，再思以为莲花似六郎，非六郎似莲花也。’”张昌宗排行第六，故云。蹇修，古贤者，后指媒妁。《楚辞·离骚》：“解佩纕以结言兮，吾令蹇修以为理。”王逸注：“蹇修，伏羲氏之臣也……言己既见宓妃，则解我佩带之玉，以结言语，使古贤蹇修而为媒理也。”

乘槎，晋张华《博物志》卷十载，有人自海渚乘浮槎而去，至天河，见织女、牵牛。潘岳斑鬓，晋潘岳年三十九，鬓发斑白。

前篇咏闺女之恋情。良人不见，索居岑寂，徒怀相思，无由导达。作者托词讽怀，暗示一种不得意的怅感。通首藻饰雅丽，韵致缠绵，能得义山神髓，清范大士《历代诗发》卷三二评：“入《义山集》中，不能复辨。”[7] 后篇借仙游仙境而抒老大隐归之怀。“沧海有山皆缥缈，青云无路不迢遥”联，句调效商隐《碧城三首》之一“阆苑有书多附鹤，女床无树不栖鸾”，而能自出新意，遥有寓托，为人称赏（见前引王普《诗衡》）。

薛汉的应酬诗也作得不错，《寿承旨张畤斋》云：

钟王书法得精微，每日毫光不厌挥。
相业曲江金鉴录，幽怀西塞绿蓑衣。
蟠桃开日三千岁，古柏参天四十围。
应与赤松相伴约，他年名遂早知几。

这是给翰林承旨张畤斋祝寿之作。颔联用二张姓典，工切。唐开元贤相张九龄，韶州曲江（今广东韶关）人，世称张曲江。《金鉴录》，《新唐书·张九龄传》：“初，千秋节，王公并献宝鉴，九龄上‘事鉴’十章，号《千秋金鉴录》，以伸讽谕。”后指讽喻文章。幽怀句，用唐张志和《渔歌子》词意。元祝诚《莲堂诗话》卷下：“余近观元人寿诗，却多佳者，今录数首于右，以备采览云……薛汉《寿承旨张畤斋》诗云（本篇略）。此用张氏故事，又是一体。”[8] 明单宇《菊坡丛话》卷十二《致政耆寿类》论同。

【注】

[1] 蒋易：《元风雅》卷十《薛宗海》附录孛术鲁翀《墓志》，影本《宛委别藏》第113册，南京：江苏古籍出版社，1988年，第293页。

［2］柳贯：《柳待制集》卷十六《上京纪行诗序》，文渊阁四库全书本。

［3］蒋易：《元风雅》卷十《薛宗海》附录孛术鲁翀《墓志》，影本《宛委别藏》第113册，南京：江苏古籍出版社，1988年，第293页。

［4］胡珠生编：《孙锵鸣集》下册《东嘉诗话》，上海：上海社会科学院出版社，2003年，第641页。

［5］陶元藻：《全浙诗话》卷二三，中册，北京：中华书局，2013年，第627页。

［6］宋绪：《元诗体要》卷九，影印文渊阁《四库全书》第1372册，上海：上海古籍出版社，1987年，第607页下。

［7］范大士：《历代诗发》卷三二，影印《故宫珍本丛刊》第645册，海口：海南出版社，2000年，第104页下。

［8］祝诚：《莲堂诗话》卷下，《辽金元诗话全编》第2册，南京：凤凰出版社，2006年，第1259页。

49 共倡古乐府辞　元诗为之一变

——李孝光杨维祯吴下论诗

李孝光（1285—1350），初名同祖，字季和，号五峰，乐清淀村（今乐清大荆镇田岙村）人。元至正七年（1347）应征聘，授秘书监著作郎，升秘书监监丞（从五品）。《元史》入《儒学传二》。李孝光是元代中后期卓有成就的重要文学家。传有《五峰集》十卷，浙江古籍出版社2016年版增订本《李孝光集校注》（十八卷），较为完备。

杨维祯（祯一作桢，1296—1370），字廉夫，号铁崖、铁雅、铁笛道人等，诸暨州（今浙江诸暨）人。元泰定四年（1327）进士，历官天台县尹、钱清盐场司令、建德路推官，调江西等处儒学提举。入明不仕。维祯天才豪放，诗酒风流，晚年往来钱塘、雪川、太湖、松江、吴门间，纵笔赋咏，“奇语天出，人推之为仙才云”[1]。著述极丰，有《铁崖古乐府》《铁雅复古诗集》《东维子文集》等。《明史》入《文苑传一》。

李孝光与杨维桢是志趣投契的诗友，两人齐名，并称“李杨”[2]。泰定四年（1327）、天历元年（1328）间，孝光与维祯相遇吴下[3]，促膝谈诗，相为莫逆。孝光“诗文自成一家，为东南硕儒”[4]，名望很高；维祯其时资望尚浅，须引孝光为后盾始能发扬诗说；而两人旗鼓相当，足称敌手。故李、杨联合，乃可以登高一呼而叱咤风云，耸动时听。对此杨在《潇湘集序》中曾有简要说明：

> 余在吴下时，与永嘉李孝光论古人意。余曰：“梅一于酸，盐一于醎，饮食盐梅，而味常得于酸醎之外。此古诗人意也，后之得此意者惟古乐府而已耳。”孝光以余言为韪，遂相与唱和古乐府辞。好事者传于海内，馆

阁诸老以为李、杨乐府出而后始补元诗之缺，泰定文风为之一变。[5]

同时张雨《铁崖先生古乐府叙》亦云："《三百篇》而下，不失比兴之旨，惟古乐府为近。今代善用吴才老韵书，以古语驾御之，李季和、杨廉夫遂称作者……东南士林之语曰：'前有虞（集）范（梈），后有李（孝光）杨（维祯）。'"[6]他们共倡乐府诗创作，声闻远被，团结和影响了江南一批作家，竞相唱和，蔚为风气。由于李、杨首倡，参与者又大多为浙籍诗人及靠近浙江的苏南诗人（元时均属江浙行省），故我们可以名之为浙派古乐府运动。[7]这是元代中后期的一次诗歌革新运动，影响深巨，它后来被称为"铁雅诗派"而风行元季明初诗坛。

这一派诗人中，据现存资料考索，孝光与之相来往的，浙籍（除维祯外）有：钱塘张雨（伯雨）、李曍（宗表），富阳吴复（见心），檇李叶广居（居仲），吴兴郯韶（九成），淳安夏溥（大志），永嘉张天英（楠渠），平阳郑僖（天趣）、郑东（季明）；苏南籍有：昆山顾瑛（仲瑛）、瞿智（慧夫）、郭翼（羲仲）、卢昭（伯融）、吕诚（敬夫）、释德庄（蒙泉）、陆仁（良贵）、秦约（文仲）、姚文奂（子章）、袁华（子英）、卢熊（公武），姑苏张逊（仲敏），无锡倪瓒（元镇）等。[8]

孝光的乐府体诗（包括骚体及部分古体歌行）创作，有以下几个特点：一是拟古创新，用古调写新辞，多为即兴命篇，自吐性情。清朱彝尊《静志居诗话》卷二云："乐府辞，自唐以前，诗人多拟之，至宋而扫除殆尽。元季杨廉夫、李季和辈，交相唱答，然多构新题为古体。"[9]二是以古音协韵，运用《诗经》《离骚》的韵字，意在摆落时调，自由抒写，寻求别样的韵味。元蒋易《元风雅》卷二三李五峰诗后附言："叶韵近代用之者鲜，独于五峰屡见之。如前诗'生'与'央'叶，'舟、瑕、台、芽'并与'壶'叶，'东'与'翔'叶，'邱、沙、淮、志、求'并与'思'叶，'鱼、驹'并与'游'叶，沨沨乎《骚》《选》之遗音。"[10]张雨亦谓李、杨乐府"善用吴才老韵书，以古语驾御之"（见前引）。三是善用比兴引喻，语有寄托。风格上出入二李（李白、李贺），造意瑰奇，富想象力。四是切近社会现实，有所为而作，或咏怀抱，或讽时事，继承了汉魏乐府"刺美见事"的写实精神。如杨维祯所说"非特声谐金石，可劝可戒，使人惩创感发者有焉"[11]。明宋绪《元诗体要》称其《吴趋曲》

《采莲曲》“有魏晋风格”[12]，正是此意。《四库全书总目•五峰集》提要说：“元诗绮靡者多，孝光独风骨遒上，力欲排突古人。乐府古体，皆刻意奋厉，不作庸音。”[13]这个评价是恰当的。

《箕山操为许生作》是孝光乐府辞的代表作：

箕之阳兮，其木樛樛。

箕之冢兮，白云幽幽。

彼世之人兮，孰能遗我以忧。

虽欲从我兮，其路无由。

朝有人兮，来饮其牛。[14]

许生，许先生，指许由。借咏尧让天下于许由故事以抒怀，韵度高简，旨在言外。颂扬高蹈的情操，又隐隐流露了被遗落的失意感。透过幽僻的画面，读者不难感受到诗人内心深处的郁抑。意存不平而辞气不迫，蓄意蕴藉，结韵尤佳。维祯有和作《箕山操》：

箕之山兮，可耕而樵。

箕之水兮，可饮而游。

牵牛何来兮，饮吾上流。

彼以天下让兮，我以之逃。

世岂无尧兮，应尧之求。

吾与尧友兮，不与尧忧。

二公之作，以古意构新题，皆称高咏，“世称两操乃敌手棋也”[15]。这是他们唱和的带有示范意义的新题操体乐府，体现了诗界古乐府运动的创作实绩，因此受到广泛关注，播诵人口。元赖良编《大雅集》，取李诗压卷，并引杨维祯评：“善作琴操，然后能作古乐府。和余操者，李季和为最。”[16]明袁仁《古乐府自引》言“李季和作《箕山操》，世称奇绝”[17]。清翁方纲《石洲诗话》卷五引述杨评后说李诗“诚为近古”[18]。

另一首为杨维祯所激赏的是《太乙真人歌题莲舟图》：

银河跨西海，秋至天为白。

一片玉夫容，洗出明月魄。

太乙真人挟两龙，脱巾大笑眠其中。

凤麟洲西与天通，扶桑乃在碧海东。

手把白云有两童，掣翻二鸟开金笼。[19]

此五峰仙游诗之佳者。着墨不多，而意想奇幻，仙境独造，有置身云霄、俯视寰宇的气概，表达了自由无拘束的理想世界和纵放不羁的情怀。杨维祯评云："此作又是李骑鲸也！孰谓此老椎钝无爽气耶？"[20]言得李白（李骑鲸）浪漫气质和豪宕风格，诚为知言。他的七古《次中秋韵》，瞻仰太白，气概迈逸，其云"君诗无奈似太白，绝尘骐骥谁争先"，实自道也。杂言歌行《和韵赠松存》咏松道：

骊龙吐珠夜撞月，大浪沃天如鼓铁。
怒挑六丁下缚将，化作长松晚鞭策。
鳞甲犹含冰雹苦，精气恐令云雨隔。
当时海底顿地轴，冯夷摇手不敢拍。
茧罥霜雪俄十年，簸弄乾坤同一昔。
方丈仙人怜旧物，骑鹤来看手摩骨。
腾腾夜半弄风雷，爱惜天骄犹咋舌。
却欲驱之东入海，呼与安期羡门别。
呜呼此物不可测，我昔见之亦动色。
松兮松兮谁知汝是变化姿，胡为淹留胡为不返尔之宅？
仙人归来三千霜，老鹤一声山月白。

骊龙吐珠撞月，怒挑六丁，鼓巨浪而顿地轴，挟风雷而断云雨；化为长松，虽霜雪茧罥（侵凌），而"簸弄乾坤"之天性犹然不变，写得极有生气。通篇笔墨酣畅，奇矫排奡，刻画了髯松桀骜不驯的形象，表现了一种昂首天地间、凛然不可犯的意概和精神，与太白歌行体气相类，一脉相通。

《题铁仙人琴书安乐窝》《铁笛歌为铁崖赋》二篇，刻画铁笛道人（杨维祯）奡兀不羁的形象，笔意恣放，豪健跌宕，与铁崖歌行气格相近，皆称知己之作。铁门诗人吴复编集《铁崖先生古乐府》，特附载二诗，足见推重。其余如《择木为娄所性作》之深慨世道，《桐江》的切中时弊，《云之蒸》膏泽是怀，《重见所思送彭元亮》同调相惜，以及《采莲曲送王伯循》《沂在梁》《再赋怡云诗》《良常草堂诗》等篇，也都是流播人口的名作。

李杨在创作上互见推服，桴鼓相应。杨拟韩体作《琴操》，"季和读之拍几三叫曰：'杨廉夫，铁龙精也！人欲和之，谁敢，谁敢？'"[21]杨维祯对李孝光的创作给予高度评价，誉称：“为文幽深无际，其古乐府诗尤长于兴喻，海内学者喜诵之，故至正文体为之一变云。”[22]盖两人才情相匹，李又大杨 11 岁，故杨于李尤推尊。他说自己写作《琴操》，是接受李的挑战因而激发灵感：“余与永嘉李季和在吴下论古今人诗，季和酒酣，歌退之《羑里操》，举酒属予曰：‘杨廉夫崛强作汉魏人古乐府，亦能作昌黎伯《琴操》乎？’余激其挑，亟领曰‘请题’。季和遂命《精卫》而下，凡九题。”[23]引李为首席“唱和友”[24]，在文章中一再加以称举。尝叹曰：“诗难，乐府为尤难。吾为古乐府，非特声谐金石，可劝可戒，使人惩创感发者有焉。善和予者，惟李季和。季和死，和者寡矣！”[25]孝光卒后，维祯痛感失去知音和作诗对手，深表怀念，读诗至感激处，乃大呼：“安得起吾季和而见之，宁不为之击节而起舞乎？”[26]“且命（门人）吴复录季和死后凡若干首，至其墓焚白之。”[27]备见倾倒之意。

杨维祯的这些评论，也能够表明李孝光作为古乐府辞的首倡者之一，他在浙派古乐府运动中的贡献和地位是毋庸置疑的。“李杨”并称，并非徒有虚名。列入中国文学史系列的《元代文学史》，乃谓：“当时与杨维桢并称的作家是李孝光，但从他的现存作品来看，对‘李杨’并称这个现象已难以理解。”[28]这样的说法，确实显得肤浅，对李诗缺乏基本的了解和研究，令人遗憾。

【注】

[1] 顾瑛：《玉山草堂雅集》卷后二《杨维祯》，第 2 册，上海涉园 1935 年重刊本，第 1 叶。

[2]“李杨”并称，始见元张雨《铁崖先生古乐府叙》（详下文）；杨维祯《潇湘集序》亦云“馆阁诸老以为李、杨乐府出而后始补元诗之缺”。明人评论亦多以两家诗并举，如贝琼《乾坤清气序》：“有元混合天下，一时鸿生硕士若刘、杨、虞、范出，而唱国家之盛。而五峰、铁崖二公继作，瑰诡奇绝，视有唐为无愧。”（《清江贝先生文集》卷一）章懋《新刊杨铁崖咏史古乐府序》：“然其时众作悉备，惟古乐府未有继者。于是会稽杨铁崖先生与五峰李季和始相唱和，为汉魏乐府辞，崛强自许，直欲度越齐梁，而上薄《骚》《雅》，伟乎其志哉！”（《枫山集》卷四）

[3]吴下，泛指吴地，今江苏南部、浙江北部皆属春秋吴国地域。据杨维祯《东维子文集》卷十《冷斋诗集序》："曩余在钱唐湖上，与句曲外史、五峰老人辈（论）诗，推余诗为铁雅诗。"顾瑛《玉山草堂雅集》卷后二《杨维祯》："其在钱塘，与茅山张外史雨、永嘉李徵君孝光诗酒相交；其来吴，则与毗陵倪君瓒、吴兴郯君韶及瑛为忘年交。"吴下论诗，似指钱塘（杭州）。

[4]顾瑛：《玉山草堂雅集》卷后一《李孝光》，第1册，上海涉园1935年重刊本，第1叶。

[5]杨维祯：《东维子文集》卷十一，影缩本《四部丛刊初编》第312册，上海：商务印书馆，1936年。

[6]张雨：《铁崖先生古乐府叙》，《铁崖先生古乐府》卷首，影缩本《四部丛刊初编》第244册，上海：商务印书馆，1936年，第1页。

[7]参阅陈增杰：《李孝光的生平和文学创作成就》，《浙江社会科学》2005年第6期，第199～204页。

[8]参阅陈增杰：《李孝光交游考》，上海社会科学院编：《传统中国研究集刊》第九、十合辑，上海：上海人民出版社，2012年，第355～376页。

[9]朱彝尊：《静志居诗话》卷二，上册，北京：人民文学出版社，1990年，第30页。

[10]蒋易：《元风雅》卷二三《李五峰》，影本《宛委别藏》第114册，南京：江苏古籍出版社，1988年。

[11]章琬：《辑铁雅先生复古诗集序》引，《铁雅先生复古诗集》卷首，影缩本《四部丛刊初编》第244册，上海：商务印书馆，1936年，第1页。

[12]宋绪：《元诗体要》卷六《曲体》，文渊阁四库全书本。

[13]永瑢等：《四库全书总目》卷一六七《五峰集》，影本下册，北京：中华书局，1983年，第1449页。

[14]相传尧让天下于许由，许由不受，隐归箕山（今河南登封县东南）之下，颍水之阳。见《庄子·逍遥游》《吕氏春秋·求人》。晋皇甫谧《高士传·许由》载，许由洗耳颍水之滨，谓巢父曰："尧欲召我为九州岛长，恶闻其声，是故洗耳。"巢父认为许由尚有浮名在外，"子故浮游，欲闻求其名誉，污吾犊口。牵犊上流饮之"。

[15]吴复：《箕山操附识》，《铁崖先生古乐府》卷一，影缩本《四部丛刊初编》第244册，上海：商务印书馆，1936年，第4页。

[16]赖良：《大雅集》卷一引，影印文渊阁《四库全书》第1369册，上海：上海

古籍出版社，1987 年，第 514 页下。

［17］王昌会：《诗话类编》卷二六《诗弹》引，《明诗话全编》第 8 册，南京：凤凰出版社，2006 年，第 8749 页。

［18］翁方纲：《石洲诗话》卷五，《清诗话续编》第 3 册，上海：上海古籍出版社，1983 年，第 1467 页。

［19］太乙，亦作太一，即太乙真人，天神名。宋李公麟（伯时）绘有《太一真人图》，亦称《太一莲舟图》。宋胡仔《苕溪渔隐丛话》前集卷五二《韩子苍》："李伯时画太一真人，卧一大莲叶中，手执书卷仰读，萧然有物外思。韩子苍有诗题其上云：'太一真人莲叶舟，脱巾露发寒飕飕。轻风为帆浪为楫，卧看玉宇浮中流。'"孝光所题或即此图。掔嬲（niǎo），拿着玩弄。二鸟，喻指日月。杨维桢云："'二鸟'作日月看。"语本杜甫《衡州送李大夫七丈赴广州》诗："日月笼中鸟，乾坤水上萍。"

［20］赖良：《大雅集》卷一引，影印文渊阁《四库全书》第 1369 册，上海：上海古籍出版社，1987 年，第 514 页下。

［21］见陈增杰：《李孝光集校注》卷十八《读杨廉夫琴操辞》，第 4 册，杭州：浙江古籍出版社，2016 年，第 1068 页。

［22］杨维祯：《西湖竹枝集·李孝光叙》，《武林掌故丛书》第 6 集第 3 册，扬州：广陵书社，2008 年，第 1572 页。

［23］杨维祯：《铁雅先生复古诗集》卷一《琴操序》，影缩本《四部丛刊初编》第 244 册，上海：商务印书馆，1936 年，第 3 页。

［24］杨维桢《铁崖文集》卷二《铁笛道人自传》："与永嘉李孝光、茅山张伯雨、锡山倪瓒、昆阳顾瑛为诗文友。"又《东维子文集》卷九《风月福人序》："吾未七十休官，在九峰三泖间殆且二十年，优游光景，过于乐天，有李五峰、张句曲、周易痴、钱思复为唱和友。"《明史》卷二八五《文苑传一·杨维祯》："维祯诗名擅一时，号铁崖体。与永嘉李孝光、茅山张羽、锡山倪瓒、昆山顾瑛为诗文友。"

［25］章琬：《辑铁雅先生复古诗集序》引，《铁雅先生复古诗集》卷首，影缩本《四部丛刊初编》第 244 册，上海：商务印书馆，1936 年，第 1 页。

［26］杨维祯：《刘彦昺集序》，《刘彦昺集》卷首，文渊阁四库全书本。

［27］章琬：《辑铁雅先生复古诗集序》引，《铁雅先生复古诗集》卷首，影缩本《四部丛刊初编》第 244 册，上海：商务印书馆，1936 年，第 1 页。

［28］邓绍基主编：《元代文学史》，北京：人民文学出版社，1991 年，第 494 页。

50

诗妙人皆诵，才高世不容

——李孝光与萨都剌的交游酬唱

萨都剌（剌亦作拉，约1272—1345？），字天锡，号直斋。[1]出身世家，生于代州雁门（今山西代县）。泰定四年（1327）进士，历任镇江路录事司宣差、江南诸道行御史台掾史、燕南肃政廉访司照磨、闽海肃政廉访司知事，终淮西肃政廉访司经历[2]。传本《雁门集》15卷（含诗余1卷）[3]，收录诗词400余首，风格豪健清朗，被称为元诗的代表作家。

李孝光与萨都剌为交谊密笃的诗友，李集中唱和送赠忆怀之作计30题50首，是他交游中寄酬最多的一位。萨于至顺二年（1331）调任南台掾史，孝光时客居金陵（南京），两人过从频稠，同游城西光孝院、城北坏寺，共题铁塔寺壁，登石头城，饮凤凰台，分韵赋咏，篇什甚夥。胜览如“地势吞吴尽，江流入楚深”（《次萨郎中题铁塔寺壁》）；休闲如“骑马寻修竹，逢僧问煮茶”（《陪志能天锡使君游城西光孝院得茶字》）；韵事如“解榻逢清昼，题诗入绿阴”（《和天锡台郎韵》）；咏怀如“乌鹊飞来三绕树，老骥平生千里心”（《春雪寄萨天锡使君》）；寄慨如“东邻丑妇持门户，不愿蛾眉映瓠犀”（《次韵萨使君天锡杂咏》之二。意有所讥，抒写怀才受抑的感慨）。时或共宿联句，有《除夜宿室戒院，会者三人萨使君、张仲举》；《秋夜同张仲举、欣笑隐龙翔寺联句》序云：“笑隐招天锡、仲举与余饮酒。天锡宿台中不来，惟余与仲举会，是夕联句云。”别后篇章往还，不尽春树暮云之思：“诗来恰逢三日雪”（《和萨天锡郎中韵》之一），“自起挑灯读寄诗”（《怀萨使君》），“题诗满壁无人看”（《怀萨天锡使君》之二），“颇忆共君衔一杯”（《怀萨使君天锡》之四）。他在《送陈君礼之婺女兼

寄徐仲礼》中怀念说：“我之故人柏台史，三年不得一书纸。”引为知己，眷眷情深。

而今传萨都剌《雁门集》，与李孝光往还诗仅存2首，见卷五《终南进士行和李五峰题马麟画钟馗图》、《李五峰孝光携墨竹索题》（别本作《题画竹》）。萨集同卷《三益堂芙蓉》，当也是在建康（金陵）与五峰和韵酬唱作，李集卷十有同题同韵七律，然题均无署次韵字。顺帝至正二年（1342），观志能江南行台监察御史任满还朝，释大䜣有《送观志能台郎赴都得劝字》（《蒲室集》卷一），萨都剌有《送志能分得君字。志能与余同榜，又同南台从事，考满北归》（《雁门集》卷七），孝光有《送观志能分韵得更字》，俱同时作。盖观氏北还，饯送者七人，以唐诗“劝君更尽一杯酒”分韵赋别，大䜣“得劝字”，萨“得君字”，李“得更字”也。此外，李《次虞学士韵》（白发眉山老）一首，当是李与萨同游京口（镇江），见虞集《寄丁卯进士萨都拉天锡》后即用虞诗韵写的。[4]

总而观之，李和赠多而萨寄答少，出现这种情况，我想有三个原因：一是萨比李大十多岁，年辈高于李。二是萨为世家子弟，又进士出身，虽仕路蹭蹬，交际极广，接交多名公显达；而李则一介布衣，科试折翅，独客江南，教授州学，应诏前行迹亦仅局于东南一带。三是萨极富才华，在当时诗名籍甚，对于李之文才尚未有足够的认识。所以李对萨是推崇有加，称誉备至。萨历仕掾史（从九品）、照磨（正九品）、知事（正八品）、经历（从七品），不过下层属员，李寄酬诗题中却屡用“萨郎中”（郎中为省部高层官员，秩五品）、“萨使君”之类带有虚高成分的名衔相称，极表尊美之意[5]；而萨赠李诗则用“索题”字样，直视李为晚辈矣。所以，李、萨相交的情况，有点像杜甫之于李白。杜怀太白云：“世人皆欲杀，我意独怜才。”（《不见》）孝光称萨云；“诗妙人皆诵，才高世不容。”（《次萨使君道林寺壁》）声口如一，才人相怜，千古同慨。杜寄太白诗皆精心结撰，尽见名章警语；而太白赠杜篇什无多，亦较随便，至于出“饭颗山头逢杜甫”这样的俚俗之句。[6]

孝光酬和萨都剌的诗，多经意作，每见佳品。乐府辞《吴趋曲送萨天锡》，明宋绪《元诗体要》卷六《曲体》言“有魏晋风格”。五律《送萨郎中赋得新亭》：“登高望吴楚，芳草满汀洲。离别安足念，英雄翻百忧。山河吞故国，江汉入秦州。今日新亭饮，因君感滞留。”清孙锵鸣《东嘉诗话》称“格调苍秀，浑然唐音”[7]。

七律《同萨使君天锡饮凤皇台》：

凤凰高飞横四海，锦袍犹赋凤凰游。
天随没鹘低淮树，江学巴蛇入楚流。
勋业何如饮名酒，衣冠未省望神州。
天涯芳草萋萋绿，王粲归来更倚楼。

凤凰台，遗址在今江苏南京市南。萨有七律《登凤皇台二首》，与孝光同饮于台上作。萨龙光编次《雁门集》卷五，系于文宗至顺三年（1332）。锦袍，即锦袍仙，指李白。《新唐书·李白传》：“帝赐金放还。白浮游四方，尝乘月……着宫锦袍坐舟中，旁若无人。”李白《登金陵凤凰台》诗：“凤凰台上凤凰游，凤去台空江自流。”衣冠，指官绅人物。萨诗云“始信人生如一梦，壮怀莫使酒杯干”；此云“勋业何如饮名酒……王粲归来更倚楼”。盖二人登台怀古，皆有一种不得志于时的惆怅落寞之感，唯有“衔杯”借酒以浇垒块。“天随没鹘低淮树，江学巴蛇入楚流。”鹘（hú），猛禽，亦名隼。天随没鹘，语本苏轼《澄迈驿通潮阁二首》之一：“杳杳天低鹘没处，青山一发是中原。”巴蛇，古代传说中的大蛇。《山海经·海内南经》：“巴蛇吞象。”《路史后记》卷十罗苹注引《江源记》云：“羿屠巴蛇于洞庭，其骨若陵，曰巴陵也。”此联工警而具创意，是脍炙于世的名句。作者在《张葵斋所藏江山风雨图》中复用：“山随没鹘落中原，水作巴蛇走全楚。”见为得意之笔。明镏绩《霏雪录》卷下说：李此二句，比较张以宁《九江庙晚眺》“天随去鸟低平楚，水学惊蛇到大江”，“二诗措意造语相类，然优劣如辨黑白。学诗者于此灼有所见，则可与言诗矣，否则更与三十大棒。”[8]言张诗仿李句而优劣判然，不免学步之讥。至明游潜《登郁孤台》效云：“天空没鹘堂堂去，江赴巴蛇滚滚来。”[9]转相祖袭，又愈下矣。

《次萨使君天锡登石头城》写于同时：

西州门外石头寺，欲说英雄绿鬓凋。
王气黄旗千岁尽，水声广乐六时朝。
白鼦裘坏埋珠柙，玉燕钗飞坠藻翘。
重到谢家携妓处，维舟寂寞听春潮。

系次韵萨都剌《秋日登石头城》诗："登临未惜马蹄遥，古寺秋高万木凋。废馆尚传陈后主，断碑犹载晋南朝。年深辇路埋花径，雨坏山墙出翠翘。六代兴亡在何许？石头依旧打寒潮。"（《雁门集》卷五）李白云："吴宫花草埋幽径，晋代衣冠成古丘。"（《登金陵凤凰台》）许浑云："松楸远近千官冢，禾黍高低六代宫。"（《金陵怀古》）王安石云："山水寂寥埋王气，风烟萧飒满僧窗。"（《金陵怀古四首》之三）萨云："年深辇路埋花径，雨坏山墙出翠翘。"此云："白龉裘坏埋珠柙，玉燕钗飞坠藻翘。"皆寓慨故都王朝代谢，繁华消歇，而措语不一，可悟异曲同工之理。

七绝《次萨使君天锡韵》之一：

乌几绳床诗梦熟，惊闻风雨欲翻江。
酒醒忆是长芦寺，半夜松声绕北窗。

此首次韵萨都剌《宿淮南长芦寺》："柳花漠漠春归寺，芦叶青青晚渡江。屋角松声撼风雨，道人一夜不开窗。"（《雁门集》卷五） 长芦寺，在江苏六合县南。陆游《入蜀记》卷二："出夹望长芦，楼塔重复……江面渺弥无际，殊可畏。李太白诗云'维舟至长芦，目送烟云高'是也。"[10]此言酒后卧舟夜航，惊闻风雨翻江，醉梦中还以为是长芦寺夜半的万壑松声。情景摹画逼真，与陆游《小雨极凉舟中熟睡至夕》"清梦初回窗日晚，数声柔艣下巴陵"之咏，虽境界夷险殊别，读来同具诗情逸趣。

前题之四：

江气萧萧如过雨，起看北斗挂船头。
犹忆前年称使客，卧听笳鼓入扬州。

此首次韵萨都剌《夜发龙潭二首》之一："孤舟一夜发龙湫，水逆风回上石头。暂泊沙洲过夜半，卧听钟鼓是昇州。"（《雁门集》卷七）萨云"卧听钟鼓是昇州"，此云"卧听笳鼓入扬州"，"入"字较"是"字胜；然皆不若宋张耒《怀金陵三首》之三"芰荷声里孤舟雨，卧入江南第一州"之富韵致，此语简而不及繁者。

【注】

[1] 孔齐《静斋至正直记》卷一《神童诗》谓萨都剌“本朱氏子，冒为西域回回人”，见《辽金元诗话全编》第 4 册，南京：凤凰出版社，2006 年，第 2575 页。

[2] 陶宗仪《书史会要》卷七《元萨都拉》：“官至淮西廉访司经历。”（影印文渊阁《四库全书》第 814 册，上海：上海古籍出版社，1987 年，第 763 页上）

[3] 萨龙光编：《雁门集》，上海：上海古籍出版社，1982 年。本文所引萨诗，均见此本。

[4] 参阅陈增杰：《李孝光集校注（增订本）》卷八《次虞学士韵》附考，第 2 册，杭州：浙江古籍出版社，2016 年，第 398 ～ 401 页。

[5] 萨都剌于至顺二年（1331）调任江南诸道行御史台掾史。掾史为行台低层吏员，秩从九品（见《元史·百官志二·御史台》）。郎中则是中书省左右司、六部高级部员，秩五品。行中书省亦设郎中，秩从五品（见《元史·百官志一》及《百官志七》）。萨历仕照磨（正九品）、知事（正八品），终官燕南河北道肃政廉访司经历（从七品）；而此作及七古《和萨郎中秋日海棠韵》、五律《送萨郎中赋得新亭》《次萨郎中题铁塔寺壁》等，皆以“郎中”相称，盖沿用古称，有尊美之意。秦汉郎中令（九卿之二，汉武时改名光禄勋）的掾属有中郎、侍郎、郎中、虎贲、羽林等，统称郎官。名为侍卫，实乃获选拔官员候任时的虚衔。李赠诗又称“天锡台郎”（《和天锡台郎韵》），释大䜣、张翥赠诗亦称“萨天锡台郎”，台郎即行台郎官，谓掾属。

[6] 孟启《本事诗·高逸》：“故戏杜曰：‘饭颗山头逢杜甫，头戴笠子日卓五。借问何来太瘦生，总为从前作诗苦。’盖讥其拘束也。”按：《历代诗话续编》本作者署作“孟棨”。

[7] 胡珠生编：《孙锵鸣集》下册《东嘉诗话》，上海：上海社会科学院出版社，2003 年，第 642 页。

[8] 镏绩：《霏雪录》卷下，文渊阁四库全书本。张以宁（1301—1370），元末官翰林学士承旨，明初召为侍读学士，著有《翠屏集》。

[9] 游潜：《梦蕉诗话》卷下，《学海类编》本。

[10] 陆游：《陆游集》第 5 册，北京：中华书局，1977 年，第 2416 页。

51

务造恢奇　刻求异境

——李孝光雁山诗的艺术崇尚

李孝光家世雁荡山北麓的大荆镇五峰乡田岙村，他说：“予家距雁山五里近，四方客游者，或舍止吾家。吾岁率三四至山中，每一至，常如遇故人万里外。”（《始入雁山观石梁记》）于故家山水最有会心，触处感赋，无不曲尽其妙。他以丰富多彩的游记和诗词创作，塑造了雁荡山的文学形象，在中国山水文学长廊写下浓墨重彩的一笔。《雁山十记》是继唐柳宗元《永州八记》后又一山水记系列名篇，以文笔简峻、意味隽永、刻画精细逼真著称，饮誉文苑。此外，其咏雁山古近体诗及词凡38首，名章叠见，传诵于世。

雁荡山以峰、岩、洞、瀑的奇特闻名。孝光世宅其下，潜心体察，出笔不同凡手。他能抓住雁荡山水的特有风貌，捕捉形象，进行生动的描摹刻画，给读者留下深刻的印象。且看五古《观龙鼻水赠天柱钦上人》：

或黝如苍壁，或青如挼蓝；
或树旗杠一，或覆鼎足三；
或抉如怒猊，或呀如洪蚶；
或如马奔踶，或如虎视眈。
竿者如楼观，窾者如罂甗，
仰者如箕踞，俯者如负儋。
或螺髻绀目，俨雅如瞿昙；
或庞眉鲐背，伛偻如老聃。
矫如天女戏，卑如童子参。

效用韩昌黎《南山》诗的笔法，连使十“或”字、十四“如”字，采用叠喻手段和错综句法，将灵岩景区龙鼻洞“尤为怪绝”的石髓奇观，写得瑰诡灵异、光怪陆离，的是神鬼斫削的“天巧”。可谓铺张扬厉，险语迭出，排比取势，曲尽形容。

他善于渲染环境，烘托氛围，突出人的感受体验，创造独特境界，达到耸动的效果。《同靳从矩县尹宿雁山天柱院》写道：

大灵骏奔走，蛟螭改其穴。
洚水缩入地，万鬼拔山出。
想见风雨黑，电火上下掣。
两柱峨支撑，真宰仰咋舌。
遂令天行健，不复见卼臲。
鬼工妙斫削，又不见剞劂。
日月转半腹，避隐若两蝶。
我夜卧其傍，户外白如月。
开户天冥冥，岝崿立积雪。
居然混沌素，元气浑不裂。

大灵，谓山川之神。两柱，指灵岩（平霞障）左天柱峰、右展旗峰。半腹，指天柱峰半腰。“避隐若两蝶”，比日月为“两蝶”，甚奇。诗写夜宿灵岩天柱寺的所见所感，洚水（洪水）缩地，万鬼拔山，电火奔掣，日月避隐，一片混沌初开的状态，岝崿卼臲，营造出令人惊心动魄的巉刻之境。才思古奥，刻意琢制，用语奇崛。后段所咏，与《暮入灵岩记》“夜分又数数开南牖视之，月欲堕未堕，夜色如霜雪。诸峰相向立，俨三四老翁衣冠而偶语，独西南一柱白而身长者也”的摹画，相为映发。

想象奇肆，造思倬异，句句自出心口，是李孝光雁山诗的又一特色。《与叔夏游石门》云：

很石忽中断，势若两虎斗。
白龙来唤之，仙圣不敢救。
想当二物争雌雄，冯夷击鼓张其咮。
日车为之翻，地轴为之仆。
至今两门开，天遣百水凑。
吾闻神禹疏龙门，蜿蜒偃蹇夹左右。

坐令遗黎收树艺，嗟哉神龙之功独何有！

石门即石门潭。明朱谏《雁山志》卷一《石门》：“在雁山东北，荡阴诸谷水所会也。两崖屹立，望之如门；水从门中出，大小计一十八水……相传原是一山，至正间山水瀑出，有龙自雁山乘水而下，触山断为两崖，中空若门，故名。”笔墨简峭，奇情幻思，意出不测。第三句突入“龙唤”，为“虎斗”鼓荡作势，且带出水决山断壮观，渲染尽致。后幅乃由虎斗龙唤引发联想，加入神禹龙门故事，而以功遗树艺唱叹作结，恰到好处。《和叔夏观石梁二首》之二：“青山栖白云，颠倒写缯素。上有仙圣巢，下有猿鹤路。秦王窥扶桑，此物驱不去。至今万鬼神，暗呜风雨暮。”比青山为绘笔，白云为素绢，故云“颠倒写”（摹画），取喻新颖。秦王四句，大意说秦始皇封禅泰山，穷之罘，登琅邪，临碣石，“东游海上，行礼祠名山大川”[1]殆遍；而独不及“此物”（此山神灵），故至今风雨日暮，犹闻万鬼暗呜（怒喝）之声。立意新奇，不同凡俗，句法亦复简峻跳脱。

孝光咏雁山的近体律作则较平易，见出另一番面目。可举《次陈辅贤游雁山韵》为例：

竹杖棕鞋去去赊，一春红到杜鹃花。
山椒雨暗蛇如树，石屋春深燕作家。
老父行寻灵运宅，道人唤吃赵州茶。
明朝尘土芙蓉路，犹忆山僧饭一麻。

灵运宅，谢灵运任永嘉（温州）郡守，行踪曾到雁山南麓筋竹涧，有《从斤竹涧越岭溪行》诗；北麓则有谢公岭地名传闻[2]，故游客寻访。作者《入雁荡山》诗亦有“一岭暂教灵运识”句。宅，《雁山志》卷四、《元诗选二集》作“屐”，谓行迹。赵州茶，《五灯会元》卷十二《芭蕉谷泉禅师》：“曰：‘未审客来将何祗待？’师曰：‘云门糊饼赵州茶。’”赵州，今河北赵县。这里指寺院里待客的茶水。雁山多佛刹，又出佳茗（雁茗），故云。全篇轻俊畅朗，兴会独到，风调绝似放翁。写景新异，“蛇如树”，犹子厚“山似戟”[3]笔法。“灵运宅、赵州茶”，一故事，一禅典，随手拈来，平添情趣。历来咏雁山七言律，当推此首为冠。

《白沙早程》亦称胜咏：

听得邻鸡便问程，前涂犹有客先登。

官河半落长桥月，僧塔疏明昨夜灯。
古渡潮生鸥浸梦，野田风急浪归塍。
雁山喜入新诗眼，踏破秋云最上层。

白沙，白沙岭，在今乐清市乐成镇东，古时为县城去往雁荡驿路所经。《永乐乐清县志》卷二《山川·岭》："白沙岭，去县东五里，在永康乡。驿路。"宋刘黻有《过白沙》诗。通体轻脱流利，绝去藻饰。前六模写晓行途程物色，历历在目。促装趱行，问程前路，有"恨晨光之熹微"意。结二预想重归故山之登临韵事，笔调舒快，拓展全诗的意境，诗家所谓收束"放开一步，宕出远神"者。行役诗不作愁苦音，最为上格。

七言摘句如《和人游雁山家字韵》之一："笋舆穿树惊霜叶，铜杖敲云损土花。"之二："雨后乱溪青似发，霜前病叶赤于花。"《入雁荡山》："雁横荡月惊寒到，僧踏湫云看瀑来。"皆能独辟境界，令人耳目一新。这些诗同样体现了他"耻为陈言而务力为奇"[4]的创作主张。

李孝光的咏雁山诗，具有鲜明的个性特征，表现了务造恢奇、刻求异境的艺术崇尚和审美情趣。在技巧上，借鉴了杜甫入蜀诗、韩愈《南山诗》的某些手法，而又能变化出新。元林希元《长林存稿》评本朝文，谓："李五峰如秦汉间人，语言崭绝而顿挫。"[5]明胡应麟《诗薮》外编卷六谓其"古诗歌行豪迈奇逸，如惊蛇跳骏，不避危险"[6]。吴鹭山《雁荡诗话》言其"写雁宕奇胜，想象恣肆而笔力遒劲，在杜少陵、韩昌黎之间，最见功力"[7]。诸论诚能道出李诗特点，十分切当，可以从这些作品得到印证。

清人沈德潜云："游山诗，永嘉山水主灵秀，谢康乐称之；蜀中山水主险隘，杜工部称之；永州山水主幽峭，柳仪曹称之。"[8]予谓雁荡山水雄奇瑰丽，得李五峰歌咏而益彰，差可并美前贤。

【注】

[1]《史记·封禅书》，第4册，北京：中华书局，1975年，第1367页。

[2]参阅陈增杰：《李孝光集校注（增订本）》卷十七《雁山十记·游灵峰洞记》注①，第4册，杭州：浙江古籍出版社，2016年，第931页。

[3]柳宗元《得卢衡州书因以诗寄》："林邑东回山似戟，牂牁南下水如汤。"

[4] 陈增杰：《李孝光集校注（增订本）》卷十八《桧亭集序》，杭州：浙江古籍出版社，2016 年，第 4 册，第 1012 页。

[5] 谢肃：《密庵集》卷六《长林先生文集序》引，文渊阁四库全书本。

[6] 胡应麟：《诗薮》，上海：上海古籍出版社，1997 年，第 241 页。

[7] 吴鹭山：《雁荡诗话》，见卢礼阳、方韶毅编校：《吴鹭山集》下册，北京：线装书局，2013 年，第 654 页。

[8] 沈德潜：《说诗晬语》卷下，《清诗话》下册，上海：上海古籍出版社，1978 年，第 550 页。

52

两三点露忽疑雨　四五个星犹在天

——李孝光与元文宗明太祖的互见诗

清嘉庆四年（1799）花埜山农重修《乐清淀溪李氏宗谱》（以下简称《宗谱》）卷三《录上·六世》收录李孝光七律《应召》三首，其中第二首“听得邻鸡便问程”已见录明赵谏《东瓯诗续集》卷四、清顾嗣立《元诗选二集》戊集、清张豫章等《御选元诗》卷五二，题作《白沙早程》；第一、三首则为佚篇。且看第一首：

早起披裘快着鞭，月眉斜挂柳梢颠[1]。
两三点露忽疑雨，四五个星犹在天。
犬吠竹篱人赚路，鸡鸣茅舍客惊眠。
须臾拥出扶桑日，七十二峰在目前。

“两三点露”联甚佳，点化前人名句而成。出于五代蜀何光远《鉴诫录·容易格》：“王蜀卢侍郎延让，吟诗多著寻常容易言语，时辈称之为高格……有《松门寺》云：‘山寺取凉当夏时，共僧蹲坐石阶前。两三条电欲为雨，七八个星犹在天。’”[2]宋辛弃疾运以入词，《西江月·夜行黄沙道中》：“七八个星天外，两三滴雨山前。”

这确是一首好诗，只是传本《五峰集》及诸选本均不载，读者罕见。予编注《李孝光选集》[3]，始为公布绍介于世；后复编入增订本《李孝光集校注》卷十一[4]。不过，令人感到奇怪的是，元朝、明朝两位皇帝即元文宗、明太祖，都传有与此诗差不多相同的篇作，兹略考述如下。

明叶子奇《草木子·谈薮篇》载，梁王登宝位时，自建康之京都途中，尝作一诗云：

但上述引列诸书之撰者、选者、编者、评者，都囿于所见，并没有拈出李五峰的诗作相与比较。

今按：元文宗、明太祖二作，与李诗构思立意相同，句调如出一辙。五十六字中，文宗诗39字同，易17字；太祖诗34字同，易22字，剿袭之迹显然。三诗相较，其用字工致又以李作为优，两位皇帝的易作都不免“点金成铁”之嫌，明祖诗尤下。唯李诗“养在深闺”，失于传布，赖《宗谱》过录而幸存，惜不为世人所知耳。

又按，文宗（怀王）精通汉语，倡扬儒学，喜好艺文。登位前居建康时，与道释、文士颇有交往，孝光时客寓金陵，特被顾遇，元王逢《读僧惇朴庵〈松石稿〉为其徒智升题并序》言朴庵“壮游金陵，与五峰李孝光并受知梁王（应作怀王）”[10]。及文宗登位，金陵同被顾遇者唯柯九思（敬仲）获召用，孝光五古《送僧朴庵用柯敬仲韵》有云“仙吏今上天，令人泪沾臆”（卷四），“若不能无慨者”[11]。孝光又有七律《冶城飞龙亭诗卷》（卷九），亦为追思悼怀文宗作，有云：“今日画图看御幄，当时草木识天香。”故可推测，盖怀王（文宗）居金陵时获读五峰此诗，喜而随手过录，颇加吟诵，后人不察，遂误以为系他入京继位赴途之咏，而想当然地拟以《自集庆路入正大统途中偶吟》这样不符合地理沿革史实的题目。倘文宗自撰，作为当事人，绝不会有“自集庆路入正”如是明显之错误。至于明祖作，殆又幕从窜自流传中的文宗诗而易其题复改字耳，这从“社稷山河在眼前”之带有谀颂意味的俗笔可知。

另外，《宗谱》题目《应召》，应是惠宗至正七年（1347）十二月应元廷“诏征隐士”，次年春启程赴朝作；但从诗中所写行途物色和“雁山喜入新诗眼”（原编三首之二即《白沙早程》）、“一点归心在故乡”（原编三首之三）诸语观之，又当为趱程还乡之咏；本首云“须臾拥出扶桑日，七十二峰在目前”，说的也是盼见家乡雁宕群峰竞秀的胜景。作者《龙湫行送轩宗冕归山》云“三十六峰明月秋”（卷七）。三十六、七十二，均言雁山峰峦之多。这三首诗，应当是作者早期作品，原题“应召”颇令人疑，或出《宗谱》纂修者妄加。

【注】

[1] 颠，原本作“头”，失韵，据民国《淀川李氏宗谱》改。

山东义士向天哭　山河万里竟分支

——李孝光高明咏吊岳王的律作

岳飞含冤被害，孝宗朝始得平反，安葬杭州栖霞岭南麓。元时重兴祠宇，庙貌一新，遂成为西湖名胜。骚人雅士咏吊诗什极多，“不下数十百篇”（多为七律），元僧可观编为《岳庙名贤诗》（录 76 人诗 92 首）；明陶宗仪《南村辍耕录》卷三《岳鄂王》、田汝成《西湖游览志》卷九《北山胜迹》及《西湖游览志余》卷七《贤达高风》等，亦各有引录。其中“最佳者”[1]当推赵孟頫（子昂）七律《岳鄂王墓》：“鄂王坟上草离离，秋日荒凉石兽危。南渡君臣轻社稷，中原父老望旌旗。英雄已死嗟何及，天下中分遂不支。莫向西湖歌此曲，水光山色不胜悲。”一时脍炙人口。此外，乐清李孝光、瑞安高明（则诚）二律，亦称名品。兹文特为拈出，以共欣赏。

先看李孝光《岳王祠》：

人臣功高逢忌嫉，令终美殒古来稀。
山东义士向天哭，海外将军被诏归。
奏入国家无吉语，狱成廊庙定危机。
呜呼信史为君讳，自坏长城可叹唏！（《李孝光集校注(增订本)》卷十）

山东，古代指太行山以东地区。山东义士，指河朔地区响应岳家军北进克复失地的忠义民军。岳飞出师北伐时有“连结河朔”义兵的战略举措，并且取得成效，起到强大的作用。此句所写正是一个见证。古称边甸为海，海指僻远之地。海外，犹言远方。此写岳飞被迫奉诏还师。奏入，指绍兴十年（1140）七月，岳飞在收复颍昌、郑州、洛阳等重镇后，奏请“伏望速赐指挥，令诸路之兵火速并进，庶几早见成功”[2]。宋廷却以“金字牌急递”诏令“措置班师”[3]，并先已密令张俊、王德军撤离，使岳军陷入孤立无援正侧面受敌“前不能进，后不能退”的艰危境地。岳飞忧愤欲绝，痛心扼腕，悲叹道：“十年之功，废于一旦，所得州郡，一朝全休！社稷江山，难以中兴，乾坤世界，无由再复！”[4]参阅邓广铭《岳飞传（增订本）》第十五章。

君，君王，指宋高宗赵构。自坏长城，南朝名将檀道济，屡立战功，后为宋文帝所忌被杀害。《宋书·檀道济传》：“初，道济见收，脱帻投地曰：‘乃复坏汝万里之长城！’”长城，喻指守疆卫国的大将。末二句说，撰史者为帝王讳，将杀害岳飞的冤狱全归罪秦桧，实乃高宗自坏长城。

五峰此作，笔锋犀利，忠愤气填膺。“山东义士向天哭，海外将军被诏归”，是纪实语，亦是饱含义愤极沉痛语，堪称警策。结言“自坏长城”，直斥魁首，尤义正词严，识见高卓，超出同时代诸人的论议。五峰门人陶宗仪咏岳王诗虽亦有“万里长城真自坏，中兴武绩遂云休”语[5]，然觉指斥乏力，对句不称，难以相提并论。明蒋冕《琼台诗话》卷上谓，咏岳诗“为世所称许者，叶绍翁、赵子昂、潘子素数诗而已，然皆责秦桧而不责高宗”[6]。于此更见本篇独具的思想价值和意义，这在那个时代实属难能可贵。

再看高明《和赵承旨题岳王墓韵》：

> 莫向宗周叹黍离，英雄生死系安危。
> 内廷不下班师诏，朔漠全归大将旗。
> 父子一门甘伏节，山河万里竟分支。
> 孤臣犹有埋身地，二帝游魂更可悲！（《东瓯诗集》卷六）

赵承旨，即赵孟頫。这首诗因为选本、诗话多见引录，刊本不同，异文较多。有三种情况：（1）首句“宗周”，别本作“中原”或“中州”，属两通。（2）颔联“不下、全归”，别本作“忽下、全收”，虽然也讲得过去（言收夺兵权），但内涵较浅，所以我们不取。（3）五句“伏节”，别本作“仗节”，全讲不通，非是。

宗周，周王朝。黍离，黍（小米）苗离离成行。《诗·王风·黍离》首句“彼黍离离”。序云：周大夫行役，经过故都，看见宗庙宫室，遍满黍稷，不忍离去，伤痛而作是诗。后用“黍离”以况亡国悲痛。伏节，犹殉节。孤臣，心怀忠诚而孤立无助被疏远的臣子。二帝，指宋徽宗赵佶、宋钦宗赵桓。靖康元年（1126），金兵攻陷汴京（开封）。次年徽、钦二宗同被俘押送北地，后死于五国城（今黑龙江依兰）。

全诗大意说：莫要伤叹中原故都沦亡，英雄生死真的是关系国家安危。如果不是朝廷连发金牌迫令退师，广袤的北方大漠早已经收归一统。岳家父子虽然尽忠报国甘愿殉难，但从此宋室江山永远南北分离。如今贞臣忠骨埋在青山，让人凭吊；只可怜徽、钦二帝魂抛荒外异域，最是可悲！

高明此咏，苍凉悲壮，是次韵赵子昂同题和作中最著名的一首，广为播诵，历见诗话家举录，得到很高评价。陶宗仪《辍耕录》引赵、高等诗，言“读此数诗而不堕泪者，几希！”[7]明瞿佑《归田诗话》卷中称为“杰作”[8]，明田汝成《西湖游览志余》卷七：“岳坟诗无虑千首，绝倡者亦少……赵子昂有‘英雄已死嗟何及，天下中分遂不支。’支韵难和。徐孟岳和‘饮马徒闻腥巩洛，洗兵无复望条支’；高则诚和‘父子一门甘伏节，山河千里竟分支’。”[9]明叶廷秀《诗谭》卷五《吊岳武穆》：“高则诚先生明云：‘孤臣尚有埋身地，二帝游魂更可悲。’叶靖逸先生绍翁云‘如公少缓须臾死，此虏安能八十年’，皆忠壮激烈，读之堕泪。”[10]清孙锵鸣《东嘉诗话》言“末两语欷歔无限”[11]。陈衍《石遗室诗话》卷二一云：“西湖岳坟诗，旧传赵子昂、高则诚诸作最工，皆取其斟酌饱满也。”[12]其言“斟酌饱满”，谓论议透辟，笔力充足也。

【注】

［1］季汝虞：《古今诗话》卷八《岳飞》，《珍本明诗话五种》，北京：北京大学出版社，2008年，第243页。

［2］岳珂：《金陀续编》卷十《收复赵城获捷奏状》，文渊阁四库全书本。

［3］岳珂：《金陀续编》卷三《高宗宸翰下》绍兴十年御札。岳珂案：“前诏未至，诸大帅各已退师，秦桧复请休兵观衅，亟趣先臣退，一日而奉金牌者十有二。”

［4］徐自莘：《三朝北盟会要》卷二〇七《岳侯传》，文渊阁四库全书本。

［5］陶宗仪：《南村辍耕录》卷三《岳鄂王》，北京：中华书局，1980年，第42页。

［6］蒋冕：《琼台诗话》卷上，《明诗话全编》第2册，南京：凤凰出版社，2006年，第1841页。

［7］陶宗仪：《南村辍耕录》卷三《岳鄂王》，北京：中华书局，1980年，第41页。

［8］瞿佑：《归田诗话》卷中，《历代诗话续编》下册，北京：中华书局，1983年，第268页。

［9］田汝成：《西湖游览志余》卷七，杭州：浙江人民出版社，1980年，第4页。

［10］叶廷秀：《诗谭》卷五，《续修四库全书》第1696册，据清嘉庆衡河草堂藏板影印，上海：上海古籍出版社，2002年，第553页上。

［11］胡珠生编：《孙锵鸣集》下册《东嘉诗话》，上海：上海社会科学院出版社，2003年，第645页。

［12］陈衍：《石遗室诗话》卷二一，第3册，上海：商务印书馆，1935年，第12页。

54

无绮罗纤秾态 得山泽清气深

——解读李孝光《五峰词》

李孝光的词，通行的《五峰集》十卷本及补遗不见收录。清康熙间沈辰垣等编《历代诗余》选录李词3首，卷一〇九《词人姓氏·元李孝光》云“有《五峰词》”。《道光乐清县志》卷十三《艺文下诗余》录李词3首篇目同。《中国古籍善本书目》卷三十载录国家图书馆藏《宋元明六家词》，收有清道咸间劳权抄本李孝光《五峰词》一卷。清光绪间王鹏运辑印《四印斋汇刻宋元三十一家词》，内收《五峰词》一卷[1]，计词22首。唐圭璋《全金元词·李孝光》据以编录，并参校劳巽卿抄本。2006年，笔者获得山东省图书馆珍藏明抄本《李五峰集》复印件，卷五收词26首，其与王鹏运本（唐圭璋本同）共见收录者21首，见于王本（唐本）而抄本未收者1首，见于抄本而王本（唐本）未收者5首。另外，抄本之词题、字句亦多可补充或校正王本（唐本）者。[2]2014年，予着手增订本《李孝光集校注》工作，会校抄本、王本（唐本），互补有无，择善而从，共得词27首，辑入卷十六。

李孝光留存的词作，篇数不多，却甚有特色。清藏书家丁丙谓：“其词跌宕流利，无绮罗纤秾之态，殆得于山泽间清气者深也。”[3]十分恰当地概括了他的词风。胡玉缙言其词同他“风骨遒上”的诗风相表里，“一洗元人靡丽之习”[4]。又谓：“杨维桢作《陈樵集序》，举元代作者四人，以孝光与姚燧、吴澄、虞集并称。今观其词，殆与集相伯仲，以视澄之因辞见道者，此似转出其上矣。”[5]极为称誉。

且看《水调歌头·题干彦明新居》：

东湖浸南麓，北荡带西山。其中大有佳处，元不减商颜。上有雁峰千叠，下有龙滩百曲，别是一人寰。昨夜雨新过，流水到花间。　一张琴，一壶酒，伴渠闲。诗成真宰应妒，万象入嘲讪。北海尊罍依旧，东里杖藜无恙，未放鬓毛斑。吾亦秣吾马，不怕路盘盘。

干彦明，乐清大荆蔗湖人，作者所尊敬的友邻，集有《东邻有佳士寿干彦明》《干彦明新筑南湖过而爱之》等诗。词咏雁峰龙滩胜景和幽隐乐趣，缘情而发，随意挥洒，贴近自然，清朴之气盈于楮墨，通体轻畅如行云流水。历来咏雁山词，此堪称压卷，而操选柄者未尝留意。此外，《水调歌头·代干彦政送张公弼》（坐上且停酒）、《念奴娇·赠余氏子和东坡赤壁韵》（江南春暮）、《满庭芳·赋醉归》（昨夜溪头）诸阕，也都体现了他绝去藻饰、清健隽朗的风格。

孝光抒怀咏志作，多激昂之音。《念奴娇·送觉此山和东坡赤壁韵》云：

眼空四海，笑白云苍狗，枵然无物。谁道深翁，还可恨、名士犹应坚壁。江左夷吾，武昌老子，一段清如雪。小儿黄吻，那知世有人杰。　却卷囊底异书，瓶中名画，又作匆匆发。垂别赠言凭记取，莫遣祖灯吹灭。霁矣吾行，潦矣吾止，天地能穷发。相思何许，双峰东畔明月。

觉此山，雁荡山双峰寺住持（方丈）僧，作者方外诗友，酬作甚多。此依苏轼《念奴娇·赤壁怀古》词韵字韵次和作。白云苍狗，杜甫《可叹》诗：“天上浮云如白衣，斯须改变如苍狗。”喻世事变化无常。深翁，识见高远的长者。坚壁，闭门，谓幽隐。江左夷吾，晋室南渡，王导任丞相，“匡主宁邦”，有“江左管夷吾”之称。武昌老子，东晋庾亮镇守武昌（今湖北鄂州市），秋夜共僚属登南楼赏月，自称“老子于此处兴复不浅”。祖灯，喻指师祖传承的佛法。穷发，指荒远不毛之地。双峰，在雁荡山北麓。上片抒写浩怀壮意，歆羡放达洒脱的东晋人物（王导、庾亮），引以自期，直有“眼空四海”、睥睨一世之概。下片转叙别情。“霁矣吾行，潦矣吾止，天地能穷发。”隐含“穷则独善其身，达则兼济天下”意，见出进退自如的豁达襟怀，同样写得豪迈磊落。通首笔力健举，节调流宕。

又《念奴娇·和前韵》：

男儿堕地，便试教啼看，定知英物。老去只追风月债，天地应空四壁。黄石残书，赤松归去，不料头如雪。子房何信，竟推何者为杰？　醉后一笑掀髯，狂歌拍手，四座清风发。竹帛功名人安在，去去云鸿没灭。枣下枯枝，黄金虚牝，此事真毫发。豪吟轰饮，直须唤取明月。

风月债，未兑现的吟咏篇章。黄石残书，指圯上老父（黄石公）授予张良的《太公兵法》。赤松归去，张良晚年“乃学辟谷，道引轻身”，“欲从赤松子游”。均见《史记·留侯世家》。枣下枯枝，喻盛衰炎凉。黄金虚牝，谓徒劳无益。虚牝，空谷，喻无用之地。韩愈《赠崔立之评事》诗：“可怜无益费精神，有似黄金掷虚牝。” 唤取明月，李白《花间独酌》：“举杯邀明月，对影成三人。”全词抒写壮志消磨、功名未遂的感愤，痛饮狂歌，声振林木。笔意跌宕，慨当以慷，旷达中透见悲凉。

《满江红·钱塘舟中作》更是一首值得向读者推荐的佳什：

烟雨孤帆，又来过、钱塘江口。舟人道：官侬缘底，驱驰奔走？富贵何须囊底智，功名无若杯中酒。掩篷窗、何处雨声来，高眠后。 官有语，侬听取。官此意，侬知否？叹果哉忘世，于吾何有？百万苍生正苦辛，到头苏息悬吾手。官而今、归去又重来，沙头柳。

这是至正八年（1348）春作者应“征遗逸”赴阙过杭州时写的，借钱江行船中与舟人的一番对话，剖白心迹，表达自己的经世抱负（“百万苍生正苦辛，到头苏息悬吾手”）和功成身退的襟怀。“官而今、归去又重来，沙头柳”，是说此番奉诏入朝（归去），待他日功业有成，挂冠还乡，当再临此地（重来）。此心此志，请沙岸柳树替我作证。表示自己从征并不恋名位利禄，志在匡济，“功成拂衣”[6]，这即是为王安石所赞赏的李商隐诗“永忆江湖归白发，欲回天地入扁舟”的意旨。通篇以问答方式叙写，直朴亲切自然，在词中别具一格。

《水龙吟》为孝光维扬（扬州）怀古之咏：

倚阑遥见江南，狒狸前度愁风雨。英雄安在，龙颠虎倒，空悲朝露。落日荒宫，北风过雁，奈何踌跱。见行人指点，战场犹说，三城下，西州路。

有客登高长啸，访诸君、旧游无处。麒麟何物，累累谁者，消沉千古。北海人豪，骆驼坡下，而今黄土。算无过何逊风流，便拟赋，官梅去。

狒狸，即佛狸。北魏太武帝拓跋焘小字佛狸，宋元嘉中曾率军南侵至长江，于瓜步山建行宫。见《宋书·索虏传》。辛弃疾《水调歌头·舟次扬州和人韵》：“忆昔鸣髇血污，风雨佛狸愁。”踌跱，踌躇，惆怅貌。三城，扬州旧有三城。北海，孔融曾任北海（今山东寿光市）相，时称孔北海。品性高洁，以刚直见杀，为作者所敬重。骆驼坡，又名骆驼岭，在扬州城北。作者《登平山堂故址》云：“骆驼坡头孔融墓，令人忆尔泪纵横。”何逊，字仲言，南朝梁诗人。曾在扬州（今南京）任南平王水部参军，写有《扬州法曹梅花盛开》（一作《咏早梅》）诗。[7]这三句说自己此刻并没有何逊那样的雅怀诗兴。前片战场吊古，叹往昔“英雄安在”；后片旧游感怀，为“北海人豪”一洒怅望之泪。老笔沉练，有顿挫苍凉之慨。

【注】

［1］王鹏运辑：《四印斋所刻词》，影印光绪十九年王氏家塾刻本，上海：上海古籍出版社，1989 年。

［2］详陈增杰：《〈全金元词·李孝光词〉校补》，《温州大学学报·社会科学版》2014 年第 5 期，第 41 ～ 45 页。

［3］丁丙：《善本书室藏书志》卷四十《五峰词》，《宋元明清书目题跋丛刊》影印光绪二十七年自刻本，第 3 册，北京：中华书局，2006 年，第 923 页。

［4］胡玉缙：《四库未收书目提要续编》，见《续四库提要三种》，上海：上海书店出版社，2002 年。

［5］胡玉缙：《四库未收书目提要续编》，见《续四库提要三种》，上海：上海书店出版社，2002 年。

［6］《李孝光集校注（增订本）》卷十《和范文正公茅山有作韵》：“念我功成拂衣去，却从句曲卜吾居。”（第 2 册，杭州：浙江古籍出版社，2016 年，第 393 页）

［7］按：南朝扬州治建业，即今南京市，非今扬州市；隋以后始名广陵为扬州（今扬州市）。此词咏维扬（今扬州）古迹，而拈用何逊扬州（今南京）赋梅故事，不为切合，作者盖偶未察耳。

55

两才相遇诉芳衷　一段姻缘惜难成

——郑僖与吴氏女诗翰传情

郑僖（约1288—1343/1342），字宗鲁，号天趣，元平阳郑岙人。其题跋书序自署“永嘉郑僖”，明宋濂《草阁诗集序》称“永嘉郑公僖”，皆举郡名而言。父郑鸣凤，宋咸淳末上舍释褐；仕元，教授衢州、衡州。僖少好学，早年随父宦游，历闽、赣、湘境，成诗若干卷，曰《三湘集》。元至治三年（1323）乡试中式，登泰定元年（1324）进士[1]，授承事郎台州路黄岩州同知。至元元年（1335）为同里章祖程《白石樵唱注》作序。其卒当在至正三年（1343）或前一年。[2]

僖通涉经史，淹有词翰。其婿李晔（昱）诗称：“辙环湖海间，著述成数囊。弟子满京国，所至留余芳。”[3]明王祎《王氏迂论序》谓：“至于宋而有永嘉经制之学焉……近时有郑天趣先生者，永嘉人也，其于乡学能备究之。”[4]与萨都剌、李孝光、张天英、朱晞颜等互有唱和，萨有《送郑天趣进柑入京》诗[5]，李有《用郑天趣韵送干彦明四明从事》[6]。诗文多散佚，今存诗12首、词3首、文4篇。事见《瓯海轶闻》校笺卷二九《文苑元·郑僖》，民国《平阳县志》卷三六《人物志五元》有传。

郑僖著有《春梦录》一卷，记与永嘉（今温州市鹿城区）吴氏女恋情故事，颇为人传诵。其事始末略述如次：仁宗延祐四年（丁巳，1317），郑僖未第前，客居温州郡城洪府授教。邻有吴氏女，生长儒家，才色俱丽，精晓琴棋诗书，自负不凡。其父早世，遗命宜嫁儒生。一日，媒妪来言女家择婿而难得其人，洪府公子戏欲举僖求之。僖辞以已娶，不期媒妪欲求僖诗词达于女氏，僖为赋《木兰花慢》词一阕。翌日，吴女送和作至，媒妪且言：“女见此词喜，

称文士之美，但母氏谓官人已娶而不可。”然女独怜僖之才，赓唱迭和，翰简传情。僖称：“予观所和两词，其才情标致岂易得哉！此予所以深不能忘也。”再赋诗三首：

银笺写恨奈情何，料得情深敛翠蛾。
须信梅花贪结子，东风着意杏花多。（之一）

翠袖笼香倚画楼，柔情犹为我迟留。
何时共个鸳鸯字，吟到东风泪欲流。（之二）

两才相遇古来难，重写芳情仔细看。
莫待后时空自悔，不如闻取舞双鸾。（之三）

“须信”二句，唐王建《宫词》之九十：“自是桃花贪结子，错教人恨五更风。”这里变化用之，谓梅花结子而谢落，东风眷顾杏花让她独发芳芬。比兴之语，称美女方，而寓自惭之意。吴女和云：

慈亲未识意如何，不肯令君画翠蛾。
自是杏花开较晚，梅花占得旧情多。（之一）

残红片片入书楼，独倚危阑觉久留。
可惜才高招不得，红丝双系别风流。（之二）

今生缘分料应难，接得新诗不忍看。
谩说胸襟有才思，却无韩寿与红鸾。（之三）

韩寿红鸾，晋韩寿为司徒贾充门下小吏，与充女相爱慕，逾墙幽会。事发，充以女妻寿。见《世说新语·惑溺》。女诗尾系语云：“屡蒙佳什，珍藏箧笥，福浅缘悭，不成好事。母命伯言，不期违背，一片真情，番成虚意。数语赠君，盈盈垂泪。”复遣乳母来观，述喜慕之意，愿托终身，欲虽居贰室（次妻）亦不辞；且嘱僖托相知之深者往说其母。僖作俪语以报：“倘得百年而谐老，虽居贰室而不辞，妙语难忘，芳心可掬。”“嗟伉俪之无缘，徒唱酬之相与。此日落花流水去，遥想芳尘；他时折桂月中归，必贻后悔。”又续以诗云：

画梁双燕舞轻尘，只见新诗不见人。
夜夜相思飞蝶梦，东风着意杏花春。（之一）

风流才思古难全，若得相逢不偶然。
有约绿杨门外过，珠帘半卷露婵娟。（之二）

吴女答书云：“两才相遇，方图结于红丝；一语败盟，又空成于画饼。诗词寄恨，蜂蝶传情，先人之遗训昭昭，曾已告母；慈母之严命切切，乃不谅人。齐眉之好已休，众口之辞不息。鸳鸯枕上，夜夜相思；蝴蝶梦中，时时欢会。深沉院宇，无路可求，寂寞帘栊，有缘终遇。虽后死幼玉也寻柳氏，奈今生文君未识相如。勒此申酬，伏祈丙照。”并和前诗二首：

才高岂肯困泥尘，雁塔名香第一人。
却笑此生缘分浅，可怜辜负两青春。（之一）

琴棋书画艺皆全，一段风流出自然。
院宇深沉帘不卷，想君难得见婵娟。（之二）

是日，吴女又寄绣领至，工夫精巧，云“此是十年工夫所绣者”，矢意相从。僖复寄诗四首：

领中垂绣蹙双鸾，幼小工夫此最难。
日久罗襦香欲褪，多情拆寄郑郎看。（之一）

落花时序易消魂，忍看云笺沁粉痕。
近日恹恹香玉瘦，可怜和泪倚重门。（之二）

绣线慵拈梦乍醒，风流谁画柳眉青。
琵琶声里昭君怨，莫向他时不忍听。（之三）

嫩柳娇依道韫家，东风何事苦惊鸦。
流莺欲住频回首，尽日愁肠恼落花。（之四）

道韫，东晋女诗人谢道韫，聪慧有才识，为谢安所赏识。僖托吴槐坡山长往女家说合，然其母终然不允。有周氏子，惧僖成事，挟财以媚其母，遂

纳其定礼。女号泣曰："父临终命归（嫁）儒士，周子不学无术，但能琵琶耳。我誓不从周氏！"因佯狂，掷冠于地。母怒殴之，女发愤成疾。答书云："午间再辱云笺，披味恍如会晤之为快。中闻此事，苦为母氏所阻，故作痴佯狂。此数日周子稍缓其事，但两受凌辱被打，气愤成疾，不离枕席，亦是因君耳。恐天不假之以寿，万一抱恨而归，亦为君耳。如天从人愿，姻缘有在……三五日病可却，至洪府相谢，亦可以见。兴言至此，悲涕涟涟。先生千金之躯，不可因贱妾而成疾，但以坚心为念，好事亦不在匆忙。衷肠非笔可尽，切祈尊照。"又寄和二绝：

泪珠滴滴湿香罗，病袖芳肌瘦减多。
怪得夜来春梦浅，不知今日定如何？（之一）

青衣扶起鬓云偏，病里情怀最可怜。
已自恹恹无气力，强抬纤手写云笺。（之二）

女病且笃，母乃大悔，惧逆其意，遂以定礼付媒妪退还于周。然女病竟无起色，以书遗僖曰："哀哉，古人云'春蚕到死丝方尽，蜡炬成灰泪始干'，诚哉是言！一自女媒通好之后，妒情之辈登奴门者其说不一，有云先生贫者，有云子多者，有云妻妒行者，奴闻之若风过耳，但以真心而待。况兼母与伯，以奴之身色才艺俱全，岂可为人次妻？而周舍挟财以媚母氏，遂以一红一书为定。奴乃泣涕不已，两被母凌，以致成病，而相思之情，又何可胜言！念欲窃香相随，奈千方百计不可，而此病愈危。昨日两奉佳音，且喜且泣，母氏而今已作噬脐之悔，有通容处，但奴魂飞不定，神乱不常，虽师巫医卜无所不至，而病略不减。若此生不救，抱恨于地下，料郎之情岂能忘乎？临终哽咽，不知下笔处，奴扶惫拜上。"女泣谓其青衣名梅蕊者曰："我爱郑郎，生也为郑郎，死也为郑郎。我死之后，汝可以郑诗词书翰密藏棺中，以成我意。"未几，竟怨愤亡，年逋二十。[7]

僖闻之痛绝，以文寄祭，又作《悼亡吟二首》：

诗写青笺几往来，佳人何自苦怜才。
伤心春与花俱尽，啼杀流莺唤不回。（之一）

相见愁无奈，相思自有缘。

死生俱梦幻，来往只诗篇。
玉珮惊沉水，瑶琴怆断弦。
伤心数行泪，尽日落花前。（之二）

这是一段缠绵悱恻凄怆、令人伤感的情爱故事，也是含血和泪、用生命写下的凄美篇章。吴氏女的诗词书翰，不唯“字含玉润，韵染兰香”，“妙语难忘，芳心可掬”；更在其一往情深，对自由恋爱、婚姻的热烈企盼和勇敢表白，以及愿望得不到实现时的怨愤，“之死矢靡它”的决绝之心，所以令人感动。“非徒爱其才也，感其心也”，“临风悒怏”，数百年来打动无数读者的心弦。

据郑僖自序，《春梦录》传奇作于元延祐五年（戊午，1318）。录成而广为流传，除全文见载明陶宗仪《说郛》[8]，明姜准《岐海琐谈》卷六、明王会昌《诗话类编》卷十三《闺秀》、清徐釚《词苑丛谈》卷十、清曾唯《东瓯诗存》卷十一及卷四六、陈衍《元诗纪事》卷十四及卷三六，亦各选载其事其诗，论者媲美于唐元稹之《会真记》。然封建说教者斥为“拂性”，乃谓：“才美虽可夸，名教未足数”，“其罪容可隐乎？”[9]明支允坚《艺苑闲评》云：“元稹作《会真记》，郑禧（僖）作《春梦录》，自表其失行；牛僧孺作《周秦行记》，自陈其荡志，读之令人作恶。”[10]其迂腐不足为训。民国《平阳县志》卷七一《文徵内编九》不录郑僖和吴氏女诗，按云：“《东瓯诗存》录有郑僖《悼亡》及《寄吴氏》诗，今删。”[11]适见纂修者观念之守旧。

【注】

[1] 关于郑僖登第年。《弘治温州府志》卷十三《科第·元》记载清楚：“泰定甲子：郑僖，平阳人。癸亥中乡试，是年第二甲登第，赐进士出身，授承事郎台州路同知黄岩事。”（第358页）“是年”是指前头的“泰定甲子”即泰定元年（1324），非谓“中乡试”的“癸亥”（至治三年，1323）。雍正《浙江通志》卷一二九《选举七·元进士》：“泰定二年乙丑：郑僖，平阳人。”同卷复载：“至治三年癸亥：郑僖，平阳人，进士。”前后矛盾，殊见错乱。受其影响，乾隆《平阳县志》卷十二《选举上·进士》云：“元泰定二年乙丑榜：郑僖，见《文苑》。”而该书卷十六《人物下文苑·郑僖》作：“癸亥中

乡试，是年第二甲登第。”虽沿用《弘治温州府志》文，却断章取义，表述有错，让人误以为是“癸亥”（至治三年）登第。按：元选举制，行省乡试中选，次年二月赴礼部会试（进士试），三月廷试。每三年开试一次。《元史·选举志一》载至治元年（1321）、泰定元年（1324）、泰定四年（1327）廷试进士若干人（中华书局标点本第7册，第2026页），不存在至治三年癸亥（1323）或泰定二年乙丑（1325）的科第。民国《平阳县志》卷三六《人物志五》不误。至清曾唯《东瓯诗存》卷十一、清陈遇春《东瓯先正文录》卷七郑僖小传并云“泰定丙子进士”，又为亥豕之讹。丙子应作甲子，泰定并无丙子年，误甲为丙也。

[2] 关于郑僖卒年。据僖文友元张天英《白云稿序》：“余始居吴，见伯贤（朱右）郑宗鲁（郑僖）所。宗鲁善伯贤，温雅有持，吾已存诸胸中矣。是后伯贤复如建业，从李季和（李孝光）游，留岁余，周览故都名山大江之胜。其所与接，尽荐绅先生，余益以奇之。此二人者，吾友也。郑君死，季和归老其家，吾亦将隐矣。又及与伯贤友，盖亦有所自欤？尚章协洽岁孟夏，清河张天英序。”（文渊阁四库全书本朱右《白云稿》卷首）序文末署“尚章协洽岁”，系用太岁纪年法。据《史记·历书》，“尚章”对应十干之“癸”，“协洽”对应十二支之“未”。尚章协洽岁即癸未年，亦即元顺帝至正三年（1343）。张序云“郑君死，季和归老其家”，是至正三年（1343）夏张作此序时郑僖已亡，这是非常明确的记载。据此，可以确定郑僖当卒于至正三年（1343）或前一年（1342）。或据郑僖婿李晔（昱）《草阁诗集》拾遗《甲辰岁九月一夜，梦外舅天趣郑先生，问幽冥之事，但云“海天月色秋茫茫”。觉而衍其语，以寄哀情》诗及吴景奎《药房樵唱》卷一《哭郑伯容》（伯容，僖幼子）诗推断，谓“郑僖当卒于至正十五年（1355）至二十四年（1364）之间”（见《瓯海轶闻》卷二九校笺，下册，上海：上海社会科学院出版社，2005年，第969页），非是。

[3] 李晔（昱）《草阁诗集》拾遗《甲辰岁九月一夜，梦外舅天趣郑先生，问幽冥之事，但云“海天月色秋茫茫”。觉而衍其语，以寄哀情》，文渊阁四库全书本。

[4] 王祎：《王忠文集》卷七，文渊阁四库全书本。

[5] 萨都剌：《雁门集》卷二，上海：上海古籍出版社，1982年，第56页。

[6] 明抄本《李五峰集》卷四，编入《李孝光集校注（增订本）》卷六。

[7] 按：女逝，郑僖友悼诗有“可怜一点真才思，辜负韶华二十年”句（影本《说郛三种》第2册，上海：上海古籍出版社，第697页上），据此推断。

[8] 见陶宗仪《说郛》涵芬楼本卷四二、宛委山堂本卷一一五。

[9] 嘉子述：《春梦录后序》，影本《说郛三种》第2册，上海：上海古籍出版社，1988年，第697～698页。

［10］支允坚：《艺苑闲评》，《明诗话全编》第10册，南京：凤凰出版社，2006年，第10895页。

［11］王理孚修，符璋、刘绍宽纂：《平阳县志》卷七一，影本《中国地方志集成·浙江府县志辑》第62册，上海：上海书店出版社，1993年，第701页下。

56

对卷长歌发幽思　醉墨淋漓落吾手

——书画题咏名手张天英

张天英（？—1348后），字羲上，一字楠渠（亦作南渠），自号石渠居士，永嘉（今温州市鹿城区）人。墨翰自署“清河张天英”，清河盖其郡望。立志苦读二十年，淹通经史。元至正三年（1343）为朱右（伯贤）《白云稿》作序。至正六、七年（1346、1347）间任吴江州判官[1]。征为国子监助教[2]。“性刚方，不事趋谒，再调皆不就。”[3]喜游览，栖居浙西、吴下（苏州）多年。所著《石渠集》，已佚。雍正《浙江通志》卷一八二《文苑》、乾隆《温州府志》有传。

天英以诗名世，杨维祯论元季东南诗界，谓：“吾求之东南，永嘉李孝光，钱唐张天雨，天台丁复、项炯，毗陵吴恭、倪瓒，盖亦有本者也。近复得永嘉张天英、郑东。”[4]在当日诗坛颇为活跃，交游广泛，与康里巎巎（库库）、张雨、李孝光、杨维祯、项炯、郑元祐、郑僖、陶宗仪、高明、顾瑛等并有唱酬往还。他是顾瑛昆山玉山草堂雅集座席上常客，关系密切，顾言：“与予最为友善，凡有所作，必驰寄草堂。”[5]他的诗多见录于各种选本，顾瑛《草堂雅集》卷三编录89首、《玉山名胜集》收入9首，明偶桓《乾坤正气》选录7首，明朱谏《东瓯诗续集》卷五录21首，清顾嗣立《元诗选三集》庚集录62首，清陈焯《宋元诗会》卷九七录5首，清张豫章等《御选元诗》录14首，清曾唯《东瓯诗存》卷十一录20首，可见颇受元明清选家的重视。

天英擅长乐府歌行，顾瑛称其游行江湖，“放肆为诗章，尤善古乐府，皆驰骤二李间，时人多爱诵之”[6]。试看七古《武陵春晓曲书于玉山佳处》：

武陵春晓花冥冥，渔歌兰枻摇残星。

溪涵山气绿如酒，幽禽啼破松烟青。
天上时闻凤皇曲，金门飞梦人初醒。
长啸银台月将落，空翠着衣香雾薄。
忽见安期蓬海东，剑佩从风降玄鹤。
阳乌衔火悬扶桑，袖卷红云朝帝旁。
手揽龙车睹天光，下视蚁国空千霜。

玉山佳处，为顾瑛在昆山西界溪上构筑的园池别墅，即玉山草堂。“武陵春晓”是其中一个景点。武陵，陶渊明《桃花源记》所写武陵源，后指避世隐居处。安期，仙人安期生。阳乌，传说日中有三足乌，借指太阳。龙车，神仙所乘之车。通篇体气豪迈，笔意恣放，富于想象。顾瑛谓“驰骤二李（李白、李贺）间”，是为允论。孙锵鸣《东嘉诗话》引此篇，言“七古源出温（庭筠）李（商隐）”[7]，似未恰切。他如《题钓月轩》《莫折花》诸什，亦并可诵。

张天英现存篇什中，题识诸名家书画之作占了大部分。他是书画界品鉴名家，出笔成章，词采雅丽。其题咏宋李公麟（龙眠）、米友仁（元晖）、赵伯驹（千里）、赵孟坚（子固）、范成大（石湖）和同时赵孟頫（子昂）、赵雍（仲穆）、高克恭（彦敬）、李衎（息斋）、李士行（遵道）、钱选（舜举）、张渥（叔厚）诸家画卷书帖的墨翰，见录明朱存理与赵琦美编《赵氏铁网珊瑚》、明钱穀编《吴都文粹续集》、清陈邦彦等编《历代题画诗类》、清乾隆十九年（1754）奉敕编《石渠宝笈》等书。《画山水歌题米元晖卷》（《石渠宝笈》卷十四引录题作《画山水歌题赵宜之卷》）可举为代表作：

我有山水癖，由来虽幽栖。
十年游雁荡，五年游会稽。
或言秦王昔时爱仙术，驱石下海如凫鹥。
洞口谁来斫龙耳，骊珠夜照天鸡啼。
三峰参差九华老，蛟龙鼓浪方壶低。
醉墨淋漓落吾手，咫尺万里云凄凄。
初疑巨灵擘开翠岩湿，冯夷击碎青玻璃。
又疑刘阮双行赤城下，渔舟棹入桃源溪。
对此长歌发幽思，便欲着屐来攀跻。

我家碧山最奇绝，绿萝万丈缘丹梯。
忆昨金门拂衣去，自种青松与人齐。
几人欲画画不到，惟有四时云月可以相招携。
吾负碧山此为客，何异乎巢由轩冕行尘泥。
从吾好，归来兮！

诗分三段，起言自己癖好山水，继而铺陈历史神话传说，终结到归来碧山隐遁的初衷。中间驱驾故事，入地上天，以侈张诞放之辞，肆其想幻，所谓“神鬼杂出，眩荡耳目”者。诗中不仅“醉墨淋漓”渲染画卷云山咫尺万里的气势，而且引发图“画不到”的题外之旨，表达了他拂衣金门（朝廷）、尘泥轩冕之志和绿萝丹梯、招携云月的幽怀。通篇奇[illegible]兀奡的风格，确乎兼效太白的豪纵、长吉的瑰佹。

《春夜酬李五峰》是他五古中的佳品：

酣歌惜春夜，起向月中立。
北斗挂长松，风摧翠蛟泣。
山花如美人，飞香染衣湿。
青天落吾手，大白不满吸。
推山出门去，秀气还复入。

李五峰即乐清李孝光，是他引为同调的同郡诗友，作者尚有七古《游箫台寄李五峰》。诗写春夜醉饮酣歌的情景，逸怀豪气，笔墨间淋漓透发。出语隽峭，笔法跳脱有致，句句尽堪吟味。

天英的小诗也写得不错，善于刻画。五言《船上燕姬》云：“燕姬倚娇色，珠帽络金花。半醉玉盘面，双鬟云影斜。水边忽自笑，眉目艳春华。芳心为谁发，翠袖拂琵琶。”描摹行船中目见的北地女郎，珠帽金花，云鬟醉容，顾盼生春，鲜丽活泼，跃然如在目前。拂琵琶，谓借琴音传情。

绝句《兰亭》云：

酒醒风雨湿衣巾，曲水荒凉几莫春。
檐外萧萧修竹在，相逢如见永和人。

兰亭，在绍兴市西南14公里兰渚山下。永和人，谓东晋人物。东晋名士永和九年（353）暮春曾在兰亭“修禊”聚会，王羲之写下了著名的《兰亭集序》，有“此地有崇山峻岭，茂林修竹，又有清流激湍，映带左右，引以为流觞曲水，列坐其次”诸语。诗说：又是暮春时候，眼前这清流曲水、萧疏修竹，让人恍若回到了东晋时代，遇见“列坐其次”开怀畅饮的永和贤达。不唯慕想前修，发思古之幽情，而且委婉地表达了“俯仰之间，已成陈迹”的感绪。

【注】

[1] 张天英《至正石塘记》，记“州长诺海公至州之明年”乃谋修吴江州石塘，至正六年（1346）四月经始，至正七年（1347）二月落成，“咸愿刻石以彰厥美”。文末署“至正七年开城州判官张天英记”（明张国维编《吴中水利全书》卷二四引）。又《吴江州官题名碑记》云：“高昌诺海公长是州，有德政，官当迁，乃伐石刻名如前人故事，俾来者知所劝惩云。至正七年四月吉旦清河张天英记。”（钱穀编《吴都文粹续集》卷九引）据此二文，天英当于至正六、七年间任吴江州（江苏吴江市）判官。

[2] 钱谦益《列朝诗集小传·甲前集·张天英》：“征为国子助教，再调，皆不就。游西湖，多居吴下。”（上古本第34页）孙衣言《瓯海轶闻》卷二九《文苑元·张天英》按云：“盖入明后召为国学官而未尝就也。”按：顾嗣立《元诗选三集》以“张助教天英”标目，盖国子监助教为其终官。其《画山水歌题米元晖卷》云：“忆昨金门拂衣去，自种青松与人齐。”金门，金马门，汉宫门，代指朝廷，是天英曾经入朝居职。又据顾瑛《浣花馆记》：“至正戊子春，故人张楠渠诗来，乃知其隐居之所亦号小桃源。”（《玉山名胜集》卷六）其“金门拂衣”（离朝归隐）盖在元惠宗至正八年（戊子，1348）时候。

[3] 顾瑛：《草堂雅集》卷三《张天英》，影本《四库全书》第1369册，上海：上海古籍出版社，1987年，第210页下。

[4] 杨维祯：《东维子文集》卷七《郯韶诗序》，影缩本《四部丛刊初编》第245册，上海：商务印书馆，1936年，第4页。

[5] 顾瑛：《草堂雅集》卷三《张天英》，影本《四库全书》第1369册，上海：上海古籍出版社，1987年，第210页下。

[6] 顾瑛：《草堂雅集》卷三《张天英》，影本《四库全书》第1369册，上海：上海古籍出版社，1987年，第210页下。

[7] 胡珠生编：《孙锵鸣集》下册《东嘉诗话》，上海：上海社会科学院出版社，2003年，第645页。

57

希世高逸士　联璧鸣江东

——平阳才俊郑东郑采的诗

郑东（约1299—约1354），字季明，号杲斋，平阳招顺乡湖井（今属苍南县）人。少嗜学，天资绝人，明《春秋》。两试行省，不合主司标准，遂弃去场屋，肆力于古文辞。出游浙东西，元文宗至顺三年（1332），授徒昆山。后与弟郑采俱寓居常熟。与杨维祯、顾瑛、郭翼、陈高等交游，吕诚（敬夫）师事之[1]。至正八年（1348），不满乐清李孝光白首就征，赋诗有“至今未满李征士，白首犹贪著作郎”[2]句。翰林学士承旨欧阳玄奇其材，欲荐于朝，未上遽以疾卒。据明朱存理编《珊瑚木难》卷六所载，郑东《双清楼记》撰于至正十四年（1354）三月，至正十八年（1358）郭翼跋云“其弟子严寅识其为先生绝笔也，请予识其后”[3]。是季明卒当在至正十四年（1354）或稍后。传见明王鏊《姑苏志》卷五七《人物二十·游寓》、雍正《浙江通志》卷一八二。

郑采（1309—1365），字季亮，号曲全，平阳招顺乡湖井（今属苍南县）人，郑东弟。赋性狷介，不屑屈人下。年二十四，赴昆山就兄而学。求四库书疾读，不避寒暑，东叹其勤。投牒省闱，以持论太高罢退，遂废试艺，改辙攻古文辞。常熟顾翁赏其才俊气局，妻以女，终寄籍海虞。为人正直不阿，不愿随俗浮沉。家虽匮乏，乐于济人，仗义敢言，然刚毅忤物，竟以坎壈终。子思先，明初官福建布政使。事见宋濂《宋学士集》卷四九《故赠奉议大夫磨勘司郑公墓志铭》、民国《平阳县志》卷四一本传。

郑东的诗文，颇得时流称赏。杨维祯在《郯韶诗序》和《郭羲仲诗集序》中加以举例，认为是继李孝光、张雨诸人而起之东南名家。[4]陈高称其善于题品，《怀昆山诸乡友六首》之二云："作客经年住，题诗近日多。"[5]

郑采与兄东才名相埒，俱闻于世，时称"二郑"。明苏伯衡《缪氏壎篪集序》："余观于平阳，在元之世，兄弟并以文鸣，则有若郑氏……郑氏兄字季明，弟字季亮，而其文集曰《联璧》。"[6]明宋濂《郑氏联璧集序》曰："二先生伯仲并以文鸣，其亦可谓希世之士乎！……杲斋之文则气质沈雄，如老将帅师，旌旗金鼓，缤纷交错，咸归节度；曲全之文则规制峻整，如齐鲁大儒，衣冠伟然，出言不烦，曲尽情意。然皆有台阁弘丽之观，而无山林枯槁之气。"[7]评价极高。顾嗣立《元诗选三集》庚集谓："文宪（宋濂）斯言，深得二郑之旨趣矣。"[8]民国《平阳县志・人物志十・郑采论》曰："东诗存者多恢奇伟异，变化不可方物；采诗则温醇雅正，循循然矩矱先民，盖别标一帜云。"[9]

二郑文集，元季已亡佚。明洪武八年（1375），郑采子思先辑录二父遗文遗诗，其中东文100篇、诗480首，采文30篇、诗100首，合编成《郑氏联璧集》十四卷梓行。其书今亦不传。今纂《全元诗》，存录郑东诗58首、郑采诗5首。

二郑乐府辞，所存无多，佳者如郑东《老牧图》：

彼轩彼裳，我笠我蓑。
彼驰且驱，我行且歌。
呜呼！世间荣辱如吾何，夕阳牛背青山多。

咏逸士高怀，词意简古。"夕阳牛背青山多"，洵称妙语。郑采《去妇词》：

敝衣尚可浣，古镜尚可磨。
郎心一昏蔽，反复将奈何。
缅怀初嫁时，同心指江河。
江河固常流，郎恩中道休。
娟娟芙蓉花，托根在芳洲。
驱妾出门去，妾身将焉求？
安得明月珠，置之郎心头。

诉弃妇衷曲，幽怨感人。孙锵鸣《东嘉诗话》评："《老牧》诗何其孤介而高旷，《去妇词》何其哀怨而悱恻也！"[10]

郑东长时客寓吴中，见多识广，是书画品题名手。他设席昆山时，为江南名士顾瑛玉山草堂座上胜客。顾编《玉山草堂雅集》卷十（四库本《草堂雅集》卷七）录其诗39首，叙云："学徒为举子业者，一经指授，皆就绳墨。作文为诗，旨趣高远。别有文集行于时，今所载者特与予家题品者耳。"[11]他的题咏诗作得精妙，诚如顾瑛所言"旨趣高远"，不落凡近。《题画松壁》云：

八月江头茅屋破，日日盲风雨交和。
眼前安得大厦成，拾遗归来泪空堕。
纷纷万木争出山，琐碎榱桷非为难。
万牛莫挽楩与楠，往往弃置丘壑间。
独立风霜二千尺，未识何时逢匠石，白头老樵空叹息。

拾遗，指杜甫（官左拾遗）。匠石，《庄子·人间世》中写的能辨识良木的工匠。诗说：琐碎杂木纷然争出，万牛莫挽的栋梁之材却被弃置空谷，不逢匠石，大厦难成，是以杜公堕泪，老樵叹息。抒发怀才不遇的感慨，能就题外落笔，托蕴深警。

飞鸟欲没暮烟稠，落落人家竹树秋。
绝似南徐城上望，苍茫野色入扬州。（《题江贯道平远图》）

龙楼凤阁美人歌，赏尽琼花碧玉柯。
驿使去时浑浪折，江南春色已无多。（《题徽庙马麟梅》）

前首说江参（贯道）的《山水平远图》绘得逼真。在苍茫野色中，从南徐（镇江）城头隔江远眺扬州，就是这样的情景。"入"字平易而工。后首徽庙，指宋徽宗；马麟，南宋理宗朝宫廷画家。题目有点看不懂，同时人陈基有同题作，是不是说题马麟仿徽宗绘的《梅花》图卷？不过诗意还是挺明白的。徽宗于汴京（开封）大兴寿山艮岳，遣使搜取江南珍奇，号"花石纲"，劳民伤财，埋下亡国的祸根。三句借用折梅的故典（南朝宋陆凯寄范晔"折花逢驿使"诗），暗谕其事。浑浪折，言搜括摧残殆尽。春色无多，言光景萧条，喻民生凋敝。通篇借题梅卷，讽刺徽宗奢华荒淫的生活和刻剥弊政，笔墨蕴藉，入木三分。清翁方纲《石洲诗话》卷五赞云："郑杲斋东《题徽庙马麟梅》一首，《题江贯道平远图》诸绝句，皆佳……盖元人题画，长篇虽多，未免限于李长吉之词句，罕能变转，而绝句境地差小，则清思妙语，层见叠出，易于发露本色。”[12]

郑东还有一首《题范宽小雪山图》：

雪压寒林万木垂，经旬不与野人期。

蹇驴借得如黄犊，犹怕山桥不敢骑。

也广被传诵。清刘廷玑《在园杂记》卷二举为“佳句”称赏，云：“此不知何人佳句，粘贴桃源村舍壁上。或是古作，或是近诗，俱未可定。惜予读书不多，即多亦弗能记忆耳。一见赏心，何其静雅谨慎之至也。”[13]此诗初载顾编《玉山草堂雅集》卷十，见选《历代题画诗类》卷二、《元诗选三集》庚集。写得通俗别致，所以深入民间村舍。

郑采有一首用字怪僻的绝句流传了下来，为《题复古秋山对月图》：

天𡗗𡗗兮月朤朤，山㠭㠭兮水𣶒𣶒。

木森森兮竹𥳑𥳑，势𡫸𡫸兮墨鱻鱻。

翁方纲《石洲诗话》卷五云：“二十八字内，乃用‘𡗗’字二、‘朤’字二、‘㠭’字二、‘𣶒’字二、‘森’字二、‘𥳑’字二、‘𡫸’字二、‘鱻’字二，亦太好奇。”[14]虽组织尚称稳贴，但近乎玩弄文字游戏，并不可取。

【注】

[1]顾嗣立《元诗选三集》辛集《吕处士诚》：“敬夫少力学，师昆阳郑东季明。”（北京：中华书局，1987年）。

[2]郑东：《题卫明铉山水小景为管伯铭赋》，见元赖良：《大雅集》卷八，影本《四库全书》第1369册，上海：上海古籍出版社，1987年，第574页上。

[3]朱存理：《珊瑚木难》卷六引，影本《四库全书》第815册，上海：上海古籍出版社，1987年，第176页上。

[4]杨维祯《东维子文集》卷七《郯韶诗序》：“我元之诗……求之东南，永嘉李孝光，钱唐张天雨，天台丁复、项炯，毗陵吴恭、倪瓒，盖亦有本者也。近复得永嘉张天英、郑东。”又《郭羲仲诗集序》：“幸而合吾之论者，斤斤四三人焉，曰蜀郡虞公集、永嘉李公孝光、东阳陈公樵其人也；窃继其绪余者，亦斤斤得四三人焉，曰天台项炯、姑胥陈谦、永嘉郑东、昆山郭翼也。”（影缩本《四部丛刊初编》第245册，上海：商务印书馆，1936年）

［5］郑立于点校：《陈高集》卷五，杭州：浙江古籍出版社，2014 年，第 84 页。

［6］苏伯衡：《苏平仲文集》卷四，文渊阁四库全书本。

［7］宋濂：《文宪集》卷六，文渊阁四库全书本。

［8］顾嗣立：《元诗选三集》庚集郑东《联璧集》，北京：中华书局，1987 年。

［9］王理孚修，符璋、刘绍宽纂：《平阳县志》卷四一《人物志十元・郑采》，影本《中国地方志集成・浙江府县志辑》第 62 册，上海：上海书店出版社，1993 年，第 407 页上。

［10］胡珠生编：《孙锵鸣集》下册《东嘉诗话》，上海：上海社会科学院出版社，2003 年，第 643 页。

［11］顾瑛：《玉山草堂雅集》卷十《郑东》，第 7 册，1935 年陶氏涉园重刊本，第 7 页。

［12］翁方纲：《石洲诗话》卷五，《清诗话续编》第 3 册，上海：上海古籍出版社，1983 年，第 1471 页。

［13］刘廷玑：《在园杂记》卷二，北京：中华书局，2005 年，第 53 页。

［14］翁方纲：《石洲诗话》卷五，《清诗话续编》第 3 册，上海：上海古籍出版社，1983 年，第 1471 页。

58 未许淄尘上素衣

——南曲之宗高明的诗

高明（约 1306—1359），字则诚，自号菜根道人，温州瑞安人。瑞安阁巷崇儒里陈、高二姓，世代联姻，重文敬学，为宋元以来名门望族。则诚祖父高天锡（南轩）、伯父高彦（梅庄），皆善诗。则诚幼承家学，博雅富才气。师从名宿乌伤（今浙江义乌）黄溍，同门有宋濂、戴良等人。登至正五年（1345）进士，授处州录事，历仕江浙行省掾史、浙东宣慰司都事、江南行台掾、福建行省都事（秩七品）。怀抱济世之志，为官廉明练达，所任除弊安民，并有政声；而秉性刚直，“数忤权势”辞官。晚年旅寓宁波鄞县栎社沈氏楼，“以词曲自娱”，写作杂剧《琵琶记》，不久去世。传见《两浙名贤录》卷四六《文苑一元》、《明史》卷二八五《文苑传一》。所著《柔克斋集》20 卷，已佚。今有胡雪冈、张宪文编《高则诚集》（浙江古籍出版社 1992 年初版），录诗 55 首、词 1 首、文 13 篇。

元顾瑛《草堂雅集》卷八称其“长才硕学，为时名流”[1]。明赵汸《送高则诚归永嘉序》言“学博而深，文高而赡”[2]。则诚在元季明初以杂剧《琵琶记》著闻于世，而其实诗文也很有成就，只是为曲名所掩。明胡应麟《庄岳委谈下》云：“涵虚子记元词手百八十余，中能旁及诗文者，贯云石、高则诚二三子耳。自余马致远辈，乐府外他伎俩不展一筹，信天授有定也。”[3]又云：“则诚在胜国词人中，似能以诗文见者，徒以传奇故，并没之。”[4]这里说的“词手、词人”，均谓剧曲家。清朱彝尊亦言“不专以词曲擅美”[5]。可见他是当时为数不多的兼擅诗文的剧曲家。

高明的诗，《草堂雅集》卷八录5首，《东瓯诗集》卷六录7首，《东瓯诗续集》卷五录24首，《崇儒高氏家编》录13首，《御选元诗》录4首，《元诗选三集》庚集录44首，《元诗别裁集》录3首，《东瓯诗存》卷十二录23首。今编《高则诚集》辑录55首，《全元诗》（第46册）辑录56首，互补有无，计得诗60首；笔者近复辑得佚诗1首、断句2联，据此则诚现存诗61首、断句2联。

《宿冼公房晓起偶成》是他五古的代表作，为《明诗综》（卷十二）、《御选元诗》（卷二一）、《元诗别裁集》（补遗）等所选录。诗云：

晓雨池上来，微风动寒绿。
幽人睡初起，开窗见修竹。
西山带层云，隐隐出林木。
境寂尘自空，虑淡趣常足。
独坐无晤言，流泉下深谷。

合读《夏夜独坐简胡无逸二首》之一：“缅怀尘纷劳，喜际夜气清。安得舍所趋，白日淡无营。”抒写避去尘纷、身心无营的恬淡情怀和幽居回归自然宁静之境，词旨清简朴逸。《题兰》《赋幽慵斋》，也都是这类“谈笑贞素，相与澹如”[6]的篇咏。

七古可举《题画虎》为例：

秦宫紫玉忽变神，似来浔阳访石人。
黄公赤刀制不得，吼怒惊倒裴将军。
固知两胁横乙骨，莫令双耳多生缺。
黄芦风紧杀气寒，啸声撼动秋山月。
山空月冷不可留，人间苛政皆尔俦。
踟蹰亦欲渡河去，刘昆宋均今有不？

黄公，秦时东海术士，能以赤金刀制虎。见《西京杂记》卷三。裴将军，唐裴旻将军镇守北平州，射杀群虎。见唐李翱《裴旻将军射虎图赞并序》。乙骨，唐段成式《酉阳杂俎》前集卷十六《毛篇》：“虎威如乙字，长一寸，在胁两旁皮内。”明方以智《通雅》卷四六：“虎有乙骨。”孔子有“苛政猛于虎”之喻（见《礼记·檀弓》）。东汉刘昆任弘农太守，“先是崤黾驿道多虎灾，行旅不通”；宋均任九江太守，“郡多虎暴，数为民患”。刘、宋推行仁政，虎害为除，“仁化大行，虎皆负子渡河”；“传言虎相与东游度江”。事见《后汉书·刘昆传》及《宋均传》。前头大肆渲染虎之暴力，有风声鹤唳之况；“人间苛政皆尔俦”一句，笔锋陡转，借刺苛政。结末曰：“踟蹰亦欲渡河去，刘昆宋均今有不？”以诘问作结，曲终奏雅，归正大义。抨击时弊，希冀贤守除暴安良，为民解难。一首寻常题画诗，却写得如此有声有色，而且托蕴深刻，表达了作者的政治理想和对于社会民瘼的关注。这同《游宝积寺》写的“几回欲挽银河水，好与苍生洗汗颜”，寄托的意愿是一致的。

乐府《白纻篇送顾仲明》：

吴中二八深闺女，生来不学唱《金缕》。
纤纤素手青灯前，织得寒机成白纻。
裁缝熨帖为君衣，春天衣着生光辉。
明珠为珰璧为佩，同此素色无相违。
一朝送君江上别，岁晚关河积风雪。
生知白纻不胜寒，但喜君身常皎洁。
君不见东邻少妇织锦工，织作步障围春风。
春风一去花草歇，金谷寒蛩怨秋月。
何如洁白长相守，尊中有酒为君寿。
人生温饱不足多，莫羡东家著绮罗。

当是至正十六年（1356）乡友顾元龙（字仲明，温州平阳人）调任常熟州教授送行作。明王祎《送顾仲明序》云：“永嘉顾君仲明，由兰亭书院山长来赴选集京师，调常熟州教授。其南还也，士大夫咸饯之以诗，俾予为之序。”[7]高诗即作于此时。诗咏吴中闺女素手青灯，织成白纻，裁缝为衣，送君身着，愿无相违。“生知白纻不胜寒，但喜君身常皎洁。”远胜彼织锦绮罗，步障春风。“春风一去花草歇，金谷寒蛩怨秋月。”谕富贵不永，奢华易歇，表达了与友人同守清洁之志，莫违初衷。《采莲曲送越中吴本中》，通篇以“南风吹作满袖香”的越江芙蓉为喻，凝情倚棹送客，明月千里相思；借莲花的“亭亭洁立当清漪”，彰示他们相互砥砺的品节。

七律为则诚所擅长，篇什也最多，计23首。其作词采雅丽而不刻琢，体调流便，才思富赡，善于言情达意，遥有中唐大历诸子风华宛转的格调。孙锵鸣《东嘉诗话》谓“盖以才调胜者”[8]，所言允惬。下引二诗，充分体现了这一特色。

《吴中会宋行之库使，时贡金北上》：

楼船晓泊苏台下，官舍梅花暖欲开。
千里关河同客思，一川风雨送离杯。
黄金压马日边去，绿树迎人天际来。
后夜思君望天北，使星应合近三台。

贡金，指地方进献之铜。《左传·宣公三年》：“贡金九牧，铸鼎象物。”杜预注：“使九州之牧贡金。”《元史·王都中传》：“时宰闻之，乃罢郡岁贡金。”苏台，姑苏台，春秋吴王阖闾所筑，借指苏州。日边，喻指京城。使星，对使者的美称。三台，星名。《晋书·天文志上》：“在人曰三公，在天曰三台。”此为苏州饯送之作，词句秀雅，情景开朗，中二联对工而有意致，“黄金、日边、使星”都切合友人此行的使命。

《寄屠彦德并简倪元镇二首》之一：

水驿灯明渐掩扉，雨中何处暮山微。
萧萧落木征帆过，漠漠长江一雁归。
岁晚仲宣犹在旅，年来伯玉自知非。
久拼华发添青镜，未许淄尘上素衣。

至正十四年（1354）寄屠性（彦德）、倪瓒（元镇）二诗友作。全篇旨意在颈联，引古人以抒怀。王粲字仲宣，汉末辞赋家，避难荆州，作《登楼赋》。蘧瑗字伯玉，春秋卫国贤大夫。《淮南子·原道》：“蘧伯玉年五十，而有四十九年非。”（高诱注：“今年所行是也，则还顾知去年之所行非也。”）二句说，年登五十，犹自漂泊，始悟以往的误入歧途，是感慨不得意的话，也包含“觉今是而昨非”的寓意。淄尘，喻世俗污垢。淄，通“缁”，黑色。

晋陆机《为顾彦先赠妇》诗："京洛多风尘，素衣化为缁。"结言不要让道路上的尘埃玷污素衣，以保持晚节相勉。

其余隽句络绎，如前题之二："江海暮云多旧友，关河夜雨有孤舟。"《次韵酬高应文》："江山有恨英雄老，天地无情雨露高。"《积雨书怀》："新水池塘鱼暗长，湿云楼阁燕低飞。"《送徐方舟之岳阳》："凉风渐落君山木，明月正满洞庭波。"皆称工雅。

七绝《题孟宗振惠麓小隐》：

汴水东边杨柳花，春风散入五侯家。

繁华一去江南远，闲汲山泉自煮茶。

孟潼，字宗振，为孟后（宋哲宗皇后）六世侄孙。汉成帝同日封其舅五人为列侯，世谓之"五侯"，后指皇戚豪门。唐韩翃《寒食即事》："日暮汉宫传蜡烛，轻烟散入五侯家。"宗振出身前朝皇戚，家世显赫，晚岁遁居惠麓（无锡惠山），画家王蒙（叔明）为作《惠麓小隐图》。诗咏旧日王孙的幽隐生涯，不无运去代迁、繁华已逝的感绪，词婉而意微。《题青山白云图》："昨夜山中宿雨晴，白云绿树最分明。茅斋早起无他事，去看溪南新水生。"用直白语言写出幽怀逸趣，读来清气扑面。

【注】

[1] 顾瑛：《草堂雅集》卷八《高明》，文渊阁四库全书本。

[2] 赵汸：《东山存稿》卷二，文渊阁四库全书本。

[3] 胡应麟：《少室山房笔丛》卷二五《庄岳委谈下》，文渊阁四库全书本。

[4] 胡应麟：《少室山房笔丛》卷二五《庄岳委谈下》，文渊阁四库全书本。

[5] 朱彝尊：《静志居诗话》卷四，上册，北京：人民文学出版社，1998 年，第 86 页。

[6] 顾瑛：《草堂雅集》卷八《高明》，文渊阁四库全书本。

[7] 王祎：《王忠文集》卷六，文渊阁四库全书本。

[8] 胡珠生编：《孙锵鸣集》下册《东嘉诗话》，上海：上海社会科学院出版社，2003 年，第 644 页。

59

世乱志匡济　岁晏保幽贞

——元季伤时忧国诗人陈高

陈高（1315—1367），字子上，晚号不系舟渔者，平阳金舟乡（今苍南县项桥乡）人。少聪颖好学，弱冠名重州郡。至正六年（1346），上书秘书卿泰不华，请革时文“变更积弊”，“一切屏去浮华偶丽之习”[1]，振起文气。登至正十四年（1354）进士，以亲老便养，外授庆元路（宁波）录事。仕职未及三年，辄以“遭时多故，众醉独醒，弃官归田”[2]。方国珍官江浙行省左丞，召授慈溪县尹，不赴。至正二十三年（1363），平阳州陷落，“义不受污”[3]，仓促间弃家遁逃，避难闽浙间。至正二十七年（1367），浮海北上怀庆（今河南沁阳），谒中书左丞相陈安危弭祸之策，未之用，居数月病卒。雍正《浙江通志》卷一八二《文苑》有传。

陈高际元末造，在战乱漂泊中度过大半生。他忠诚于元王朝。一方面心“怀瑾瑜”[4]，不愿同流合污，“岁晏保幽贞”[5]，高蹈自守；同时又志存匡济，系怀苍生，致君尧舜，“欲扣天阍”而“洗兵雨”[6]，拯民于水火。他的一生常处于这样的矛盾心态，在理想与现实的碰撞中经受着忧患煎熬，所谓“伤感复奋激，沉吟以徘徊”[7]。他虽然愿如“渔翁不系舟”[8]，躬耕自适，无所系留；实际上并没有忘怀世事，作品中处处流露出伤时忧国的情怀。所以，他并不是一个纯粹的隐逸诗人。

陈高诗文并擅，自谓“生平苦有文章癖”[9]。现存《不系舟渔集》十五卷，其中诗九卷。他的诗颇受明清以来选家的看重，总集及选本如明《东瓯诗集》卷五及《续集》卷五录22首，《石仓历代诗选》卷二六一录62首，清《宋元诗会》卷八七录37首，《元诗选初集》庚集录79首，《御选元诗》录45首，《东瓯诗存》卷十三录29首，见选篇目都十分多，说明在元诗中具有相当的地位。

元揭汯《陈子上先生墓志铭》云："先生为文，上本迁（司马迁）固（班固），下猎诸子；先生为诗，上溯汉魏，而齐梁以下勿论也。先生为行，洁己而不同于俗，抗节而不屈于物。"[10]《四库全书总目》提要谓："盖当国祚阽危，犹力谋匡复，明太祖称王保保（即库库特穆尔）真男子。如高者事虽不就，其志亦不愧王保保矣，不但诗之足传也。"[11]又谓："其五言古体源出陶潜，近体律诗格从杜甫，面目稍别而神思不远，亦元季之铮铮者矣。"[12]孙诒让《温州经籍志》按："今核其全集，虽文采不及五峰诸老，而耳濡目染，终有典型，不仅亮节清风，足厉百世也。"[13]所论皆允。其诗文取法高古，渊源有自，文格诗格与人格相彰美，卓然特立，非蝉噪蛙鸣者流所可拟比。

陈高的五古，追溯汉魏骨力，绝去雕锼，质直疏健，赋事咏怀，往往有陶公古朴之风。清华文漪《不系舟渔者诗集跋》云："文漪尝从顾秀野草堂选中读其诗，窃爱其抒写性情，风格遒上。当元季雕缋是尚之时，而独标质干若此，尤难得也。"[14]《闲居四首》《种橦花》《白纻词》，可以举例。组诗《感兴二十五首》，为其经意力作，借鉴陈子昂《感遇》和朱熹《斋居感兴》诸什，"陈古道今，引物比类，意在惩劝"[15]。其中最具意义的是对社会丑恶的揭发批判，如：

缥渺浮图宫，俨若王者居。
列徒二三千，僮仆数百余。
饱食被纨素，安坐谈空虚。
秋来入租税，鞭扑耕田夫。
不惜终岁苦，征求尽锱铢。
野人不敢怒，泣涕长欷歔。（之十四）

五侯佳子弟，弱冠乃高举。
承籍阀阅功，官爵纡青组。
五马跃春华，一麾守王土。
诛求肆狼贪，立威严棰楚。
斯民天所眷，视之如草屦。

置官择贤才，兹事由来古。
君看龚与黄，何尝有门户？（之十五）

步出城门道，忽见群车驰。
车中何所有，文贝光陆离。
美娃载后乘，销金灿裳衣。
问之何如人，云是官满归。
闻者交叹息，清名复奚为！（之十八）

第一首揭露僧徒倚仗皇族势力，广修寺院（浮图宫），霸占良田，盘剥田农。第二首抨击官爵世袭，吏治腐败，而不能举贤授能（汉贤吏龚遂、黄霸）。第三首讥刺赃官贪婪敛财，离任时满载而归，所谓“万两黄金奉使回”[16]，招摇过市，恬不知耻。这些诗都写得直截了当，笔锋犀利，富有现实精神，不啻一幅世态群丑图。清阙名《静居绪言》曰：“陈子上《不系舟渔集》诗极激昂，非粉饰章句者比。五言《感兴》及七律《羁思》等作，皆能惩创时事。”[17]。

绝句《即事漫题十首》，当作于至正二十三年（癸卯，1363），咏元末平阳战事。民国《平阳县志》卷七一选录5首，题下按：“此可见周元帅城守时之苦。”[18]周元帅，指周诚德（1322—1363），字守仁，周嗣德异母弟。时任同知平阳州事兼行军镇抚、浙东道宣慰司事副都元帅，捍守平阳，屡败方明善军。是年为方明善所执，不屈死。事见苏伯衡《苏平仲文集》卷十三《故元承德郎江浙等处行枢密院判官周公墓表》。作者有《赠周元帅》（卷五）诗、《赠周元帅序》（卷十一）。诗中写道：

老翁忆子哭声哀，妇怨征夫去不回。
前日山中新战死，昨宵梦里见归来。（之四）

悍吏登门横索钱，人家供给正忧煎。
官粮须借三年后，军食尤居两税先。（之五）

农父江边立荷戈，无人南亩种嘉禾。
今年妻子愁饥死，活到明年更奈何？（之六）

并海居人不种田，捕鱼换米度经年。

钓船渔网都狼藉，老稚流离哭向天。（之七）

苏轼《陈季常所蓄朱陈村嫁娶图》有云：“而今风物那堪画，县吏催租夜打门！”此言“悍吏登门横索钱”，愈加凶狠。两税，指夏税和秋税。壮夫战死，家破人亡，征敛苛重，民无以生，写得十分沉痛。这组诗以通俗的调头和语言、具体的情节，真切反映元末兵连祸结、生灵涂炭的惨残史实和给人民带来的深重灾难，是对那个动荡祸乱时代的深刻揭露，可做“诗史”来读。

《静居绪言》中提到的“七律《羁思》”，即《羁思十首次谢纯然韵》，是他律体的代表作。录两首如下：

淮西盗贼成群起，攻夺城池杀害多。

保障谁能为尹铎，折冲未见有廉颇。

南来羽檄时时急，北向官军日日过。

贾谊治安空有策，九重深远欲如何？（之七）

汉朝儒雅江都相，唐代文章吏部郎。

万古斯人如日月，只今余子但膏粱。

萧条自恨生予晚，追逐何由到汝旁。

俯仰乾坤一长啸，不知身世在他乡。（之十）

保障，谓保护民众。尹铎，春秋晋国贤士。赵简子使治晋阳，施行宽赋保民之政。见《国语·晋语九》。折冲，谓挫敌制胜。冲，战车。廉颇，战国赵国良将。贾谊，西汉政治家，通达国体，曾向汉文帝上《治安策》（陈政事疏），切论时政。九重，指宫门。

江都相，指董仲舒。汉武帝时任江都易王（武帝兄）相。《汉书·循吏传》：“孝武之世，外攘四夷，内改法度，民用凋敝，奸轨不禁。时少能以化治称者，唯江都相董仲舒、内史公孙弘、兒宽，居官可纪。三人皆儒者，通于世务，明习文法，以经术润饰吏事，天子器之。”吏部郎，指韩愈。终官吏部侍郎，世称韩吏部。韩愈为古文大家，苏轼称“文起八代之衰”。其任潮州太守，为民除害，革除陋俗，推行教化。

当是至正十七年（1357）居职庆元路录事时作。诗云“无由省闼联鸳序，

且向江湖食肉糜”（之六），其时已有挂冠隐世之意。前首言局势混乱，国无良才，自己空怀治弊安危之策，而不能上达帝宫，深有蒿目时艰、报国无门的悲愤。后首思古贤而叹今吾，俯仰兴怀，不尽萧条异代之慨。

至正二十四年（1364）正月，战乱中陈高避地南塘（温州郡城南郊），有《客南塘作四首》：

春来日日起西风，吹送浮云过海东。
花落名园芳草满，燕归华屋故巢空。
陶潜解印闲居久，王粲登楼作赋工。
旧日交游多白首，时时相见慰途穷。（之二）

江头无计问归舟，抱病羁栖古寺幽。
风雨莺花成寂寞，干戈诗酒废赓酬。
衰年白日愁边度，故国青山梦里游。
见说王师向淮甸，早须传檄定南州。（之四）

陶潜辞彭泽县令，归园田居。汉末王粲避乱寄居荆州，曾登当阳城楼作《登楼赋》，抒发怀乡和落寞之感。淮甸，淮河流域。诗人目睹故邑沦陷，“困厄颠沛之余，触物兴感”[19]，抒写白首飘蓬“途穷”无依的伤感和对时局的忧念。结语深自期盼，足见贞士怀抱。

这些作品，韵调自然流转，意致沉郁苍凉，含思凄惋，蕴藉耐味。四库馆臣谓其“律诗格从杜甫”[20]，可以得到印证。

【注】

[1] 郑立于点校：《陈高集》卷十五《上达秘卿书》，杭州：浙江古籍出版社，2014年，第237页。

[2] 郑立于点校：《陈高集》卷十五《与张仲举祭酒书》，杭州：浙江古籍出版社，2014年，第233页。

[3] 郑立于点校：《陈高集》卷十二《梅湾小隐记》，杭州：浙江古籍出版社，2014年，第191页。

[4] 郑立于点校：《陈高集》卷四《元日醉歌》，杭州：浙江古籍出版社，2014年，

第 68 页。

［5］郑立于点校：《陈高集》卷三《送钱思复二首》之二，杭州：浙江古籍出版社，2014 年，第 23 页。

［6］郑立于点校：《陈高集》卷五《丙午元日》，杭州：浙江古籍出版社，2014 年，第 78 页。

［7］郑立于点校：《陈高集》卷三《感兴二十五首》之二四，杭州：浙江古籍出版社，2014 年，第 21 页。

［8］郑立于点校：《陈高集》卷九《题顾仲华扇就送之京》，杭州：浙江古籍出版社，2014 年，第 127 页。

［9］郑立于点校：《陈高集》卷九《戊子元日客中有感二首》之二，杭州：浙江古籍出版社，2014 年，第 118 页。

［10］郑立于点校：《陈高集》附录，杭州：浙江古籍出版社，2014 年，第 239 页。

［11］永瑢等：《四库全书总目》卷一六八《不系舟渔集》，影本下册，北京：中华书局，1983 年，第 1452 页中。

［12］永瑢等：《四库全书总目》卷一六八《不系舟渔集》，影本下册，北京：中华书局，1983 年，第 1452 页中。

［13］孙诒让：《温州经籍志》卷二四《不系舟渔集》，中册，上海：上海社会科学院出版社，2005 年，第 1033 页。

［14］华文漪：《逄原斋文钞》补遗，见《平阳县志》卷六五引，《中国地方志集成·浙江府县志辑》第 62 册，上海：上海书店出版社，1993 年，第 652 页下。

［15］《陈高集》卷三《感兴二十五首》序，杭州：浙江古籍出版社，2014 年，第 17 页。

［16］陶宗仪：《辍耕录》卷十九《阑驾上书》，北京：中华书局，1980 年，第 229 页。

［17］《清诗话续编》第 3 册，上海：上海古籍出版社，1983 年，第 1650 页。

［18］王理孚修，符璋、刘绍宽纂：《平阳县志》卷七一，《中国地方志集成·浙江府县志辑》第 62 册，上海：上海书店出版社，1993 年，第 707 页上。

［19］郑立于点校：《陈高集》卷十五《子上自识》，杭州：浙江古籍出版社，2014 年，第 238 页。

［20］永瑢等：《四库全书总目》卷一六八《不系舟渔集》，影本下册，北京：中华书局，1983 年，第 1452 页中。

60

“剡雪访戴”的翻案文章

——说陈高《王子猷访戴图》诗

王徽之（王羲之之子），字子猷，雅性放诞，卓荦不羁。徽之友人戴逵，字安道，亦雅洁之士，隐居剡溪（浙江嵊县南）。南朝宋刘义庆《世说新语·任诞》有一则很有名的记述：“王子猷居山阴，夜大雪，眠觉，开室命酌酒，四望皎然。因起彷徨，咏左思《招隐诗》，忽忆戴安道。时戴在剡，即便夜乘小船就之。经宿方至，造门不前而返。人问其故，王曰：‘吾本乘兴而行，兴尽而返，何必见戴？’”

由于王徽之、戴逵皆东晋名士，才调不凡，徽之行事怪异，语又奇特，所以“剡雪访戴”的故事被传为雅谈，播闻人口，并形之绘图，后来诗家亦屡屡加以歌咏。南宋江西派诗人曾几（茶山）《题访戴图》是著名的一首，诗云：

> 小艇相从本不期，剡中雪月并明时。
>
> 不因兴尽回船去，那得山阴一段奇。[1]

意思说：徽之访戴，未曾约期，本出偶然。雪夜行船，他已经饱赏剡溪雪月并明的美景。妙在托言“兴尽”及门而返，乃不见戴，否则即是常人行径，哪能成为传世的佳话呢？显然，诗中十分歆慕东晋人物的旷达和风流标致。

南宋另一位诗人来梓（子仪）《子猷访戴图》赋道：

> 四山摇玉夜光浮，一舸玻璃凝不流。
>
> 若使过门相见了，千年风致一时休。[2]

宋赵与时《宾退录》卷五列举上述二诗，谓来子仪的诗“末句实祖文清（曾几）之意”[3]。比较来看，来诗表达的意思是一样的，然下语稍嫌直率，不及曾诗蕴藉得言外味。

曾、来二作都是以欣赏的态度来歌咏这桩世以为美谈的风流雅事，不过，也有人表示异议。南宋诗人萧𣂏（则山）有诗云：

访戴何如莫访休，清谈生忌晋风流。

渡江一楫无人画，多重王家剡雪舟。[4]

渡江一楫，指东晋名将祖逖，怀振复之志，曾统兵渡江北伐，“中流击楫（拍打船桨）而誓曰：‘祖逖不能清中原而复济者，有如大江！’辞色壮烈，众皆慨叹。”[5]元韦居安《梅磵诗话》卷上引录此诗，称其“运意高妙，真能发前人之未发”[6]。萧𣂏的诗，对晋人的“清谈”作风提出批评，慨叹人们热衷于王家剡雪访戴那样的无聊之事，而对报国志士祖逖“渡江击辑”的豪言壮举却少见关注。这是对时俗的针砭之语，是对苟安半壁的那个时代雅尚清谈、不图恢复的萎靡习气的不满和抨击。

明代著作家陆容对“山阴夜兴”一事也很不以为然。他说：“夫朋友之交也，义与信而已矣……如子猷之于安道，义不当往耶，不往可也；义当往耶，则造其门而不入其室，岂人情乎？今而曰‘乘兴而来，兴尽而返’，是则朋友之交，非出于此心之诚，特所以适吾兴耳。”“是其猖狂自恣”，“率意任情以为高”，“何足以为训哉！”[7]明俞弁《山樵暇语》卷四引述陆说，云：“余爱陆公之议论得古人未道，不知萧、陈已先得矣。韦居安《梅磵诗话》载萧则山一诗云（引略）。元人陈子上亦有一绝云（引略）。”[8]他赞同陆容的精辟论见，又谓在陆氏异议之前，宋元诗人萧𣂏（则山）、陈高（子上）已经作了翻案文章，在诗中表达了类似的相同意见。

萧诗已见上录，陈高《王子猷访戴图》如下：

月照清溪雪满山，孤舟乘兴只空还。

一时来往同儿戏，底事流传满世间？[9]

底事，何事。诗言：徽之冒雪夜行，扁舟空还，所谓“乘兴而来，兴尽而返”，简直如同儿戏。这样的行事近乎荒唐，有什么值得称赏，不知道为何传诵世间，千百年来以为雅事美谈？其意若谓，晋人行为多放诞怪异，故标孤高，迹近矫情，其企图只不过引人瞩目而已，又何足道哉！

宋元平阳文学大家，林景熙后当数陈高。陈高的诗，独标质干，深涵理蕴，风格遒健。这首小诗虽为随笔挥洒之不经意作，却也同样表现了他独特

的精辟入理的识见，值得表举。

【注】

［1］厉鹗：《宋诗纪事》卷三七引《宾退录》，第2册，上海：上海古籍出版社，1983年，第938页。

［2］厉鹗：《宋诗纪事》卷五七引《前贤小集拾遗》，第3册，上海：上海古籍出版社，1983年，第1445页。按：此诗亦见宋赵与时《宾退录》卷五引录。唯文渊阁四库全书本《宾退录》作“豫章米子仪”，上海古籍出版社1983年版《宾退录》作“豫章朱子仪”，“米、朱”并形近而讹。来梓，字子仪，豫章（今江西南昌）人。《宋诗纪事》卷五七《来梓》：“梓字子仪。”宋曾丰《缘督集》卷三有《赠豫章来子仪言诗》诗。宋佚名《诗家鼎脔》卷上选录南州来梓子仪《子猷访戴》诗，元韦居安《梅磵诗话》卷上引作“来子仪”，均不误。又：首句“摇”，四库本《诗家鼎脔》卷上作“如”，不从。“夜”，《历代诗话续编》本《梅磵诗话》卷上作“相”，《宋诗纪事补正》卷六四作“相”，并讹。

［3］赵与时：《宾退录》卷五，上海：上海古籍出版社，1983年，第68页。

［4］韦居安：《梅磵诗话》卷上引，《历代诗话续编》中册，北京：中华书局，1983年，第548页。钱钟书《宋诗纪事补正》卷六四《萧崱》名下据《梅磵诗话》卷上收录，标作《失题》。按：《宋诗纪事》卷六四《萧崱》云：“崱字则山，号大山，临江人。绍定进士，以太府丞奉祠。”（第3册第1618页）中华书局版《梅磵诗话》作“近时大山萧山则诗云”，将萧崱的“崱”字分拆为“山则”二字，显误。凤凰出版社2006年版《明诗话全编》第3册引俞弁《山樵暇语》卷四作“韦居安《梅磵诗话》载萧山则一诗云”（第2466页），误同。

［5］《晋书》卷六二《祖逖传》，第6册，北京：中华书局，1974年，第1695页。

［6］韦居安：《梅磵诗话》卷上引，《历代诗话续编》中册，北京：中华书局，1983年，第548页。

［7］俞弁：《山樵暇语》卷四引，《明诗话全编》第3册，南京：凤凰出版社，2006年，第2466页。按：陆容，字文量，著有《菽园杂记》等。

［8］俞弁：《山樵暇语》卷四，《明诗话全编》第3册，南京：凤凰出版社，2006年，第2466页。按：原引作“萧山则”误，今予订正。

［9］郑立于点校：《陈高集》卷九，杭州：浙江古籍出版社，2014年，第120页。

61

力厚思深　声容不凡

——刘基的诗风和其成就

刘基（1311—1375），字伯温，元处州路青田县南田乡人，其地今属温州市文成县南田镇。1946 年，国民政府划瑞安、泰顺、青田三县部分地区建置文成县，县名即取用刘基谥号“文成”。世称刘青田、刘诚意、刘文成。

刘基精通谋略，运筹帷幄，是明朝开国元勋，位居文臣之首；兼擅诗文，在文学创作上也有卓越成就。散文与宋濂（景濂）齐名，《明史·刘基传》：“所为文章，气昌而奇，与宋濂并为一代之宗。”[1]诗歌与高启（季迪）并称，开拓有明一代诗风。明王世贞《艺苑卮言》卷五：“明兴……大约立赤帜者二家而已。才情之美，无过季迪；声气之雄，次及伯温。当是时，孟载（杨基）、景文（袁凯）、子高（刘崧）辈实为之羽翼。”[2]明许学夷《诗源辩体后集纂要》卷二：“国朝为四言、骚、赋、古选、乐府者，俱自伯温始。”[3]清沈德潜、周准《明诗别裁集》卷一《刘基》：“元季诗都尚辞华，文成独标高格，诗欲追逐杜韩，故超然独胜，允为一代之冠。”[4]清蒋重光《明诗别裁集序》：“青田、青丘（高启）两雄并峙，开风尚也。”[5]吴梅云：“公诗为开国第一。”[6]可称得上功业文学冠冕一代，在古代历史人物中罕有其匹。

现传《诚意伯文集》20 卷，其中诗约 8 卷。刘基的诗，从杜甫、韩愈、陆游入手，上承汉魏风骨，一扫元末萎靡之习，“力厚思深”[7]，古朴雄放，意境高阔，“声容不凡”[8]。集中大部分篇章写作于元末时期，内容多揭露当时黑暗腐败的社会现实，抒写自己抑塞磊落的情怀。清陆世仪《思辨录辑要》卷三五《史籍类》云：“刘诚意诗，无一语风云月露，但忧时闵世之言，

极得古人诗言志之旨。”[9]体式上以乐府和五言古诗最擅胜场,《明诗别裁集》谓其“乐府高于古诗，古诗高于近体”[10]，大体符合（其谓“五言近体又高于七言”，未允，详后文）。

他的诗很得选家看重，明李攀龙《古今诗删》选录27首，曹学佺《石仓历代诗选》录60首；清王夫之《明诗评选》录86首，范大士《历代诗发》录33首，朱彝尊《明诗综》录104首，康熙间编《御选明诗》录151首，沈德潜、周准《明诗别裁集》录20首。篇数都相当多，表明在明诗的发展中占有十分突出的地位。

刘基的乐府辞最为清初诗论家朱彝尊所称赏，《静志居诗话》卷二云：“刘诚意锐意慕古，所作特多，遂开明三百年风气。”[11]陆世仪亦谓：“乐府辞尤妙，可谓杜陵以后一人也。”[12]咏故事以写怀的，如《长门怨》：

白露下玉除，风清月如练。

坐看池上萤，飞入昭阳殿。

此宫怨之作，咏汉陈皇后、赵飞燕事。明陆云龙《诗最》卷二谓“即身不如燕意”[13]，著语蕴藉，旨在言外。明宗臣评：“不作怨语，怨已自深。”[14]清彭端淑《雪夜诗谈·明人诗话补》云：“妙得古人不尽之韵。”[15]但更值得注意的是那些咏叹时事的新题乐府。《北风行》：

城外萧萧北风起，城上健儿吹落耳。

将军玉帐貂鼠衣，手持酒杯看雪飞。

严寒中守城士卒僵冻难耐，而将帅安坐玉帐饮酒赏雪，反映军中苦乐之不平、军政之败坏，充满讽刺意味。《畦桑词》《买马词》皆即事名篇，揭露元廷弊政给农民带来的苦难。前首写政府催课植桑，“而有司不能悉遵上意，大率视为具文而已”[16]，官吏怠惰敷衍，不唯徒具形式，反更扰民伤民：“今日路傍桑满畦，茅屋苦寒中夜啼。”后首写道：

驿亭官鼓冬冬打，驿使星驰买官马。

府官奔走群吏趋，呵叱县官如使奴。

一时立限限乡役，马价顿增无处觅。

卖田买马来纳官，买时辛苦纳时难。

县官定价府官减，骅骝也作驽骀看。

归来拊膺向隅泣，门前索钱风火急。

一方面政府“发钞市马”，强行摊派，立限催逼，致使马价看涨，无田的农民只好卖田买马来纳官征；另一方面府官又压低征购的马价，好马被当作劣马收买，农民再度蒙受损失，归来唯向隅捶胸痛泣。一篇只有12句的短章，却写得如是委曲详至，可见炉锤之妙；而语言质朴，寓针砭于叙事之中，又深得杜陵讽喻笔法。

明徐泰《诗谈》称刘诗“独元季之作，词多感慨。”[17]盖指五古《秋怀》（8首）、《感怀》（31首）、《感寓》（6首）诸什。清潘德舆《养一斋诗话》卷六亦言：“青田《旅兴》《感怀》……气格逼似唐人。”[18]清李慈铭《越缦堂日记·咸丰九年四月二十六日》：“读刘青田感事五古，老成苍凉，真杰作也。”[19]诗人“悲世运”而“耿幽独”，俯仰天地，引慨长歌，抒发壮志蹉跎欲为而不能的郁愤情怀。举《感怀》二首从窥一斑，之二云：

驱车出门去，四顾不见人。
回风卷落叶，飒飒带沙尘。
平原旷千里，莽莽尽荆榛。
繁华能几何，憔悴及兹辰。
所以芳桂枝，不争桃李春。
云林耿幽独，霜雪空相亲。

意古调高，兴寄苍远，悲世感物之旨，戚戚动人。《明诗归》卷一钟惺批语：“英雄怀开创才，处乱世，未遇明主，而独往独来，其胸中一段不可对说并无人说之苦衷，酿而成悲愤感伤之词。”[20]清王夫之《明诗评选》卷四：“如转如不转，如结如不结，一为平衍，一为光耀。韦苏州不逮此多矣，况陈正字一流辈。”[21]之二十云：

结发事远游，逍遥观四方。
天地一何阔，山川杳茫茫。
众鸟各自飞，乔木空苍凉。
登高见万里，怀古使心伤。
伫立望浮云，安得凌风翔。

远游四方，登高伫望，有怀古伤今、苍茫百感之慨。王夫之评：“光力似阮公，沉勇过之。”[22]言其笔力可与晋阮籍《咏怀》诸作相抗衡，而寓意深邃更胜一筹。

长篇歌行《二鬼》，是作者晚岁的一首力作。全诗凡1200多字，叙写管理日月的结璘、郁仪二鬼[23]，获天帝慰劳游戏人间，遭遇宇宙突变，生灵涂炭，遂乃立志重整乾坤秩序，以礼义启迪群氓，“履正直，屏邪欹，引顽嚣，入矩规”。不意因此触怒天帝，被指为“越分”擅行而被拘囚。诗作于洪武六年（1373）秋间，这时他遭受左丞胡惟庸诬陷，“待罪”京师，惶恐不安。诗中借咏离奇变幻的神话故事，托寄深衷，表达了匡世济民的壮伟抱负和难得施展的无奈郁闷心情；而对天帝的猜忌，也隐有微词。通篇想象恣肆，笔墨酣畅，充满浪漫主义的情调；其诞侈之辞，排宕之体，盖效法唐韩愈《双鸟》、卢仝《月蚀》和宋薛季宣《春愁诗效玉川子》诸作奇险怪特的风格。

刘基的近体诗也不乏佳品，五律《古戍》是人们所熟知的一篇：

古戍连山火，新城殷地笳。
九州犹虎豹，四海未桑麻。
天迥云垂草，江空雪覆沙。
野梅烧不尽，时见两三花。

写战乱后边城的荒败，景色萧索中又透露几许生机，意不飒衰。律体七言又胜五言。明刘世伟《过庭诗话》卷下谓：“律诗微艳丽，不似唐人。”[24]清初选家范大士说他的七律独具风调，自成一格，影响有明一代。《历代诗发》卷三三评：“公诸体并近古人，惟七律不入唐格，实为明人开山矣。盖至于今，未能变化此种风调也。”[25]均为有见。试看以下二律：

五载江淮百战场，乾坤举目总堪伤。
已闻盗贼多于蚁，无奈官军暴似狼。
绿水青山人寂寂，长烟蔓草日荒荒。
弟兄零落音书绝，肠断春风雁一行。（《次韵和孟伯真感兴四首》之一）

二月江南雪片飞，吴山寒色动征衣。
莫寻花径防泥滑，且掩衡门待日晞。
弱柳先舒应自损，蛰虫已出更安归。
乾坤处处旌旗满，肉食何人问采薇。（《感兴三首》之二）

机轴独运，不蹈故蹊。或悯时局，或兴怀抱，情景相生，意慨苍凉，读来自有一种脱俗出新的意味。所谓“独具风调”，读此可以尝鼎一脔。王德馨《雪蕉斋诗话》卷二云：“戒躁进诗，刘文成公《春寒》二句云：‘弱柳先舒应自损，蛰虫已出复安归。’……俱用比体。”[26]

余如《感兴七首》之六：“古戍有狐鸣夜月，高冈无凤集朝阳。”《夏日杂兴七首》之七：“天边日出园葵觉，地底云生柱础知。”《次韵追和音上人》：“夜永星河低半树，天清猿鹤响空山。”《侍宴钟山应制》：“万里玉关传露布，九霄金阙绚云旗。”皆称警练，为诗话家所举赏。清龚挖《和青田先生夏日杂兴诗并序》云：“每诵‘天边日出园葵觉，地底云生柱础知’之句，尘埃中能物色真人，开国事业见端于此，不仅为寻常诗人而已。”[27]

胡应麟《诗薮》续编卷一称其“绝句小诗特多妙诣”[28]。七绝佳者，如：

露泣寒螿唁断魂，风惊檐铎语黄昏。
羁愁悄悄成危坐，看尽空墙上月痕。（《夜坐》之一）

朝寒布谷应时鸣，起向回廊独自行。
残雪未消檐影寂，满庭幽草看春生。（《雪后遣兴》）

状景言情，都别具思致。“看尽空墙上月痕”，写萧疏之景，又暗示时间推移，以见羁客夜深久坐的愁思。“残雪”二句，见出春回大地的盎然生机。后句虽仿自苏舜钦《淮中晚泊犊头》“满川风雨看潮生”，却也能另辟境界。

【注】

[1]《明史》卷一二八《刘基传》，第12册，北京：中华书局，1974年，第3782页。

[2]王世贞：《艺苑卮言》卷五，《历代诗话续编》中册，北京：中华书局，1983年，第1023页。

[3]许学夷：《诗源辩体》，北京：人民文学出版社，1987年，第399页。

[4]沈德潜、周准：《明诗别裁集》卷一，北京：中华书局，1975年，第3页上。

[5]沈德潜、周准：《明诗别裁集》卷首，北京：中华书局，1975年，第2页下。

[6]吴梅：《词学通论》，《万有文库》本，上海：商务印书馆，1937年。

[7]吴乔：《围炉诗话》卷六，《清诗话续编》第1册，上海：上海古籍出版社，

1983 年，第 667 页。

[8] 徐泰：《诗谈》，《明诗话全编》第 2 册，南京：凤凰出版社，2006 年，第 1390 页。

[9] 陆世仪：《思辨录辑要》卷三五，文渊阁四库全书本。

[10] 沈德潜、周准：《明诗别裁集》卷一，北京：中华书局，1975 年，第 3 页上。

[11] 朱彝尊：《静志居诗话》卷二，北京：人民文学出版社，1998 年，第 30 页。

[12] 陆世仪：《思辨录辑要》卷三五，文渊阁四库全书本。

[13] 陆云龙：《诗最》卷二，《明诗话全编》第 7 册，南京：凤凰出版社，2006 年，第 7898 页。

[14] 沈德潜、周准：《明诗别裁集》卷一引，北京：中华书局，1975 年，第 3 页下。

[15] 彭端淑：《雪夜诗谈》补遗，《续修四库全书》第 1700 册，据清嘉庆衡河草堂藏板影印，上海：上海古籍出版社， 2002 年，第 94 页上。

[16] 《元史·食货志一·农桑》，第 8 册，北京：中华书局，1976 年，第 2357 页。

[17] 徐泰：《诗谈》，《明诗话全编》第 2 册，南京：凤凰出版社，2006 年，第 1390 页。

[18] 潘德舆：《养一斋诗话》卷六，《清诗话续编》第 4 册，上海：上海古籍出版社，1983 年，第 2097 页。

[19] 李慈铭：《越缦堂日记说诗全编》上册，南京：凤凰出版社，2010 年，第 243 页。

[20] 钟惺、谭元春：《明诗归》卷一，《明诗话全编》第 9 册，南京：凤凰出版社，2006 年，第 7358 页。

[21] 王夫之：《明诗评选》卷四，北京：文化艺术出版社，1997 年，第 79 页。

[22] 王夫之：《明诗评选》卷四，北京：文化艺术出版社，1997 年，第 80 页。

[23] 《黄庭内景经·高奔章》："郁仪结璘善相保。"梁丘子注："郁仪，奔日之仙；结璘，奔月之仙。"（《云笈七签》卷十二引）清褚人获《坚瓠集》乙集卷二《结璘》："盖郁仪者羲和也，结璘者嫦娥也。"

[24] 刘世伟：《过庭诗话》卷下，明嘉靖刻本，见孙克强、邱淑珍编：《金元明人词话》，天津：南开大学出版社，2012 年。

[25] 范大士：《历代诗发》卷三三刘基《雨中遣闷》，影印《故宫珍本丛刊》第 645 册，海口：海南出版社，2000 年，第 111 页上。

[26] 《王德馨集》，合肥：黄山书社，2009 年，第 325 页。按：其引题作《春寒》，误。

[27] 陈瑚辑：《顽潭诗话》卷下引，《续修四库全书》第 1697 册，据清嘉庆衡河草堂藏板影印，上海：上海古籍出版社， 2002 年，第 548 页上。

[28] 胡应麟：《诗薮》续编卷一，上海：上海古籍出版社，1979 年，第 342 页。

62

明代首屈一指的词人

——品赏刘基《写情集》

刘基是明代首屈一指的词人。只是他的文名诗名为功业所掩[1]，词名又为文名诗名所掩，故而没有广为读者所知。明王世贞论“我明以词名家者”，举刘基、杨慎、夏言三人[2]。郑以伟谓：“我明作者如青田始开其奥。”[3]陈子龙谓明词“其最著者为青田（刘基）、新都（杨慎）、娄江（王世贞）”[4]。清许田《屏山词话》：“刘青田系元时人，故词绝似天锡、蜕岩诸公，足为有明一代之冠。”[5]丁丙《善本书室藏书志》卷四十：“明初一代之词，自以浙中刘诚意为冠冕。”[6]王国维称其词“尚有宋元遗响”[7]，“非季迪（高启）、孟载（杨基）诸人敢所望也”[8]。从这些评论，足以见出刘基的词在明词的开拓发展中占有重要地位，起到了领导的作用。

刘基的词集名《写情集》，《诚意伯文集》编为 2 卷，另有《明词汇刊》单行本，现存词 246 首。明叶蕃《写情集序》云：“风流文采英余，阳春白雪雅调，则发泄于长短句也。或愤其言之不听，或郁乎志之弗舒，感四时景物，托风月情怀，皆所以写其忧世拯民之心，故名之曰《写情集》。”[9]刘基深通谋略，才概不凡，早蕴伊吕之抱负，元元统元年（1333）23 岁举进士，青年得意，本当有一番作为；然而身处浊世，又秉性刚毅，终久沉沦下僚，三仕三黜，厄于不用，故往往托借文诗词以述情明志。他的词与诗文一样，亦多感时悯世之作。

且看《水龙吟》词：

鸡鸣风雨潇潇，侧身天地无刘表。啼鹃迸泪，落花飘恨，断魂飞绕。月暗云霄，星沈烟水，角声清袅。问登楼王粲，镜中白发，今宵又添多少。

极目乡关何处，渺青山髻螺低小。几回好梦，随风归去，被渠遮了。宝瑟弦僵，玉笙指冷，冥鸿天杪。但侵阶莎草，满庭绿树，不知昏晓。

明陈霆《渚山堂词话》卷一："刘未遇时，尝避难江湖间，往见其《水龙吟》一阕云（本篇略）。"[10]明沈际飞《草堂诗余新集》卷五："激昂感慨，择木之志见矣。"[11]这首词是元末作者流离中感赋。风雨潇潇，月暗星沉，不知昏晓，影射当时动荡浊乱的局势。举世无刘表（言时无明主），登楼有王粲，自伤身世之羁孤漂泊。故乡渺邈，梦断天涯，无以寄托思情。字里行间，透出无限低回抑郁的意绪。夏承焘、张璋《金元明清词选》评："出雄豪于婉约，所谓百炼钢化为绕指柔者近之。"[12]

另一首《蓦山溪·晚春》词：

清明过了，帘幕余寒浅。芳树不胜风，任流水、飘红去远。烟昏雨暝，天衬海云低，莺意懒。蝶魂销，花尽成秋苑。　游丝落絮，特地相萦绊。无计网春晖，漫赢得、遮人望眼。登高凝睇，欲寄一封书，鸿路阻，豹关深，日暮空肠断。

亦为"感叹时事"[13]之咏，抚景伤时，无限枨触。末后言贤者欲献言弭乱，而九重阻深，无路自达，徒登高怅望而已。清许田《屏山词话》评："寄托遥远，音韵窈渺。"[14]清陈廷焯《云韶集辑评》卷十二评："'天衬海云低'与上'云压雁声低'，同一警句。'无计'二语，婉转芊绵。"[15]

《沁园春》词又别为一种：

生天地间，人谁不死，死节为难。羡英伟奇才，世居淮甸；少年登第，拜命金銮。面折奸贪，指挥风雨，人道先生铁肺肝。平生事、扶危济困，拯溺摧顽。　清名要继文山，使廉懦闻风胆亦寒。想孤城血战，人皆效死；阖门抗节，谁不辛酸。宝剑埋光，星芒失色，露湿旌旗也不干。如公者、黄金难铸，白璧谁完。

清徐釚《词苑丛谈》卷八："宋文丞相过唐忠臣张巡、许远双庙留题《沁园春》一阕，词旨壮烈，千载后昭然与日月争光。明刘文成伯温过安庆，亦作《沁园春》词，哀余忠宣公阙，正与文山之词相匹。词云（本篇略）。"[16]余阙（1303—1358），字廷心，元色目人。至正十八年（1358）拜淮南行省右丞，分守安庆（今属安徽），城陷自刭死，合家和部属23人俱殉难。《元史》本传称"有古良将风烈"[17]。《明一统志·安庆府·余忠宣祠》："在府城东忠节坊。”这首词作于明洪武初[18]，凭吊先烈而深致敬仰，全篇辞气激昂，忠愤填膺，能让读者深切感受到胸间笔端的浩然正气。

就整体风格论，刘基的词婉丽典雅，从渊源和继承考察，盖远绍宋词中注重音律藻缋的周邦彦（字美成，号清真）一派。明刘世伟《过庭诗话》卷下云“乐府似周美成”[19]，清沈道宽《论词绝句》云“犁眉小令写清真”[20]，都说得是。但其意趣格调要较周词高远，这是因为他本是英雄豪杰之士，壮怀不遂，正如《乐府纪闻》说的“其词虽婉丽，而有感慨之句”[21]，往往带有辛弃疾一派郁勃雄迈的作风，气格显得浑厚。清李葵生《兰皋明词汇选序》谓“刘（基）杨（慎）慷慨，未减苏辛”[22]，张星耀《东白堂词论》谓“诚意其辛（弃疾）陆（游）之俦乎”[23]，也都说得是。他的一部分作品确乎表现出融合婉约、豪放于一体的趋向，可以说“出雄豪于婉约”，绮丽中带悲壮。

具体而言，刘基的词在表现技巧上有以下三个特点：一是声律中度，音节谐和，所谓“咀宫含商”[24]，“音体俱合”[25]。二是工于修辞炼句，词采雅丽，“神藻绚烂”[26]。三是善能融化古句，征典引类，运用自如。上面引述的《水龙吟》《蓦山溪·晚春》诸阕，都体现了这些特色。

刘基的一些短章小令，制作精工，温丽轻巧而有思致，论者或谓更胜长调。陈廷焯《云韶集辑评》卷十二云：“伯温词秀练入神，永乐以后诸家远不能及。”[27]从举例看，多半也是指的小令。

《如梦令·题画》词：

草际斜阳红委，林表晴岚绿靡。何许一渔舟，摇动半江秋水。风起风起，擢入白蘋花里。

重现画图光景，一派生机，明丽中更添几分诗情。“红委、绿靡、摇动”都下得好。陈廷焯《词则辑评·别调集卷三》：“题画妙以假为真，浅浅数语，固自入神。”[28]

《眼儿媚》词：

烟草萋萋小楼西，云压雁声低。两行疏柳一丝残，照数点鸦栖。　春山碧树秋重绿，人在武陵溪。无情明月，有情归梦，同到幽闺。

措辞清婉，情景交融，老题目（闺情）写来别有意绪。陈霆《渚山堂词话》卷二评：“‘云压雁声低’与‘春山碧树秋重绿’，二语动人。或谓未经前人道破，以予所见，亦转换‘云开雁路长’与‘春草秋更绿’耳。”[29]陈廷焯《云韶集辑评》卷十二：“‘云压雁声低’五字警绝。深深楚楚，元人得意之笔。”[30]

《写情集》中这类“轻俊绝伦”[31]、“妙丽入神”[32]的佳句颇多，略举数例，用尝鼎脔：

冷烟凝恨锁斜晖。蝴蝶不知身是梦，飞上寒枝。（《浪淘沙·感事》。清吴衡照《莲子居词话》卷三评后二句：“翻用《南华》，有作熟还生之妙。”[33]）

风袅袅，吹绿一庭秋草。（《谒金门》。按：句格仿自南唐冯延巳同调词“风乍起，吹皱一池春水”，取境不同，亦自可爱。）

秋来日日烟含雨，不肯收残暑。小桃错认是春回，尽把枝头红绿向人开。（《虞美人·有感》）

定巢新燕子，睡起雕梁，对立整乌衣。（《渡江云·初夏即景》）

愁如溪水暂时平，雨声一夜依然满。（《踏莎行》）

相怜自有明月，照人肺腑清如水。（《青门引》）

【注】

[1] 孙绪《无用闲谈》三：“刘伯温诗文足以擅一代，其得意处，尚当跨宋景濂、王子充、高季迪诸公而上之，独以其显于事业，诗文不见称于人耳。”（《沙溪集》卷十三杂著）

[2] 王世贞：《弇州四部稿》卷一五二《艺苑卮言·附录一》，文渊阁四库全书本。

[3] 郑以伟：《灵山藏诗余自序》，《灵山藏诗余》卷首，《明词汇刊》本，北京：中华书局，1986年。

[4] 陈子龙：《安雅堂稿》卷五《幽兰草词序》，《明诗话全编》第10册，南京：凤凰出版社，2006年，第10523页。

[5] 许田：《屏山词话》，《历代词话续编》本，郑州：大象出版社，2005年。

[6] 丁丙：《善本书室藏书志》卷四〇，影本《宋元明清书目题跋丛刊》第3册，北京：中华书局，2006年。

[7] 王国维：《观堂外集·桂翁词跋》，见徐调孚：《校注人间词话》，北京：中

华书局，2004 年，第 65 页。

［8］王国维：《人间词话删稿》三一，北京：人民文学出版社，1960 年，第 236 页。

［9］刘基：《写情集》卷首，《明词汇刊》本，上海：上海古籍出版社，1992 年。

［10］陈霆：《渚山堂词话》卷一，文渊阁四库全书本。

［11］徐釚：《词苑丛谈》卷三引，上海：上海古籍出版社，1981 年，第 65 页。

［12］夏承焘、张璋：《金元明清词选》上册，北京：人民文学出版社，1983 年，第 234 页。

［13］陈霆：《渚山堂词话》卷三，文渊阁四库全书本。

［14］许田：《屏山词话》，《历代词话续编》本，郑州：大象出版社，2005 年。

［15］孙克强主编：《白雨斋词话全编》上册，北京：中华书局，2013 年，第 283 页。

［16］徐釚：《词苑丛谈》卷八，上海：上海古籍出版社，1981 年，第 169 页。

［17］《元史》卷一四三《余阙传》，第 11 册，北京：中华书局，1976 年，第 3429 页。

［18］安庆余阙庙于明洪武初诏建。《元史·余阙传》："及安庆内附，大明皇帝嘉阙之忠，诏立庙于忠节坊，命有司岁时致祭云。"

［19］刘世伟：《过庭诗话》卷下，明嘉靖刻本，见孙克强、岳淑珍编：《金元明人词话》，天津：南开大学出版社，2012 年，第 326 页。

［20］沈道宽：《论词绝句》，《话山草堂遗集六种》诗钞卷一，清光绪三年刊本。按：刘基有《犁眉公集》，故称"犁眉"。

［21］沈雄：《古今词话》卷下引《乐府纪闻》，《词话丛编》本，北京：中华书局，1986 年。

［22］李葵生：《兰皋明词汇选序》，《新世纪万有文库》本顾璟芳《兰皋明词汇选》卷首，沈阳：辽宁教育出版社，1998 年。

［23］张星耀：《东白堂词论》，见孙克强、岳淑珍编：《金元明人词话》，天津：南开大学出版社，2012 年，第 325 页。

［24］朱彝尊：《词综发凡》，影本《词综》卷首，北京：中华书局，1975 年，第 11 页上。

［25］陈子龙：《安雅堂稿》卷五《幽兰草词序》，《明诗话全编》第 10 册，南京：凤凰出版社，2006 年，第 10523 页。

［26］李濂：《嵩渚文集》卷五六《碧云清啸序》，明嘉靖刻本。

［27］孙克强主编：《白雨斋词话全编》上册，北京：中华书局，2013 年，第 283 页。

[28] 孙克强主编：《白雨斋词话全编》下册，北京：中华书局，2013 年，第 1088 页。

[29] 陈霆：《渚山堂词话》卷二，文渊阁四库全书本。

[30] 孙克强主编：《白雨斋词话全编》上册，北京：中华书局，2013 年，第 283 页。

[31] 吴梅：《词学通论》，《万有文库》本，上海：商务印书馆，1937 年。

[32] 沈雄：《古今词话》卷下引江尚质语，《词话丛编》本，北京：中华书局，1986 年。

[33] 吴衡照：《莲子居词话》卷三，《词话丛编》本，北京：中华书局，1986 年。

63 好句如好女，人见人爱

——从卓敬“自锄明月种梅花”说起

卓敬（约1368/1369—1402）[1]，字惟恭，号竹轩，祖籍瑞安县仙降乡卓岙，生于苍洲（今瑞安市仙降镇中村）[2]。明洪武二十一年（1388）登进士第二（榜眼）。历官给事中、户部侍郎。立朝慷慨，忠直敢谏，曾密奏建文帝徙封燕王朱棣（建文帝叔父）于南昌以绝祸本。后朱棣发动“靖难之役”夺取帝位，责他“离间骨肉”，又劝谕归顺，不屈被杀，诛夷三族。私谥“忠贞”。《明史》卷一四一有传。

明刘球《卓忠贞公敬传》：“公生而资质秀敏，颖悟绝人。读书十行俱下，一见弃去，终身不再读。”[3]又云：“诗辞宏婉，有一唱三叹之音。为文精奇警拔，磊落光明，类其为人。”[4]《四库全书总目》卷五七《忠贞录》提要：“敬在明初不以诗名，而所作落落有气格。”[5]《弘治温州府志》本传谓著有“诗文五十卷”，惜散佚不传于世。明李维樾、林增志编《忠贞录》卷一辑录诗19首，《瑞安文史资料》第21辑据《瑞安金山卓氏宗谱》补遗3首，现存诗22首。

卓敬的近体律绝十分出色，五律如《陈叔起》：“小舟冲浪出，幽鸟背人飞。”七律如《宝香》：“白云忽去山在户，红日乍晴人倚阑。”七绝《晚眺》：“浣花溪上双楠木，老杜草堂生夏寒。门外青山三十六，读书终日倚阑干。”《山水》：“长松雨过秋声满，日日携琴自往回。安得扁舟乘晚兴，载将山色过江来。”《春兴》之二：“雨过前山花寂寂，日照岚光翠欲滴。长啸一声阴雾开，习习清风满岩壁。”皆属“气清骨秀”[6]、简隽“有致”[7]之作，为四库馆臣所举赏。

卓敬有咏梅绝句 5 首，以《栽梅》最著：

风流东阁题诗客，潇洒西湖处士家。
雪冷江深无梦到，自锄明月种梅花。

风流，谓风雅韵事。南朝梁诗人何逊任职扬州（今南京），赋有名篇《扬州法曹梅花盛开》（一作《咏早梅》）。杜甫《和裴迪登蜀州东亭送客逢早梅相忆见寄》诗："东阁官梅动诗兴，还如何逊在扬州。"故云"东阁题诗客"。宋林逋结庐西湖孤山，种梅养鹤，"二十年足不及城市"。前二句拈出前贤梅花雅事，表示对何逊胜咏、林逋高隐的仰慕。三四句说，天寒又江湖遥隔，不能身临胜地，唯有明月下独自把锄植梅相伴，用寄幽情。高雅峻洁的寒梅，就是作者自己的影子。全篇措辞淡逸，用意独至，为人们所赏诵。明张岱《西湖梦寻》多援历来名家词章，《西湖中路·孤山》下予举引（唯将诗题易作《孤山种梅》，有误）。[8] 清康熙间陈廷敬等纂修《佩文斋咏物诗选》卷二九七、张豫章等纂修《御选明诗》卷一〇三均见选录。

"自锄明月种梅花"，堪称高咏，读有远韵。不过这个好句却是借用来的，出自宋人刘翰的《种梅》诗：

凄凉池馆欲栖鸦，采笔无心赋落霞。
惆怅后庭风味薄，自锄明月种梅花。

刘翰，字武子，号小山，长沙人。与张孝祥、范成大有交往，杨万里称云"有诗声"。此诗载宋陈起编《江湖小集》卷九十《小山集》，宋刘克庄《唐宋时贤千家诗选》卷七选录。

刘翰的这一佳句当时即为名家所称，杨万里《诚斋诗话》云："自隆兴以来，以诗名者……近时后进有张镃功父、赵蕃昌父、刘翰武子、黄景说岩老、徐似道渊子、项安世平甫、巩丰仲至、姜夔尧章、徐贺恭仲、汪经仲权，前五人皆有诗集传世……武子云：自锄明月种梅花。"[9] 张端义《贵耳集》卷中云："诗句中有梅花二字，便觉有清意。自何逊之后，用梅花不知几人矣……'惆怅后庭风味别，自锄明月种梅花'。"[10]

刘翰的这句诗，在卓敬之前，元诗人如王恽、赵复、萨都剌等皆已见爱，且"攘为已有"，写进自己的诗里。王恽、萨都剌都是有元一代大家。

王恽《学圃亭》五首之五：

东邻近接香山里，南浦今称处士涯。

活计看来原不恶，自锄明月种梅花。[11]

赵复《自遣》诗：

醉乘鸾驭到仙家，彩笔云笺赋落霞。

老去空山秋寂寞，自锄明月种梅花。

元鲜于枢《困学斋杂录》予举引，赞云“人甚称之”[12]。

萨都剌《赠答来复上人四首》之三：

手持一钵走京华，乞食王侯宰相家。

今日归来如昨梦，自锄明月种梅花。[13]

卓敬之后，明人小说载贫士口占云：“柴米油盐酱醋茶，七般都在别人家。我也一些忧不得，且锄明月种梅花。”[14]清高宗（爱新觉罗·弘历）则取以为题，有七律《赋得自锄明月种梅花》[15]。真如金陵生《札记二则》所说：“岂好句如好女，人皆欲为己有耶？”[16]

运用前人成句入诗（词），大致有以下两种方式：一种是经过改造的裁用，如林逋《山园小梅二首》之一：“疏影横斜水清浅，暗香浮动月黄昏。”出自五代人江为诗“竹影横斜水清浅，桂香浮动月黄昏”，易“竹”为“疏”，易“桂”为“暗”，只改动二字，便成千古咏梅绝调。[17]另一种是原封不动的搬用，如宋晏几道《临江仙》词上片：“梦后楼台高锁，酒醒帘幕低垂。去年春恨却来时。落花人独立，微雨燕双飞。”“落花”二句出自五代楚翁宏五律《春残》：“又是春残也，如何出翠帏。落花人独立，微雨燕双飞。寓目魂将断，经年梦亦非。那堪向愁夕，萧飒暮蝉辉。”[18]晏词虽出套用，却浑成恰到好处，且“与全词相配，显得更为出色”[19]。翁诗寂寂无闻，晏词则喧腾人口，成宋词中明珠。卓敬此例，亦属后一种情况，借以抒写高士雅洁的襟抱。就全篇而论，组织稳妥，“落落有气格”[20]，收结水到渠成，从肺腑中自然流出。其幽怀逸致，较之刘翰原作，格调和意境都要见得高远，刘诗毕竟还有一些衰飒的意味。再看同属套用的元人三绝，唯赵复作稍具意致，然诗境和韵味俱不能及；至王恽、萨都剌作，虽出名家手笔，然都嫌庸浅，不可同年语矣。

点化、熔铸、仿效乃之套用前人成句，是古诗词创作中常见的一种方式。这类借用，不是简单的模仿，更不是笨拙的抄袭，要在能做灵活变化，或拓展、丰富了原有的内涵，或赋予别样的意义，创造出新的境界，这即是王国维说的“借古人之境界为我之境界”[21]，祈能推陈出新见青蓝之胜。

【注】

［1］明刘球《卓忠贞公敬传》："读书宝香山，时年十五……既而领乡荐，登洪武戊辰进士。"（作于宣德五年，四库本《忠贞录》卷二）按：传云"既而"，卓敬聪颖过人，从读书宝香山到领乡荐（考中乡试）时间不会很久。其乡试中式当在读书宝香山之明年或后年，即十六或十七岁时，这样估算大致不差。又据明卓廷《金山卓氏宗谱》："卓敬，字惟恭，号竹轩。中洪武甲子乡科，戊辰榜眼。"（作于嘉靖二十四年。见收瑞安市政协文史资料委员会编《瑞安文史资料》第21辑，2002年11月刊印，第241页）洪武甲子即洪武十七年（1384），是年举乡科，时年十六或十七，循此上推，其生年当在元至元二十八年（洪武元年，1368）或洪武二年（1369）。

［2］《弘治温州府志·人物二忠义·卓敬》："瑞安人，居卓岙，后徙沧洲。"（卷十一，上海：上海社会科学院出版社，2006年，第276页）卓敬堂兄卓本《记迁居事迹》："予族祖自卓岙徙居沧洲。"作于明宣德九年（1434），载《瑞安金山卓氏宗谱》，《瑞安文史资料》第21辑，第237页。

［3］文渊阁四库全书本《忠贞录》卷二，《弘治温州府志》卷十一《人物二忠义·卓敬》略同。

［4］文渊阁四库全书本《忠贞录》卷二，《弘治温州府志》卷十一《人物二忠义·卓敬》略同。

［5］永瑢等：《四库全书总目》卷五七《忠贞录》，影本下册，北京：中华书局，1983年，第516页下。

［6］项维聪：《忠贞录序》，《忠贞录》卷首，文渊阁四库全书本。

［7］永瑢等：《四库全书总目》卷五七《忠贞录》，影本下册，北京：中华书局，1983年，第516页下。

［8］张岱：《西湖梦寻》，杭州：浙江文艺出版社，1983年，第134页。

［9］杨万里：《诚斋集》卷一一五，文渊阁四库全书本。

［10］张端义：《贵耳集》卷中，《丛书集成初编》第2783册，上海：商务印书馆，1936年。

［11］王恽：《秋涧集》卷三十，文渊阁四库全书本。

［12］鲜于枢：《困学斋杂录》，文渊阁四库全书本。

［13］萨都剌：《雁门集》卷十三，上海：上海古籍出版社，1982年，第370页。

［14］按：雍正《湖广通志》卷一一九引《永州志》，记明蒋釜（正德八年举人）

晚贫甚，“值除夕，不能具朝馎，乃自吟曰：‘柴米油盐酱醋茶，七般俱在别人家。唯有老夫无计策，开窗独坐看梅花。’”字句与此稍异。

[15] 清高宗：《乐善堂全集定本》卷二八，文渊阁四库全书本。

[16] 《文学遗产》2000 年第 3 期。按：该文谓“自锄明月种梅花”句“一见于林和靖诗中”，有误。经查《林和靖诗集》（浙江古籍出版社 1986 年版），并无这样的诗句。

[17] 李日华：《紫桃轩杂缀》卷四，《明诗话全编》第 6 册，南京：凤凰出版社，2006 年，第 6407 页。邓伯羔《艺彀》卷下《林君复诗》说同。

[18] 见《全唐诗》卷七六二，影缩本下册，上海：上海古籍出版社，1988 年，第 1893 页上。

[19] 胡云翼：《宋词选》，北京：中华书局，1962 年，第 49 页。

[20] 永瑢等：《四库全书总目》卷五七《忠贞录》，影本下册，北京：中华书局，1983 年，第 516 页下。

[21] 王国维：《人间词话》，附《人间词话删稿》一四，北京：人民文学出版社，1960 年，第 227 页。